A AMANTE DO OFICIAL

10/Maio/2020
#Dia das mães
#ficaemcasa
#covid 19

A Amante do Oficial

Pam Jenoff

Tradução de
Maíra Mendes Galvão

HarperCollins *Brasil*
Rio de Janeiro, 2016

Título original: THE KOMMANDANT'S GIRL

Rua Nova Jerusalém, 345 – Bonsucesso – 21042-235
Rio de Janeiro – RJ – Brasil
Tel.: (21) 3882-8200 – Fax: (21) 3882-8212/8313

CIP-Brasil. Catalogação na Publicação
Sindicato Nacional dos Editores de Livros, RJ

J52a

Jenoff, Pam,

A amante do oficial / Pam Jenoff; tradução Maíra Mendes Galvão. – 1. ed. – Rio de Janeiro : HarperCollins Brasil, 2016.

336 p. ; il.

Tradução de: The kommandant's girl
ISBN 978.85.6980.991-3

1. Ficção americana. I. Galvão, Maíra Mendes. II. Título.

16-32132 CDD: 813
CDU: 821.111(73)-3

À minha família.

Agradecimentos

Por muitos anos depois que voltei aos Estados Unidos, em 1998, quis escrever um romance que capturasse as experiências na Polônia, particularmente da comunidade judaica, que me havia tocado profundamente. A imagem de uma moça conduzindo, nervosamente, uma criança pela praça do mercado de Cracóvia durante a ocupação nazista permaneceu comigo por muito tempo. Mas foi somente no início de 2002, quando tive a sorte de pegar um trem de Washington até a Filadélfia com um casal idoso, ambos sobreviventes do Holocausto, que tive contato pela primeira vez com uma história extraordinária da resistência de Cracóvia. Então, com esse alicerce histórico, nasceu *A amante do oficial*.

Muitas pessoas trilharam este caminho comigo desde a concepção até o romance finalizado. Serei eternamente grata à minha família, aos meus amigos; à minha mãe e ao meu pai; a meu irmão Jay (sim, já pode ler agora), Phillip, Joanne, Stephanie, Barb e tantos outros, por seu interesse, sua paciência e seu amor infindáveis. Também gostaria de agradecer à minha instrutora de escrita, Janet Benton, e a outros escritores que ofereceram generosa ajuda, além de companheirismo e apoio, em cada passo dessa jornada.

Este livro não teria sido possível sem o esforço infatigável de meu maravilhoso agente, Scott Hoffman, da Folio Literary Management, que reconheceu o potencial do manuscrito antes de qualquer um, trabalhou exaustivamente para refiná-lo e perseverou enquanto outros desistiriam. Também gostaria de cumprimentar minha brilhante editora pelas boas ideias que animaram este trabalho e por tornar um sonho realidade.

Finalmente, ao escrever este livro, percebi que o termo "ficção histórica" é uma espécie de oximoro. Ao criar personagens e eventos fictícios, tentei manter o espírito daqueles que viveram durante a Segunda Guerra Mundial e o Holocausto, e retratar realisticamente a ampla gama de forças, fraquezas e emoções humanas suscitadas por essa época trágica e notável. Por isso, gostaria de expressar minha admiração sem limites pelas comunidades judaicas da Polônia e de toda a Europa central e oriental, do passado, do presente e do futuro: sua luta corajosa é uma inspiração para todos.

CAPÍTULO 1

Ao atravessar a amplidão da praça do mercado, passando pelos pombos aglomerados em volta de poças malcheirosas, olho para o céu, preocupada, e aperto a mãozinha de Lukasz, como um sinal para que ele andasse mais rápido. Mas ele lambe seu sorvete alheio ao céu que escurece; uma gota dependurando-se em um cacho louro. Dou graças por esses cachos louros. Um vento cortante de março sopra pela praça e tenho de resistir à vontade de largar sua mão e ajustar mais ainda meu casaco puído em volta do corpo.

Passamos pelo grande arco central do Sukennice, o gigantesco mercado coberto que divide a praça em duas. Ainda faltam vários quarteirões até o Nowy Kleparz, o mercado a céu aberto na ponta norte do centro de Cracóvia, e já sinto o passo de Lukasz afrouxar, seus pezinhos delicados se arrastando cada vez mais pelos paralelepípedos. Chego a pensar em carregá-lo, mas ele já tem três anos e está cada dia mais pesado. De barriga cheia eu até conseguiria, mas agora sei que seria capaz de percorrer somente alguns metros, no máximo. Se ao menos ele acelerasse o passo.

— *Szybko, kochana,* imploro sussurrando. — *Chocz*!

Seus passinhos ficam mais ligeiros e passamos pelos vendedores de flores com seus pregões à sombra das torres da basílica de Santa Maria.

Momentos depois, alcançamos a outra ponta da praça e sinto um tremor já conhecido sob os pés. Paro. Não entro em um bonde há mais de um ano. Eu me imagino erguendo Lukasz e colocando-o no carro e me sentando, observando os prédios e as pessoas andando lá embaixo enquanto passamos. Poderíamos chegar ao mercado em questão de minutos. Então paro, balançando a cabeça mentalmente. A tinta em nossos novos documentos mal está seca, sem contar que a expressão maravilhada de Lukasz em sua primeira corrida de bonde certamente levantaria suspeitas. Não posso trocar nossa segurança por conveniência. Seguimos em frente.

Embora eu tente me lembrar de manter a cabeça baixa e evitar contato visual com os compradores que enchem as ruas nesta manhã comum, não consigo não absorver tudo. Faz mais de um ano desde que estive pela última vez no centro da cidade. Inspiro profundamente. O ar, úmido com as últimas gotículas de neve derretida, tem o cheiro das castanhas assadas do quiosque no canto. E então o trombeteiro da torre da basílica começa a tocar o *hejnal*, a breve melodia que ele derrama sobre a praça a cada hora pontualmente para comemorar a invasão dos tártaros em Cracóvia, séculos atrás. Resisto à vontade de me virar em direção a esse som que me cumprimenta como um velho amigo.

Na medida em que chegamos ao fim da rua Florianska, Lukasz para de repente, apertando mais forte a minha mão. Olho para baixo e o vejo derrubar o último bocado de seu precioso sorvete no chão, mas não parece ter se dado conta. Seu rosto, já pálido pelos meses de confinamento, ficara cinzento.

— O que houve? — pergunto, ajoelhando-me ao seu lado, mas ele não responde. Sigo seu olhar até o ponto onde se fixou. Dez metros à frente, ao lado do arco da entrada do portão de São Floriano, estão dois nazistas segurando metralhadoras. Lukasz estremece. — Calma, calma, *kochana*. Está tudo bem. — Afago seus ombros, mas não há nada que eu possa fazer para acalmá-lo. Seus olhos vão e voltam e seus lábios se movem sem produzir som. — Venha.

Levanto-o e ele enterra a cabecinha em meu pescoço. Olho em volta procurando uma ruazinha lateral, mas não encontro, e dar a volta chamaria atenção. Com um olhar furtivo para assegurar-me de que ninguém está vendo, empurro o resto do sorvete para a sarjeta com o pé e passo pelos nazistas, que parecem não nos ver. Alguns minutos depois, quando sinto sua respiração se acalmar, ponho-o no chão.

Logo nos aproximamos do mercado de Nowy Kleparz. É difícil conter a excitação por estar livre novamente, andando e fazendo compras como uma pessoa normal. Enquanto percorremos os caminhos estreitos entre os estandes, escuto as pessoas reclamando. O repolho está descorado e murcho, o pão está duro e seco; a carne, ou o que resta dela, vem de fonte desconhecida e já exala um odor curioso. Para os cidadãos e os moradores das vilas, ainda acostumados com a abundância pré-guerra da zona rural polonesa, esses alimentos são abomináveis. Para mim, são o paraíso. Meu estômago aperta.

— Dois pães — digo ao padeiro, mantendo a cabeça baixa enquanto entrego meus cartões de racionamento. Um olhar curioso perpassa seu rosto. *Estou imaginando coisas*, penso comigo. *Fique calma*. Para um desconhecido, eu sei que pareço uma polonesa qualquer. Minha pele é clara, meu sotaque é impecável e me visto de maneira propositalmente discreta. Krysia escolhera este mercado em um bairro de classe trabalhadora na margem norte da cidade deliberadamente, sabendo que nenhum dos meus antigos conhecidos da cidade faria compras ali. É crucial que ninguém me reconheça.

Passo de estande em estande, recitando mentalmente a lista de compras: farinha de trigo, ovos, uma galinha, se houver. Nunca tive o hábito de fazer listas, algo que tem seu valor agora que é tão difícil conseguir papel. Os feirantes são gentis, porém profissionais. Seis meses após o início da guerra, alimentos são escassos; não é possível ganhar uma fatia generosa de queijo com um sorriso, nem um biscoitinho doce para a criança de grandes olhos azuis. Os cartões de racionamento estão quase acabando, mas a cesta continua meio vazia. Começamos a longa caminhada de volta para casa.

Ainda sentindo o friozinho do vento na praça do mercado, conduzo Lukasz pelas ruas laterais atravessando novamente a cidade. Alguns minutos depois, viramos na rua Grodzka, uma via pública larga ladeada por casas e lojas elegantes. Hesito. Não deveria passar por aqui. Meu peito fica apertado, dificultando a respiração. *Vá com calma*, penso comigo, *você consegue*. É só uma rua como qualquer outra. Sigo mais alguns passos e paro. Estou em frente a uma casa amarelo-clara com a porta branca e floreiras de madeira nas janelas. Meus olhos olham para cima, para o segundo andar. Um nó se forma em minha garganta e engulo em seco. *Não*, penso; mas é tarde demais. Esta era a casa de Jacob. Nossa casa.

Conheci Jacob 18 meses atrás, quando eu trabalhava como atendente na biblioteca universitária. Era uma sexta-feira à tarde, lembro, pois estava atualizando o catálogo de livros com pressa e tinha de chegar em casa a tempo para o Sabá.

— Com licença. — Ouvi uma voz grave dizer. Levantei, irritada com a interrupção. Era um homem de estatura média usando um pequeno quipá, de barba e bigode aparados. Seu cabelo era castanho salpicado de ruivo. — Você me recomendaria um bom livro?

— Um bom livro? — Ele me pegou de surpresa, tanto pela profundidade escura de seus olhos quanto pela natureza genérica de seu pedido.

— Sim, gostaria de alguma leitura leve para o fim de semana, para descansar dos meus estudos. Talvez *Ilíada*?

Não consegui segurar o riso.

— Você considera Homero uma leitura leve?

— Em comparação com textos de física, sim.

Os cantos de seus olhos enrugaram-se. Conduzi-o até a seção de literatura, onde ele escolheu um volume de comédias de Shakespeare e eu senti um frio na espinha. Fiz o registro de seu empréstimo, mas ele não foi embora imediatamente. Descobri que seu nome era Jacob e que tinha vinte anos, dois a mais do que eu.

Depois disso ele passou a me visitar diariamente. Logo descobri que, embora fosse estudante de ciências, sua verdadeira paixão era a política e ele estava envolvido com muitos grupos ativistas. Jacob escrevia artigos que eram publicados em jornais locais e estudantis, com críticas não somente ao governo polonês, mas também ao que ele chamava de "dominação desenfreada da Alemanha" sobre seus vizinhos. Eu me preocupava com o risco de tanta franqueza. Embora os judeus do meu bairro discutissem acaloradamente sobre atualidades em frente às suas casas, no portão das sinagogas e nas lojas e onde mais fosse, eu fora criada acreditando que era mais seguro falar discretamente ao lidar com o mundo lá fora. Mas Jacob, filho do proeminente sociólogo Maximillian Bau, não tinha a mesma preocupação, e, quando o ouvia falar, observava seus olhos dardejando e suas mãos gesticulando, e me esquecia de sentir medo.

Espantava-me um estudante de uma família rica e secular se interessando por mim, a filha de um pobre padeiro ortodoxo, mas, se é que ele percebera a diferença de nossas criações, não parecia se importar com isso. Começamos a passar as tardes de domingo juntos, conversando e caminhando ao longo do rio Vístula.

— Preciso ir para casa — falei, em uma tarde de domingo em abril, assim que o sol baixou. Jacob e eu havíamos andado pelo caminho do rio em volta da base do castelo Wawel, conversando intensamente. Eu tinha perdido a noção do tempo. — Meus pais devem estar se perguntando onde estou.

— Sim; preciso arranjar um encontro com eles em breve — respondeu ele, diretamente. Parei imediatamente. — É isso que se faz, não é, quando se quer pedir permissão para fazer a corte?

Fiquei surpresa demais para responder. Embora Jacob e eu tivéssemos passado muito tempo juntos nos meses recentes e eu soubesse que ele apreciava minha companhia, de alguma maneira nunca me havia ocorrido que ele pediria permissão formal para me ver. Ele segurou meu queixo com seus dedos cobertos pela luva e, suavemente, encostou seus lábios nos meus pela primeira vez. Permanecemos assim unidos, com os lábios ligeiramente abertos. O chão parecia escorregar para os lados e me senti tão tonta que tive medo de desmaiar.

Pensando agora no beijo de Jacob, minhas pernas se aquecem. *Pare*, penso comigo, mas não adianta. Faz seis meses que não vejo meu marido, que não sinto seu toque. Meu corpo inteiro dói de tanto que sinto sua ausência.

Um forte ruído me arranca desses pensamentos. Minha visão fica nítida e me vejo ainda parada em frente à casa amarela, olhando para cima. A porta da frente se abre e por ela sai uma mulher mais velha e bem vestida. Ao notar Lukasz e eu parados ali em frente, ela hesita. Percebo que se pergunta quem somos e por que estamos em frente à sua casa. Então, ela desvia os olhos com desprezo, tranca a porta e desce a escada. Esta é a casa dela agora. *Chega*, penso comigo energicamente. Não posso me dar ao luxo de fazer nada que chame atenção. Balanço a cabeça, tentando apagar a imagem de Jacob de minha mente.

— Vamos, Lukasz — digo, em voz alta, puxando gentilmente a mão da criança. Seguimos andando e logo cruzamos o parque Planty, a larga extensão arborizada que circunda o centro da cidade. As árvores exibem botões muito prematuros, que certamente serão abatidos por uma nevasca tardia. Lukasz aperta minha mão, olhando espantado para alguns esquilos que brincam entre os arbustos como se já fosse primavera. Enquanto avançamos, sinto a silhueta da cidade diminuindo atrás de nós. Cinco minutos depois, alcançamos a Aleje, grande avenida que, à esquerda, conduz ao sul, cortando o rio. Paro e olho em direção à ponte. Logo do outro lado, meio quilômetro para o sul, está o gueto. Começo a virar nessa direção, pensando em meus pais. Quem sabe se eu for até o muro, conseguirei vê-los, descobrir um jeito de entregar-lhes sorrateiramente a comida que acabo de comprar. Então paro — não posso arriscar, não em plena luz do dia, não com a criança. Sinto vergonha de meu estômago, que não mais se contorce de fome, e de minha liberdade, ao cruzar a rua como se a ocupação e a guerra não existissem.

Meia hora depois, Lukasz e eu chegamos a Chelmska, o bairro rural que se tornou nosso lar. Meus pés estão doloridos de caminhar pela estrada irregular de terra e meus braços latejam por ter carregado as compras e a criança pelos últimos metros. Ao virarmos a esquina onde a rua principal se divide em duas, inspiro profundamente; o ar está mais frio agora, sua pureza maculada apenas por um leve aroma de fumaça vinda dos montes de plantas rasteiras ressecadas pelo inverno sendo queimadas por um fazendeiro. Enxergo o fogo crepitando atrás das colinas da fazenda à direita, a fumaça densa se esvaindo por sobre os campos que se desenrolam como um lago plácido rumo ao horizonte.

Dobramos à esquerda pela rua ladeada por casas de fazenda, que, ao final, sobe em direção ao morro da floresta de Las Wolski. Cerca de 45 metros ladeira acima, está a casa de Krysia, um chalé de madeira escura, com três andares, aninhado entre os pinheiros. Um rolo de fumaça que sobe da chaminé nos dá as boas-vindas. Ponho Lukasz no chão e ele corre em direção à casa. Ouvindo seus passinhos, Krysia sai de trás da casa e caminha até o portão da frente. Com seus cabelos grisalhos presos no topo da cabeça, ela parece estar pronta para ir à ópera, a não ser pelas luvas de jardinagem no lugar de luvas de seda ou renda. A barra do vestido que usa para os trabalhos domésticos, de melhor qualidade do que qualquer coisa que eu jamais poderia sonhar em ter, está incrustada de terra. Ao ver Lukasz, seu rosto sem rugas se abre em um sorriso. Ela desmonta a postura perfeita para agachar-se e levantá-lo.

— Correu tudo bem? — pergunta Krysia, quando me aproximo, ainda segurando Lukasz e examinando seu rosto. Ela não olha para mim. Sua preocupação com Lukasz não me ofende. Neste tempo em que esteve conosco, ele ainda não sorriu e nem falou, o que é motivo de preocupação para ambas.

— Mais ou menos.

— Ah é? — Ela levanta a cabeça. — O que aconteceu?

Hesito, sem querer falar na frente de Lukasz.

— Vimos alguns, hum, alemães. — Olho para ele. — Foi desagradável. Mas eles nem prestaram atenção em nós dois.

— Que bom. Conseguiu comprar tudo no mercado?

Balanço a cabeça.

— Algumas coisas. — Levanto a cesta ligeiramente. — Não tanto quanto gostaria, no entanto.

— Não faz mal, daremos um jeito. Estava preparando a terra do quintal para semear no mês que vem. — Silenciosamente, sigo Krysia até a casa, admirando, como sempre, sua graça e sua força. Há algo na maneira como ela move seu corpo quando anda que lembra meu marido.

No andar de cima, Krysia pega a cesta e começa a desembrulhar as compras. Vou até a sala de estar. Depois de duas semanas morando aqui, ainda não parei de admirar os móveis luxuosos, as belas obras de arte que adornam cada parede. Passo pelo piano de cauda e vou até a lareira, cujo batente tem três porta-retratos: um com uma foto de Marcin, o falecido marido de Krysia, sentado com seu violoncelo à frente, usando um fraque; outra é Jacob quando criança brincando em frente a um lago. Pego o terceiro porta-retratos. É uma fotografia de Jacob e eu, tirada no dia de nosso casamento. Estamos de pé nos degraus em frente à casa dos Bau, na rua Grodzka; Jacob de terno escuro e eu com o vestido de noiva de linho branco na altura dos tornozelos que minha mãe e minha avó usaram antes de mim. Deveríamos estar olhando para a câmera, mas olhávamos um para o outro, meus lábios abertos rindo de uma piada que ele acabara de sussurrar em meu ouvido.

Inicialmente, queríamos esperar para nos casar quando Jacob se formasse no ano seguinte. Mas, em julho de 1939, a Alemanha havia engolido os Sudetos da Tchecoslováquia e os outros países da Europa oriental nada haviam feito para detê-la. Hitler manteve-se impávido na fronteira da Polônia, pronto para atacar. Ouvíamos histórias sobre a maneira horrorosa pela qual os nazistas estavam tratando os judeus na Alemanha e na Áustria. Se os nazistas viessem à Polônia, quem sabe como seria nossa vida? Decidimos, portanto, nos casar imediatamente e encarar juntos esse futuro incerto.

Jacob me pediu em casamento em uma tarde úmida durante uma de nossas caminhadas dominicais ao longo do rio.

— Emma... — Ele parou e se voltou para mim, ajoelhando-se. Não foi totalmente uma surpresa. Jacob caminhara até a sinagoga com meu pai na manhã anterior, e eu notara pela expressão pensativa de meu pai ao me olhar quando eles retornaram ao apartamento, que não estiveram discutindo política ou religião, mas sim nosso futuro juntos. Ainda assim, meus olhos marejaram. — É uma época instável — começou Jacob. Não consegui deixar de rir mentalmente. Somente Jacob conseguiria transformar um pedido de casamento em um discurso político. — Mas eu sei que, haja o que houver, quero encarar esse futuro contigo. Você me dá a honra de se tornar minha esposa?

— Sim — sussurrei. E ele colocou um anel de prata com um minúsculo diamante em minha mão esquerda, e então se levantou e me beijou mais longa e apaixonadamente do que nunca.

A cerimônia aconteceu algumas semanas depois sob um dossel, na elegante sala de estar da residência dos Bau, com a presença somente de membros mais próximos de nossas famílias. Depois do casamento, me mudei com meus parcos pertences para o quarto na casa dos Bau, onde Jacob e eu dividiríamos nossas vidas. O professor e a senhora Bau partiram em seguida para um ano docente sabático em Genebra, deixando-nos sozinhos. Criada em um minúsculo apartamento de três ambientes, não estava acostumada a viver com tanto esplendor. O pé-direito alto e o piso de madeira polida pareciam pertencer a um museu. No início, me senti deslocada, como uma eterna hóspede na enorme residência, mas logo passei a amar essa grande casa recheada de música, arte e livros. Jacob e eu nos deitávamos à noite sem dormir e sussurrávamos planos e sonhos para o ano seguinte à sua graduação, quando poderíamos comprar nossa própria casa.

Em uma sexta-feira à tarde, por volta de três semanas depois do casamento, decidi caminhar até o bairro judeu, Kazimierz, e comprar um pão chalá da padaria dos meus pais para o jantar. Quando cheguei, a loja estava lotada de clientes correndo para se preparar para o Sabá, então fui para trás do balcão a fim de ajudar meu pai, que estava muito atribulado, a atender aos pedidos. Acabara de dar o troco para uma cliente quando a porta da loja se abriu e um garoto entrou correndo.

— Os alemães atacaram! — gritou ele.

Congelei. A loja ficou silenciosa imediatamente. Meu pai correu para buscar seu rádio no escritório e os clientes se reuniram em volta do balcão para ouvir as notícias. Os alemães haviam atacado o porto de Westerplatte, perto da cidade de Gdansk, ao norte; Polônia e Alemanha estavam em guerra. Algumas mulheres começaram a chorar. O locutor de rádio parou de falar e o hino nacional da Polônia começou a tocar. Muitos clientes se puseram a cantar junto.

— O exército polonês nos defenderá. — Ouvi Pan Klopowitz, um enrugado veterano da Grande Guerra, dizer a outro cliente. Mas eu sabia a verdade. O exército polonês, composto em grande parte por soldados a cavalo ou a pé, não seria páreo para os tanques e as metralhadoras alemães. Meu pai e eu nos entreolhamos. Com os dedos de uma das mãos, ele tocava a borda de seu xale de oração, enquanto a outra segurava a beira do balcão, com suas juntas pálidas. Percebi que ele já estava imaginando o pior.

— Pode ir — disse meu pai, depois que os clientes saíram correndo com seus pães. Não voltei à biblioteca e fui direto para casa. Jacob já estava no apartamento quando cheguei, com o rosto anuviado. Sem palavras, ele me abraçou forte.

Depois de não mais do que duas semanas de invasão alemã, o exército polonês foi derrotado. De repente, as ruas de Cracóvia estavam tomadas por tanques e homens altos de queixos angulosos em uniformes marrons, para quem a multidão se abria quando passavam. Fui demitida de meu emprego na biblioteca e, algumas semanas depois, Jacob foi informado pelo chefe de seu departamento que judeus estavam proibidos de frequentar a universidade. O mundo que conhecíamos parecia ter desaparecido de um dia para o outro.

Meu desejo fora que, uma vez que Jacob já estivesse dispensado da universidade, ele ao menos passasse mais tempo em casa, mas, em vez disso, as reuniões políticas tornaram-se cada vez mais frequentes e agora aconteciam durante a noite em apartamentos na cidade. Embora ele não tivesse dito nada a respeito, eu percebera que esses encontros, de alguma maneira, diziam respeito à resistência contra os nazistas. Quis pedir, implorar a ele que abandonasse a causa. Senti muito medo de que ele fosse preso, ou pior. Eu sabia, no entanto, que me preocupar não acalmaria seu fervor.

Em uma quinta-feira à noite, no fim de setembro, caí no sono enquanto esperava Jacob voltar para casa. Quando acordei, o ponteiro do relógio da cabeceira já passava de meia-noite. Ele deveria estar em casa a essa altura. Pulei da cama. O apartamento estava completamente silencioso, a não ser pelo som dos meus pés descalços contra o piso de madeira maciça. Minha mente borbulhava. Fiquei andando de um lado para o outro da casa desesperadamente, olhando pela janela a cada cinco minutos para a rua lá embaixo.

Quando já passava de uma e meia da madrugada, ouvi um barulho na cozinha. Jacob subira pela escada dos fundos. Seus cabelos e sua barba, normalmente muito alinhados, estavam desgrenhados. Uma linha fina de suor cobria a pele acima de seu lábio superior. Abracei-o, tremendo. Silenciosamente, Jacob me pegou pela mão e me conduziu ao quarto. Sem tentar dizer mais nada, deixei que ele me jogasse no colchão, seu corpo pesando sobre o meu com mais urgência do que nunca.

— Emma, eu terei de fugir — disse-me ele, mais tarde, naquela noite, enquanto ouvíamos, deitados, o ruído dos bondes lá fora. O suor de nosso rompante amoroso já secava em minha pele sob o ar fresco do outono, me deixando inevitavelmente arrepiada.

Meu estômago se revirou.

— Por causa do trabalho?

— Sim.

Eu sabia que não estávamos falando do trabalho na universidade.

— Quando? — perguntei, com a voz embargada.

— Em breve, dentro de alguns dias, acho. — Ouvi uma apreensão em sua voz que me dizia que ele não estava me contando a história toda. Ele rolou na cama e encostou seu tronco nas minhas costas, encaixando os joelhos na parte de trás dos meus. — Vou deixar algum dinheiro, para o caso de você precisar de algo.

Fiz um gesto negativo.

— Não quero. — Meus olhos se encheram de lágrimas. Senti vontade de pedir para que ele ficasse. Teria implorado, se achasse que faria alguma diferença.

— Emma... — Ele fez uma pausa. — Você deveria ficar com seus pais.

— Sim, eu vou. — *Quando você for*, pensei.

— Mais uma coisa... — Senti seu calor se afastando e ele se mexeu tentando alcançar a gaveta do criado-mudo. Ele me entregou um documento que parecia novo ao toque, com a saliência do selo de cera intacta. — Queime isto. — Era nosso *kittubah*, nosso certificado de casamento judaico. Com toda a confusão, não tivéramos tempo de registrar o casamento perante as autoridades civis.

Empurrei o documento de volta para ele.

— Nunca.

— Você tem de tirar os anéis e fingir que nunca fomos casados. Peça à sua família para guardar segredo. — Ele continuou: — Você correrá muito perigo se souberem que é minha esposa depois que eu fugir.

— Perigo? Jacob, sou uma judia vivendo em um país ocupado por nazistas. Quer maior perigo do que isso?

— Simplesmente, faça o que eu disse — insistiu ele.

— Tudo bem — menti, tomando o papel e escondendo-o sob o colchão. Jamais queimaria a única coisa que poderia me manter ligada a ele.

Continuei acordada depois que Jacob já começara a respirar profundamente. Toquei seus cabelos delicadamente onde alcançavam os ombros, enterrando o nariz ali e sorvendo seu cheiro. Contornei sua mão com meus dedos, tentando registrar o formato em minha mente. Ele se mexeu e grunhiu, já lutando contra o inimigo em sonho. Quando finalmente minhas pálpebras pesaram, lutei para permanecer acordada. Haveria muito tempo para dormir depois.

Sucumbi à exaustão. Acordei horas depois com o ruído dos garis varrendo as calçadas e o trote ritmado dos cavalos dos entregadores martelando os paralelepípedos. Lá fora ainda estava escuro. Passei a mão pelo espaço vazio ao meu lado na cama, com os lençóis ainda mornos e amarrotados onde meu marido estivera deitado. Seu cheiro almiscarado ainda pairava forte no ar. Nem precisei olhar para cima para saber que sua mochila e outros pertences não estavam mais lá.

Jacob desaparecera. Estávamos casados há apenas seis semanas.

— Com fome? — A voz de Krysia me arranca de meus pensamentos e percebo que ela havia entrado na sala e estivera falando comigo, mas eu não ouvi. Viro-me para ela relutantemente, como se acordasse de um sonho agradável. Ela me estende um prato de pão com queijo.

— Não, obrigada. — Balanço a cabeça, ainda meio perdida nas memórias. Krysia põe o prato na mesinha de centro e se dirige a mim.

— É uma linda fotografia — diz ela, apontando para nosso retrato de casamento. Eu não respondo. Ela pega o retrato de Jacob quando criança. — Mas temos de esconder essas duas em algum lugar.

— Esconder de quem? — pergunto. — Somos só nós três aqui. — Krysia havia demitido a empregada doméstica e o jardineiro antes que Lukasz e eu chegássemos, e nas semanas que estivemos morando com ela, ninguém mais entrara em casa.

— Nunca se sabe — responde ela. Sua voz soa estranha. — Melhor se prevenir. — Ela estende a mão e eu hesito, sem querer abdicar de um dos últimos laços que tenho com meu marido. Mas ela está certa. Não há escolha. Com um suspiro, dou-lhe a foto do casamento e, entorpecida, a observo enquanto ela a leva para fora da sala.

CAPÍTULO 2

Na manhã em que Jacob desapareceu sem ousar deixar um bilhete, fiquei sentada na cama por vários minutos, piscando e olhando em volta do quarto.

— Ele não vai voltar — falei, em voz alta. Estava chocada demais para chorar. Levantei-me e vesti uma roupa mecanicamente, como se tivesse ensaiado esse momento mil vezes. Fiz minha malinha o mais rápido que pude. Relutantemente, tirei os anéis de noivado e casamento e os escondi, junto com meu certificado de casamento, no fundo da mala.

À porta de nosso quarto, hesitei. Na prateleira lotada perto da porta, praticamente enterrada debaixo dos livros de física e dos tratados políticos de Jacob, estava uma pequena pilha de romances: *Ivanhoé*, *Orgulho e preconceito*, entre outros, principalmente de autores estrangeiros. Levantei a mão para tocar as lombadas dos livros, perdida em memórias. Jacob me presenteara com esses livros pouco depois de nos conhecermos. Ele me visitava na biblioteca todos os dias e frequentemente me dava presentinhos, como uma maçã ou uma flor, ou então meu presente favorito: um livro. Eu ri na primeira vez em que ele fez isso.

— Trazendo livros para a biblioteca? — provoquei, examinando o volume fino e com capa de couro, uma tradução de *Grandes esperanças*, de Charles Dickens.

— Mas aposto que este você não tem! — protestou ele, sinceramente, estendendo o livro, sorrindo com os olhos castanhos.

E ele estava certo, pois, embora eu já tivesse lido muitos, nunca tivera os próprios livros até então. Meus pais me haviam encorajado a estudar e me mandaram para uma escola judaica para meninas por quanto tempo puderam, mas ter livros, além da Bíblia da família e do livro de orações, não era um luxo que podíamos sustentar. Cada livro dos cerca de seis livros que Jacob me trouxera tinha custado caro, e nunca contei a ele que já os havia lido todos na biblioteca, alguns tantas vezes que já os tinha quase decorado. Li cada um novamente (as histórias pareceram um pouco diferentes quando os livros eram meus) e os guardei muito bem na gaveta da cômoda. Eles estavam entre as poucas coisas que eu havia levado comigo da casa dos meus pais para a casa dos Bau.

Visualizando como Jacob estava quando me deu o primeiro livro, meus olhos arderam. *Onde está você*, pensei enquanto olhava para a estante, *e quando voltará?* Enxuguei uma lágrima e observei os livros. *Não posso levá-los comigo*, pensei. São muito pesados. Mas também não posso abandonar todos eles. Finalmente, tirei dois livros da estante e os apertei na mala.

Caminhei até a porta da frente da casa dos Bau, sacolas nas mãos. Passei os olhos pelas cortinas de seda cor-de-rosa, afastadas graciosamente das janelas altas por cordas cor de bronze, e pela louça de bordas douradas dentro da cristaleira no hall de entrada. Com a casa vazia, o que impediria que vagabundos, ou mesmo nazistas, a saqueassem? Por um momento, considerei não ir embora. Jacob estava certo, no entanto; não seria seguro ficar lá sozinha. Era comum a Gestapo fazer buscas, e muitos bons apartamentos do centro da cidade já tinham sido expropriados de seus donos judeus e dados a altos oficiais nazistas. Pensei brevemente em levar alguns dos pertences dos Bau comigo para protegê-los, talvez alguns quadros pequenos ou os candelabros de prata. Mas, mesmo que tivesse como transportar essas coisas para a pequena casa de meus pais, não ficariam muito mais seguras por lá. Parada na entrada, olhei em volta pela última vez antes de fechar a porta.

Desci a rua Grodzka, saindo do centro da cidade em direção ao bairro judeu. Enquanto andava, notava as casas cada vez mais dilapidadas, as ruas cada vez mais estreitas. Não consegui deixar de me lembrar da primeira vez que permiti que Jacob me levasse em casa ao sair da biblioteca. Ele passara meses se oferecendo para me acompanhar, mas eu sempre recusava, com medo de que, se ele visse o mundo pobre e religioso de onde vim, ele se daria conta das diferenças entre nós dois e desapareceria para sempre. Quando chegamos juntos à fronteira do bairro judeu, observei seu rosto. Percebi, pela forma que ele mordia a parte de dentro da bochecha e mantinha o braço firme em volta da minha cintura como um protetor, que ele se espantara com a pobreza explícita, com os edifícios decadentes e lotados, e com os habitantes de meu bairro, que viviam na miséria. Ele não dissera uma só palavra sobre isso, no entanto. Ao contrário, seu afeto parecia crescer a cada dia, e ele se mostrara determinado a me tirar desse mundo. *Até a volta*, eu pensei, contemplando a rua desoladora à frente. Agora ele estava fugido e eu voltava a Kazimierz sozinha. Sentia as lágrimas que caíam de meus olhos mais uma vez.

Logo cheguei à rua Szeroka, na praça principal do centro do bairro judeu. Parei, fitando as sinagogas e lojas que a circundavam. Algo estava diferente de quando visitara pela última vez, apenas semanas antes. Embora fosse manhã de um dia de semana, as ruas estavam vazias e estranhamente silenciosas. Não via mais vizinhos chamando uns aos outros pelas janelas abertas e homens discutindo em frente às lojas, ou as mulheres cobertas com seus xales carregando trouxas de comida e velas. Era como se o bairro tivesse desaparecido de um dia para o outro.

Decidi passar na padaria e falar com meu pai antes de ir para o apartamento. A padaria, que era só uma loja pequena com uma cozinha adjacente, era a menina dos olhos de meu pai. Ele a abrira quando jovem, mais de trinta anos atrás, para sustentar a família, e lá trabalhou desde então. Mesmo depois da ocupação, ele insistiu em manter a loja aberta com menos fornecedores e ainda menos clientes pagantes, para que nossa família, nossos amigos e nossos vizinhos pudessem ter ao menos essa fonte de alimentos e para produzir furtivamente pequenas quantidades de pães judaicos, chalá para o Sabá e matzá para a Páscoa, que agora eram proibidos.

Ele iria querer que eu ficasse lá, é claro, que pusesse minhas malas no canto e vestisse um de seus grandes aventais e ficasse assando pães com ele. Ajudar meu pai era uma das coisas de Kazimierz de que mais sentia falta depois de me casar. Conversávamos por horas enquanto fazíamos e sovávamos a massa juntos. Ele sempre me contava histórias de sua infância, de meus avós, aos quais não havia conhecido, e da grande loja de departamentos que eles tinham, perto da fronteira com a Alemanha. Às vezes ele ficava quieto e eu ouvia seus murmúrios sussurrados. Não precisava olhar para ele para saber que estava sorrindo consigo mesmo, com sua barba escura toda esbranquiçada de farinha de trigo.

Virei à direita na esquina da rua Jozefa e parei em frente à padaria. Tentei abrir a porta da frente. Por um momento, me perguntei se havia confundido os dias e a padaria fora fechada para o Sabá. A última vez que meu pai tinha deixado de abrir a padaria em um dia que não fosse sábado ou algum feriado judaico foi o dia em que nasci. Encostei o rosto na janela. A loja estava escura. Um sentimento de apreensão tomou conta de mim. Já passava de oito da manhã; meu pai já estaria trabalhando haveria horas. Imaginei que algo estava errado, que ele ou minha mãe poderiam estar doentes. Sentindo calafrios, corri para nosso apartamento na rua Miodowa.

Alguns minutos depois, entrei no prédio mal iluminado onde havia morado a vida inteira antes de me casar com Jacob. Lá dentro o ar estava denso, cheirando a repolho e cebola. Subi correndo os três lances de escada. Arfando, pus minhas sacolas no corredor e girei a maçaneta da porta do apartamento.

— Olá? — falei, entrando na sala.

A luz da manhã atravessava as duas janelas grandes. Olhei em volta. Por toda a vida, nunca me incomodara o fato de nosso apartamento ser exíguo, apertadinho, mas, depois de me casar com Jacob e me mudar para a impressionante casa dos Bau, meu lar de infância parecia, de certa forma, diferente. Em minha primeira visita após nossa lua de mel, a visão das cortinas amareladas e dos assentos puídos das cadeiras me incomodavam como se pudesse ver pela primeira vez o quão pequeno e decadente nosso apartamento realmente era. Sentia-me culpada por deixar meus pais nessa situação enquanto eu vivia confortavelmente com Jacob. Mas eles não pareciam se dar conta; para eles, aquela era a única casa que conheciam. *Agora tenho de viver aqui novamente*, pensei, desejando que as coisas fossem diferentes. Fiquei imediatamente envergonhada de meu espírito esnobe.

— Olá? — falei novamente, mais alto. Não houve resposta.

Olhei para o relógio no batente da lareira. Eram oito e meia, ou seja, normalmente meu pai já teria saído há muito tempo para a padaria. Minha mãe nunca saía tão cedo, no entanto; ela deveria estar em casa. Havia algo errado. Tentei sentir os cheiros em volta. O aroma persistente de ovos e cebola, o café da manhã que minha mãe sempre fazia, não estava lá. Alarmada, corri para o quarto de meus pais. Algumas das gavetas da cômoda estavam abertas, com roupas penduradas para fora. Minha mãe jamais sairia deixando o apartamento nesse estado. O cobertor de lã cinza dos meus avós, que geralmente ficava dobrado ao pé da cama, não estava lá.

— Mamãe? — chamei, em pânico. Voltei para o corredor, passando pela sala, e olhei para as escadas. O prédio estava silencioso, exceto pelo eco dos meus passos. Não ouvi os sons habituais da manhã que soavam através das paredes finas, sons de gente conversando, panelas batendo e água jorrando. Meu coração acelerou. Todos tinham desaparecido. Fiquei paralisada, sem saber o que fazer.

De repente, ouvi um rangido na escadaria acima.

— Olá? — falei, subindo as escadas. Pelos corrimãos, consegui vislumbrar uma roupa azul. — É Emma Gershmann. — Usei meu nome de solteira. — Quem está aí? — Nem me ocorreu sentir medo. Ouvi um passo e depois, outro. Um garotinho de não mais do que 12 anos apareceu. Reconheci-o como um dos muitos filhos dos Rosenkrantz do quarto andar. — Você é o Jonas, não é? — perguntei. Ele assentiu. — Onde está todo mundo?

Ele não disse nada por vários minutos.

— Eu estava brincando no pátio quando eles vieram — disse ele, quase inaudível.

— Quem veio, Jonas? — perguntei, temendo a resposta.

— Homens de uniforme — respondeu ele, baixinho. — Muitos.

— Alemães? — Ele assentiu. Subitamente, perdi toda a força em meus joelhos; me apoiei no corrimão. — Quando?

— Há dois dias. Eles obrigaram todo mundo a ir embora na hora. Minha família e a sua também.

Meu estômago revirou-se.

— Para onde eles foram?

Ele deu de ombros.

— Eles andaram para o sul, em direção ao rio. Todo mundo estava com malas.

O gueto, pensei, descendo um degrau. Pouco depois do início da ocupação, os nazistas haviam criado uma área murada em Podgorze, um distrito ao sul do rio, para onde mandaram todos os judeus das vilas vizinhas. No entanto, nunca me havia ocorrido que minha família pudesse ter de se mudar para lá, pois já viviam no bairro judeu.

— Fiquei escondido aqui até eles irem embora — acrescentou Jonas.

Não respondi, mas me levantei de uma vez e corri escada abaixo de volta ao apartamento. Na entrada, parei. A mezuzá não estava mais lá, fora arrancada da porta de madeira. Toquei a marca que restara de onde a pequena caixa metálica estivera por décadas. Meu pai deve tê-la arrancado ao sair. Ele sabia que não voltariam mais.

Eu tinha de encontrá-los. Peguei minha mala e fechei a porta do apartamento, encarando Jonas, que me seguira escada abaixo.

— Jonas, você não pode ficar aqui, não é seguro — falei. — Você tem algum lugar para onde possa ir?

Ele fez que não com a cabeça. Não tinha como levá-lo comigo.

— Aqui — falei, pegando na bolsa um punhado de moedas que Jacob me dera. — Use isto para comprar comida.

Ele enfiou as moedas no bolso.

— Aonde você vai?

Eu hesitei.

— Encontrar meus pais.

— Você vai para o gueto?

Olhei para ele, surpresa. Não tinha me dado conta de que ele entendia o que era o lugar para onde sua família tinha sido levada.

— Sim.

— Você não vai conseguir ir embora de lá depois — disse Jonas, com sua lógica infantil.

Eu hesitei. Na minha afobação, não pensei que ir ao gueto significava que eu seria presa também.

— Mas preciso ir. Tome cuidado. Não fique à vista. — Pus minha mão em seu ombro. — Direi à sua mãe que você está bem se eu a vir. — Sem esperar que ele respondesse, me virei e saí.

Do lado de fora, parei, olhando em ambas as direções da rua deserta; me dei conta de que os nazistas teriam evacuado o bairro inteiro. Fiquei paralisada, tentando decidir o que fazer. Jonas tinha razão, é claro. Se eu fosse para o gueto, não conseguiria mais sair. Mas que outra escolha tinha? Não poderia ficar no apartamento. Até ficar parada na rua provavelmente não era seguro. Desejei desesperadamente que Jacob estivesse ali; ele certamente saberia o que fazer. É claro que, se ele estivesse aqui, eu estaria ainda segura em nosso quarto no apartamento dos Bau, e não sozinha na esquina, sem lugar para ficar. Perguntei-me onde ele estaria a essa altura. Será que ele teria fugido se tivesse se dado conta do que aconteceria comigo assim que ele foi embora?

Decidi ir mesmo para o gueto. Precisava saber se meus pais estavam lá, se eles estavam bem. Pegando minhas coisas mais uma vez, comecei a andar rapidamente pelas ruas vazias do bairro judeu na direção sul do rio. O roçar das solas dos meus sapatos e da minha mala no asfalto eram os únicos sons que cortavam o silêncio da manhã. Minha pele ficou úmida sob as roupas e meus braços doíam de carregar as sacolas pesadas sob o ar denso da manhã de outono.

Logo cheguei à margem do rio Vístula, que separava nosso mundo antigo do novo. Parei ao pé da ponte férrea, olhando para o outro lado. Podgorze era uma área desconhecida para mim, comercial e lotada. Observando os prédios sujos e dilapidados, conseguia enxergar o topo do muro do gueto. Um calafrio percorreu meu corpo. *Você está a apenas alguns quilômetros de distância,* falei a mim mesma, mas esse pensamento não me confortara. O gueto não era Kazimierz, não era nossa casa. Era o mesmo que estar em outro planeta.

Por um momento considerei voltar e fugir. Mas para onde iria? Respirando profundamente, comecei a caminhar pela ponte. Minhas pernas pareciam mortas. Enquanto avançava silenciosamente pela ponte férrea, ouvia o rio ondulando gentilmente contra a margem de onde eu saíra. O cheiro de água salobra subia por entre as ripas da ponte. *Não olhe para trás.* Mas, assim que alcancei a outra margem, um estorninho piou atrás de mim e me virei, quase contra minha vontade. Do outro lado, ao alto de um aterro com vista para o rio, vi o castelo Wawel, seus telhados e as torres da catedral banhados na luz dourada do nascer do sol. Sua grandiosidade me parecia uma traição. Por toda a minha vida, tinha trabalhado e brincado, caminhado e vivido sob sua sombra. Sentia-me protegida por essa fortaleza, que, por séculos, fora a sede da monarquia polonesa. Agora me sentia expulsa. Dirigia-me a uma prisão, e o castelo parecia ignorar minha tragédia. Cracóvia, a cidade dos reis, não era mais minha. Tornei-me estrangeira no lugar a que sempre chamei de lar.

CAPÍTULO 3

Do pé da ponte, caminhei algumas centenas de metros ao longo do muro de granito do gueto. A parte de cima fora construída em forma de arcos, cada um com cerca de setenta centímetros de largura. *Parecem lápides,* pensei, com um nó na barriga. Quando cheguei à entrada, um portão de ferro, parei, respirando fundo antes de falar com o guarda nazista.

— Nome? — perguntou ele, antes que eu pudesse dizer qualquer coisa.

— Eu... Eu... — gaguejei.

O guarda tirou os olhos de sua prancheta.

— Nome! — bradou ele.

— Gershmann, Emma — consegui dizer.

Ele consultou a lista.

— Não consta.

— Não, mas acho que meus pais estão aqui, Chaim e Reisa Gershmann.

Ele procurou novamente, virando a página.

— Sim. Rua Limanowa, 21, apartamento seis.

— Então, quero ficar com eles.

Com um olhar de surpresa, ele abriu a boca para começar a falar alguma coisa. *Ele vai me dizer que não posso entrar,* pensei. Por um momento, me senti quase aliviada. Mas então, parecendo pensar melhor, o guarda escreveu meu nome ao lado dos nomes dos meus pais e abriu caminho para que eu passasse. Hesitei, olhando para a rua em ambas as direções antes de entrar no gueto. O portão se fechou atrás de mim.

Lá dentro, me senti atravessando uma massa de fedor humano e tive de lutar para não engasgar. Tentando respirar pouco e pela boca, pedi informações para um homem, que me explicou como chegar à rua Limanowa. Enquanto caminhava pelo gueto, tentava não olhar para os pedestres esquálidos e desgrenhados que me observavam, uma novata, com curiosidade explícita. Virei na rua Limanowa, parando em frente ao número que o guarda mencionara. O prédio parecia já ter sido declarado condenado. Abri a porta da frente e subi as escadas. Quando cheguei ao último andar, parei, limpando as palmas das mãos suadas na saia. Sentindo o odor de madeira podre em frente a um dos apartamentos, pude ouvir a voz de minha mãe. Lágrimas rolaram pelos meus olhos. Até então eu não queria acreditar que eles realmente estivessem ali. Respirei fundo e bati.

— *Nu?* — Ouvi meu pai dizer. Seus passos ficaram mais próximos e a porta se abriu. Ao me ver, seus olhos arregalaram-se. — Emmala! — exclamou ele, envolvendo-me tão forte com seus braços enormes que pensei que fôssemos cair, os dois.

Atrás de mim, minha mãe apertava seu avental, os olhos anuviados.

— O que você está fazendo aqui? — indagou ela.

Quando meu pai finalmente me soltou, ela me puxou para dentro do apartamento. Olhando em volta, estremeci: eles realmente moram aqui? Pequeno, escuro e cheirando a mofo, o espaço sem divisórias, com apenas uma janela quebrada, fazia nosso apartamento de Kazimierz parecer um palácio. Pude notar que minha mãe tentara tornar o lugar habitável, costurando cortinas amarelo-claras para cobrir a janela opaca e rachada, e pendurando panos para dividir o ambiente em uma espécie de quarto e uma área comum minúscula, em que mal cabiam três cadeiras e uma pequena mesa. Mas ainda era horrível.

— Voltei ao apartamento, mas vocês não estavam lá. — Eu mesma percebi o tom acusatório da minha voz, de quem diz: por que vocês não me avisaram que iam embora ou deixaram um bilhete?

— Eles nos deram trinta minutos para sair — disse meu pai, puxando duas cadeiras para que minha mãe e eu nos sentássemos. — Não havia tempo para mandar avisá-la. Onde está Jacob?

— O trabalho... — falei, simplesmente. Eles assentiram, sem se surpreender. Eles sabiam muito bem das atividades políticas de Jacob. Além do fato de que ele não era ortodoxo, essa era a única outra coisa nele de que não gostavam.

— Você não deveria estar aqui — disse meu pai, atormentado, andando de um lado para o outro. — Somos idosos. É provável que ninguém sequer se importe com a gente. Mas são os jovens que... — Ele não precisava terminar a frase. Os jovens estavam sendo deportados de Cracóvia. Os que recebiam ordens de deportação no gueto simplesmente não tinham como escapar.

— Eu não tinha mais para onde ir — respondi.

— Bem — disse minha mãe, pegando minha mão —, pelo menos estamos todos juntos. Vamos ajeitar suas coisas.

Na manhã seguinte, me apresentei no edifício da Administração Judaica para me registrar no Judenrat, um grupo de habitantes do gueto designado pelos nazistas para administrar as atividades internas. Fui alocada para trabalhar no orfanato do gueto. Meus pais já tinham recebido ordens de trabalho e por sorte seus empregos eram razoáveis. Meu pai trabalhava na cozinha comunitária do gueto, onde podia assar pães novamente, e minha mãe na enfermaria, como auxiliar. Todos conseguimos evitar os temidos batalhões de trabalho, em que judeus eram forçados a fazer trabalho manual fora dos muros do gueto, sob o escrutínio de brutais guardas nazistas.

Comecei a trabalhar naquela tarde. O orfanato era um espaço pequeno com dois andares que o Judenrat estabelecera na rua Josefinska. Por dentro era escuro e lotado, mas um pequeno jardim interno gramado atrás do berçário dava às crianças, a maioria entre um e quatro anos, um espaço para brincar. Ele abrigava cerca de trinta crianças, e quase todas tinham perdido os pais no começo da guerra. Eu gostava de cuidar delas. Apesar de serem extremamente magras por causa das rações do gueto, ainda eram crianças, alheias à guerra, ao ambiente tétrico e ao terrível prospecto de não ter pais que cuidassem delas em um mundo inclemente.

Ainda assim, apesar das pequenas alegrias de meu trabalho, eu pensava constantemente em Jacob. Cercada de crianças, frequentemente me lembrava de que poderia estar construindo uma família a essa altura, se não fosse pela guerra. À noite, repassava nossos momentos juntos na memória, nosso namoro, o casamento e depois. As noites tinham sido poucas e preciosas o bastante para que eu me lembrasse de cada uma. Fitando o teto baixo do apartamento no gueto, pensei com culpa, mas desafiadoramente, sobre sexo, sobre as alegrias silenciosas e inesperadas que Jacob me havia ensinado brevemente. Onde estaria Jacob? Eu me preocupava toda noite, deitada na cama. Com quem ele estaria? Deve haver mulheres na resistência; no entanto, Jacob não me pedira para ir com ele. Envergonhada, não me perguntava se Jacob estaria machucado ou passando frio, mas se ele era fiel, ou se alguma mulher mais corajosa, mais ousada, havia roubado seu coração.

Sentia falta não somente de Jacob, mas também de outras companhias. Meus pais, com os dias tomados pela jornada de 12 horas de trabalho passada quase exclusivamente de pé, tinham pouca energia para fazer muito mais do que comer suas rações e se arrastar para a cama ao final do dia. O gueto já havia deteriorado a saúde deles nesse curto período em que habitavam lá; foi como se envelhecessem de um dia para o outro. Meu pai, outrora forte e robusto, parecia se mexer com muito esforço. Minha mãe se arrastava, também, com olheiras profundas. Seus cabelos castanhos, fortes e cheios, estavam agora quebradiços e raiados de branco. Eu sabia que ela dormia pouco. Em algumas noites, deitada na cama, podia ouvir seu choro abafado através da cortina que separava nossas áreas de dormir.

— Reisa, Reisa — repetia meu pai, tentando em vão consolá-la.

Seu choro me inquietava. Minha mãe crescera na pequena vila de Przemysl, em uma região ao leste conhecida como Pale, que estivera sob controle russo antes da Grande Guerra e sujeitara-se a ataques intensos e repentinos de violência contra os habitantes judeus. Ela já vira casas sendo queimadas, gado sendo roubado, já tinha testemunhado o assassinato daqueles que ofereciam resistência mínima. Fora a violência dos *pogroms,* que lhe motivara a fugir para o leste, para Cracóvia, depois da morte de seus pais, doentes por causa dessas condições brutais de vida. Ela conseguira sobreviver, mas sabia exatamente o quanto deveríamos temer tudo isso.

As outras mulheres que trabalhavam no orfanato tampouco eram boa companhia. Aos cinquenta anos ou mais, a maioria vinda das vilas, elas eram até gentis, mas o trabalho de dar banho, alimentar e cuidar de tantas crianças deixava pouco tempo para conversar. A pessoa com quem fiz uma espécie de amizade no orfanato foi Hadassa Nederman, ou Pani Nederman , como chamamos as senhoras em polonês, uma viúva robusta da vila vizinha de Bochnia. Com seu rosto arredondado e sorridente, ela sempre tinha tempo para uma palavra gentil ou uma brincadeira. Na maior parte dos dias, depois que as crianças caíam em seu sono vespertino, conseguíamos compartilhar alguns momentos de conversa durante nosso aguado chá da tarde, e, embora eu não pudesse falar com ela sobre Jacob, ela parecia perceber minha solidão.

Um dia, quando já trabalhava na creche havia cerca de dois meses, Pani Nederman se aproximou, conduzindo pela mão uma garota de cabelos escuros com o mesmo tipo físico largo.

— Emma, esta é minha filha, Marta.

— Olá! — disse Marta, animadamente, me puxando para um abraço de urso como se fôssemos velhas amigas. Gostei dela instantaneamente. Alguns anos mais nova do que eu, ela tinha olhos brilhantes que se destacavam detrás de seus enormes óculos e dos cachos rebeldes que saltavam de sua cabeça em todas as direções. Ela sorriu e falou sem parar. No gueto, o trabalho de Marta era servir como mensageira para o Judenrat, entregando bilhetes e pacotes dentro e, às vezes, fora do gueto.

— Você tem de vir ao nosso jantar no Sabá — declarou ela, depois de conversarmos por alguns minutos.

— De sua família? — perguntei, confusa.

As pessoas raramente admitiam observar o Sabá no gueto, muito menos convidavam amigos para participar. Ela balançou a cabeça.

— Meus amigos e eu nos reunimos toda sexta-feira à noite. É bem ali. — Ela apontou para um prédio do outro lado da rua do orfanato. — Eu os avisei com antecedência, quando minha mãe me falou de você. Eles disseram que você pode se juntar a nós.

Hesitei, pensando em meus pais. Nosso pequeno Sabá, toda semana, era uma reunião estritamente familiar. Meu pai contrabandeava uma pequena peça de chalá (proibido) da cozinha do gueto e minha mãe queimava parte de nossas preciosas velas restantes em um pires, já que os candelabros tinham sido abandonados em Kazimierz. Embora ficassem muito cansados das longas e exaustivas semanas de trabalho, meus pais sempre pareciam renovados nas noites de sexta-feira. A coluna se endireitava e a cor retornava ao rosto quando entoavam as orações do Sabá em voz baixa, porém firme. Sentávamo-nos por horas, trocando as anedotas guardadas dos outros dias em que nos sentíamos cansados demais para conversar. Detestava pensar em deixá-los sozinhos, mesmo que fosse só por uma sexta-feira.

— Tentarei — prometi a Marta, achando improvável que eu fosse mesmo. Na realidade, meus pais não eram minha única preocupação; eu era tímida, e ficava nervosa só de pensar em entrar em um ambiente cheio de estranhos. Mas, no decorrer da semana, me peguei com vontade de me juntar a Marta. Finalmente, na noite de quinta-feira, toquei no assunto com meus pais.

— Vá — responderam, ao mesmo tempo, com os rostos radiantes. — Você precisa mesmo de companhia de gente da sua idade.

Na tarde seguinte, quando meu turno no orfanato estava terminando e todas as crianças já tinham comido, Marta apareceu na porta sem aviso prévio.

— Pronta? — perguntou ela, como se minha presença no jantar nunca tivesse sido posta em questão. Juntas, atravessamos a rua para o número 13.

Marta me conduziu por um lanço de escadas mal iluminado e passamos por uma porta destrancada. A sala em que entramos era longa e estreita, com uma cozinha à direita e outra porta na ponta oposta. As cortinas desbotadas e esgarçadas estavam cerradas. Uma longa mesa de madeira ocupava a maior parte da sala, rodeada de cadeiras diferentes. Marta me apresentou para os cerca de 12 jovens que já estavam reunidos na sala, alguns sentados à mesa, outros ainda de pé. Não consegui gravar todos os nomes, mas não pareceu ser um problema. Aparentemente, visitas de novatos não eram raras, então até me esqueci de ficar nervosa, ainda mais porque o clima da conversa era amigável. Reconheci algumas pessoas do gueto, mas pareciam totalmente diferentes das figuras sombrias que tinha visto pelas ruas. Aqui, estavam energizados, conversando e rindo com amigos como se estivessem em uma festa a milhões de quilômetros do gueto.

Alguns minutos depois, alguém tocou um pequeno sino. Como se fosse uma deixa, todos silenciaram e rodearam a mesa, escolhendo seus lugares. Marta me conduziu para perto de duas cadeiras na ponta da mesa, ao lado da porta. Olhando em volta, contei pelo menos 18 pessoas. Parecia que não haveria lugar para todos, mas as pessoas se mobilizaram e se acomodaram. Ficamos ombro a ombro uns com os outros, cada um em seu lugar, em silêncio.

A porta na outra extremidade da sala se abriu e dois homens entraram. Um era entroncado e parecia ter vinte e poucos anos, e o outro era um pouco mais alto e tinha um cavanhaque bem aparado. Eles ocuparam os lugares que tinham sido deixados vazios à cabeceira da mesa. Uma jovem ao lado do mais velho acendeu as velas. O grupo assistiu em silêncio enquanto ela circulava as chamas com as mãos três vezes, recitando a oração do Sabá.

— Aquele é Alek Landesberg — sussurrou Marta, gesticulando em direção ao homem mais velho. — Ele é uma espécie de líder do grupo.

— *Shalom aleichem.* — O homem começou a entoar em uma voz profunda de barítono, e o grupo todo o acompanhou na tradicional abertura do Sabá. Olhei em volta da mesa. Os rostos eram desconhecidos para mim uma hora antes. Mas, naquele momento, banhados pela luz das velas, pareciam tão conhecidos quanto minha família. Enquanto cantavam, o volume de suas vozes aumentou, formando uma tapeçaria sonora que parecia separar aquela sala do mundo horrível e desolador lá fora. Chorei. Marta, notando minha reação, apertou minha mão.

Quando o canto acabou, nos sentamos e Alek ergueu uma taça de vinho enferrujada e recitou a bênção kidush. Então, ele disse *motze* sobre o chalá antes de jogar o sal, depois o cortou e passou para os outros. O pão claramente não era da cozinha do gueto; ele tinha casca grossa e miolo macio, me lembrando os da padaria de meu pai. Assim que o prato passou por mim, me arrependi de não procurar um jeito de levar um pedaço para meus pais. Logo depois, algumas moças se levantaram e foram à cozinha, voltando com panelas quentes, de onde serviram generosas porções de caldo de galinha, cenouras e batatas em nossos pratos. Meu estômago roncou. Tampouco era comida do gueto.

Durante a refeição, as pessoas conversavam sem parar. Eram amigáveis, porém autocentradas; faziam muitas piadas e tinham muitos apelidos que só elas entendiam e ninguém se dava o trabalho de me explicar. Ouvi com interesse quando Marta conversou, passando por mim, com a moça à minha direita sobre vários garotos, e então especulou com dois rapazes à sua esquerda se os Estados Unidos entrariam na guerra. Não me preocupei por que ninguém falava comigo diretamente ou me perguntava qualquer coisa. À cabeceira da mesa, eu via o homem que entoara as orações olhando em minha direção. Ele sussurrou algo para o homem mais novo e mais robusto à sua esquerda. Senti meu rosto ruborescer naquele espaço lotado e quente.

Depois do jantar, as moças serviram café preto forte em xícaras rachadas com pires descombinados enquanto um rapaz começava a tocar violão. As pessoas afastaram-se da mesa e reclinaram-se em suas cadeiras, parecendo tão felizes e relaxadas como se estivessem de férias em Krynice no verão. Cantamos e ouvimos música em iídiche e hebraico por horas, inclusive algumas que não ouvia há anos. Finalmente, quando Marta e eu decidimos que seria muita ousadia ficar mais tempo por causa do toque de recolher, agradecemos aos outros e fomos embora.

Daquela noite em diante, eu voltaria ao apartamento da rua Josefinska toda sexta-feira. Tentava não ser tomada pela culpa que sentia por não passar o Sabá com meus pais. Por aquelas poucas horas toda semana, eu podia me esquecer onde estava e tudo o que acontecia ao meu redor. O jantar do Sabá se tornou o ponto alto da minha semana.

Em uma sexta-feira à noite, depois de seis semanas que começara a frequentar o jantar de Sabá na Josefinska nº 13, Helga, a mulher que fazia o jantar toda semana, aproximou-se de Marta e de mim quando a noite chegava ao fim e estávamos vestindo nossos casacos.

— Alek quer falar com você — disse-me ela.

Meu estômago pulou. Marta me lançou um olhar questionador. Dei de ombros, tentando agir casualmente.

— Não precisa me esperar — disse a ela.

A mulher apontou para a porta ao fundo da sala. Aproximei-me, nervosa, me perguntando se havia feito algo que ofendera Alek. Mas, quando bati à porta entreaberta, ele acenou afavelmente.

A sala dos fundos tinha a metade do tamanho da outra, com uma pequena mesa coberta de papéis, umas poucas cadeiras e uma cama de campanha.

— Emma, sou Alek — disse ele, amigavelmente, estendendo a mão. Eu o cumprimentei, surpresa por ele saber meu nome. Alek apresentou o homem que se sentava a seu lado no jantar. — Este é Marek. — O outro homem fez um gesto com a cabeça e, recolhendo uma pilha de papéis da mesa, pediu licença e saiu. — Sente-se. — Sentei-me na beira da cadeira que Alek indicara. De perto, pude ver olheiras e linhas finas em torno de seus olhos. — Peço desculpas por não ter me apresentado antes, mas precisei resolver muitas coisas recentemente. — Tentei imaginar que tipo de coisas ele poderia ter para resolver dentro do gueto. — Emma, serei direto. — Ele abaixou a voz. — Temos um amigo em comum. — Suas sobrancelhas levantaram-se. — Um amigo muito próximo. Da universidade.

Alek conhece Jacob, me dei conta, com meu coração dando saltos. Não consegui conter a expressão de reconhecimento que passou pelo meu rosto. Então, recobrando a compostura, comecei a protestar.

—Eu... Eu não sei do que você...

— Não se preocupe. — Ele levantou a mão para me silenciar. — Sou o único que sabe — continuou —, ele me contou sobre você já faz um tempo e vi sua foto. — Enrubesci. Ele se referia à nossa foto de casamento, a mesma que Krysia havia escondido. Eu sabia que Jacob tinha uma cópia, mas não sabia que ele a teria mostrado a alguém. Será que ele ainda a tinha? Há quanto tempo será que ele a mostrou a este homem? — Ele me pediu para cuidar de você caso viesse para cá — explicou Alek. — Eu não sabia quem você era até você vir aqui recentemente. Bem, fazemos o mesmo tipo de trabalho, seu amigo e eu. — Percebi, então, que Alek também fazia parte do movimento de resistência.

— Você falou... — Não ousei terminar a frase.

— Às vezes recebemos alguma comunicação da parte dele, em geral por meio de nossos mensageiros, já que, evidentemente, ele não pode vir ao gueto. Vou avisá-lo de que fiz contato com você e que você está bem.

— Por favor, para mim seria muito importante. — Ele assentiu. Hesitei antes de falar novamente. —Posso ajudar, também... Com o trabalho?

Alek negou veementemente.

— Desculpe, mas não. Nosso amigo imaginou que você perguntaria e deixou muito claro que não poderíamos deixar que se envolvesse. Ele se preocupa com sua segurança.

— Gostaria que ele fosse um pouco menos preocupado com minha segurança e mais preocupado com a dele próprio. — Fiquei surpresa com a rispidez das minhas palavras.

Alek me observou com severidade.

— Seu marido é um grande guerreiro, Emma. Você deveria se orgulhar.

— Tenho orgulho, sim — respondi, repreendida.

— Ótimo. Por enquanto, respeitarei o desejo dele e a deixarei de fora das atividades, mas... — ele pausou, alisando o cavanhaque — você é uma pessoa independente e, se quiser me ajudar, pode ser que, com o tempo, surja uma oportunidade de ser útil para nós. Como você pode ver, muitas mulheres estão envolvidas. — Ele fez um gesto em direção à sala maior e eu percebi pela primeira vez que os outros frequentadores do jantar de Sabá, incluindo Marta, eram, de fato, parte da resistência. — Enquanto isso, você será sempre bem-vinda aqui. Claro, os outros não podem saber quem você é — seu casamento deve continuar em segredo. Mas quis fazer contato e lhe informar sobre nosso amigo em comum.

— Obrigada. — Apertei o braço de Alek, sentindo uma onda de alívio e gratidão. Ele sorriu calorosamente, e então voltou aos seus papéis para, sem ser rude, me informar que nossa conversa acabara e já era hora de eu ir embora. Atravessei o apartamento de volta e saí pela porta quase dançando. Alek conhecia Jacob e sabia de nosso casamento. Pela primeira vez desde que meu marido desaparecera, não me sentia completamente sozinha.

CAPÍTULO 4

Na segunda-feira seguinte à minha conversa com Alek, Marta apareceu no orfanato após o turno. Não fiquei surpresa ao vê-la; ela me visitava quase todos os dias depois que nos tornamos amigas.

— Tenho de levar esta panela de volta à cozinha — falei.

Toda manhã, a cozinha central do gueto enviava uma panela grande de sopa ao orfanato, para as crianças. O caldo era sempre ralo e aguado, com apenas alguns flocos miúdos de batata ou repolho. A mísera xícara que cada criança tomava como uma de duas refeições diárias não era nem de longe suficiente; Pani Nederman, eu e algumas outras pessoas que trabalhavam no orfanato dividíamos nossas rações com as crianças sempre que possível.

— Vou caminhando com você — ofereceu-se Marta.

— Tudo bem. — Tirei meu casaco do gancho na porta.

Despedimo-nos da mãe de Marta e saímos pela rua coberta de neve. O ar de inverno estava puro, mas o vento forte que me acompanhara até o trabalho naquela manhã havia se acalmado.

— Sobre o que você e Alek conversaram na sexta-feira à noite, afinal? — perguntou ela, quando viramos na rua Lwowska e caminhamos ao longo do perímetro interno do muro do gueto. Pude perceber que ela sentia um pouco de ciúme por ele ter me escolhido para conversar.

— Sobre uma pessoa que nós dois conhecemos — respondi, monotonamente, sem olhar para ela.

— Ah. — Parecendo estar satisfeita com a resposta, ela ficou em silêncio por vários minutos. — Você tinha namorado antes da guerra? — perguntou ela, abruptamente, quando nos aproximamos do galpão de tijolos que servia como cozinha central.

Hesitei, em dúvida sobre como responder. Eu não gostava de enganar Marta quanto ao meu casamento. Nunca havia tido uma amiga confidente antes e desejava desesperadamente contar a ela sobre Jacob, para compartilhar e dar vida às memórias. Talvez ela também o conhecesse por causa da resistência. Mas eu prometera a Jacob que não contaria a ninguém sobre nosso casamento. Ele e Alek me disseram que não seria seguro.

— Ninguém especial — respondi, por fim. Meu coração se contorceu ao ter de negar a existência de Jacob e de nosso amor um pelo outro.

— Então havia vários! — Ela riu.

Balancei a cabeça, contendo uma risada pela ideia de ter vários pretendentes; antes de Jacob, não houvera ninguém.

— Acho que Alek gosta de você — sussurrou ela, depois de eu ter devolvido a panela vazia para a mulher à porta dos fundos da cozinha.

— Marta, ele é casado! *E eu também sou,* pensei. Ao menos se ela soubesse a verdade... Eu gostava de Alek, mas principalmente porque ele era meu único contato com Jacob. Começamos a caminhar de volta. — E você? — perguntei, ansiosa para mudar de assunto. — Conheceu alguém em suas jornadas como mensageira? — Ela olhou para o outro lado e não respondeu, com um ligeiro rubor surgindo em seu rosto.

— Tem uma pessoa — confessou ela, em voz baixa.

— Ahá! Sabia. Conte-me sobre ele.

— Ele é um de nós. — Eu sabia que ela queria dizer o movimento de resistência. Sua voz ficou melancólica. — Mas ele nem sabe quem eu sou.

Apertei seu ombro.

— Talvez ele descubra um dia. Dê tempo ao tempo.

Então, começou a chover gotas grandes e pesadas que sinalizavam uma tempestade. Corremos para nos abrigar no orfanato e não falamos mais no assunto.

Pensei em minha conversa com Marta várias semanas depois, quando estava na cozinha de nosso apartamento tentando lavar roupa de cama em uma pia minúscula. Era uma tarde de quinta-feira e eu estava sozinha em casa, desfrutando um raro momento de solidão. Normalmente, trabalhava durante a semana no orfanato, mas tinha trocado de turno com outra moça e trabalharia no domingo seguinte. Lembrei-me de quando Marta me perguntara se tinha um namorado, e se tinha saído com alguém especial. Talvez ela soubesse de Jacob e pudesse estar tentando me fazer confessar.

De repente, o silêncio foi cortado por um ruído alto na viela lá embaixo. Dei um pulo, espalhando água com sabão por todo lado. Enxugando meu vestido, me debrucei na janela. Ouvi a voz de uma mulher, aguda e desesperada; e a de um homem, grave e raivosa. Dei um passo para um dos lados da pia, encostando na parede para que pudesse olhar pela janela sem ser vista. Desse ponto, conseguia ver duas figuras lá embaixo. Fiquei alarmada ao ver um homem de uniforme nazista na porta do prédio de apartamentos do outro lado da rua. Os nazistas, por medo de doenças, raramente entravam no gueto, preferindo deixar que o Judenrat cuidasse das questões cotidianas internas. Ele estava discutindo com uma mulher loura a quem não reconheci. Ela era minúscula, porém larga no abdome, e percebi, mesmo à distância, que estava grávida de vários meses.

— *Prosze.* — Ouvi a mulher implorar.

As vozes continuaram a discutir. Embora eu não conseguisse ouvir a maior parte do que diziam, presumi que ela estivesse tentando impedir que o soldado entrasse no apartamento. *Aquela mulher é muito corajosa*, pensei. Ela devia estar escondendo algo muito importante.

Finalmente, o nazista disse algo e empurrou a mulher para o lado com força. Ela bateu na porta e caiu no chão pesadamente, lá ficando, imóvel. O nazista passou por cima dela e entrou no edifício. Ruídos altos de coisas quebrando dentro do apartamento foram ouvidos, como se estivessem jogando os móveis para todos os lados. Alguns momentos depois, o nazista emergiu, segurando um homem pequeno e aparentemente religioso pela gola.

A mulher no chão pareceu reviver imediatamente. Ela fechou os braços em volta dos tornozelos do nazista, parecendo ignorar qualquer perigo.

— Não o leve! — implorou ela.

O nazista tentou se desvencilhar da mulher, mas ela não o soltava. Enquanto a mulher continuava implorando, o homem baixo olhava de um lado para o outro, como um animal enjaulado procurando uma saída. Seu olhar voltou-se para cima e eu me afastei da janela, com medo de que ele me visse.

As vozes ficaram mais altas. Ouvi um tiro e fiquei congelada. Era a primeira vez na vida que ouvia aquele som.

Agora o homem gritava, seu pranto quase tão agudo quanto tinha sido o da mulher. Sem conseguir me conter, olhei de novo pela janela. A mulher estava estirada no chão, com os olhos abertos e a cabeça circundada por um halo de sangue. Um de seus braços estava pousado na barriga grande e redonda, como um gesto de proteção. O nazista saiu arrastando o homem aos gritos.

Abaixei a cabeça e vomitei na pia, arfando, sentindo ondas de ódio e desespero. Quando finalmente os espasmos em meu estômago se acalmaram, limpei a boca e olhei de novo pela janela.

A porta do apartamento ainda estava aberta. No alpendre, vi algo se mexer. Era uma criança de não mais de três anos, com os mesmos cabelos louros da mulher. A criança ficou parada na porta, seus olhos azuis luminosos fitando o corpo sem vida da mulher.

Duas mãos apareceram porta afora e puxaram a criança de volta para dentro. A porta foi fechada com força, deixando a mulher morta do lado de fora, no asfalto, como se fosse lixo.

Desmontei no chão da cozinha, tremendo e fraca, com o gosto de bílis ainda forte na boca. Até agora, percebi, tinha sido fácil enterrar a cabeça na areia como um avestruz e fingir que o gueto era como um bairro qualquer, e que a violência e as mortes eram incidentes isolados e distantes. Embora ouvíssemos boatos e histórias de que execuções brutais ocorriam nas florestas e mesmo nas ruas, queríamos acreditar que esses relatos fossem exagerados. Agora não eram mais só boatos sobre Tárnow ou Kielce. A matança havia chegado em casa.

Passei o resto do dia tentando me recompor, para bloquear o que vira. Meus pais já tinham muito com o que se preocupar e eu não queria trazer más notícias. Mas outras pessoas em nosso prédio tinham visto ou ouvido a comoção, e a história se espalhou rapidamente. Quando meus pais chegaram em casa naquela noite, o assassinato na viela era o único assunto em pauta. No jantar, apenas escutei enquanto eles descreviam os relatos em terceira mão dos eventos da frente de casa. Finalmente, não consegui me conter.

— Eu vi! — disse, chorando. — Eu vi tudo.

Chocados, meus pais me olharam em silêncio. Meu pai se aproximou. Minha mãe desapareceu na cozinha e voltou momentos depois com uma xícara de chá quente. Com as mãos tremendo, contei a eles exatamente o que tinha visto naquele dia.

— E a mulher estava grávida, inclusive — acrescentei. Meu pai empalideceu. Esse fora o único detalhe que os fofoqueiros de plantão do gueto não haviam registrado. — O que ela fez para merecer isso, papa? — perguntei, fungando. — Só porque era judia?

— O marido dela, o homem que levaram, era Aaron Izakowicz, um rabino de Lublin — respondeu meu pai. — Ele é descendente de uma grande família rabínica de muitos e muitos séculos. Pan Halkowski me disse que ele chegara com a esposa e o filho alguns dias atrás. Eu não fazia ideia de que estavam tão perto. Os nazistas sabiam que sua presença no gueto certamente levantaria o espírito das pessoas aqui. Foi provavelmente por isso que o levaram. — Ele balançou a cabeça. — Que perda. — Meu pai falou como se o homem já estivesse morto.

— Eles não matariam um homem tão respeitado e famoso. — Mas, tão logo as palavras saíram de minha boca, eu soube que nada poderia estar mais longe da verdade.

— Eles mataram a esposa. — Foi minha mãe que falou dessa vez, e havia uma rispidez em sua voz que eu nunca presenciara antes.

Eles mataram a esposa. A esposa grávida, pensei. Essas palavras ecoaram em minha cabeça na cama à noite, acordada, vendo os olhos vazios da criança de cabelos louros em minha frente.

Na tarde da sexta-feira seguinte, Marta não me procurou.

— Ela está gripada — disse Pani Nederman, algumas horas antes.

Enquanto dávamos banho nas crianças e as alimentávamos, me perguntei se deveria ir ao jantar de Sabá sem ela. A ideia de chegar à reunião sozinha me aterrorizava; embora eu estivesse frequentando o jantar há meses, ainda me via, antes de tudo, como convidada de Marta, e não como alguém que pertencia àquele lugar. Às cinco da tarde, pus meu casaco e saí para a rua. Esticando a cabeça para a direita, pude ver a luz suave por detrás das cortinas amarelas do prédio da Josefinska nº 13. Meu coração ficou apertado quando imaginei não estar ali e voltar para nosso apartamento frio e silencioso. Mas logo me vi decidida. Cruzei a rua e entrei no prédio. Subi as escadas e, respirando fundo, bati timidamente a porta. Como ninguém respondeu, entrei no apartamento.

— *Dobry wieczor*, Emma. — Helga me cumprimentou da cozinha quando entrei.

— *Dobry wieczor* — respondi. — Precisa de ajuda?

Ela balançou a cabeça. — Não, mas seria ótimo se você pudesse ficar mais tarde para me ajudar a limpar. Katya está doente, com gripe.

— Posso ajudar, sim. Marta também está doente — acrescentei.

Saí da cozinha e voltei à sala principal. Uma dúzia de pessoas já havia chegado, os rostos já familiares para mim depois de algumas semanas de visitas.

— Emma, junte-se a nós — disse um garoto chamado Piotrek.

Logo me vi escutando uma história sobre um vendedor de sapatos de uma perna só que, de alguma maneira, eu duvidei que fosse verdadeira. Não importava; senti gratidão simplesmente por ser tratada como um deles. Alguns minutos depois, a campainha tocou, Alek e Marek chegaram, e o ritual semanal começou. Apreciei o jantar, rodeada pelas pessoas que viera a conhecer. Mas não era a mesma coisa sem Marta ao meu lado para compartilhar confidências.

A companhia diminuiu depois da sobremesa e só alguns de nós ficaram para ajudar com a limpeza. Alek, Marek e um terceiro homem, que eu havia notado durante o jantar, mas não reconheci, se retiraram para a sala dos fundos. Depois de tirar os pratos da mesa, percebi que a porta da outra sala estava aberta. Curiosa, tentei me aproximar quando limpava a ponta da mesa mais perto dela. Chegando ainda mais perto, pude ouvir os homens discutindo. — ... a linha de trem saindo de Plaszow — ouvi Marek dizer.

— É muito cedo — respondeu Alek. — Precisamos juntar provisões primeiro.

— Temos duas dúzias de armas, cem balas, algumas granadas... — protestou Marek.

— Não é o suficiente.

O desconhecido tomou a palavra.

— Em Varsóvia, estão se organizando dentro do gueto.

— Varsóvia é diferente. O movimento, o próprio gueto, tudo é maior — disse Alek.

— Se pelo menos Minka conseguir pegar...

— Emma — disse Helga, surgindo por trás e me assustando. — Precisa de ajuda com esses pratos?

— N-não, obrigada — gaguejei, com receio de que ela tivesse me visto escutando a conversa.

Equilibrei uma pilha de pratos no antebraço e segui para a cozinha. Quando coloquei os pratos na pia e abri a torneira, ouvi a porta da sala dos fundos rangendo e os homens falando ao se dirigir à porta da frente. Alek pausou na entrada da cozinha e sussurrou algo para Helga. Os três homens saíram do apartamento.

Alguns minutos depois, enquanto eu secava os pratos, Helga se aproximou da pia.

— Eu termino de fazer isso — disse ela, tomando a toalha das minhas mãos. — Você se importaria de levar o lixo quando descer? — Ela apontou para duas sacolas perto da porta da cozinha. Agradeci e desejei uma boa noite aos outros.

Ao pé da escada, virei e encontrei a porta dos fundos que dava para o beco. Estava escuro como breu do lado de fora. Pisquei várias vezes, tentando ajustar os olhos à luz, antes de tentar achar o degrau para descer. Era um degrau mais alto do que eu havia calculado, e estava congelado. Tropecei, quase derrubando as sacolas de lixo.

— Oh, oh! — exclamei.

— Cuidado — disse uma voz grave, vinda das sombras.

Dei um pulo, desprevenida. Então reconheci a voz.

— Alek! — Mal consegui dizer. — O que está fazendo aqui? Você me assustou.

— Shhh — falou ele, baixo, pegando as sacolas e colocando-as nas latas de lixo. — Venha cá. — Ele me pegou pela manga. Alek deve ter pedido a Helga que me mandasse para baixo com o lixo para falar comigo, eu supunha, enquanto ele me levava para o canto do beco, onde dois edifícios se encontravam. *O que ele quer? Eu fiz algo que o tenha contrariado?* Perguntei-me se ele me vira bisbilhotando perto da porta. — Trouxe uma mensagem. — Sua voz não era severa. Ele apertou um papelzinho amassado na palma da minha mão.

Meu coração deu saltos. — De Jacob? — perguntei, aumentando a voz.

— Shh! — censurou ele. Ele acendeu um fósforo. — Leia rapidamente.

Desdobrei o papel.

Caríssima amada,

Estou bem. Sinto sua falta mais do que você imagina. Cuide-se e não desista. Ajuda já está chegando.

Emmeth

Não havia assinatura. *Emmeth* era a palavra-chave que Jacob e eu havíamos escolhido antes de sua fuga; era a palavra hebraica para *verdade*. Li e reli a nota várias vezes até que o fósforo ameaçou queimar os dedos de Alek e ele se viu obrigado a apagá-lo.

— Não estou entendendo. Ele está por perto? — perguntei.

— Não, o contrário. Esse bilhete viajou centenas de quilômetros para chegar até você.

— Onde ele está?

— Não me pergunte isso — respondeu ele, seriamente. — Ele está seguro e é só isso que você tem de saber.

— Mas... — Um milhão de perguntas passaram pela minha cabeça.

— Ele está em uma... missão de abastecimento — disse ele. — Reunindo coisas que são muito importantes para nós. Mas não posso dizer mais nada sobre isso.

Subitamente, percebi que meu marido era o homem de quem estavam falando na sala dos fundos.

— Minka? — perguntei, me esquecendo de que aquela informação não fora para os meus ouvidos.

— Sim. Fora do gueto, usamos codinomes para nossa segurança. Mas você não deveria ouvir nossas conversas. Acredite em mim quando digo que quanto menos você souber, melhor.

— Eu entendo. — Mas não entendia, verdadeiramente. Minha mente estava a mil. *Onde está Jacob? Ele está bem? O que significa esse bilhete?*

— Seu marido tem talento para conseguir coisas, para encontrar o que precisamos e persuadir as pessoas a nos ajudar. — Sorri ao receber essa informação, imaginando a expressão suplicante de Jacob e o tom adulatório. Jamais conseguira lhe negar nada, ou continuar brava com ele quando ele me olhava assim. Alek continuou. — Ele também sabe muita coisa sobre armas e munições. — Percebi, então, o quão pouco conhecia o homem com quem me casei. — Muito bem. — Alek estendeu a mão e pegou o papelzinho das minhas mãos. — Você não pode guardar o bilhete. Desculpe. — Decepcionada, assisti enquanto ele acendia outro fósforo e queimava o papel.

— Mas... — Comecei a protestar, porém parei, sabendo que ele estava certo. Se o papel fosse encontrado, de alguma maneira, e rastreado até Jacob, ele correria muito perigo. Pensei em nosso certificado de casamento e em nossos anéis, escondidos em um livro debaixo de meu colchão no apartamento. Ninguém sabia que ainda estavam comigo.

— Emma, eu sei que é difícil para você — disse Alek, assim que o papel se consumiu e a chama se extinguiu. O ar em volta ficou escuro e gelado novamente. — Você precisa ter fé. Jacob está bem, e você não está sozinha. Pelo menos você tem sua família. — E a voz dele soou vazia quando ele disse a última frase.

— E você, Alek? — Não pude deixar de perguntar. Sabia por Marta apenas que ele tinha uma esposa e que ela não estava no gueto.

— Minha família morava em Tarnów antes da guerra — disse ele, sem inflexão. — Meus pais não tinham espírito guerreiro. Eles sentiam muito medo. Na noite antes da chegada dos nazistas, se deitaram na cama e tomaram algo. Na manhã seguinte, estavam mortos.

— Sinto muito.

— E minha esposa não está no gueto — acrescentou ele. Não pude discernir pelo seu tom de voz se ele considerava isso algo bom.

— Então você está sozinho aqui?

— Sim, a não ser pela minha prima, Helga. — Surpresa, vi o rosto redondo da cozinheira em minha mente. Não sabia que eles eram parentes. — Então, é claro que entendo o que você sente ao ficar longe de Jacob. É preciso ser paciente. — Assenti. — Volte para casa agora. Prometo avisá-la se tiver mais notícias de Jacob.

Se, pensei. Não *quando*.

— Obrigada, Alek.

Beijei-lhe a bochecha desajeitadamente, me virei e saí rapidamente do beco. No caminho para casa, tentei encaixar as peças de tudo o que sabia até então. Jacob estava fora, em algum lugar distante, recolhendo armas para a resistência. Estremeci. Parecia uma missão terrivelmente perigosa. Mas pelo menos ele estava vivo, ou estivera quando me mandou o bilhete. Meus pensamentos voltaram-se para Alek. Ele também estava separado da pessoa que ama. E era o líder da resistência, embora seus pais tivessem desistido, se recusado a lutar. Pensei em meus pais, que viviam um dia após o outro. De repente, suas simples ações de levantar toda manhã, colocar um pé na frente do outro, pareceram extraordinariamente corajosas. Eles o faziam, eu sabia, por mim. Quando cheguei à segurança de nosso apartamento, senti uma onda de gratidão e tive de conter o impulso de abraçá-los enquanto dormiam.

Tirei a roupa e me deitei na cama, pensando em Jacob e no bilhete. Alek não quis me dizer onde ele estava, mas eu vira o pedaço de envelope em que estava escrito. O carimbo postal era de Varsóvia. Isso não significava que ele estivesse lá, mas talvez... Senti um calafrio. Era o único lugar mais perigoso do que Cracóvia. E sua mensagem: "Ajuda já está chegando." As palavras ecoaram em minha cabeça até que meus olhos pesaram e caí em um sono profundo.

Naquela noite, sonhei que estava com Jacob nas montanhas. Estava muito frio e lobos nos perseguiam na neve densa. Não sentia meus pés. Quanto mais corria, mais devagar me mexia, até que acabei ficando vários metros para trás, mas ele não percebera.

— Jacob! — gritei, mas ele estava longe demais para me escutar. Um dos lobos me deu um bote e eu caí gritando.

Acordei com um susto. Ouvi uma das tábuas do piso ranger. *Foi só um sonho*, pensei comigo, puxando as cobertas. Mas não consegui voltar a dormir. Do outro lado da cortina, minha mãe roncava. O piso rangeu novamente, mais alto, desta vez. Uma sombra apareceu repentinamente perto da cama. Sentei-me, mas antes que pudesse reagir uma mão cobriu minha boca.

— Silêncio! — sussurrou uma voz estranha. — Não vou machucá-la. — Em pânico, me debati tentando me desvencilhar, mas o desconhecido era forte demais. — Pare com isso! Foi Alek quem me mandou aqui. — Pude vislumbrar o rosto do desconhecido na escuridão. Era o rapaz que estivera discutindo com Alek e Marek na sala dos fundos depois do jantar. — *Emmeth* — disse ele, sua voz quase inaudível. — *Emmeth.* — Relaxei um pouco quando ele repetiu a palavra-chave. Percebi, então, que Jacob, provavelmente por meio de Alek, teria me enviado esse desconhecido.

— Quem... — comecei a perguntar quando ele tirou a mão da minha boca.

— Shh! Não há tempo. Vista-se.

Eu me levantei. *Talvez Alek tenha encontrado um jeito de me ajudar*, pensei, colocando o vestido de trabalho por cima da camisola. Talvez Jacob precisasse de mim. Calcei as botas, vesti o casaco e segui o homem até a porta. Logo antes de sair, parei em frente à cortina que separava a cama de meus pais da minha. Abri-a e vi meus pais dormindo profundamente, o braço grande de meu pai envolvendo minha mãe em um gesto de proteção.

— Venha — sussurrou o desconhecido, secamente, puxando meu braço.

Deixei a cortina se fechar e o segui para fora do apartamento. A escada estava escura, e cada degrau estalava sob nossos pés. Por fim, chegamos ao térreo e saímos pela porta dos fundos do prédio.

Pegando minha mão, o desconhecido me conduziu pelos becos do gueto. As ruas, escorregadias de uma umidade gelada, estavam vazias, exceto por várias ratazanas correndo pelas sarjetas. Alguns minutos depois, chegamos a um lugar do gueto que nunca havia visto. Ali, uma rachadura de não muito mais de trinta centímetros de largura separava duas seções do muro. Olhando furtivamente para os lados, o desconhecido me colocou à sua frente, e eu percebi que ele queria que eu me esgueirasse pelo buraco. Prendi a respiração e tentei passar. Quando já estava metade fora, não consegui continuar. — Estou presa — disse, em pânico. Os nazistas certamente me achariam ali, encurralada. Senti as mãos do desconhecido em mim, me empurrando com força por trás. As bordas ásperas de pedra arranharam minha pele e ameaçaram rasgar minha roupa. Finalmente me desvencilhei e me vi de pé do outro lado do muro. Grunhindo, o desconhecido então passou se apertando atrás de mim.

Pegando-me pelo braço, ele me conduziu a um beco e olhou para a rua em ambas as direções.

— Venha — articulou os lábios silenciosamente, inclinando a cabeça para a direita. Começou a caminhar com passos pequenos e rápidos tocando a parede do prédio, permanecendo na sombra. Obedeci, seguindo-o tão rápida e silenciosamente quanto podia. Naquele momento, chocada e confusa, não me dei conta de que acabara de escapar do gueto.

CAPÍTULO 5

Sem falar nada, o desconhecido me conduziu pelas ruazinhas vazias de Podgorze. Lutei para manter o ritmo e imitar seus passos ágeis e silenciosos. Minha mente alternava entre espanto, uma sensação de milagre por estar do lado de fora e de terror pela possibilidade de sermos pegos a qualquer momento. Até mesmo nossa respiração poderia nos trair no ar frio da noite. Finalmente, as casas foram sumindo e dando lugar a galpões industriais. A rua pavimentada passou a ser de terra e depois virou um caminho tortuoso e coberto de neve que entrava pela floresta.

Somente quando estávamos envoltos pelas árvores, o desconhecido falou.

— Sou amigo de Alek. — Ele pausou. — E de Jacob. — Ele não diminuiu o passo e nem se virou para mim. — Eles me enviaram para tirá-la de lá.

— Para ficar com Jacob? — Minha voz aumentou com a excitação.

— Shh! — O desconhecido parou e olhou em volta. — Não. Sinto muito — disse ele, notando minha expressão desapontada. — Ele queria vir pessoalmente, mas não seria seguro.

Não seria seguro. Nada era seguro.

— Então para onde?

— Chega de perguntas. Confie em mim. *Emmeth* — repetiu ele. Como se saber nossa palavra-chave magicamente invocasse minha obediência.

— Desculpe por termos de caminhar tanto. Qualquer outra opção chamaria muita atenção.

— É bom poder caminhar do lado de fora — falei, embora, na realidade, meus dedos estivessem dormentes. Então estanquei. — Eu não vou voltar, não é?

— Não.

Meu coração ficou pesado.

— Mas meus pais...

— Darei um jeito de eles saberem que você está segura. Mas é melhor para eles se não souberem de muita coisa.

Imaginei meus pais como os vira pela última vez, dormindo em paz. Então visualizei os dois acordando e percebendo que eu não estava lá. Não tivera chance de dizer tchau. Abri a boca para dizer que não os abandonaria, mas o desconhecido já começara a andar de novo e não tive escolha senão segui-lo ou ficar para trás. Já era quase manhã, percebi, quando pequenas fissuras luminosas começaram a aparecer no céu da noite como se fosse uma casca de ovo. Olhando em volta daquele caminho aparentemente estranho, reconheci uma pequena igreja de madeira em uma clareira. Estávamos em Las Wolski, a floresta ao leste da cidade. Soube então para onde estávamos indo: Pani Smok. Lembrei que a tia de Jacob, Krysia Smok, morava na periferia de Las Wolski. O desconhecido, sem parar, acenou com a cabeça.

— Mas não a colocarei em perigo?

— Temos documentos. Você não será a mesma pessoa.

Minha mente entrou em turbilhão, mas não havia muito tempo para fantasiar. O desconhecido seguia a passos rápidos e eu lutava para acompanhá-lo sem tropeçar nas pedras e raízes que tomavam o caminho.

Enquanto atravessávamos a floresta, visualizei em minha cabeça a tia de Jacob. Conheci Krysia em um jantar no apartamento dos Bau algumas semanas antes de Jacob e eu nos casarmos. Lembro-me de me vestir para a ocasião como se fosse ser apresentada à realeza. Krysia era uma lenda em Cracóvia, tanto como a esposa do violoncelista Marcin Smok quanto como uma figura social por si só. Mas quando nos apresentaram, Krysia me pareceu tão imprevisível quanto majestosa, ignorando os tradicionais três beijos no ar perto da bochecha e me dando um abraço firme. — Estou vendo por que você a ama tanto — exclamou ela para Jacob, que enrubescia.

A recepção calorosa de Krysia me parecera irônica quando considerei que ela nem mesmo era judia, mas sim uma católica devota. Seu casamento com o irmão da sra. Bau, Marcin, foi envolto de muita controvérsia e escândalo — simplesmente não se ouvia falar em casamentos interconfessionais, nem mesmo na secular família Bau. Marcin e Krysia haviam se casado secretamente em Paris e os Bau evitaram o casal por vários anos. Somente quando Jacob nasceu foi que a sra. Bau, que havia perdido o pai e a mãe para uma doença quando era muito jovem e tinha outros poucos parentes, resolveu afrouxar e perdoar Marcin para o bem de seu filho.

Rapidamente entendi por que Jacob adorava Krysia — seu misto de elegância e imprevisibilidade era irresistível. Filha de diplomatas que se recusaram a confiná-la em um colégio interno, Krysia cresceu em lugares que conheci apenas em livros: Roma, Londres, Paris. Quando se casou com Marcin, eles se estabeleceram em Cracóvia, e enquanto ele continuava a viajar e se apresentar, Krysia fez seu lar na cidade. Seu apartamento de dois andares na rua Basztowa logo se tornou ponto de encontro da elite cultural da cidade, pois Krysia dava festas suntuosas, onde apresentava alguns dos artistas mais promissores da Polônia àqueles que seriam seus mecenas e apoiadores para o resto da vida. Porém, apesar de seu papel social proeminente, Krysia rompera com as convenções: era possível, com a mesma facilidade, encontrá-la em uma das muitas tavernas incrustadas em porões de tijolos de Cracóvia bebendo doses de vodka de batata bem gelada e debatendo política até tarde da noite ou na ópera ou num baile beneficente.

Krysia e Marcin não tiveram filhos; Jacob me disse uma vez que ele não sabia se fora uma escolha ou simplesmente a natureza. Marcin morreu em 1932, depois de uma luta de dois anos contra o câncer. Depois disso, Krysia vendeu o apartamento no centro da cidade e se retirou permanentemente para sua casa de fim de semana em Chelmska. Ali, Krysia se dividia entre uma vida mais reclusa e a vida social, aproveitando a quietude de seu jardim durante a semana e continuando a oferecer jantares para os que a visitavam nos finais de semana. Era para essa casa que o desconhecido agora me levava.

Logo o caminho da floresta tornou-se um declive e as árvores ficaram menos densas. Alguns minutos depois, emergimos da floresta. Abaixo, víamos as casas de fazenda do bairro de Chelmska. Enquanto caminhávamos estrada abaixo, um cantar de galo e então o latido de um cachorro cortaram o silêncio, ameaçando delatar nossa presença. O desconhecido colocou uma mão pesada em meu ombro e ficamos imóveis atrás de um grande arbusto até que os ruídos cessassem. Olhando com cuidado para ter certeza de que o caminho estava livre, o desconhecido me conduziu para o outro lado da rua e por trás de uma das maiores casas. Ele bateu à porta quase sem fazer barulho. Um segundo depois a porta de trás se abriu e lá, sob a luz fraca, estava Krysia Smok. Frente à sua presença grandiosa, me senti envergonhada de minhas roupas gastas e meus cabelos desgrenhados, mas ela se aproximou e me deu um abraço. Seu cheiro, um misto de canela e maçã, me lembrava Jacob.

— *Kochana* — disse ela, acariciando meus cabelos suavemente. Permiti-me abraçá-la por um bom tempo, sem me mover. Então, me lembrando do desconhecido, me virei para agradecê-lo, mas ele já tinha ido embora.

— Está cansada? — Krysia fechou a porta e me conduziu escada acima para a sala de estar, para uma poltrona perto da lareira. Balancei a cabeça. — Já volto. — Ela desapareceu e eu ouvi seus passos subindo a escada para o terceiro andar, e, em seguida, o som de água correndo. Olhei em volta da sala, espantada. No batente da lareira, havia várias fotografias emolduradas. Levantei e fui vê-las de perto. Jacob criança. Jacob e eu no dia de nosso casamento. Jacob. Era muito estranho estar lá sem ele.

Alguns minutos depois, Krysia reapareceu. — Você precisa de um banho quente — disse ela, colocando uma xícara grande de chá na mesa baixa à minha frente. — Desculpe a maneira pela qual a trouxemos, mas não havia outro jeito.

Enterrei minha cabeça entre as mãos. — Meus pais...

— Eu sei. — Ela veio ficar ao meu lado, e senti mais uma vez seu aroma de canela. — Não havia como tirá-los todos de uma vez. Eles ficarão felizes de saber que você está segura. E vamos fazer o que pudermos para ajudá-los daqui do lado de fora.

Comecei a chorar. Finalmente os meses de desespero pesaram sobre mim.

— Desculpe — sussurrei, envergonhada.

Krysia não respondeu, mas simplesmente pôs o braço em volta do meu ombro e me conduziu escada acima para o banheiro, onde uma camisola limpa havia sido colocada ao lado da água quente. Quando ela saiu, tirei as roupas e entrei em meu primeiro banho de verdade em meses. Esfreguei-me dos pés à cabeça, lavando o cabelo duas vezes, e fiquei ali até a água esfriar e ficar marrom de sujeira.

Quando emergi, relaxei. Como eu estava cansada demais para ficar de pé, Krysia me levou a um quarto. Olhei maravilhada para o vaso de gardênias recém-cortadas no criado-mudo: essas coisas ainda existiam no mundo?

— Durma agora — disse ela, levantando o edredom que cobria os lençóis brancos reluzentes. — Prometo que de manhã explicarei tudo.

Depois de meses dormindo na palha sobre um estrado de madeira, o colchão grosso e a roupa de cama macia pareciam um sonho. Apesar de tudo o que ocorrera naquela manhã, caí em sono profundo rapidamente.

Acordei na manhã seguinte, confusa. Olhando em volta do quarto elegante, me perguntei por um segundo se estava de volta ao quarto que dividira com Jacob na casa dos Bau. De repente, a memória dos eventos da noite anterior voltou de uma vez. Estou na casa de Krysia, me lembrei, olhando para a floresta lá fora e especulando quantas horas teria dormido. O sol já estava bastante alto. Desci para a cozinha, onde Krysia me esperava perto do fogão.

— Desculpe por ter dormido tanto — falei.

— Dormir era exatamente o que você precisava. Isso e uma boa refeição. — Ela apontou para um prato de frutas recém-cortadas na mesa. — Sente-se. — Sentei-me, esperando que ela não ouvisse os roncos altos de meu estômago. Ela pôs um copo de suco de laranja espesso em minha frente. —Disseram-me que seu sumiço já foi explicado aos seus pais e que outra moça tomou seu lugar no orfanato, então não sentirão sua falta.

Fiquei tanto aliviada quanto extremamente curiosa: como Krysia sabia dessas coisas? Hesitei, querendo saber de Jacob.

— E os Bau? — perguntei, quando ela colocou um prato de ovos em minha frente e se sentou.

Krysia balançou a cabeça.

— Tive notícias deles cerca de dois meses atrás. Mais nada, desde então. Eles estão bem, embora não estejam vivendo dentro dos padrões de Fania. — Detectei uma nota de ironia em sua voz. Assenti. A moeda polonesa, mesmo em grande quantidade, certamente não duraria muito na Suíça, e eu sabia que boa parte da fortuna dos Bau estava inacessível por causa da guerra. — Eles queriam entrar em contato com você, mas temeram chamar atenção para o fato de que são da mesma família.

— A casa deles... — Meu estômago contorceu-se quando pensei em sua opulenta casa.

— Foi ocupada por um nazista militar de alto escalão na primavera passada. Os Bau sabem, ou pelo menos adivinharam. — Ela pousou a mão sobre a minha. — Não havia nada que você pudesse fazer para impedir. Agora coma.

Obedeci, me esquecendo dos modos e engolindo montes de ovos e fruta com goladas de suco. Mas, ao saborear a refeição, meu estômago contorceu-se quando pensei em meus pais, que ainda estariam alimentando-se das rações do gueto.

— Seu nome — disse Krysia, quando terminei de comer — é Anna Lipowski. Você cresceu na cidade de Gdansk, ao norte, mas seus pais morreram no início da guerra e você veio morar comigo, sua tia Krysia.

Olhei para ela, surpresa.

— Não estou entendendo...

— Você viverá como gentia abertamente — respondeu ela, diretamente. — É o único jeito. É impossível esconder judeus na cidade, e no campo é ainda pior. Você tem pele clara e passa por polonesa facilmente. E, com a exceção de seus antigos colegas na universidade, a quem você vai evitar, qualquer outra pessoa que a tenha conhecido como judia não está mais na cidade. — Suas últimas palavras ecoaram em meus ouvidos. Cracóvia mudara tanto que eu passaria por desconhecida no lugar em que havia vivido toda a minha vida. — Aqui estão seus documentos. — Ela empurrou um envelope pardo pela mesa em minha direção. Dentro dele estavam uma carteira de identidade e duas certidões de nascimento.

— Lukasz Lipowski — li em voz alta, na segunda certidão. — Um garoto de três anos?

— Sim, me disseram que você se interessou por ajudar no trabalho de Jacob. — Ela fez uma pausa. —Agora é sua chance. Há uma criança que está escondida no gueto há meses. Ele não tem pais. O trarão aqui para morar conosco e, para o mundo, ele será seu irmão mais novo. Ele chega hoje à noite. — Assenti timidamente, a cabeça girando. Vinte e quatro horas antes vivia no gueto com meus pais. Agora estava livre, morando com Krysia como gentia e cuidando de uma criança.

— Mais uma coisa. — Ela me entregou um envelope menor. Abri-o e uma corrente dourada com uma cruz pequena escorregou para a mesa. Minha mão recuou. — Eu entendo — disse ela. — Mas é uma precaução necessária. Não há outro jeito. — Ela pegou o colar e ficou atrás de mim para colocá-lo. E, com isso, minha vida como não judia começava.

Depois do café da manhã, Krysia me levou ao seu quarto no andar de cima. Ela abriu o armário e afastou os vestidos, revelando um lance de escadas que levava ao sótão. Ela subiu e começou a me passar várias peças de metal e um colchão pequeno. Levamos as peças para o quarto de hóspede que seria o da criança.

— Era de Jacob — disse ela, enquanto montávamos o berço. — Guardei-o aqui depois que ele ficou grande demais, pensando que talvez pudesse usar um dia para um filho meu.

Seus olhos tinham uma expressão vazia, e soube, então, que o fato de não ter tido filhos não fora uma escolha. Quando estava montado, acariciei as grades de madeira descascadas, imaginando meu marido deitado ali quando criança.

No almoço, Krysia serviu pratos de frios, queijo e pão. Hesitei momentaneamente. Certamente a carne não era kosher, e comer carne e queijo juntos era proibido.

— Oh — disse ela, percebendo minha hesitação e se dando conta. — Desculpe. Eu teria tentado conseguir carne kosher, mas... —

— Não há mais nenhum açougue kosher — terminei a frase. Ela assentiu. — Tudo bem, de verdade.

A comida não tinha sido estritamente kosher quando morei na casa dos Bau, e, no gueto, comíamos qualquer coisa que conseguíssemos, quando conseguíamos. Sabia que meus pais entenderiam e ficariam felizes por eu ter boa comida para me alimentar. Como se fosse uma deixa, meu estômago roncou. Um olhar de alívio perpassou o rosto de Krysia e me servi de generosas porções de carne e queijo.

— Sabe, eu nunca cuidei de uma criança — confessou Krysia, naquela tarde. Estávamos na varanda em frente à sala de estar, pendurando roupas de criança recém-lavadas que Krysia disse ter ganhado de uma amiga.

— Nem eu, antes de trabalhar no orfanato do gueto. — Voltei-me para Krysia. Ela estava olhando para a camisetinha azul úmida em suas mãos, com uma expressão perdida em seu rosto. Pude perceber que ela estava realmente preocupada. — Krysia, você cuidou sim de uma criança. Jacob me disse que vinha sempre aqui quando garoto.

Ela balançou a cabeça.

— Ser uma tia por algumas horas não é a mesma coisa.

Peguei a camisetinha da mão dela e a pendurei no fio.

— Vamos dar um jeito. Vai dar tudo certo. Prometo.

A criança, Krysia me disse, chegaria tarde da noite, tal como fora comigo na noite anterior. No início da noite, Krysia parecia exausta.

— Por que não descansa um pouco? — sugeri, mas ela balançou a cabeça. Os ponteiros do grande relógio de carrilhão de nogueira no corredor moviam-se para além de meia-noite e ela continuava a ir de um lado para o outro da casa sem descanso, limpando e organizando dezenas de coisinhas. Krysia diminuíra as luzes para que só restasse um brilho fraco na cozinha e nossas sombras ficassem longas nos corredores. A cada poucos minutos, ela levantava um pouco as pesadas cortinas da janela de trás da sala para ver se havia alguém chegando no quintal.

Finalmente, por volta de duas da manhã, nos acomodamos na cozinha com canecas de café forte. Hesitei por vários minutos antes de falar. Havia tanta coisa que queria perguntar a Krysia que não sabia por onde começar.

— Como você... — comecei, finalmente.

— Como consegui me envolver com a resistência? — Ela mexeu seu café mais uma vez, e então pôs a colherinha no pires. — Sempre soube das causas de Jacob. Ele me falava sobre elas porque a mãe não se interessava, e o pai se preocupava demais com sua segurança. Eu me preocupava também, é claro — acrescentou ela, bebendo um pouco de café. — Mas eu sabia que era impossível impedi-lo. — *E eu também sabia,* pensei. — Ele veio aqui tarde da noite, uma vez, logo depois da ocupação — continuou ela. — Percebi que ela estava falando da noite anterior ao desaparecimento, quando Jacob demorou várias horas para voltar para casa. — Ele não me disse exatamente o que estava acontecendo, mas me pediu para cuidar de você, caso algo acontecesse com ele. Perguntei o que mais poderia fazer e nós percebemos que minha casa e minha posição social poderiam ser úteis de alguma maneira. Ele me pôs em contato com algumas pessoas... Os detalhes só vieram depois que ele fugiu.

— Mas é um perigo enorme para você! Você não tem medo?

— Claro que tenho, querida. — Krysia deu um sorriso irônico. — Até uma velha viúva sem filhos quer continuar vivendo. Mas esta guerra... — Sua expressão anuviou-se. — Esta guerra é a vergonha do meu povo. Acolher você e Lukasz aqui é o mínimo que posso fazer.

— Não foram os poloneses que começaram a guerra — protestei.

— Não, mas... — Seu raciocínio foi interrompido por um ruído leve na porta de trás. — Espere aqui.

Krysia desceu as escadas na ponta dos pés. Ouvi sussurros, algum movimento, e então um leve ruído da porta fechando. Ela subiu de volta, seus passos mais lentos e pesados agora. Quando chegou, seus braços carregavam um grande pacote de panos enrolados. Fiquei de pé para ajudá-la e juntas carregamos a criança para o terceiro andar.

Colocamos o menino no berço e Krysia desembrulhou os cobertores que o envolviam. Ao ver o rosto da criança, tive um sobressalto. Era a criança loura cuja mãe tinha sido assassinada no beco.

— O que foi? — Mas antes que pudesse responder, o menino, acordado pelo meu bramido e pela voz de Krysia, começou a choramingar. — Shh. — Ela o acalmou, acariciando-lhe as costas. Ele voltou a dormir.

Silenciosamente, saímos do quarto. — Essa criança — sussurrei. — É...

— Descendente de Rabbi Izakowicz, o grande rabino de Lublin. Sua mãe levou um tiro...

— Eu sei! Eu vi tudo acontecer de nosso apartamento.

— Oh, que horror — disse Krysia, segurando em meu ombro.

— Você disse que ele não tem parentes. Mas e o pai dele?

— Não sabemos. Ou o mataram na floresta perto de Czernichów ou foi levado para um campo. Seja como for, não há muita esperança.

Fechei os olhos, me lembrando da cena no beco. Certamente não matariam o rabino, havia dito para meus pais naquela noite. — Ela estava grávida quando foi assassinada — acrescentei, meus olhos ardendo. — A mãe dele, quero dizer.

Krysia baixou a cabeça.

— Eu ouvi falar. Isso faz com que nosso gesto seja ainda mais importante. A criança é o último descendente de uma grande dinastia rabínica. Sua vida deve ser protegida.

Krysia e eu nos revezamos em vigília naquela noite, caso Lukasz acordasse e ficasse confuso ou aborrecido com o lugar estranho, mas ele dormiu a noite toda sem se mexer. Na manhã seguinte, fui até seu berço e o levantei; ele ainda usava as roupas do gueto. Estava úmido de suor, seus cachos louros escurecidos e grudados à testa. Ele piscou, mas não emitiu som algum quando o carreguei no colo. Em vez disso, pôs as mãos em meu pescoço e descansou a cabeça em meu ombro como se tivesse feito isso todos os dias de sua breve vida. Juntos, descemos a escada para a cozinha, onde Krysia já estava novamente preparando o café da manhã. Ao nos ver à porta, seus olhos enterneceram-se e seu rosto abriu-se em um sorriso largo.

Uma semana depois, Lukasz e eu caminharíamos até a cidade para nossa estreia como gentios no mercado. Seus olhos se iluminariam ao ver o carrinho de sorvete e eu, sem poder resistir, tiraria alguns centavos de nosso orçamento para comprar um para ele. E foi assim que Lukasz, o filho do grande rabino de Lublin, e Emma, a filha de um pobre padeiro de Kazimierz, acabaram por morar com a elegante Krysia Smok em uma casa de campo que parecia um palácio em Chelmska.

CAPÍTULO 6

— Teremos um jantar no sábado — anuncia Krysia, tão casualmente quanto fala sobre o clima. O tecido úmido que seguro nas mãos cai no chão.

Estamos cuidando do jardim, Krysia arrancando ervas daninhas em volta das vivazes plantas verdejantes que começam a dar botões e eu pendurando as roupas de cama que havíamos lavado em uma tina grande, uma hora antes. A alguns metros dali, Lukasz cava a terra silenciosamente com um galho. Faz mais de um mês que Lukasz e eu viemos morar com Krysia. Noto que ela às vezes fica exausta. Desde que cheguei, tento assumir o máximo de trabalho doméstico que consigo, mas o trabalho extra teve efeito sobre ela. Suas mãos delicadas parecem mais calejadas a cada dia que passa, e seus vestidos de trabalho ficaram encardidos e esgarçados. Porém, apesar dos sacrifícios, Krysia gosta de nossa companhia. Somos as primeiras pessoas a lhe fazer companhia de verdade desde que Marcin morreu. Sentimo-nos confortáveis na presença uma da outra, e às vezes conversamos enquanto trabalhamos, outras vezes ficamos em silêncio. Há muito o que pensar, afinal, para ambas. Eu sei que ela se preocupa, como eu, com Jacob, e mesmo conosco, com não nos descobrirem e com o que aconteceria se nos descobrissem.

A presença da criança, no entanto, nos impede de chafurdar em preocupações. Lukasz é um menino lindo, calmo e que não exige demais de nós.

Durante as semanas que já passou conosco, no entanto, não falou uma só palavra. Tentamos desesperadamente fazê-lo rir. Às vezes invento brincadeiras infantis, e, frequentemente, à noite, Krysia toca canções animadas ao piano enquanto dou rodopios com ele em meu colo. Mas até agora nada funcionou. Lukasz assiste a tudo pacientemente, como se a alegria fosse para nosso proveito, e não o dele, e ele estivesse apenas nos agradando. Quando a música ou as brincadeiras acabam, ele pega o cobertorzinho azul desgastado com o qual chegou e volta para seu cantinho.

— Um jantar? — eu repito, recolhendo o tecido do chão.

— Sim, eu oferecia muitos antes da guerra. Ainda ofereço, aqui e ali. Não consigo aproveitar muito agora. A lista de convidados — seus lábios se contorcem — é um pouco diferente agora. Mas é importante manter as aparências.

Balanço a cabeça em assentimento. Antes da guerra, os convidados de Krysia seriam artistas, intelectuais e socialites. A maioria dos artistas e intelectuais não estava mais na cidade agora — haviam ou fugido para outro país ou sido presos por sua religião ou posição política, ou as duas coisas. Foram substituídos à mesa de jantar de Krysia, suspeito, por outro tipo bastante diferente de convidados.

Limpando as mãos no avental, ela repassa a lista de convidados com os dedos.

— Vice-prefeito Baran — enuncia ela, a palavra "prefeito" com ironia. Wladislaw Baran era um conhecido colaborador que, junto com grande parte da administração atual da cidade, havia sido empossado pelos nazistas como uma marionete de seu regime. — O novo vice-diretor e sua esposa...

— Nazistas. — Viro o rosto, segurando o impulso de cuspir.

— O partido no poder — respondeu ela, sem inflexão. — Temos de manter boas relações com eles.

— Creio que sim. — Meu estômago se contorce quando penso em dividir o mesmo teto que essas pessoas.

— Você chegou há várias semanas. Não faria sentido receber minha sobrinha aqui e não apresentá-la adequadamente às pessoas da cidade.

— M-mas... — gaguejo.

Não tinha me dado conta de que Krysia esperava que eu participasse do jantar. Imaginei que me esconderia no andar de cima durante toda a festa, ou, no máximo, ajudaria na cozinha.

— Sua presença é essencial. — Notei, pelo tom de sua fala, que ela não discutiria mais o assunto.

Tão logo Krysia mencionou o jantar, as preparações começaram e continuaram, sem folga, por toda a semana. Para a ocasião, Krysia traz Elzbieta, a governanta de bochechas coradas que ela havia dispensado antes da minha chegada. Ela volta sem ressentimento, cheia de energia e sorrisos, e imediatamente põe-se a esfregar a casa de cima a baixo, fazendo a limpeza realizada por mim e Krysia parecer brincadeira.

Krysia sente-se aliviada com o retorno de Elzbieta, percebo, e não somente por seus dotes culinários e de limpeza: o namorado de Elzbieta, Miroslaw, tem um talento especial para achar artigos que não mais se encontram nas lojas, guloseimas de que precisaremos para a festa. Dentro de dois dias, ele magicamente chega com salmão defumado, queijos finos e chocolate amargo.

— Não via essas coisas desde antes da guerra! — exclama Krysia, ao receber a fartura.

Consigo apenas assentir; eu raramente vira essas coisas em minha vida toda. Para completar o cardápio, limpamos a horta, arrancando algumas ramas de alface que haviam brotado, resgatamos o que resta de batatas e repolho do depósito de tubérculos, e compramos os vegetais que faltavam de nossos vizinhos.

Na manhã da festa, Krysia ajuda Elzbieta a passar vapor nos finos jogos de mesa e a polir a prataria, enquanto faço pãezinhos e pâtisserie. Sovando a massa, penso em quando ajudava meu pai. Quando criança, costumava ficar frustrada com a resiliência da massa. Podia tentar com o maior afinco moldá-la em algum formato, seja longo ou chato, que ela sempre resistia, voltando, teimosa, ao estado de maçaroca indefinida. Somente algumas de minhas criações malformadas iam para as prateleiras, e as que iam eram sempre as que lá continuavam até tarde. Mas agora o desafio é bem-vindo. Imagino meu pai trabalhando ao meu lado, sovando o pão com seu toque leve, quase mágico. Seus dedos gentis e largos conseguiam ludibriar a massa e moldá-la em todo tipo de formato intrincado: chalá trançado ou *homentasch* para o Purim, ou *obwarzanek*, o *pretzel* cascudo apreciado igualmente por poloneses judeus ou gentios.

— Aqui — diz Krysia, me entregando um pacote embrulhado com papel pardo ao fim daquela tarde.

Estamos na cozinha, logo após completar uma inspeção da casa para nos certificarmos de que está tudo em ordem. Olho para ela confusa e ponho o pacote na mesa, abrindo-o. É um vestido novo, azul-claro, com uma estampa delicada de flores.

— É lindo — digo, surpresa, erguendo-o. Até agora, estive me virando com antigos vestidos de Krysia, usando alfinetes para ajustar mangas e barras. A vida toda meus vestidos tinham sido de segunda mão ou costurados em casa. Esse é o primeiro vestido comprado em loja que tenho na vida. — Obrigada.

— De nada — diz ela, fazendo um gesto com a mão, como se não fosse nada. — Agora vá se ajeitar.

Algumas horas depois, desço as escadas novamente. A casa estava transformada. Velas perfumadas tremulam por toda parte. Panelas fumegando sob o olhar atento de Elzbieta ao fogão, exalando um aroma delicioso. Música clássica suave toca no gramofone; acho que reconheço uma das gravações de Marcin.

Às 6h45 da noite, Krysia desce as escadas do terceiro andar, vestindo uma saia de tecido bordô na altura do tornozelo e uma blusa de seda branca, seus cabelos em um coque alinhado à nuca do longo pescoço, acentuado por fio único de pérolas. Ela parece renovada e quase intocada pela guerra, como se todos os cuidados e o trabalho duro dos últimos meses tivessem sido apagados de seu rosto.

— Você está muito bonita — diz Krysia, antes que eu tenha a chance de elogiá-la. Ela remove um grão de poeira da minha gola e dá um passo atrás para admirar meu vestido.

— Obrigada. — Enrubesço novamente. Com um ferro quente, fiz cachos nos cabelos, que vão até os ombros. O vestido é a peça mais fina que já usei. — Gostaria que... — Começo a dizer e paro. Já ia dizer que gostaria que Jacob pudesse estar ali para me ver, mas hesito, não querendo que Krysia ficasse triste.

Ela sorri, compreensiva.

— Ele a acharia ainda mais bonita do que já acha. — Não consigo não ficar radiante. Dirigimo-nos juntas até a sala de jantar. — Jantares são sempre tão atribulados — explica ela, alcançando um adorno de orquídeas e ajustando-o. — Não importa quantos eu planeje ou quanto me prepare, sempre há coisas que não podem ser bem feitas com antecedência, o que torna as últimas horas caóticas.

Faço que sim, como se tivesse oferecido jantares toda a minha vida e pudesse entender. Na verdade, os poucos a que havia comparecido foram com Jacob, e não me prepararam para este momento. Hoje é minha estreia como Anna Lipowski, a órfã gentia de Gdansk. Desde que deixei o gueto, falei com pouquíssimas pessoas além de Krysia, e morro de medo da minha primeira interação totalmente dentro do meu novo papel. Ensaiei mentalmente minha história de vida diversas vezes. Krysia me ajudou nas semanas que antecederam este momento, refinando meu comportamento e etiqueta para me ajustar ao papel, treinando minhas inflexões e pronúncia para ter certeza de que usaria o sotaque genérico do noroeste da Polônia. Ela também me deu lições densas sobre o catolicismo e agora sei tanto sobre santos e terços quanto qualquer garota polonesa que estudou em convento. Ainda assim, fico com receio de que alguma expressão breve em meu rosto ou algum olhar, gesto ou qualquer coisa intangível vá alertar para o fato de que sou judia.

Mas não há tempo para ficar nervosa. Alguns minutos depois de entrarmos na sala de jantar, a campainha toca.

— Pronta? — pergunta Krysia.

Engulo em seco, faço que sim com a cabeça. Os convidados começam a chegar com a característica pontualidade comum a poloneses e alemães. Elzbieta os recebe à porta e pega seus casacos e xales. Espero à entrada do primeiro andar com Krysia, que me apresenta, e conduzo os convidados à sala, oferecendo um coquetel. Lukasz é apresentado brevemente e admirado por seus cabelos louros e bom comportamento antes de ser levado para a cama.

Às dez para as sete, cinco ou seis convidados estão presentes: vice-prefeito Baran e a esposa, e três alemães: general Dietrich, um viúvo idoso muito condecorado na Grande Guerra, cujo papel na presente administração é principalmente cerimonial; brigadeiro-general Ludwig, um homem gordo, careca e de olhos pequenos; e sua esposa, Hilda.

Lá se vão dez minutos, e então vinte, e ainda falta um convidado. Ninguém comenta seu atraso, e sabemos que não nos sentaremos à mesa sem ele. Krysia me disse antes que Georg Richwalder, segundo no comando do Governo Geral, é o mais importante de todos os convidados.

— O que está achando de Cracóvia, Anna? — pergunta a sra. Baran, enquanto bebericamos xerez.

— Muito agradável, embora não tenha tido tempo de ver a cidade como gostaria — respondi, divertindo-me com a ideia de ser turista na cidade em que nasci.

— Bem, você e Lukasz precisam vir à cidade em breve e eu os levarei para passear. Estou surpresa de não termos nos encontrado na igreja — continua a sra. Baran.

Hesito, em dúvida sobre como responder. Krysia adianta-se e intervém.

— É que não fomos ainda. Estive tão atribulada, ajustando-me à chegada das crianças, que nem eu tenho ido. E Lukasz teve um resfriado na semana passada.

Olho para ela, tentando disfarçar minha surpresa. Desde que veio morar conosco, a criança sequer fungou. É a primeira vez que vejo Krysia mentir.

— Quem sabe tomamos um chá em algum domingo após a missa — sugere a sra. Baran.

Sorrio educadamente. Não é difícil manter as aparências com esse tipo de conversa leve.

— Seria muito agradá... — começo a responder e paro no meio da frase, olhando para a porta.

— Comandante Richwalder — sussurra a sra. Baran.

Aceno com a cabeça, sem palavras, e sem tirar os olhos do homem imponente que entrava na sala. Ele tem mais de um metro e oitenta de altura, com a postura perfeitamente ereta e com peitoral e ombros tão robustos e musculosos que parecem que vão pular para fora do uniforme militar. Seu queixo largo e quadrado e o nariz anguloso parecem esculpidos em granito. Não consigo não olhar fixamente. Nunca vi um homem como o Comandante antes. Ele parece ter saído de uma tela de cinema ou das páginas de um romance, como um herói épico. Não, não é um herói, tento lembrar. Esse homem é um nazista.

Krysia atravessa a sala para cumprimentá-lo.

— Comandante — diz ela, aceitando seus beijos no rosto e o buquê de gardênias que ele oferece. — É uma honra conhecê-lo. — Sua voz soa sincera, como se estivesse falando com um amigo.

— Desculpe fazê-los esperar, Pani Smok. — Sua voz era profunda e ressonante. Ele se vira e parece sorver a sala inteira com seus olhos cinza-azulados. Seu olhar para em mim. — Você tem uma bela casa. —

Olho para outro lado, sentindo o calor subir à face.

— Obrigada — responde Krysia. — Não está atrasado, o jantar acabou de ficar pronto. E, por favor, me chame de Krysia. — Ela pega o Comandante pelo braço esquerdo e, agilmente driblando os outros convidados que se levantaram para cumprimentá-lo, o conduz até mim. — Comandante, permita-me apresentá-lo minha sobrinha, Anna Lipowski.

Levanto-me imediatamente, mais tonta do que deveria estar com apenas dois pequenos goles de álcool. De perto, o Comandante Richwalder é ainda mais alto do que parecia ser; minha cabeça mal chega a seu ombro. Ele aperta minha mão estendida em sua mão muito maior, lançando uma corrente de eletricidade pelo meu corpo, me deixando arrepiada. Espero que ele não tenha notado. Ele levanta minha mão suavemente, mal a tocando com seus lábios polpudos. Embora sua cabeça esteja abaixada, seus olhos não se afastam dos meus.

— *Milo mi poznac.* — Seu polonês, embora formal e com muito sotaque, não é de todo mau.

Sinto meu rosto enrubescer.

— O prazer é meu — respondo, em alemão, sem conseguir desviar o olhar.

As sobrancelhas do Comandante se levantam. — Você fala... — Ele não termina a frase.

— Sim. — Meu pai, que fora criado em uma cidade na fronteira com a Alemanha, me ensinara a língua quando criança, e, dada sua proximidade linguística com o iídiche, eu havia aprendido com facilidade. Quando cheguei à casa de Krysia, ela me sugerira que refrescasse meus conhecimentos da língua. Fazia sentido que uma moça de Gdansk, que fora um dia à cidade alemã de Danzig, fosse bilíngue.

— *Herr Kommandant* — interrompeu Krysia.

Com alguma relutância, o Comandante voltou-se a ela para que pudesse ser apresentado aos outros convidados.

Grata por concluir a etapa da apresentação, saio da sala e entro na cozinha para me recompor. *O que está acontecendo comigo?* Encho um copo d'água e dou um gole pequeno, com as mãos tremendo. *Você provavelmente só está nervosa,* digo a mim mesma, embora na verdade saiba que é mais do que isso — nenhum dos outros convidados teve o mesmo efeito sobre mim. É claro, nenhum dos outros convidados se parecia com o Comandante Richwalder. Só de imaginar seu olhar penetrante enquanto beijava minha mão dou um salto, deixando a água espirrar pela borda do copo.

— Cuidado. — Elzbieta, que estivera servindo a sopa nas tigelas, me traz uma toalha seca.

Chega, eu penso, enquanto ela ajuda a secar a água que espirrara em meu vestido. *Comporte-se. Ele é um nazista,* lembro a mim mesma severamente. E, seja como for, você é uma mulher casada. *Não pode sair por aí tendo reações desse tipo a outros homens.* Arrumo os cabelos e volto à sala.

Um momento depois, Elzbieta toca um pequeno sino e os convidados se levantam. Enquanto nos dirigimos à sala de jantar, tento freneticamente me lembrar dos marcadores de lugar que Krysia havia posto. *Coloque-me ao lado do general idoso,* imploro, ou mesmo da insistentemente curiosa sra. Ludwig — mas não do Comandante. Não será possível manter a compostura perto dele por uma refeição inteira. Mas tão logo fiz meu pedido silencioso, me vi de pé em um dos lados da mesa com general Ludwig à minha esquerda e o Comandante, à direita. Tento encontrar o olhar de Krysia à cabeceira, na esperança de que ela pudesse, de alguma maneira, intervir, mas ela está falando com o prefeito Baran e não se dá conta.

— Permita-me — diz o Comandante, segurando minha cadeira. Sua loção de barbear exala um aroma forte de cipreste por cima de mim quando ele empurra a cadeira.

Elzbieta serve o primeiro prato, uma reforçada sopa de cogumelos. Minha mão treme quando levanto a colher, que bate na tigela. Krysia discretamente levanta uma das sobrancelhas em minha direção, e torço para que ninguém mais tenha notado.

— Então — diz o general Ludwig, por cima de mim, para o Comandante. — Quais são as notícias de Berlim dos últimos dias?

Fico grata por ele ter escolhido me deixar de fora da conversa, me dispensando da necessidade de falar por algum tempo.

— Estamos tendo sucesso em todas as frentes — respondeu o Comandante, entre colheradas de sopa. Por dentro, sinto desgosto pela notícia de que os alemães estão indo bem.

— Sim, general Hochberg me disse o mesmo — responde Ludwig. Percebo pela maneira que Ludwig enfatiza o nome que ele espera impressionar o Comandante. — Ouvi algo sobre uma visita oficial de Berlim? — Ele termina a frase com uma nota elevada e olha para o Comandante com expectativa, esperando que ele confirme ou negue o boato.

O Comandante hesita, mexe a sopa.

— Talvez — diz ele, por fim, o rosto impassível.

Olhando para ele mais detidamente, agora noto duas cicatrizes em seu rosto que, não fosse por isso, seria perfeito. Há uma linha funda e descorada de sua linha dos cabelos até a têmpora do lado direito da testa, e outra, mais longa, porém menos marcada, por todo o comprimento da mandíbula esquerda. Imagino como foram feitas; um acidente, talvez, ou algum tipo de embate. Nenhuma explicação parecia plausível.

— Então, srta. Anna — diz o Comandante, virando-se para mim.

Percebo que estivera olhando-o fixamente.

— S-sim, *Herr Kommandant*? — gaguejo, sentindo meu rosto corar novamente.

— Fale-me de sua vida em Gdansk.

Enquanto Elzbieta recolhe as tigelas de sopa, relato os detalhes que me foram passados: era professora e fui forçada a abandonar meu trabalho e me mudar para cá com meu irmãozinho quando nossos pais morreram em um incêndio. Conto a história com tanta emoção que quase soa real para mim. O Comandante ouve atenciosamente, aparentemente concentrado em cada palavra. *Talvez ele seja um ouvinte atento*, pensei, embora não o tivesse visto tão absorto em uma conversa com mais ninguém durante o jantar.

— Que tragédia — comenta ele, quando termino de contar a história.

Seus olhos continuam fixados nos meus. Concordo com um gesto, incapaz de falar. Por um momento, parece que todos os outros convidados desapareceram e ficamos só os dois, sozinhos. Por fim, não aguentando mais, olho para outro lado.

— E o senhor, Comandante, de onde é? — pergunto, rapidamente, ansiosa por não ser mais o assunto da conversa.

— Norte da Alemanha, perto de Hamburgo. Minha família está no ramo de navios — responde ele, ainda me olhando fixamente. Mal consigo ouvi-lo através do zumbido em meus ouvidos. — Fiquei órfão muito jovem, também — acrescenta ele, como se nossa suposta falta de genitores nos unisse por um laço especial. — Embora os meus tenham morrido de causas naturais.

— E o que faz por aqui? — perguntei, impressionada com a ousadia da minha pergunta.

Ele hesita, pego de surpresa; claramente, está acostumado a que as pessoas saibam o que ele faz. Ludwig intervém:

— O Comandante é vice do governador Frank, segundo responsável pelo Governo Geral. O que o governador decreta, o Comandante se assegura de que seja implementado.

O Comandante se mexe desconfortavelmente em sua cadeira.

— Na realidade, general, você está superestimando um pouco a verdade. Sou apenas o dono de uma empresa de navios cumprindo seu dever para com o Reich.

Ele olha para outro lado e percebo que seus cabelos escuros estão salpicados de fios prateados nas têmporas.

— De forma alguma — persiste Ludwig, seu rosto redondo já vermelho de tanto beber vinho. — O senhor é muito modesto. — Ele baixa a cabeça e olha para mim. — Comandante Richwalder foi condecorado por sua bravura no mar quando jovem, durante a Grande Guerra. — Aceno com a cabeça, mentalmente fazendo os cálculos. *Se o Comandante serviu na Grande Guerra, deve ter pelo menos 45 anos,* pensei surpresa. Tivera a impressão de que era mais novo. — Ele feriu-se gravemente e serviu pela Alemanha com grande distinção.

Olhando mais uma vez para o rosto do Comandante, me dou conta de que suas cicatrizes devem ter vindo da batalha. Ele toca a têmpora com as pontas dos dedos, me olhando fixamente, como se estivesse lendo meus pensamentos.

— Passe o sal, por favor — digo, abruptamente, forçando-o a finalmente desviar o olhar.

Mas Ludwig ainda não terminara de louvar o Comandante. — Mais recentemente, ele serviu o Reich supervisionando Sachsenhausen com notável eficiência — acrescenta.

Não havia ouvido falar de Sachsenhausen, mas Ludwig pronuncia o nome como se sua natureza fosse evidente, e não ouso perguntar o que é.

À medida que a refeição prossegue, tento me manter focada, mas minha cabeça fica pesada com o vinho, e o Comandante parece encher minha taça sempre que bebo um pouco.

— Seu alemão é perfeito — comenta ele, quando terminamos o prato principal de faisão assado com batata e cenoura.

Alemão, assim como iídiche, é tão natural para mim que quase me esquecera de que não estávamos falando polonês.

— Aprendíamos alemão na escola — disse, por fim. — Há uma grande população alemã em Gdansk.

— Danzig, você quer dizer! — intervém Ludwig, aos brados, ofendido pelo mau uso do nome polonês da cidade.

Ouvindo sua explosão, os outros convidados interrompem suas conversas e se voltam para nós.

— Desculpe — retrato-me, rapidamente, sentindo o rubor em minha face. — É que Gdansk é o nome que se usava em minha infância.

Ludwig não se dá por satisfeito.

— Bem, *fräulein* — continua ele, altivamente —, está na hora de ajustar-se à nova realidade.

— Francamente, general, este agradável jantar não é o lugar certo para falar de política. — O tom do Comandante é baixo, porém severo.

Repreendido, Ludwig volta-se para a sra. Baran, sentada à sua esquerda. Sorrio, agradecida, para o Comandante.

— É uma bela cidade, seja como for chamada — propõe ele, mais gentilmente do que o normal.

— Concordo. — Aliviada, pego meu copo de água por cima do prato. O Comandante faz o mesmo com sua mão esquerda e nossas mãos se tocam. Afasto o braço, sentindo meu rosto corar. Sua mão continua suspensa no ar como se estivesse congelada. Nenhum dos dois diz qualquer coisa por um momento que parece muito longo.

— Gosto muito de escritores alemães — digo, por fim, voltando-me para a literatura, o único assunto sobre o qual sempre poderia conversar.

Ele põe seu copo de volta na mesa e afasta a mão.

— Mesmo?

Elzbieta aparece pelo meu lado esquerdo, e, quando me movo ligeiramente para a direita, para que ela possa pegar meu prato, sou forçada a ficar a apenas alguns centímetros do Comandante. Sinto mais uma vez o aroma de sua loção encobrindo um cheiro ainda mais forte, mais masculino.

— Sim — continuo, quando Elzbieta se retira e já posso voltar à posição anterior. — Goethe tem de ser lido no original. — Pego o guardanapo em meu colo e encosto nos lábios. — Ler traduções não faz jus à obra.

Ele assente delicadamente e sorri pela primeira vez naquela noite.

— Concordo. —Estendendo o braço cuidadosamente desta vez, ele ergue sua taça de vinho e eu o imito, erguendo a minha. — À literatura alemã — propõe ele, tocando gentilmente sua taça na minha.

Hesito, antes de beber. Minha cabeça já está anuviada. Mas o Comandante esvazia seu copo de uma só vez, e não tenho alternativa a não ser beber um generoso gole.

— Por que não vamos para a sala de estar? — sugere Krysia, quando Elzbieta termina de recolher os pratos de sobremesa.

Na sala, Elzbieta serve pequenas taças de conhaque para os homens e Krysia serve xícaras de chá para as mulheres. Encosto-me na entrada da sala, envolvendo a xícara quente de chá com as duas mãos. Exausta de tanto vinho e da refeição substancial, não consigo mais conversar e fujo para a cozinha.

— Posso ajudar? — pergunto. Mas Elzbieta, que agora ensaboa os pratos na pia, apenas balança a cabeça.

Estou bêbada, percebo, fitando as bolhas de sabão que transbordam pela pia. Nunca havia me sentido assim antes. As únicas vezes que bebia vinho quando mais nova eram no Sabá e nos feriados, um pouco de vinho kosher, que era doce demais para se beber mais do que uns poucos goles. Uma ou duas vezes Jacob e eu havíamos provado um pouco de uísque ou vinho durante o jantar para nos aquecer. Mas agora é diferente. Minha língua está inchada e seca. Sinto um suor gelado em minha testa e o chão parece se mover sob meus pés.

— Elzbieta — digo, confusa.

Ela se vira e vê a palidez de meu rosto.

— Beba. — Ela me traz um copo de água.

Bebo, agradecida, e lhe devolvo o copo. Ela volta para a pia, colocando o copo na água morna com o resto da louça suja. Deixo-me desabar em uma das cadeiras da cozinha, respirando profundamente. De todas as noites de minha vida, tinha de escolher justamente esta para beber demais.

Elzbieta toca meu ombro. Olho para cima e ela gesticula com a cabeça em direção à sala.

— Anna. — Ouço Krysia chamar, e percebo pelo tom de sua voz que não é a primeira vez que ela chama meu nome. Levanto-me da cadeira e volto para a sala.

— *Tak?* — Minha mente parece mais lúcida depois da água e do breve descanso.

— Venha cá. — Krysia me chama para onde ela e o Comandante estão sentados, um grande sofá, e toca o assento entre eles. — Sente-se. — Acomodo-me desconfortavelmente à beira do sofá, a apenas alguns centímetros do Comandante. Não olho para ele. — Anna — enuncia Krysia meu codinome, com tranquilidade, mais uma vez. — O Comandante tem uma proposta para você.

A sala fica silenciosa e ela se vira para ele, com expectativa. Minha respiração para. Embora não possa imaginar o que seja, tenho certeza de que não vou gostar.

— Anna, estou procurando uma secretária, uma assistente, na realidade, para gerenciar parte das tarefas administrativas de meu escritório — diz ele. — Sua tia acha que você pode se interessar.

Meu estômago subiu à garganta.

— É uma oferta generosa — acrescenta Krysia.

Havia alguma mensagem por trás dessas palavras, mas não consigo decifrá-la.

— Eu? — pergunto, tentando ganhar tempo para formular uma resposta.

— Sim — responde o Comandante.

Sinto que todos olham para mim.

— Mas não posso! — digo, aumentando claramente a voz. Notando os olhares surpresos de todos ao redor, modulo a voz. — Quero dizer, sou uma professora de escola. Não tenho qualificação para esse cargo.

Não tenho certeza de qual ideia é mais inconcebível: trabalhar no quartel-general nazista ou passar todos os dias perto desse homem assustador. O Comandante não se abala com a resposta.

— Seu alemão é excelente. Krysia disse que você sabe datilografar. Além disso, só exigimos bom senso e uma postura agradável.

— Mas não teria como. Preciso cuidar de Lukasz e ajudar Krysia... — protesto.

Olho para Krysia esperando ajuda, mas ela me lança um olhar fulminante.

— Conseguiremos nos ajustar — diz Krysia, firmemente.

— Bem... — Hesito, procurando argumentos.

— Isto é ridículo! — explode Ludwig, embora ninguém tenha pedido sua opinião. — Não se recusa uma honra tão grande.

O Comandante volta-se para o homem gordo, com um olhar ameaçador.

— Eu jamais a forçaria a trabalhar. — Ele me olha novamente. — A escolha é sua — diz ele, falando calmamente agora. — Pode me dar a resposta depois.

Engulo em seco. Krysia obviamente quer que eu aceite essa oferta bizarra, embora eu não faça ideia do porquê.

— Não, não é preciso. — Forço-me a sorrir. — Seria uma honra trabalhar com o Comandante.

Krysia se levanta.

— Bem, está resolvido. Agora, acredito que prometi à sra. Baran que tocaria para ela antes do final da noite.

Ela vai até o piano, e, sempre muito diplomática, toca primeiro Wagner, depois Chopin. Impressiono-me com seu talento, com suas mãos voando pelas teclas com a destreza e graça de alguém décadas mais jovem, tocando peças clássicas inteiras de memória.

— Achei que isso pudesse mesmo acontecer — diz Krysia, algumas horas depois, quando os convidados já tinham ido embora. Estamos em frente à pia, secando as últimas xícaras, com aventais protegendo nossas roupas de festa. Ela fala baixo para que Elzbieta, que está varrendo a sala ao lado, não escute. — Ouvi dizer que o Comandante estava procurando uma assistente, e percebi no momento em que ele entrou que ele gostou de você.

Paro um segundo para afastar um cacho de cabelo que caiu em frente aos olhos.

— Krysia, se era essa sua preocupação, por que me sentou ao lado dele?

Krysia olha para cima, a mão que segura uma tigela fica suspensa no ar.

— Mas não fui eu! Agora que você falou, especificamente me lembro de pedir a Elzbieta que o pusesse ao meu lado. Tinha esperança de que ele dissesse algo útil depois de tomar umas taças de vinho. — Ela põe a tigela na bancada e sai da cozinha. — Elzbieta... — chama ela. A jovem aparece, com a vassoura na mão.

— *Tak*, Pani Smok?

— Você por acaso trocou os marcadores de assento?

Elzbieta balançou a cabeça.

— *Nie*, Pani Smok. Você havia dito que queria se sentar entre o Comandante e o general Ludwig. Fiquei surpresa ao ver que a ordem estava trocada.

— Obrigada, Elzbieta. — A jovem desaparece na sala novamente. Krysia se vira para mim, com o cenho franzido. — Não sei o que aconteceu.

— Talvez tenha sido um acidente — sugeri, esfregando mais forte a panela e sem olhar para cima. *O Comandante deve ter trocado as plaquetas para se sentar ao meu lado*. Meu estômago se contorce.

— Talvez... de qualquer maneira, não sei se você trabalhar para ele é tão má ideia assim.

— Como pode dizer isso? — pergunto, sussurrando um pouco alto. — Isso vai colocar tudo em risco. Minha identidade, nossa situação...

— Anna — interrompe ela. Havíamos combinado que ela me chamaria pelo codinome sempre, mesmo quando estivéssemos sozinhas, para reforçar o hábito. — Esse é o disfarce perfeito. Uma judia foragida jamais poria os pés no quartel-general alemão. E o Comandante é um dos homens mais importantes na Polônia no momento. — Ela dá uma pausa. — Talvez, com o tempo, você consiga se aproximar o suficiente para ajudar com nosso trabalho.

— Ajudar? Krysia, não posso trabalhar para os nazistas! — Minha voz eleva-se e Krysia rapidamente leva um dedo aos lábios, gesticulando com a cabeça em direção à sala de jantar. — Desculpe — articulo com a boca sem emitir som, envergonhada de minha reação. Naquele momento, me lembro da precariedade de nossa situação. Quão pior poderia ficar essa farsa, agora que esperam que eu mantenha o disfarce sob o escrutínio do Comandante Richwalder todos os dias? Sinto uma onda de náusea.

Mais tarde naquela noite, fico deitada ainda acordada, fitando os caibros de carvalho que cortam o teto do quarto, ouvindo os cachorros uivando ao longe. Minha vida havia mudado de novo e, pela terceira vez desde que a guerra começou, termino o dia em uma situação totalmente diferente da que comecei. Um dia acordei na casa de Jacob e fui dormir na mesma noite como prisioneira no gueto. Fui de judia do gueto a gentia na casa de Krysia com a mesma velocidade. E agora vou trabalhar para os nazistas. Um calafrio perpassa meu corpo e puxo o cobertor para mais perto, ignorando o fato de que é maio e não faz muito frio.

Minha mente volta-se a algumas horas antes, quando as pessoas já começavam a ir embora. O Comandante Richwalder tinha sido o último convidado a sair, se demorando perto da porta com seu longo casaco militar. Ele pegou minha mão na sua, agora coberta por uma luva de couro macio, e a levou aos lábios mais uma vez.

— Entrarei em contato em poucos dias, assim que toda a papelada estiver pronta.

Minha mão estremeceu quando a afastei.

— Ob-obrigada, *Herr Kommandant.*

— Não, srta. Anna, eu que agradeço.

E, com isso, ele se virou e partiu. Agora, deitada na cama, sinto calafrios. A maneira com que ele me olhava me lembra de uma aranha dando o bote em uma mosca. Agora eu seria obrigada a ir trabalhar na teia da aranha todos os dias. Estremeci novamente, ouvindo os cachorros uivando com a brisa.

CAPÍTULO 7

Ficamos sem notícias do Comandante Richwalder por dias.

— Provavelmente leva tempo para completar a verificação de antecedentes — explica Krysia, quando comento o atraso.

— Verificação de antecedentes?

Entro em pânico, certa de que uma investigação pelos nazistas revelaria minha identidade real. Mas Krysia me diz que não tenho nada a temer, e, alguns dias depois, descubro que ela estava certa. A organização da resistência aparentemente está em toda a Polônia, e algumas pessoas em Gdansk se dispuseram a atestar que conheciam Anna Lipowski, foram seus vizinhos, trabalharam e frequentaram escola com ela, e "não era uma tristeza a morte de seus pais?". Na sexta-feira de manhã, quase uma semana após o jantar, recebi a notícia, via mensageiro, de que minha apuração terminara e que deveria me apresentar no gabinete do Comandante na segunda-feira seguinte.

— Teremos de ir até a cidade amanhã — diz Krysia, no sábado à noite, depois de colocarmos Lukasz para dormir.

— Amanhã? — pergunto, no corredor, confusa. As lojas não abrem aos domingos.

— Temos de ir à igreja. — Vendo a expressão chocada em meu rosto, Krysia continua. — A esposa do prefeito comentou no jantar que eu não estive lá com você e Lukasz.

— Ah — digo, finalmente.

Não consigo argumentar contra isso. Krysia é católica devota, e faria sentido que Lukasz e eu fôssemos também. O fato de que ela normalmente ia à missa toda semana, mas não aparecera desde nossa chegada poderia levantar suspeitas. Ainda assim, a ideia de ir à igreja fica entalada em minha garganta como uma pílula mal engolida.

— Lamento — diz ela. — Não temos escolha. Temos de manter as aparências.

Eu não respondo, mas vou até meu quarto e abro o guarda-roupa. Observo meus poucos vestidos, tentando medir qual deles se parece mais com os que já vi moças de minha idade usando para ir à igreja.

— O vestido rosa — diz Krysia, chegando atrás de mim.

— Este aqui? — Levanto um vestido de algodão com mangas três-quartos.

— Sim. Vou tomar um café. Quer me acompanhar? — diz ela.

Aceno que sim e a sigo escada abaixo até a cozinha. Alguns minutos depois, levamos nossas canecas fumegantes para a sala de estar. Noto suas agulhas de tricô e um rolo de lã azul vibrante na mesa de centro.

— Estou fazendo um suéter para Lukasz — explica ela, quando nos sentamos. — Acho que ele vai precisar para o inverno.

Inverno. Krysia espera que estejamos com ela até lá. Não sei por que isso me surpreende. O domínio da Polônia pelos nazistas não dava sinais de afrouxar, e certamente não temos mais para onde ir. Ainda assim, o inverno é só daqui a seis meses. Meu coração afunda quando penso em Jacob, em ficar sem ele por tanto tempo.

Tentando esconder minha tristeza, levanto as agulhas para examinar o trabalho de Krysia. Ela fez apenas algumas fileiras, mas já consigo perceber pelas laçadas pequenas e homogêneas que está trabalhando com muito esmero, e que o suéter ficará muito bonito. O novelo de lã está desigual, e me dou conta de que ela deve ter desmanchado uma de suas próprias roupas para conseguir a linha.

— A cor combinará muito bem com seus olhos — digo, mais uma vez embevecida com tudo o que ela está fazendo por nós.

— Foi o que pensei, também. Você sabe tricotar? — Balanço a cabeça. — Vou lhe mostrar. — Antes que eu possa responder, Krysia se aproxima do sofá, pondo seus braços em volta de mim e cobrindo suas mãos muito maiores com as minhas. — Assim. — Ela começa a mover minhas mãos fazendo o padrão de duas etapas do tricô. O toque de suas mãos, finas e delicadas como as de Jacob, traz de volta uma avalanche de sensações. Minha cabeça tonteia, e mal consigo sentir as agulhas. — É só isso, na verdade — diz ela, alguns minutos depois, sentando-se. Ela olha para as agulhas na expectativa de que eu vá continuar sozinha, mas minhas mãos caem inutilmente em meu colo.

— É uma pena — digo, colocando as agulhas e a lã de volta na mesa. — Não sou muito boa com essas coisas.

É verdade. Minha mãe desistira de me ensinar a costurar quando tinha 12 anos, declarando que meus pontos grandes e desiguais eram abomináveis. Mesmo agora, olhando para as agulhas de tricô, sei que Krysia terá de desfazer e refazer meus poucos pontos desengonçados.

— Imagina, você só precisa praticar. — Krysia pega as agulhas e a lã. — Se você aprender a tricotar bem, pode fazer algo para Jacob.

— Jacob — repito, vendo seu rosto em minha mente.

Poderia tricotar um suéter para ele, talvez marrom para valorizar seus olhos. Vejo-me colocando-o por sobre seus ombros e seu tronco delgado. Algumas vezes ele parece frágil, quase como uma criança, em minha memória. É difícil imaginá-lo como um guerrilheiro da resistência. Pergunto-me, repentinamente, se ele levara roupas de frio quando foi embora.

— Você sente falta dele, não é? — pergunta Krysia, gentilmente.

— Sim, muito — respondi, forçando a visão de Jacob a se apagar de minha mente. Não posso me dar ao luxo de me perder em memórias agora; preciso me concentrar em começar o trabalho na segunda-feira, em ser Anna. — Krysia... — Paro antes de fazer a pergunta que ficou em minha mente desde a noite do jantar. — O que é Sachsenhausen?

Ela hesita, com as agulhas de tricô no meio do caminho.

— Por que pergunta?

— Ludwig disse que o Comandante supervisionava Sachsenhausen.

Krysia franze a testa, mordendo a parte de dentro da bochecha.

— Sachsenhausen é uma prisão nazista, querida. É um campo de trabalho na Alemanha, perto de Munique.

Sinto um soco no estômago.

— Para judeus?

Ela balança a cabeça.

— Não, não! É para presos políticos e criminosos. — Embora eu queira sentir alívio, algo em sua resposta enfática me diz que ela não está sendo totalmente sincera. Ela solta o tricô novamente e me dá um tapinha na mão. — Não se preocupe. Richwalder gosta de você. Ele não a tratará mal.

— Tudo bem — digo, embora essas palavras não tenham me acalmado, nem de longe.

— Meu Deus! — Ela olha para o relógio de carrilhão. São quase dez e meia. — Não tinha me dado conta da hora. Você deveria ir dormir. Temos de acordar muito cedo amanhã e você precisa guardar suas forças.

Para amanhã, e para todos os outros dias depois, acrescento, silenciosamente. Tomo outro gole de café ainda muito quente e fico em pé. Paro em frente à entrada. Krysia pega o tricô novamente, suas mãos fazendo os pequenos e ágeis círculos repetidamente.

— Boa noite — diz ela, sem olhar para cima.

Não pergunto se ela vai se deitar. Mesmo em noites normais, Krysia fica acordada até tarde e dorme pouco. Ela me lembra Jacob por causa disso — ele ficava acordado até muito tarde e frequentemente o encontrava dormindo sobre um livro ou artigo que estivera escrevendo no escritório na manhã seguinte. Mas pelo menos Jacob dormia até tarde no dia seguinte, quando podia compensar pelo serão. Krysia, eu sei, acordará antes do amanhecer, fazendo tarefas e nos preparando para o dia que vem em frente. Preocupa-me que talvez tomar conta de Lukasz e de mim seja demais para ela. E agora, com nossa ida à igreja na manhã seguinte e eu começando a trabalhar para Richwalder um dia depois, ela tem mais coisas na cabeça do que o normal.

Nesta noite meu sono é perturbado: sonho que estou em uma rua e não reconheço o endereço. A distância, ouço vozes e risadas e esfrego os olhos, tentando encontrar a origem. Quinze metros rua abaixo, vejo um grupo de jovens usando algum tipo de uniforme, fazendo brincadeiras e conversando enquanto andam. Uma voz, um barítono familiar, sobressai às outras.

— Jacob! — chamo. Começo a correr, tentando alcançá-lo, mas meus pés escorregam e eu caio no pavimento úmido e liso. Levanto-me novamente e recomeço a correr. Finalmente alcanço o grupo. — Jacob — repito, arfante. Ele não me ouve, mas continua conversando com uma mulher que não reconheço. Não consigo entender o que ele diz. Desesperadamente, tento esticar o braço e tocá-lo, mas sou empurrada para o lado pela multidão, que segue em frente, e caio mais uma vez. Quando levanto os olhos de novo, eles já se foram e eu estou sozinha, de joelhos, na rua fria e úmida.

Acordo sobressaltada.

— Jacob? — chamo, em voz alta. Pisco várias vezes. Ainda estou em meu quarto, é claro. Foi só um sonho. Ainda assim, fito a escuridão por vários segundos, como se Jacob pudesse de fato ter estado ali. *Jacob*, penso, o sonho passando repetidamente pela minha cabeça. Sinto demais a falta dele. Estou sempre correndo atrás, mas nunca o alcanço em meus sonhos. E se ele estiver mesmo tão preocupado com seu trabalho que se esqueceu de mim? E se tiver encontrado outra garota? E se... Não consigo terminar o pior pensamento de todos, que algo possa ter acontecido com ele e eu talvez não o veja nunca mais. Mergulho o rosto no travesseiro, encharcando-o com minhas lágrimas.

Na manhã seguinte, Krysia bate à minha porta às sete horas. Levanto-me e me visto rapidamente. Lá embaixo, Krysia já está com Lukasz limpo e alimentado. Vendo a criança, hesito. Tinha a esperança de que ele de alguma maneira não precisasse ir à igreja conosco, mas é claro que não há mais ninguém para tomar conta dele. Sem falar nada, caminhamos da casa até a parada de ônibus na esquina. O ônibus, que não demora a passar, está praticamente cheio, principalmente de fazendeiros e camponeses. Estão indo à igreja também, percebo, pois tentaram passar suas roupas gastas e limpar a sujeira de suas unhas.

Fico olhando pela janela enquanto sacudimos pela estrada sinuosa, tentando fingir que estamos somente indo fazer compras. Mas os pensamentos começam a se repetir em minha cabeça: *estou indo para a igreja, pela primeira vez pisarei em uma*. Muitas vezes, na infância, passava pelas multidões que se aglomeravam nas muitas portas de igreja da cidade para a missa. Observava-os parados com as cabeças baixas, se mexendo levemente com a melodia cantada que escapava pelas portas abertas. Por cima de suas cabeças, via somente escuridão. Não conseguia imaginar os mistérios que existiam do outro lado daquelas enormes portas de madeira. Hoje descobrirei. Em minha mente, vejo o rosto de meu pai me fitando com olhos tristes, minha mãe balançando a cabeça, incrédula.

Perto do Planty, descemos do ônibus. Lukasz caminha entre nós, cada uma de suas mãos em uma das nossas. Quando atravessamos a praça, as torres da basílica de Santa Maria assomam-se em nossa frente. Embora existam centenas de igrejas em Cracóvia, não me surpreende que Krysia frequente a maior e mais monumental. À entrada da igreja, paro.

— Venha — diz Krysia, pondo-se entre mim e Lukasz, segurando nossas mãos.

Lá dentro, pisco várias vezes para ajustar meus olhos à penumbra. O ar está diferente aqui, uma fria umidade emana das paredes de pedra. Krysia pausa, soltando minha mão para fazer o sinal da cruz. Vejo com o canto do olho que ela está me observando, com lábios tensos. Ela esperava que eu a imitasse. Balanço a cabeça mentalmente. Não consigo, pelo menos ainda não.

Deixo que Krysia me conduza pelo corredor central entre os bancos, tentando não olhar fixamente para a cruz dourada, de muitos metros, que domina a parede da frente da igreja. Pessoas sentadas nos dois lados nos encaram enquanto passamos, murmurando. Será que percebem que não sou um deles? Na verdade, sei que estão simplesmente curiosos porque somos novatos. As fofocas circulam rapidamente em Cracóvia e muitos provavelmente já ouviram falar dos sobrinhos órfãos que vieram morar com Krysia Smok. Se Krysia está vendo essas reações, finge que não está, cumprimentando com a cabeça pessoas dos dois lados do corredor e tocando algumas mãos enquanto andamos. Então ela nos conduz a um genuflexório vazio no meio e nos sentamos no banco duro de madeira. Música de órgão começa a soar. Olho em volta, surpresa com o número de pessoas que estão ali. Os nazistas são contra religião e chegaram a prender vários padres. Em um país onde a população é quase toda católica, eles não ousaram banir a igreja completamente, mas me surpreendi com o fato de que não muitas pessoas se afastavam com medo de perseguição.

Um padre aparece à frente da igreja, então, e começa a entoar em latim. Alguns minutos depois, ouvindo alguma deixa, Krysia e os outros movem-se à frente para se ajoelhar. Eu hesito. Judeus não se ajoelham, é proibido. Mas Krysia puxa minha manga na altura do cotovelo. Não tenho escolha. Chego para frente, pondo meu braço em volta de Lukasz para que ele venha comigo. Olho para ele. Ele olha para cima, com os olhos arregalados. Continuamos ajoelhados por vários minutos. Meus joelhos, desacostumados, doem ao tocar o duro chão de pedra. Percebo que Krysia está de cabeça baixa e logo a copio. O padre continua entoando seus cânticos e os paroquianos repetem suas palavras em algumas partes. É um dos muitos rituais secretos que desconheço. Em certo ponto, Krysia e os outros persignam-se. Mexo as mãos em frente ao meu rosto de maneira desordenada, esperando que seja o suficiente. Algo me chama atenção no canto do olho e olho para Lukasz. O filho do rabino está mexendo as mãos em frente ao seu rostinho, sinceramente tentando persignar-se para imitar Krysia e os outros. Fazendo o sinal da cruz. Os cabelos de minha nuca ficam arrepiados ao presenciar a cena.

Olhando mais uma vez para Krysia de soslaio, percebo que seus lábios se movem ligeiramente, como se estivesse memorizando algo. Ela está rezando, realmente rezando. Olho em volta, tentando não levantar a cabeça, e me pergunto se minhas orações funcionariam aqui, também. Faz tanto tempo que não rezo em lugar algum. Nem sei por onde começar. Considero dizer a shemá, a mais básica oração judaica. *Ouve, ó Israel, o Eterno é nosso D'us, o Eterno é Um.* E então paro. É estranho fazer isso aqui. Tento de novo. *Por favor*, rezo, incerta do que dizer em seguida. *Por favor, Senhor*. De repente, as palavras jorram como chafariz. Rezo pela segurança de meus pais e de Jacob. Rezo por Krysia, por Lukasz e por mim, pela força para manter nossa farsa quando for trabalhar para o Comandante. Peço perdão por estar neste local, por me ajoelhar. Rezo para que Lukasz nunca se lembre de ter estado aqui.

Então, a parte de se ajoelhar termina. Sentamo-nos novamente e ponho Lukasz em meu colo, encostando sua bochecha fria contra a minha enquanto o padre segue entoando. O padre fica, então, em frente ao altar, com um cálice e uma bandeja de prata na mão. As pessoas sentadas mais à frente começam a se levantar e se aproximar do altar.

— Comunhão — diz Krysia, tão baixo que mal consigo ouvir.

Aceno com a cabeça. Já ouvira falar disso. Alguns minutos depois, Krysia se levanta e toca meu ombro. Ela quer que eu vá com ela. Levanto-me, com as pernas congeladas só de pensar em ir até lá. Chegamos ao corredor e nos juntamos à fila enquanto ela segue em frente, Lukasz conosco, embora, suspeito, ele seja novo demais para a comunhão. Quando chegamos à frente, Krysia vai primeiro. Observo enquanto ela se ajoelha e abre a boca, permitindo que o padre coloque uma hóstia em sua língua. Então ela se levanta e se vira, pegando Lukasz pela mão para que eu fique livre. É minha vez. Dou um passo à frente e me ajoelho.

— Corpo de Cristo — diz o padre, quando coloca a hóstia em minha língua. Fecho a boca e sinto a massa seca, esperando que um raio me fulmine.

Alguns minutos depois, estamos de volta em nossos lugares. O prato de coleta passa. Está quase vazio quando chega a nós. Krysia põe algumas moedas nele, muito menos, tenho certeza, de que teria colocado antes da guerra. Especulo se ela pode pagar esse dízimo agora. Quando tudo termina, saímos da igreja. Luto contra o impulso de sair à frente enquanto Krysia faz as apresentações obrigatórias e troca algumas palavras com os outros paroquianos perto da entrada. Finalmente, saímos para a luz.

— Não foi tão ruim, foi? — pergunta Krysia, quando já estamos longe da igreja.

Balanço a cabeça, sem responder. Algumas coisas ela nunca entenderá, apesar de sua boa intenção. Sinto-me violada pela experiência e nauseada por saber que terei de ir novamente.

Quando chegamos à casa de Krysia, meus pensamentos se voltam ao dia seguinte. Dali a menos de 24 horas, irei trabalhar para o Comandante. Deliberadamente, me ocupo de tarefas domésticas, preparando uma rica sopa de beterraba para o almoço de Lukasz e separando a roupa que ele usará no dia seguinte.

— Posso fazer isso para ele amanhã — protesta Krysia.

Balanço a cabeça e não paro de fazer coisas.

— Preciso me manter ocupada — respondo, dobrando uma das camisas recém-lavadas de Lukasz pela quarta vez. — Como se eu fosse conseguir dormir hoje à noite...

Deito-me pouco antes de meia-noite, e, mesmo assim, fico me revirando. Os pensamentos que geralmente luto muito para evitar, sobre minha família e o gueto e tudo o que não sei e que me amedronta, são gratas distrações agora, pois tento ignorar a realidade que me espera na manhã seguinte. Como minha vida pôde mudar tanto em uma semana, um mês, um ano? Jacob nem me reconheceria mais. Imaginei-me escrevendo uma carta para ele — por onde começaria? *Amado*, escrevo, mentalmente. *Sua esposa agora é gentia. E já mencionei que estou cuidando de uma criança? E que começo a trabalhar para os nazistas amanhã?* Rio alto no escuro.

Mas, na realidade, sei que a situação é muito séria. Ao entrar no quartel-general dos nazistas todos os dias, entrarei na cova dos leões. E não estarei pondo em risco somente minha segurança: se minha identidade for revelada, isso colocará todos em perigo: meus pais, Lukasz, e até mesmo Krysia. *Krysia*. Lembro-me bem do olhar em seu rosto quando me encorajou a aceitar a oferta do Comandante, a maneira preocupada pela qual tem me olhado desde então. Ela também sabe dos riscos. Mas deve ter boas razões para querer que eu faça isso. Finalmente, meus olhos pesam e pego no sono.

Depois de um tempo que parece apenas alguns minutos, acordo com os sons de antes do amanhecer, o galo do vizinho cantando. A forma pela qual o bordo em frente à minha janela filtra a luz da manhã me diz que são aproximadamente cinco horas. Continuo deitada por um minuto, ouvindo os cascos dos cavalos batendo na estrada de terra enquanto puxam as carroças dos fazendeiros ladeira abaixo, levando hortaliças para os mercados. Encarando o teto, hesito. Assim que puser o primeiro pé no chão, tudo começará. *Se não sair da cama*, penso, *talvez eu consiga parar o tempo*. É velha brincadeira que eu fazia quando criança se havia algo que eu não queria fazer. *Não funcionava na época*, penso comigo, *e não funcionará agora*. E não seria uma boa ideia me atrasar para o primeiro dia de trabalho. Respiro fundo e me levanto.

Sem fazer barulho, faço minha higiene matinal. Torcendo para não acordar Krysia ou Lukasz, desço na ponta dos pés, tentando não deixar que as solas dos meus sapatos façam barulho contra os degraus de madeira. Krysia já está sentada à mesa da cozinha, lendo o jornal e bebendo chá. Pergunto-me se ela chegou a dormir na noite passada.

— *Dzien dobry* — cumprimenta-me ela, com a voz renovada. Ela se levanta e me olha de cima a baixo, avaliando minha roupa. Escolhi entre as coisas que ela não usava mais uma camisa branca e uma saia cinza, com um cinto para ajustar a camisa bem maior do que meu tamanho. A saia, que deveria ser na altura do joelho, bate praticamente em meus calcanhares. — Muito profissional — comenta ela, gesticulando para que eu me sente. Ela empurra um prato fumegante de ovos mexidos em minha direção. — Agora coma.

Balanço a cabeça, nauseada pelo cheiro.

— Estou nervosa demais. — Enquanto falo, meu estômago pula e sinto uma onda de enjoo. — E preciso sair, não quero me atrasar.

Krysia me entrega uma pequena vasilha com o almoço e uma capa de lã leve.

— Tente relaxar. Errará mais se estiver nervosa. Fique quieta, observe o máximo que puder e... não confie em ninguém. — Ela dá um tapinha em meu ombro. — Você se sairá bem. Lukasz e eu estaremos aqui quando você voltar para casa.

Não são nem sete horas ainda quando saio. Os habitantes de Chelmska acordam cedo; andando pela estrada, vendo as casas e fazendas, parece que em todo quintal há alguém cuidando do jardim ou de animais, ou varrendo o alpendre. Eles me olham enquanto passo; minha presença na casa de Krysia ainda desperta curiosidade. Aceno e tento sorrir enquanto caminho, como se fosse perfeitamente normal ir para a cidade tão cedo. Ao final da rua, na rotatória, pauso e respiro profundamente. Aprendi a amar as manhãs desde que vim morar com Krysia. Uma camada fina de bruma paira sobre os campos e sei que ela se levantará como um bando de pássaros quando o sol do meio da manhã estiver mais alto. O ar tem cheiro de capim úmido. Enquanto admiro a cena, meu coração fica mais leve e, por um segundo, quase me esqueço de ficar nervosa.

Na parada de ônibus, espero silenciosamente ao lado de uma senhora idosa carregando uma variedade de ervas de cheiro em sua cesta esgarçada. O ônibus chega e sigo a mulher ao entrar, entregando ao motorista uma das fichas que Krysia me dera. O ônibus chacoalha pela rua mal pavimentada, parando a cada meio quilômetro. As árvores tortas, quase invadindo a rua com seus pesados galhos cheios de folhas, acariciam o topo do ônibus enquanto passamos. Quando todos os assentos estão ocupados e mais passageiros continuam a entrar, fico de pé para dar lugar a um homem idoso, que me sorri um sorriso sem dentes.

Vinte minutos depois, saio do ônibus e, após uma curta caminhada, me vejo parada ao pé do castelo Wawel. Olhando para cima, para a enorme fortaleza de pedra, inspiro profundamente. Não via o Wawel desde que fora para o gueto no outono passado. Agora, ao me aproximar, seus domos e suas torres me parecem ainda mais grandiosos do que eu recordava. Durante os séculos em que Cracóvia foi a capital da Polônia, o Wawel fora a sede do governo para vários reis, e muitas figuras reais foram enterradas em sua catedral. A atual capital já era há muito tempo Varsóvia, e o Wawel havia se tornado um museu — até oito meses atrás, quando passou a ser sede do governo-geral nazista. *Componha-se,* penso, mas minhas pernas estremecem e ameaçam entrar em colapso enquanto caminho pela longa passarela de entrada do castelo.

— Anna Lipowski — digo ao guarda no topo da rampa.

Ele não olha meu rosto, mas marca meu nome em uma lista e chama um segundo guarda, que me conduz para dentro do castelo por debaixo de uma arcada de pedra. Passamos por um labirinto de corredores com pé-direito alto e escadarias de mármore. O cheiro de mofo me lembra da vez em que visitei o castelo em uma excursão da escola quando criança. Mas este não é o castelo de Wawel da minha infância. Os corredores são estéreis agora, pois os retratos de reis poloneses foram retirados. Agora as paredes estão cobertas por inúmeras bandeiras vermelhas, cada qual com um círculo branco com uma grande suástica preta dentro. Quase todos que vejo passar usam uniforme militar nazista e nos cumprimentam com um firme e potente "*Heil* Hitler!". Eu aceno, sem conseguir cumprimentar de volta.

O guarda que me escolta, talvez tomando meu silêncio como nervosismo, responde alto o suficiente por nós dois.

Quando finalmente sinto que é impossível ir mais longe ou mais alto, o guarda para em frente a uma porta enorme de carvalho com uma placa com o nome do Comandante Richwalder. Ele bate à porta com força duas vezes, e, sem esperar resposta, a abre e gesticula para que eu entre. A sala é um tipo de recepção, sem janelas e muito quente. Uma mulher de estrutura grande, com um nariz largo e pele marcada está sentada atrás de uma pequena mesa no centro da sala. Sua cabeça está abaixada e seu enorme emaranhado de cachos castanhos se mexe enquanto ela trabalha, furiosamente, preenchendo espaços em um gráfico. *Se ela está aqui*, me pergunto, *então qual será meu trabalho?* Encho-me de esperança. Talvez tenha havido algum erro e não haja cargo disponível para mim. Talvez eu possa voltar para casa. Mas, enquanto penso isso, sei que é impossível; o Comandante Richwalder não é o tipo de homem que cometeria tal erro.

Fico em pé, desajeitadamente, ao lado da porta por vários minutos. A mulher não olha para cima. Sem poder fazer nada, me viro, mas o guarda que me trouxe já desaparecera pelo corredor, me deixando sozinha. A mulher detrás da mesa não diz nada.

— *Przepraszam...* — digo, finalmente, me desculpando.

— *Ja?* — responde ela, e percebo, por sua pronúncia, que ela não fala alemão.

— Sou Anna Lipowski. — Não há reação ou resposta. — O Comandante Richwalder me deu instruções para apresentar-me aqui...

— Ah, sim. — Finalmente, ela se levanta, me inspecionando da cabeça aos pés com um olhar perscrutador. — Você é a nova assistente pessoal do Comandante. — Há uma nota de desdém na maneira pela qual ela pronuncia o nome de meu cargo que me deixa preocupada. Ela gesticula para que eu a siga e entramos por uma segunda porta atrás de sua mesa. — Esta é a antessala. — Olho em volta. A sala é menor do que a recepção, mas tem móveis mais refinados e uma brisa leve sopra entre duas janelas abertas, uma em cada lado. — Você trabalhará aqui. O gabinete do Comandante é depois daquela porta. — Ela acena com a cabeça em direção a outra porta aos fundos da sala. — O Comandante tinha uma reunião esta manhã e pede desculpas por não poder lhe dar as boas-vindas pessoalmente.

É difícil imaginar aquele homem imponente pedindo desculpas por qualquer coisa.

A mulher continua, como se estivesse fazendo um discurso. — Temos o privilégio de trabalhar no gabinete executivo do governador. Somente os oficiais de maior escalão e suas equipes ficam no Wawel. O resto do governo-geral funciona no prédio administrativo do outro lado da cidade, na rua Pomorskie. — Assinto, tentando engolir a ideia de que trabalhar para os nazistas possa de alguma maneira ser considerado um privilégio. — O Comandante é o primeiro vice do governador. Todas as muitas diretorias do sul da Polônia respondem a ele. Ele explicará suas tarefas mais detalhadamente assim que voltar. Para começar, você organizará a agenda e responderá à correspondência. — Ela pronuncia a palavra *correspondência* como se fosse uma questão de segurança nacional. — Sou Malgorzata Turnau — conclui ela. — Se puder ajudar em qualquer coisa, por favor, me avise.

— Obrigada.

— Percebo, então, que o cargo dessa mulher é subordinado ao meu, e o olhar estranho que vejo em seu rosto quando ela pronunciava o nome do meu cargo era de inveja. Ela provavelmente esperava ser promovida. Mas qualquer simpatia que eu pudesse ter por ela se dissipou com a reverência que ela evidentemente tem pelo trabalho e por seu olhar fervoroso. Ela é obviamente uma dessas polonesas cuja lealdade passara ao lado dos nazistas, e consigo perceber imediatamente que faria qualquer coisa para cair nas graças do Comandante. Quando Krysia me dissera para não confiar em ninguém, ela claramente estava pensando nas Malgorzatas do mundo. Eu sabia que ela me vigiaria.

Malgorzata se dirige até a mesa que fica ao lado esquerdo da sala, sob uma das janelas.

— Esta é a correspondência do Comandante. — Ela pega uma prancheta e me entrega. — Abra cada envelope e registre-o nesta tabela, com remetente, data e assunto. — Ela então me mostra como separar a correspondência em diferentes pilhas: uma para tudo o que necessita de atenção pessoal do Comandante, outra para tudo o que puder ser respondido com um texto padrão, e uma última pilha para as que devem ser redirecionadas a outros gabinetes. — E não abra nada que esteja marcado *confidencial* — instrui ela, antes de sair da sala, batendo a porta.

Sozinha, respiro, me sentando atrás da mesa. Além das cartas, vejo alguns suprimentos de escritório que me foram deixados na mesa, e os organizo nas gavetas. Paro para olhar em volta do meu novo local de trabalho. A antessala tem cerca de três por cinco metros, com um pequeno sofá em frente à mesa. As janelas, cada uma acima da mesa e do sofá, são quase altas demais para permitir que se veja o lado de fora, mas, se ficar na ponta dos pés, consigo vislumbrar o rio.

Pego a pilha de correspondência e começo a abrir os envelopes. Lembrando do que Krysia disse, tento ler atentamente tudo o que está escrito, mas são coisas extremamente mundanas, a maioria convites para funções sociais e relatórios oficiais muito técnicos, cheios de terminologia militar alemã que eu não consigo entender. Depois de abrir um terço dos envelopes, me deparo com a palavra *confidencial* estampada em vermelho sobre o lacre. Seguro o envelope e o coloco contra a luz, mas é impossível enxergar através do papel grosso. Examino o lacre do envelope. *Talvez eu consiga abrir e fechá-lo de novo*, penso, testando as bordas com as unhas.

A porta se abre. Olho para cima. O Comandante entra com passos largos, sua capa apoiada em um dos ombros. Minha respiração para. Ele é ainda mais imponente do que eu me lembrava. Um homem mais baixo, também de uniforme, o acompanha, carregando duas maletas de couro preto. Levanto-me.

— Anna — diz ele, sorrindo e se aproximando de mim. Ele pega minha mão direita e quase espero que ele vá beijá-la como fizera na noite em que nos conhecemos na casa de Krysia, mas ele simplesmente a sacode de maneira profissional. — Seja bem-vinda. — Ele aponta para o outro homem. — Este é o coronel Diedrichson, meu adido militar.

O coronel Diedrichson põe as maletas no chão. Ele não sorri.

— O que você está fazendo com isso? — pergunta ele, apontando para minha mão.

Fico congelada. Havia me esquecido de que ainda estava segurando o envelope confidencial, com o selo semiaberto.

— M-Malgorzata me disse que era para abrir a correspondência — digo.

— Ela não lhe disse para não abrir a correspondência confidencial? — pergunta ele.

Levanto os ombros e balanço a cabeça suavemente, rezando para que ele não vá falar com ela.

— Tenho certeza de que não passa de um erro — intervém o Comandante.

— Essa — o coronel Diedrichson puxa o envelope de minha mão — é a razão pela qual eu quis trazer o pessoal de escritório de Berlim.

— Obrigada, coronel, era só isso — disse o Comandante.

Diedrichson levanta a mão direita.

— *Heil* Hitler. Ele pega as maletas antes de se virar e ir embora.

Quando o coronel sai, o Comandante se volta para mim. Ele não diz nada, abre a porta ao fundo da antessala e me faz um gesto para que entre. Minhas mãos tremem, pego um bloco em minha mesa e o sigo.

O gabinete não se parece com nada que eu já tenha visto. É enorme, maior do que um andar inteiro da casa de Krysia. O gabinete parece três salas em uma. Imediatamente ao lado da porta há um sofá e meia dúzia de cadeiras em volta de uma mesa baixa, como em uma sala de estar. Na outra ponta da sala há uma mesa de conferências rodeada por pelo menos quatorze cadeiras. Ao centro, entre essas duas áreas, há uma enorme mesa de mogno. Uma fotografia emoldurada ocupa sozinha um dos cantos da mesa. Em frente à mesa do Comandante, há um gigantesco relógio de carrilhão. As cortinas grossas de veludo vermelho que cobrem a parede das janelas por trás da mesa estão abertas e atadas com cordas douradas, revelando uma incrível vista panorâmica do rio.

O Comandante aponta para o sofá ao lado da porta.

— Por favor, sente-se — diz ele, caminhando em direção à mesa. Acomodo-me no local indicado e espero, ansiosa, enquanto ele mexe em uma pilha de papéis. Um momento depois, ele olha em minha direção. — Tenho certeza de que Malgorzata já a informou sobre suas principais tarefas, correspondência e agenda. — Assinto. — Se eu só precisasse disso, qualquer um poderia fazê-lo, inclusive Malgorzata. Anna — diz ele, atravessando a sala e se aproximando. Quando ele chega perto, estremeço sem querer. — Está com frio? — pergunta.

— N-não, *Herr Kommandant* — gaguejo, condenando mentalmente meu nervosismo. *Preciso me empenhar mais em escondê-lo.*

— Ah, que bom.

Ele se senta na cadeira ao meu lado. Quando se aproxima, de repente noto um broche com uma suástica preso em sua gola. Ele o usara da última vez? Não havia percebido. Por outro lado, da última vez eu nem sequer sabia o que era Sachsenhausen. Ele continua:

— Anna, sou o primeiro vice do governador. Aquele idiota do Ludwig não estava de todo errado quanto ao que disse na noite do jantar — estou encarregado de executar todas as ordens do governador. Todas elas. — Suas sobrancelhas levantam-se, como que enfatizando suas últimas palavras. — Muitos outros gostariam de ter o meu cargo. — Ele se levanta novamente, dando alguns passos em minha frente. — No governo-geral há certas víboras, que, apesar de falarem e falarem sobre os ideais do Reich, me atacariam pelas costas sem pudor enquanto apertam minha mão. — Ele fala mais baixo agora. — Então, preciso de uma assistente pessoal que seja discreta, versátil e, acima de tudo, leal. Você não é somente minha assistente, mas também meus olhos e ouvidos. — Ele para exatamente em minha frente mais uma vez. Seus olhos fitam os meus diretamente. — Você entende o que estou dizendo?

— S-sim, *Herr Kommandant* — gaguejo, surpresa por ele pensar que sou leal.

— Bom. Escolho você não somente porque é excepcionalmente inteligente e fala alemão, mas porque sinto que posso confiar em você.

— Obrigada, *Herr Kommandant.*

Confiar. Meu estômago se contorce. Ele volta a andar de um lado para o outro.

— Toda manhã você e eu nos encontraremos para verificar minha agenda e as tarefas que terá de fazer para mim durante o dia. Por enquanto, pode simplesmente terminar de lidar com a correspondência. Estou sem uma assistente pessoal há mais de um mês, e não queria que ninguém mais mexesse nisso. — Pergunto-me então o que acontecera com minha predecessora. — E como já sabe, por causa do coronel Diedrichson, você não deve abrir nenhuma correspondência marcada como confidencial. Entendido? — Assinto. — Bom. Você tem o mais alto nível de acesso para um polonês, mas algumas coisas ainda estão fora de seu alcance.

Fico decepcionada. Correspondências confidenciais certamente conteriam as informações mais valiosas à resistência.

— Vou pedir ao coronel Diedrichson que passe aqui para vê-la ao final da manhã. Ele poderá ajudá-la com o que precisar, principalmente quando eu não estiver por perto — diz o Comandante. Ele se vira e caminha até sua mesa, e eu percebo que fora dispensada. Levanto-me e me viro para ir embora. —Anna — chama ele, quando estou à porta. Olho de novo para ele. Ele está me olhando intensamente, com uma expressão extremamente séria. — Minha porta está sempre aberta para você.

— Obrigada, *Herr Kommandant.* — Retiro-me à antessala e desmonto na cadeira, tremendo.

Meu primeiro dia de trabalho na sede passa rapidamente depois de minha reunião com o Comandante. Passo o restante da manhã abrindo a correspondência até que o coronel Diedrichson volta para me mostrar os gabinetes executivos e me apresentar às equipes. Percebi, pela maneira com que as secretárias e assistentes parecem me analisar, que minha chegada como a assistente pessoal do Comandante despertou grande interesse. Finalmente, Diedrichson me leva ao gabinete de segurança, onde recebo uma credencial para o prédio. Na volta para o gabinete, passamos por outra porta de carvalho com uma placa de latão.

— O gabinete do governador — diz Diedrichson, solenemente, sem parar de caminhar. Sua voz soa quase reverente.

Passo a tarde reorganizando gavetas de arquivos na antessala. Os arquivos estão tão completamente desorganizados que é difícil acreditar que minha predecessora saíra do cargo somente um mês atrás. A bibliotecária em mim toma conta, dividindo os arquivos primeiro geograficamente, uma seção para Cracóvia e outra para cada região de fora. Duas horas depois, termino, mas ainda não vira nenhum documento que pareça significativo. Especulo que talvez o Comandante receba material por outras vias.

Não o vejo mais pelo resto do dia. Às cinco horas, recolho minhas coisas e caminho até a parada de ônibus. Uma vez embarcada, desabo no assento, minha cabeça latejando colada à janela. Estou exausta, mais ainda por causa dos nervos do que qualquer coisa. Mas consegui terminar meu primeiro dia.

Mal ponho os pés na porta da frente da casa de Krysia e coloco minhas coisas à mesa, Lukasz já se enrosca nos meus joelhos.

— Ele sentiu sua falta o dia todo — diz Krysia, quando o pego no colo e carrego para cima. — Levei-o ao parque e tentei brincar com ele, mas ele não parava de procurá-la.

Vamos até a sala de estar. Ao sentar, afasto a criança alguns centímetros e tiro os cachos dourados de seu rosto. Seus olhos vão e voltam freneticamente e ele segura mais forte meus braços, como se temesse que eu fosse sair novamente. A pobre criança já vira tanta gente em quem confiava sair pela porta e nunca voltar.

— Shh — falo, baixinho, trazendo-o para perto e ninando-o. — Vou ter de sair durante o dia algumas vezes, *kochana*, mas sempre voltarei à noite. Sempre.

Sem soltar as mãozinhas, ele enterra a cabeça em meu ombro, ainda sem emitir um som sequer.

— Como foi? — pergunta Krysia, algumas horas depois de terminarmos o jantar, indo para a sala com nossas canecas de café. Havia feito a refeição com Lukasz ainda pendurado em mim e só conseguira colocá-lo na cama depois de ele ter começado a dormir pesado em meus braços.

— Não tão terrível — respondo, cuidadosamente.

Como poderia contar a verdade, que foi tanto horrível quanto estranhamente excitante ao mesmo tempo? Detestava estar entre os nazistas, mas, de certa forma, era uma aventura trabalhar em um gabinete grandioso no castelo Wawel. E havia o Comandante Richwalder. A atmosfera parecia eletrizada quando ele estava por perto. Mas ele é um nazista, e sentir qualquer coisa que não seja ódio e nojo... Uma onda de vergonha me assalta. Depois de um silêncio ligeiramente desconfortável, pego minha bolsa e mostro a Krysia a credencial que o coronel Diedrichson conseguiu para mim no gabinete de segurança.

— Sim. — Krysia segura a credencial perto da luz e a avalia com um olhar entendedor. — Este é o maior nível de credencial nazista que um polonês pode obter. Nossos amigos em Gdansk devem ter realmente feito um excelente trabalho para verificar seus antecedentes. Com esta credencial, você pode ir a qualquer lugar.

— Ainda há coisas que não posso ver — respondo. — Documentos confidenciais estão fora de meu alcance. E a maior parte do que vi era correspondência de rotina.

— Dê tempo ao tempo, querida. Você tem de ser paciente. Quando o Comandante começar a conhecê-la melhor, você ganhará a confiança dele. E então ele lhe dirá coisas em privado, compartilhará informações com você. — Ela me devolve a credencial. — Avisarei Alek, imediatamente.

— Alek? — Guardando a credencial de volta em minha bolsa, olho confusa para Krysia. Será que ele ainda estava no gueto? Como Krysia faz contato com ele? Ela tem contato com Jacob, também? Não tenho certeza se estarei perguntando coisas demais ou parecendo insistente. Mas tenho certeza de que, se ela tivesse notícias de Jacob, me contaria.

— Sim, mandei avisá-lo sobre sua situação favorável no Wawel. Ele acha que você poderá nos ajudar de lá. — Ela pausa, bebendo seu café e olhando para a janela da frente, onde o sol se põe atrás das árvores de Las Wolski. — Não imediatamente, é claro. Os nazistas a observarão atentamente pelas primeiras semanas. Eles e seus espiões poloneses. — Ao ouvir essa última frase, seus lábios se contorcem em desgosto.

— Eu sei, acho que já conheci uma dessas pessoas. — Enquanto conto a ela sobre Malgorzata, o rosto belicoso da mulher me vem à mente.

Krysia dá tapinhas carinhosos em minhas mãos.

— Não se preocupe. Simplesmente faça um bom trabalho por enquanto. Ganhe a confiança do Comandante — sublinha ela, mais uma vez. — Enquanto isso, farei contato com Alek para descobrir exatamente o que ele tem em mente.

CAPÍTULO 8

Quando o relógio de carrilhão do gabinete do Comandante toca cinco vezes, pego minha vasilha de almoço e saio para a recepção.

— Estou indo — aviso Malgorzata, que está às voltas com outra de suas tabelas administrativas.

— Boa noite. — Ela não olha para cima.

Saio do gabinete, balançando a cabeça espantada com o tanto que ela deposita energia e concentração em projetos com os quais só ela se importa tanto.

O sol ainda está alto por sobre as torres da catedral de Wawel quando desço a rampa do castelo. Em vez de ir diretamente para o ponto de ônibus para voltar para a casa de Krysia como faço normalmente, me viro na rua Grodzka em direção ao centro da cidade. Recebi meu salário hoje e é a primeira vez desde que saí de meu trabalho na biblioteca que tenho dinheiro próprio para gastar. Quero comprar guloseimas para Lukasz e talvez algo para Krysia também.

É segunda-feira, o início de minha terceira semana trabalhando para o Comandante. Mal posso acreditar que o tempo passou tão rápido. Os primeiros dias de trabalho foram assustadores. Todo o meu corpo estava tenso. Dava pulos a cada vez que a porta da antessala se abria, e minhas mãos tremiam tanto que mal conseguia datilografar. Ao final do dia, voltava para Chelmska pálida e abalada.

— Você tem de aprender a se acalmar. — Krysia me repreendeu gentilmente. — Você vai acabar ficando doente, desse jeito.

Sem contar que posso entregar o jogo, pensei. Malgorzata comentara mais de uma vez durante minha primeira semana de trabalho que eu estava pálida.

Finalmente, conseguira me forçar a me acalmar, respirando fundo e visualizando momentos felizes com Jacob e minha família. Agora meus nervos estão mais fortes e não tremo mais quando subo a rampa para Wawel toda manhã. Mas sei que nunca vou me acostumar com algumas coisas. Ainda viro o rosto para a infindável exibição de bandeiras com suásticas nas paredes dos corredores do castelo. Evito andar pelos corredores sem necessidade, saindo do gabinete somente uma ou duas vezes a cada dia para ir ao banheiro ou para almoçar. Temo esbarrar com outras pessoas da equipe, que invariavelmente me cumprimentam com um entusiástico "*Heil* Hitler!". Quando alguém diz isso, sou forçada a levantar a mão em resposta e balbucio qualquer coisa que passe pelas mesmas sílabas. Na realidade, disfarçadamente balbucio "Mate Hitler!" ou alguma outra obscenidade que jamais passaria pela minha boca um ano antes.

Todo dia na hora do almoço, pego minha vasilha e me sento em um banco perto do rio, aproveitando a hora para ler um jornal emprestado do gabinete ou contemplar a água correndo por debaixo da ponte férrea. Fazia tanto tempo que não podia simplesmente me sentar à beira do Vístula. Já tinha me esquecido completamente de dar valor ao rio, sendo que frequentemente brincava à beira d'água quando criança, ou caminhava pelos bancos do rio com Jacob quando namorávamos. Agora estou aqui de novo em seus bancos gramados, com a diferença de que, desta vez, estou fortemente consciente de que não pertenço a este lugar. *Deveria estar no gueto*, penso frequentemente, olhando através do rio para a outra margem, aprisionada lá com minha família e meus vizinhos. Em vez disso, posso passar o almoço todos os dias sentada à beira d'água, saboreando um farto sanduíche de peru e uma maçã embalados por Krysia de manhã. Frequentemente, fito a paisagem em direção ao Podgorze para além da água, sonhando com fugir e levar comida para meus pais no gueto.

Embora prefira comer sozinha, geralmente me acompanha um grupo de secretárias dos outros gabinetes no Wawel. São jovens mulheres polonesas, indiferentes ao fato de que trabalham para os nazistas, felizes em ter um emprego com relativa segurança e prestígio, e por ter um salário fixo nestes tempos difíceis. "Não as culpe", posso ouvir meu pai dizer, como ele dizia sobre os judeus que policiavam e administravam o gueto. "Estes são tempos de desespero, e as pessoas fazem o que podem para sobreviver." Ainda assim, não consigo não me ressentir dessas jovens mulheres, que fofocam como estudantes sobre roupas, filmes e homens, tudo enquanto se aproveitam da ocupação nazista. Elas ficam fascinadas pelos oficiais nazistas de alto escalão, particularmente meu chefe, Comandante Richwalder, e constantemente tentam me perguntar coisas sobre ele. Elas querem saber se ele já fora casado, se tem namorada e como ganhou suas cicatrizes do rosto.

— Realmente não sei — respondo, tentando me desculpar em vez de soar irritada. — Ele é um homem muito reservado.

Eu sei que elas não acreditam em mim e nem mesmo gostam de mim. Elas acham que sou uma forasteira, e não uma delas. Como Malgorzata, elas invejam meu status e se ressentem do fato de eu ter aparecido de repente para começar a trabalhar como assistente pessoal de um dos mais altos oficiais nazistas na Polônia, enquanto elas, que deram tudo de si em gabinetes menores por meses, tinham sido preteridas. Algumas delas acham que o Comandante e eu temos um envolvimento amoroso, e que o cargo me fora oferecido por essa razão. "A garota do Comandante", ouvira uma delas me chamar assim no corredor em minha primeira semana de trabalho, quando ela não sabia que eu estava ali perto. Pergunto-me com frequência se não seria Malgorzata a fonte da fofoca. Mas não me serve de nada fazer inimizades, então continuo a falar com elas durante o almoço todos os dias, fingindo não ter ouvido nada.

Algumas vezes, quando estou sentada com essas garotas no almoço, ouvindo suas conversas fúteis, sinto vontade de pular e gritar:

— Vocês não sabem? Há um gueto horrível ao final da rua, e lá tem gente, seus vizinhos que conhecem desde crianças, sofrendo e morrendo!

É claro, mordo a língua e não digo nada, porque isso poria em questão quem eu sou. Em companhia delas, não consigo pensar em mais nada além de minha verdadeira identidade e no fato de que ela pode ser descoberta a qualquer minuto. Minha mente racional sabe que é improvável: meus documentos estão em ordem, e ninguém aqui sabe de minha outra vida. A não ser que eu acidentalmente exclame alguma palavra em iídiche ou encontre alguém que conhecia antes, meu disfarce provavelmente permanecerá intacto.

Ao final da rua Grodzka, perto da praça do mercado, paro em frente a uma loja de brinquedos. *Um presentinho para Lukasz,* penso, olhando para os trens de brinquedos e bonecos na janela. Quando entro na loja, me dou conta de que não tenho certeza do que lhe agradaria. Ele é uma criança tão passiva, que aceita tudo com gratidão. Quando Krysia ou eu lhe damos uma panela, ele se diverte com ela como se fosse um grande presente, e brinca por horas. Examino as prateleiras. A seleção é limitada, e não comprarei armas nem soldados de brinquedo. Sem querer me demorar demais, escolho alguns bloquinhos de montar e um cavalo de madeira.

Quando saio da loja com minhas compras e volto a andar na rua, a pele da minha nuca se arrepia: estou sendo vigiada. Olho furtivamente por sobre meu ombro, mas não consigo detectar ninguém estranho ou suspeito nas multidões nesse horário tumultuado. Continuo caminhando, compro alcaçuz na loja de doces e vou em direção à parada de ônibus mais próxima. Na esquina, há um quiosque de frutas. Passo os dedos pelas moedas que restam em meu bolso. Deveria economizar parte do dinheiro, mas gostaria de levar algo para Krysia e demonstrar meu apreço por tudo o que ela está fazendo por nós. *Talvez só uma laranja,* penso. Enquanto examino a mercadoria na barraca de frutas, uma mulher para ao meu lado. Sinto seu hálito quente em meu pescoço.

— As escuras são as mais suculentas — diz ela, em voz alta o suficiente para o mercador ouvir.

Hesito, por um momento. A voz me soa conhecida, mas não consigo identificá-la. Ela quer que eu colabore, me dou conta.

— Sim, mas as mais claras são mais doces.

— Caminhe comigo — sussurra a desconhecida, depois que pago o vendedor.

Somente alguns passos à frente olho bem em seu rosto. Marta! Eu não a teria reconhecido não fosse pelos óculos grossos e olhos claros. Seus cabelos escuros e cacheados foram alisados e clareados, e a saia azul e o lenço são de uma camponesa polonesa. Há algo mais maduro nela também; não é mais aquela figura gorducha, infantil, e sim uma mulher curvilínea e madura. Ela havia mudado muito nesses meses desde que nos vimos pela última vez.

— Marta, o que você...

—Shh... — Em vez de responder, ela pega minha mão animadamente, como se fôssemos duas amigas nos encontrando durante uma caminhada vespertina. — Venha comigo — sussurra ela.

Eu a sigo, minha mente dando pulos. Não via Marta desde que escapei do gueto, e havia tanta coisa que queria lhe perguntar. Como saíra de lá? Como me encontrara? Mordo a língua, sabendo que não é seguro conversar na rua.

— Como você... — sussurro, finalmente, quando não consigo mais me conter, o sangue latejando em minha face.

— Mantenha sua cabeça erguida. — Ela cantarola e sorri, e percebo que inclinara minha cabeça em sua direção com um gesto conspiratório que poderia nos expor. — Saí usando minha credencial de mensageira logo antes de selarem o gueto — respondeu ela, em um tom de voz somente um pouco mais baixo do que o normal. — Muitos de nós agora moramos ao redor de Cracóvia, nas florestas e vilas.

Quis desesperadamente perguntá-la sobre Jacob. Talvez ela o tenha visto ou recebido notícia pela resistência. Mas nunca havíamos falado sobre meu marido.

— Onde estamos indo? — pergunto, em vez disso.

— Alek quer vê-la.

Alek. Minha respiração faz uma pausa. Talvez ele tenha notícias de Jacob. Sigo Marta, esperando que ela me conduza em direção ao gueto, em direção a um prédio abandonado ou beco de fora da cidade, mas ela continua andando confiantemente em direção à praça do mercado. É uma noite morna de verão, e os cafés com as mesas do lado de fora estão cheios de nazistas e poloneses saboreando café ou cerveja depois do trabalho.

— Aqui? — pergunto, incrédula, quando ela me leva a um café na calçada transbordando de gente.

— Quer lugar melhor? — responde ela, e percebo que está certa.

Tal como meu trabalho na sede nazista, ninguém suspeitaria que um grupo de judeus teria a audácia de se encontrar em um café na praça do mercado em plena luz do dia.

Fico insegura, mas ninguém levanta o olhar quando sigo Marta por um labirinto de mesas. Ao fundo do café estão dois homens. Quando chegamos perto, reconheço Alek e Marek. Alek cortou o cabelo tão curto que dá para ver seu escalpo branco, Marek, com a barba feita, parece um estudante. Eles se levantam quando nos aproximamos e nos dão três beijos no rosto cada, como se fosse um encontro social.

— Olá, Anna. — Alek me cumprimenta quando sentamos.

Percebo que ele usa meu pseudônimo. Tento conter minha animação ao vê-lo. Minha mente se acende com mil questões: como ele conseguira arranjar minha fuga? Ele tivera notícias de Jacob?

Uma garçonete se aproxima de nossa mesa e Marek pede quatro cafés.

— Como vai o trabalho? —pergunta Alek, depois que ela sai.

— B-bem. — gaguejo, pega de surpresa com o tom casual da pergunta.

— Vi seu tio de Lvov na terça-feira passada — diz Alek.

Confusa, começo a responder que não tenho um tio em Lvov. Paro ao perceber que ele está se referindo a Jacob.

— Ele está bem? — pergunto, o coração aos pulos.

— Muito bem. — Relaxo um pouco. — Muito ocupado com seu trabalho. E sente muita falta de sua sobrinha. — Sorrio, sabendo que ele se refere a mim.

Depois que a garçonete volta com nossos cafés e sai novamente, Marta e Marek começam a falar alto, fazendo piadas, em tom conversacional sobre nada em particular. Alek fala comigo diretamente em voz mais baixa.

— Ao fim do corredor de onde você trabalha é o gabinete do coronel Krich, o diretor da administração. Ele dá todas as credenciais de segurança que dão acesso a várias partes da cidade. — Faço um gesto com a cabeça para sinalizar que estou acompanhando. Krich assinou a credencial que eu recebera em meu primeiro dia de trabalho. — Cada terça de manhã, Krich e os outros oficiais de alto escalão vão até a rua Pomorskie para uma reunião longa. A secretária de Krich geralmente usa esse tempo para arrumar os cabelos ou resolver coisas fora do Wawel. Se o caminho estiver limpo, você conseguirá entrar nesse gabinete. A chave do gabinete fica presa sob a mesa da secretária. — Ele pega minha mão embaixo da mesa e coloca algo nela. — Esta é a senha do cofre. Memorize-a e destrua este papel. Dentro do cofre estão credenciais em branco, numeradas consecutivamente. Não pegue mais do que meia-dúzia por semana. Pegue sempre folhas individuais do meio ou de perto do final da pilha, para que não deem falta delas. Toda terça-feira à tarde, você virá aqui depois do trabalho. Marek ou eu ou alguma outra pessoa que você reconhece virá aqui tomar chá com você. Você colocará sua sacola ao pé da cadeira e, quando for sair, lhe daremos uma nova. Se não tiver conseguido nada naquela semana, ou se achar que está sendo seguida, não venha. Se não for seguro, a pessoa não estará aqui para encontrá-la. Entendeu bem?

Engulo em seco, assentindo. Alek quer que eu roube credenciais de segurança para a resistência.

Marek interrompe a conversa com Marta para intervir com um sussurro um pouco alto. — É essencial que você consiga as credenciais esta semana! Precisamos...

Alek levanta a mão, cortando Marek.

— Somente se for seguro. Não podemos arriscar. — Marek morde o lábio e olha para outro lado, injuriado.

Alek se volta a mim novamente e põe sua mão na minha, com o cenho franzido.

— Anna, não vou mentir para você. É um trabalho perigoso, tão arriscado quanto qualquer outro no movimento. Mas você queria ajudar, e a sorte a colocou em posição singular para fazê-lo.

— Eu entendo — respondo, rapidamente.

Na verdade, mal podia começar a entender a magnitude daquilo que ele estava me pedindo para fazer.

— Deve ser algo de duas, três vezes no máximo — acrescenta ele. Assinto novamente. — Certo, então. — Alek engole seu café de uma só vez e se levanta. Marek faz o mesmo. — Foi um prazer encontrá-las, garotas. — Marek levanta o chapéu e os dois saem alegremente pela praça do mercado.

— Ele é louco? — sussurro para Marta, assim que Alek e Marek estão longe o suficiente. — Eu, fazer isso?

Marta pisca rapidamente várias vezes por detrás de seus óculos, e percebo que cometera um erro. Claramente, ela não está acostumada que ninguém questione Alek.

— Você ouviu o que ele disse. Você é a única pessoa que pode fazer esse trabalho.

— Mas eu? Sou somente uma... — Procuro a palavra certa para descrever meu senso de inadequação.

— O quê? — dispara Marta, seus olhos me fulminando. — Uma garota?

É a primeira vez que ouço tanta raiva em sua voz. Começo a falar e paro, humilhada. Como devo soar estúpida! Marta é uma garota também, mais jovem do que eu, e seu trabalho como mensageira a colocara em perigo constante.

— Desculpe. — Mordo o lábio, girando a colherinha de café entre o polegar e o indicador. — Apenas sinto que me falta algum tipo de experiência.

— Ninguém treina para isso — responde ela, monotonamente, sem olhar para mim.

— Tem razão, é claro. De novo, me desculpe.

Ficamos em silêncio por vários minutos. No entanto, apesar do desconforto, demoramos para terminar os cafés. Nossa reunião, esse breve momento de camaradagem, é como ficar perto do fogo logo depois de voltar ao frio. Nenhuma de nós quer abandoná-lo.

— Então... — diz Marta, por fim.

— Então... — repito. Tenho tantas perguntas a fazer a ela que nem sei por onde começar.

— Você parece bem — arrisca ela.

— Obrigada. Tenho muita sorte de morar com Krysia. Ela é muito gentil comigo.

De repente, me sinto sem graça por causa de minhas bochechas, que ficaram mais cheias e mais coradas desde que cheguei à casa de Krysia. Percebo que Marta está pálida e cansada, e me pergunto de que vivem no meio da floresta.

— Não é tão ruim por lá — diz ela, defensivamente. Como Alek, ela parece ler meus pensamentos. Preciso controlar melhor minhas expressões. Essa transparência não me fará favores no Wawel. — Pelo menos estamos livres — acrescenta ela.

Marta se levanta para sair e eu a sigo.

— Como vai sua mãe? — pergunto, quando saímos, imaginando se, pela resistência, ela poderia ainda ter notícias de dentro do gueto.

Marta olha para baixo, balançando a cabeça.

— Oh, não! O que houve?

— Tifo. Duas semanas atrás. — Ela trava a mandíbula. Seu rosto jovem parece muito mais endurecido do que somente alguns meses atrás.

— Oh, Marta. — Lágrimas escorrem pelos meus olhos, e luto contra o impulso de abraçá-la por medo de atrair muita atenção. — Como... — Pani Nederman era tão forte.

— As coisas estão péssimas lá dentro agora. — Ela pausa quando um olhar de pânico por causa de meus pais perpassa meu rosto. Então ela dá de ombros; não adianta nada esconder a verdade. — Eles têm pouca comida, água suja, há gente demais, muito mais do que quando estávamos lá. Doenças correm soltas. Pais de crianças pequenas morrem e o orfanato fica cada vez mais cheio. Eles tentam deixar as crianças doentes em quarentena, mas não adianta. Foi lá que ela pegou.

— Sinto muito.

Visualizo mentalmente o rosto gentil de Pani Nederman. Sem ela, Marta e eu não nos teríamos conhecido. Eu não teria conhecido Alek ou os outros e talvez nunca escapasse do gueto. Meus pensamentos se voltam aos meus pais, então. A guerra já os havia enfraquecido muito; certamente não estariam passando muito bem.

Passamos pela basílica de Santa Ana. Minha xará, penso com ironia. Lembro-me de passar por esta rua toda manhã a caminho do trabalho na biblioteca. O velho que lavava a escadaria da catedral sempre me cumprimentava. Ainda sinto o cheiro de bolor do pavimento úmido secando pela manhã.

— Marta, posso lhe perguntar uma coisa? — Ela assente. — A resistência, o que ela quer exatamente?

— Quer dizer, por que estamos fazendo isso? — Ela parece confusa e torço para que não a tenha zangado novamente.

— Sim.

— Porque temos de fazer alguma coisa. Não podemos ficar parados e deixar que nosso povo seja destruído.

Essa parte eu entendera. Já a ouvira de Jacob antes.

— Mas qual é o objetivo?

Ela para, como se estivesse considerando a questão pela primeira vez.

— Vários membros da resistência têm objetivos diferentes. — Lembrei da conversa que ouvira perto da sala dos fundos do prédio na Josefinska nº 13, quando Alek, Marek e o outro rapaz discordavam quanto ao que a resistência deveria fazer. — Alguns simplesmente querem agir silenciosamente para ajudar o povo. Outros querem reagir e atacar os nazistas.

— Ah. — *Tal ataque seria suicídio*, penso, embora não ouse questionar a liderança da resistência na frente de Marta novamente. Pergunto-me em que grupo estará Jacob, e o que deseja obter com tudo isso. Como posso não saber as razões pelas quais meu marido está fazendo justamente aquilo que nos separa? — Mas, Marta... Atacar, reagir... É simbólico, não? Quero dizer, eles não acreditam realmente que conseguem fazer diferença, acreditam?

Ela para de andar e se vira para mim.

— Temos de acreditar nisso. Senão, não há esperança.

Continuamos andando em silêncio. Na esquina, onde a rua Anna encontra o Planty, Marta para novamente e percebo que nos separaremos aqui. Inclino-me para beijar-lhe a bochecha. Ela se afasta, hesitante.

— Anna, tem uma coisa...

Paro, meu rosto ainda a centímetros do dela.

— Sim?

— É sobre seu tio de Lvov... Quer dizer, eu conheci Jacob.

Minha respiração para e eu olho para o outro lado.

— Não sei do que está falando.

Mesmo depois de tudo o que passamos juntas, meu instinto ainda é o de negar meu casamento.

— Eu sei a verdade — persiste ela. — Jacob é seu marido. Ele tentou esconder de mim, mas eu adivinhei. Soube quando ele a descreveu.

— Ah. — Olho para baixo, arrastando os pés no chão. Não tenho certeza do que dizer. — Desculpe por não ter contado. Tivemos de manter segredo, sabe, pela segurança de todos.

— Eu entendo. Ele é um homem incrível, Anna — responde ela, baixo — e a ama muito.

Há um porém em sua voz que não consigo compreender.

— Diga a ele o mesmo, de minha parte — digo, com a voz controlada. — Se o vir de novo.

— Direi — responde ela, e sua certeza de que verá meu marido me aperta o coração. Pego sua mão, como se a possibilidade de que tivesse tocado a de Jacob oferecesse algum tipo de conexão mágica. Seus lábios estão frios quando ela beija minha face. — Fique bem, Anna. — E então ela some.

Marta conhece Jacob, penso, incrédula, enquanto acelero o passo até a parada de ônibus do outro lado do Planty. Acho que não deveria ficar surpresa. A resistência não deve ser tão grande. E ela sabe de nosso casamento. Jacob deve confiar muito nela para ter compartilhado nosso segredo. A não ser que... Balanço a cabeça, sem querer pensar nisso. Havia algo por trás da voz de Marta que soou muito estranho quando ela falou de Jacob. Lembro-me de uma conversa que tivemos no gueto. Marta havia dito que gostava de um garoto da resistência. Um garoto que não a notava. Pergunto-me agora se esse tal garoto é Jacob. Marta é tão extrovertida, talvez ela tenha confessado seus sentimentos por ele, talvez até tenha tentado beijá-lo, e ele contou a ela sobre o casamento para impedi-la e para não deixar que se machucasse. Minha mente se funde quando imagino a cena. *Pare*, censuro-me. *Não deixe que sua imaginação corra solta assim*. Mas a imagem permanece. *E ela o verá de novo*, penso, preocupada, quando embarco no ônibus.

Embora eu não tenha planos de contar a Krysia sobre minha reunião naquele dia, ela me olha de tal maneira que percebo que já sabe, olhando para mim fixamente enquanto Lukasz se diverte com os novos brinquedos no chão da sala. Finalmente, não consigo ficar quieta.

— Vi Alek hoje.

— Sim? — Sua voz não demonstra surpresa alguma.

— Sim, e ele tem uma... tarefa para mim. — Conto a ela, então, sobre as credenciais e sobre o que devo fazer.

— Emma... — começa ela, se esquecendo de usar meu pseudônimo. Detecto o conflito em seus olhos. Krysia, ela mesma uma firme lutadora da resistência, sabe que Alek não corre riscos desnecessários. Se ele me pediu para fazer isso, é porque deve ser absolutamente essencial ao movimento. Ao mesmo tempo, ela está preocupada. — Você está com medo? — pergunta ela.

— Muito — confesso, soltando a avalanche de emoções que tive de conter com Marta mais cedo. — Não só por mim, mas por você, Lukasz, Jacob, minha família... por todos.

— Você tem medo de falhar. — Ela observa. — Concordo, me sentindo exposta e envergonhada.

— Sim. Com medo de ser descoberta, e do que isso significaria para todos nós. — Espero que ela me tranquilize, como normalmente faz, que me diga que está tudo bem e que farei um bom trabalho. Mas ela permanece calada por vários minutos, com o cenho franzido e os lábios tensos. Por fim, sou eu quem fala. — Vai ficar tudo bem, Krysia.

— Será o que será, querida. Estes tempos são incertos, e não há necessidade de oferecer falso consolo a uma velha. Mas eu sei de uma coisa. — De repente, seu rosto relaxa. Ela pega minha mão, e detecto seu olhar ganhando brilho. — A coragem de jovens como você é a única coisa que ainda me traz esperança.

E, com as palavras de Krysia, o peso de minha missão de repente se multiplica.

CAPÍTULO 9

Na manhã seguinte, acordo ainda mais cedo do que o normal e encontro Krysia dormindo no sofá, onde havia lhe desejado boa noite. Gentilmente, para não acordá-la, tiro as agulhas de crochê de suas mãos e a cubro com uma manta antes de ir à cozinha na ponta dos pés. Faço chá e organizo as coisas, tentando lutar contra a vontade de sair mais cedo para o trabalho. Não posso ficar atenciosa demais por causa de minha missão secreta, nem fazer qualquer coisa fora do normal que possa atrair a atenção para mim.

Chego em Wawel pontualmente às oito. Nossa rotina hoje é a mesma de todas as manhãs. Sento-me à mesa, organizando os vários documentos que foram enviados durante a noite, até que o Comandante chega exatamente às 8h15 da manhã. Alguns minutos depois, ele me chama em seu gabinete e juntos passamos a agenda do dia e discutimos reuniões importantes por vir. Entrego correspondência que necessita de sua atenção pessoal, cartas de altos oficiais, ou questões que desconheço, e ele dita respostas. Ele, por sua vez, me informa sobre alguma tarefa especial que quer que eu faça, reuniões que quer que eu agende, e relatórios que espera receber. Dependendo de quanto temos para discutir, nossas reuniões duram qualquer coisa entre 15 minutos e uma hora. Aprendi que essas reuniões são prioridade para o Comandante. Ele pede que Malgorzata não receba visitas nem dê recados enquanto estamos reunidos e só adiamos as reuniões em situações de urgência.

Hoje, no entanto, nossa reunião tem de ser curta.

— Preciso estar em Pomorskie às nove — diz ele, rapidamente por detrás de sua mesa. Eu assinto e ocupo meu lugar de sempre no sofá perto da porta, caneta em punho. Ele pigarreia e se levanta. — Por favor, digite um memorando para o governador... — Tomo notas enquanto o Comandante dita algumas frases sobre reuniões remarcadas. Enquanto fala, ele anda de um lado para o outro, passando as mãos pelo cabelo curto de maneira tal que me pergunto se já fora mais longo.

De repente, ele para de falar no meio de uma frase e se vira, olhando pela janela. Ele parece distraído, até mesmo incomodado. Por um segundo, me pergunto se fiz alguma coisa. *As credenciais*, penso. Ele não teria como saber de meu plano para roubá-las, mas ainda assim... Por fim, não consigo me segurar.

— *Herr Kommandant*, há algo errado?

Ele se vira. Sua expressão é de confusão, como se tivesse se esquecido de que eu estou ali. Ele hesita.

— Desculpe. Estou apenas preocupado com um telegrama que recebi de Berlim esta manhã.

Ele não está chateado comigo, percebo, com uma onda de alívio. Mas o telegrama de Berlim... Talvez contenha algo que possa ser útil para a resistência.

— Más notícias? — pergunto, tentando não soar muito interessada.

— Não sei ainda. Eles querem que eu... — Ele para no meio da frase, como se percebesse que não deveria conversar comigo sobre o assunto. — De qualquer maneira, não é nada com que você deva se preocupar. — Ele retorna à sua cadeira atrás da mesa. —Voltemos ao memorando.

Alguns minutos depois, assim que ele termina de ditar, levanto os olhos.

— É só isso?

— Sim. — Ele pega uma pilha de papéis. — Se você puder levar estes aqui... — Ele se aproxima. Com o canto do olho, vejo uma fotografia que não notara antes no canto de sua mesa. É do Comandante com uma mulher jovem, de cabelos escuros. *Quem é ela?* — pergunto-me. Quando me aproximo dele, não deixo de notar seus olhos, mais azuis do que cinzas agora. Meus joelhos estremecem. Pego os papéis e nossas mãos se tocam, como na noite do jantar. Quase pulo para trás. Quando me afasto da mesa, sinto minhas orelhas queimando.

— O-obrigada, *Herr Kommandant* — digo, alcançando a porta.

— Anna, espere...

Volto-me para ele.

— Sim?

Posso vê-lo lutando para retomar a linha de pensamento.

— Você está bem adaptada aqui? —pergunta ele. Fui pega de surpresa pela pergunta. — Quero dizer, lhe passaram tudo de que precisa, Malgorzata e os outros, para fazer seu trabalho?

— Sim, *Herr Kommandant*. Todos foram muito prestativos.

— Que bom. E a jornada até o trabalho? — Mexo a cabeça, confusa. — Digo, não é muito longe ou muito difícil, fazer o caminho da casa de Krysia até aqui? Não gostaria que você... Quer dizer, se quiser, meu motorista... — Ele me olha, incerto, sua voz sumindo. Ele também fica nervoso perto de mim, percebo de repente.

— É fácil chegar, *Herr Kommandant* — digo, com o coração galopando. — O ônibus vem sem problemas.

— Que bom — repete ele.

Nossos olhos continuam fixos um no outro. A sala está silenciosa, exceto pelo tique-taque do relógio de carrilhão.

Subitamente, alguém bate à porta. Com um sobressalto, viro de costas para o Comandante. Coronel Diedrichson está à porta, com a maleta nas mãos.

— Senhor, a reunião... — diz ele.

— Claro — responde o Comandante, limpando a garganta. Ele se levanta e passa por mim, seguindo o coronel Diedrichson para fora do gabinete sem dizer mais nada.

Sozinha, agora, volto à antessala. Minhas mãos ainda tremem um pouco, como elas sempre fazem depois de um encontro com o Comandante. Mas sua reação... É a primeira vez desde que vim trabalhar com ele que o vejo baixar a guarda. Fico imaginando... *Mas não há tempo para esse tipo de pensa-*

mento, me censuro. *Componha-se*. Ouço o ruído de vozes graves e botas pesadas no corredor; outros oficiais saindo para a reunião. Quando o ruído cessa, e vários minutos se passam, me levanto da cadeira e atravesso a antessala até a recepção, levando meu caderno e uma pequena pilha de papéis.

— Malgorzata, tenho algumas tarefas a cumprir nos gabinetes — digo, tentando soar normal.

— Posso ajudar... — Ela começa a se oferecer, mas eu levanto a mão.
— Obrigada, mas não. — Uso o tom autoritário que aprendi que funciona melhor com ela. Vendo a decepção em seu rosto, suavizo a voz. — É que fico tanto tempo enfurnada na antessala. A caminhada me fará bem. — Ela dá de ombros, indiferente agora, e volta ao seu trabalho.

O gabinete do coronel Krich é no mesmo andar que o nosso, ao final do canto oposto do castelo. Ando pelo corredor, acenando com a cabeça para os outros trabalhadores enquanto passo. Quando chego no gabinete de Krich, congelo; a secretária ainda está sentada à mesa. Talvez Alek tivesse a informação errada. Ou talvez a mulher tenha decidido não arrumar os cabelos esta semana. Lutando para não entrar em pânico, continuo andando pelo corredor, tentando decidir o que fazer. Lentamente, faço a volta completa pelo andar, passando de novo pela frente do gabinete do coronel Krich, mas a secretária ainda está sentada à mesa, sem sinais de que vai se levantar. Não ouso ficar no corredor mais tempo por medo que alguém perceba. Em vez disso, decido cumprir minha outra tarefa primeiro — seria melhor parar de fato em algum lugar, caso perguntem onde estive. Desço até o andar de baixo e peço ao balconista do depósito de suprimentos que mande papel para o gabinete do Comandante. Se o balconista achou estranho que eu tenha feito o pedido pessoalmente, em vez de usar o telefone ou pedir para que alguém o faça, ele não demonstra, pois simplesmente aceita o formulário de requisição preenchido. *Essa é uma das peculiaridades dos nazistas*, penso, enquanto volto. Hitler pessoalmente poderia entrar no depósito pedindo borracha e ninguém acharia nada desde que a papelada estivesse em ordem.

Subo as escadas de novo, mas, em vez de virar à direita para o gabinete do Comandante, viro à esquerda novamente em direção ao de Krich. No que me aproximo, olho para os dois lados por cima dos ombros para me certificar de que não há ninguém no campo de visão.

A secretária saiu, observo pela janela de vidro da recepção do gabinete de Krich. Espero que ela tenha saído para seu compromisso no cabeleireiro e não para fazer algo mais rápido. Giro a maçaneta da porta e entro no gabinete. Passo a mão por baixo do tampo da mesa. Presa com fita, como Alek prometera, está uma pequena chave. Com receio de que alguém me veja pela janela que dá para o corredor, rapidamente pego a chave, insiro-a na fechadura e entro pela porta do gabinete de Krich.

Lá dentro, passo os olhos pela sala rapidamente. Krich, vários níveis subordinado ao Comandante, não tem uma antessala, e seu gabinete tem um terço do tamanho do gabinete do Comandante, sem vista das minúsculas janelas. Um grande cofre de metal ocupa o canto direito e dos fundos da sala, bem à vista. Enquanto atravesso a sala para alcançá-lo, repito quase silenciosamente os números que tenho decorados: 74-39-19. Ajoelho-me em frente ao cofre e giro o botão cuidadosamente, com as mãos tremendo, para a direita, para a esquerda, e para a direita novamente. Prendendo a respiração, puxo. Nada. Um suor frio aparece em minha testa. *Mudaram a combinação,* penso. Não consigo fazer nada. *Tente de novo,* uma voz calma, que aparentemente não é a minha, me pede em pensamento. Tento os mesmos números novamente, parando meticulosamente em cada um. *Por favor,* rezo, puxando de novo. A porta faz um clique e se abre. Dentro, estão três pilhas de credenciais em branco, idênticas.

— Tire um pouco do meio de cada pilha. — Alek havia dito.

Retiro a primeira pilha e rapidamente pego duas folhas de locais separados do meio dela. Quando começo a colocar a pilha em sua posição original, ouço um barulho no corredor lá fora. Dou um pulo, e meu braço bate na borda do cofre. A pilha de credenciais cai de minha mão. Quase me engasgo. As credenciais se espalharam por toda parte. Com pressa, reúno-as de volta e, com as mãos tremendo, tento ordená-las novamente. *Isso está demorando demais,* penso; a secretária voltará a qualquer momento. Pego as últimas credenciais espalhadas e as coloco no final da pilha, torcendo para que ninguém perceba. Olho para as outras duas pilhas de credenciais. Deveria pegar algumas do meio de cada uma, mas não há tempo. Pego a credencial de cima de uma das pilhas e a última da outra. Terá de servir.

Fecho a porta do cofre delicadamente e giro o botão de volta à posição original. Pegando os papéis e colocando-os no meio de outros que carrego, me levanto e me dirijo à porta. No meio do caminho para sair do gabinete, paro. Na pressa, quase me esqueço de minha própria credencial, que deixara na beira do armário de arquivo. Seria a mesma coisa que deixar um cartão de visitas.

Volto rapidamente, quase tropeçando com a pressa. Pego minha credencial e passo os olhos pela sala para me certificar de que não deixei outros sinais de que estive ali. Não vendo mais nada, saio do gabinete interno, ponho a chave de volta debaixo da mesa e volto ao corredor. Não há ninguém.

Malgorzata mal olha para cima quando entro novamente na recepção do gabinete do Comandante.

— Conseguiu cumprir todas as tarefas?

— Sim, obrigada.

Passo por ela, tentando não demonstrar meu nervosismo. Uma vez que entro na antessala, ponho imediatamente as credenciais dentro de um jornal em minha bolsa. Às vezes, os empregados do Wawel são inspecionados quando saem do trabalho. Nunca fui parada, presumivelmente por causa de meu cargo, mas não quero arriscar. Pelo resto do dia, sinto que é impossível me concentrar no trabalho. Os ponteiros do relógio sobre minha mesa parecem estar parados. Finalmente, são cinco horas e saio aliviada, tentando agir normalmente quando desço a rampa para a parada de ônibus.

Havia planejado entregar as credenciais na terça-feira seguinte, mas, no outro dia, começa a chover. O verão até aquele momento tinha sido seco, quase como uma estação da seca. O capim no Blonia, uma campina larga perto da cidade, tinha ficado ressecado a ponto de os fazendeiros não poderem levar seus cavalos para pastar ali. O nível do rio Vístula estava tão baixo que os barcos não podiam passar, sob o risco de aterrar. O governo nazista havia imposto racionamento de água, mas os habitantes de Cracóvia, talvez com mais medo da fome do que da prisão, regavam seus quintas na calada da noite para que as preciosas frutas e os vegetais não morressem.

Mas, um dia depois de roubar as credenciais, parece que os olhos dos céus, vendo a tragédia da Polônia assolada pela guerra, não conseguem mais segurar as lágrimas. As chuvas estouram. Naquela noite, começa uma forte tempestade, batendo furiosamente em nosso telhado horizontal e contra as janelas. Chove no dia seguinte e no dia depois desse, até as ruas ficarem cheias de lama e os bueiros cheios, esparramando sujeira e esgoto pelas ruas e tornando-as quase intransitáveis. Minha jornada para o trabalho e de volta para casa se torna extremamente desagradável. Nenhum guarda-chuva ou capa consegue segurar a umidade e chego tanto no trabalho quanto em casa encharcada, com os sapatos carregando centímetros de lama. Essas condições tornam impossível um encontro com Alek ou qualquer pessoa do movimento para trocar as sacolas em um café na calçada. Não ouso carregar as credenciais comigo todos os dias, então as coloco sob meu colchão. Toda noite fico acordada um bom tempo, muito consciente de sua presença, como no conto de fadas sobre a princesa e a ervilha.

Um dia, torcendo minhas meias encharcadas no banheiro ao final do corredor de nosso gabinete e xingando o clima pela centésima vez, paro envergonhada. Passava meus dias em um escritório confortável, minhas noites em uma cama quente. *Onde está Jacob?*, pergunto-me. Imagino-o dormindo na floresta no meio dessas tempestades, sem teto ou chão.

Finalmente, depois de quase duas semanas, as chuvas cessam e o sol começa a brilhar de novo.

— O tempo mudou — diz Krysia, na terça-feira de manhã, sem tirar os olhos da jarra onde espreme laranjas. — O tempo no café esta tarde vai estar ótimo.

Engulo o cereal que estava mastigando de uma só vez.

— Sim. — Não falara de minha missão secreta com ela desde o dia em que vi Alek.

Ela põe uma laranja na mesa e sai da cozinha sem dizer nada, com o avental ainda amarrado à cintura. Alguns minutos depois, ela retorna.

— Você pode me fazer um favor depois do trabalho? — pergunta ela.

— Claro — respondo, rapidamente, sem perguntar o que é. Krysia me pede tão pouca coisa em troca do que ela fez por mim, é o mínimo que posso fazer.

— Ótimo. Aqui. — Ela põe a mão no bolso do avental e tira uma trouxinha amarrada com tecido. Pego o pacote e minha mão baixa com o peso.

Está cheio de moedas, percebo, sentindo as formas duras e arredondadas despontando no tecido. O peso sugere que são de prata verdadeira, a única moeda que vale qualquer coisa hoje em dia. — Dê isso a Alek — diz ela. — Diga que é para comprar alguma coisa útil.

Assinto, impressionada. Eu sabia que Krysia tinha ligações com a resistência por meio de Jacob. Não sabia que ela ajudava a financiá-la. Não deveria me surpreender.

O dia de trabalho parece passar muito devagar enquanto espero pelo encontro com Alek. Finalmente, o relógio bate cinco horas e me dirijo à praça do mercado, com as credenciais e a trouxinha de moedas na bolsa. Tento andar naturalmente, mas poderia muito bem estar carregando uma bomba — se me pegarem, estarei basicamente morta.

Quando atravesso a praça e me aproximo do café escolhido, somente Alek e Marek me esperam. Marta não está com eles, e me pergunto se ela estaria me evitando por causa de nossa conversa desconfortável sobre Jacob. *Talvez,* penso com um pingo de ciúmes, *esteja em alguma missão com ele em algum lugar.*

— Precisávamos dessas credenciais há vários dias — fala Marek, diretamente, tomando a sacola de minhas mãos antes mesmo que eu possa me sentar. Percebo Alek olhando por sobre meu ombro, preocupado com o gesto de Marek, que poderia ter chamado atenção.

Fico surpresa com sua falta de delicadeza.

— As chuvas não foram culpa minha — digo, ao me sentar.

— Claro que não. Você foi muito bem. — A voz grave de Alek é reconfortante. — É que houve uma *akcja,* e tínhamos esperança de tirar algumas pessoas de lá antes disso, usando as credenciais.

— Uma *akcja* — repito, sussurrando.

Quando ainda estava no gueto, ouvira boatos sobre *akcjas* em outras cidades. Os nazistas invadiam o gueto, ordenando aos residentes que saíssem de seus apartamentos e se reunissem na rua. Centenas de judeus, aparentemente escolhidos aleatoriamente, eram retirados em um dia e deportados para campos de trabalho. Os que resistiam à deportação eram assassinados na hora.

— Não vi ou ouvi nada a respeito no gabinete do Comandante.

— Você não saberia mesmo — responde Alek. — A maior parte do trabalho que envolve judeus é resolvida na diretoria de operações, na rua Pomorskie. E os poucos documentos que o Comandante recebe provavelmente são confidenciais.

— Ah.

— Da próxima vez que for ao gabinete de Krich... — Marek começa a dizer, mas Alek, percebendo meu cenho franzido, o interrompe.

— Você parece estar preocupada com alguma coisa, o que é? — pergunta ele.

Engulo em seco.

— Alek, por favor, meus pais ainda estão no gueto. — Ocorre-me que talvez não estejam mais depois da *akcja*. — Não podemos fazer nada quanto a isso?

Alek respira fundo. — Você tem de entender que... — começa ele.

— Todos nós tínhamos pais — intervém Marek, friamente. Lembro-me de ouvir dizer que seu pai fora executado em Nowy Sacz antes da guerra.

Alek põe sua mão sobre a minha.

— Emma. — Ele começa a dizer gentilmente. *Emma*. Meu nome verdadeiro parece tão estranho agora. — A situação no gueto mudou muito desde que você esteve lá. O muro está selado e muito vigiado. A única maneira de tirar gente de lá é com uma credencial de trânsito ou um passe de trabalho ou de mensageiro. É por isso que era tão importante você conseguir essas credenciais.

— Meus pais não podem ficar com duas credenciais? — pergunto, surpresa com minha ousadia.

— A questão é a seguinte — hesita Alek. — Depois que você saiu do gueto, Jacob me pediu para verificar como seus pais estavam de vez em quando. E foi o que eu fiz... Emma, sua mãe está doente.

— Doente? — Entro em pânico, e minha voz se eleva. — O que ela tem?

— Shh. — Alek me reconforta. — Ela tem alguma das muitas coisas que se espalharam pelo gueto que nem incêndio. Não sei se é tifo. — Pensei na mãe de Marta. — Ou disenteria, ou mesmo uma gripe forte. Mas ela está com uma febre alta que não quer passar, e está de cama. Então, você entende, não temos como dar um passe de trabalho a ela. Ainda que ela pudesse andar, ela não está com a aparência de uma pessoa forte o suficiente para trabalhar. Os nazistas perceberiam o esquema rapidamente, e seu destino seria ainda pior.

Eu não respondo. Considero pedir ajuda para meu pai, mas sei que ele jamais sairia sem ela.

— Então preciso voltar para perto deles — digo, em voz alta.

— Voltar? — Marek brada tão alto que o casal atrás de nós olha assustado. Quando eles voltam a beber seus cafés, ele continua, em voz baixa, mas ainda enraivecido. — Você tem ideia de como estão as coisas por lá? E do tanto que nos esforçamos para tirar você de lá, para começar?

— É impossível — concorda Alek.

Afundo em minha cadeira, derrotada.

— E se ela melhorar? — persisto.

— Se ela melhorar, faremos o possível. Essa é a única coisa que posso prometer. As coisas no gueto estão horríveis agora, e só pioram a cada dia. Temos de ajudar o maior número possível de pessoas a sair dali. É por isso que seu trabalho é tão importante, e por que você tem de continuar fazendo isso. É a única maneira de ajudar nossas famílias. Você entende? — Retiro minha mão debaixo da dele e não respondo. — Mesmo horário na semana que vem, então?

Aquiesço e me levanto. Ele mencionou Jacob e quero saber se ele está seguro, se eles têm notícias dele. Mas percebo pela expressão em seus rostos que não vão dizer mais nada; estou dispensada.

— Sim — digo, finalmente.

— Ótimo. — Alek se levanta e continua de pé até que eu saia.

Quando chego à esquina oposta da praça, paro, sem conseguir conter as lágrimas. *Mamãe*, penso, me lembrando dos dois dormindo na noite em que escapei do gueto. Eu nunca devia tê-los deixado. Agora minha mãe está muito doente e meus pais podem ser deportados a qualquer momento. Não há nada que possa fazer e a resistência não quer me ajudar. Qual é o benefício desses jogos de espionagem que fazemos se nem mesmo podemos ajudar nossa família? Pela primeira vez, me acomete a dúvida quanto àqueles em quem mais confiava: Alek, Krysia e mesmo meu amado Jacob.

Penso por um segundo no Comandante, imaginando seus olhos e seu olhar bondoso para mim. Talvez ele possa ajudar... *Não, não seja ridícula,* me censuro. Ele é, primeiro de tudo, um nazista. Se ele achar que você tem parentes judeus, mesmo qualquer gota minúscula de sangue judeu, o carinho que ele tem se tornará repulsa e você estará morta, juntamente com sua família, com a resistência e com todos que a ajudaram. Todos a quem você ama. Passo as costas das mãos pelos olhos, envergonhada por ter pensado nele dessa maneira, mesmo que por um segundo. *Não, o Comandante não é seu amigo.*

Uma hora depois, passo pelo portão da frente da casa de Krysia. Ela está na horta catando ervas daninhas com Lukasz. Tão logo vê meus olhos vermelhos, ela solta a pá, pega Lukasz no colo e me leva para casa.

— O que foi? — pergunta ela, assim que fecha a porta. Enquanto subimos as escadas, falo sobre minha conversa com Alek e sobre a doença de minha mãe. — Ah não, minha querida — diz ela, me abraçando e balançando para frente e para trás enquanto Lukasz, imprensado entre nós duas, observa confuso.

— Alek diz que não podem fazer nada — acrescento.

— Tenho certeza de que ele ajudaria se pudesse — responde ela, calmamente. Krysia, como Marta, confia completamente na liderança da resistência e em suas decisões. Ela me leva até o sofá. — Você tem de ver a situação por esta perspectiva. As coisas estão muito difíceis para a resistência agora e eles têm milhares de judeus a considerar. Eles não podem arriscar tudo para salvar uma pessoa específica.

Penso em Pani Nederman, a mãe de Marta. Marta vinha lutando com a resistência há muito mais tempo do que eu. Eles não fizeram nada para ajudar sua mãe quando ela estivera doente, e ela morreu.

— Eu não devia ter abandonado meus pais — digo, chorando.

— É isso que você pensa? — Krysia levanta meu queixo. — Emma, escute aqui. Não é culpa sua. Você não poderia ter feito nada para impedir sua mãe de ficar doente. Se você estivesse lá, poderia ter pegado a doença também. — Não respondo. Krysia continua. — Verei o que posso fazer. — Olho para Krysia, surpresa.

Fazer? Se Alek e seus contatos, com acesso dentro do gueto, não conseguiam ajudar meus pais, como Krysia poderia conseguir?

Alguns dias depois, quando estou dando banho em Lukasz à noite, Krysia se aproxima da porta do banheiro.

— Pankiewicz é um velho amigo meu — diz ela. Eu paro, segurando a toalha suspensa no ar. Quase havia me esquecido do corajoso e bondoso farmacêutico, um não judeu que havia escolhido continuar em sua farmácia em Podgorze para cuidar dos judeus quando ergueram o muro em volta dele. — Ele cuidou de sua mãe esta manhã. Ela está muito doente, e seu estoque de remédios está acabando. Mas ele prometeu monitorá-la e cuidar dela o máximo que puder.

— Ah, obrigada! — Com um salto, me levanto e jogo meus braços em volta do pescoço de Krysia. — Obrigada, obrigada!

Talvez Pankiewicz não possa fazer muita coisa, mas pelo menos alguém dissera que tentaria ajudar.

— *Dank!* — Lukasz imita, tentando repetir minhas palavras e batendo na água, divertindo-se com a comoção. Krysia e eu desfazemos o abraço e olhamos para ele, chocadas. É a primeira vez desde que Lukasz veio morar conosco que disse qualquer coisa.

Vinte minutos depois, quando estou secando Lukasz, ele ainda está balbuciando uma torrente de coisas sem sentido que ficara presa dentro dele por meses. Ponho seu pijama, pensando em minha mãe mais uma vez. Minha esperança começa a esvanecer e sinto algo ruim em minha barriga. Os pedidos de Krysia e a atenção de Pankiewicz são bem intencionados, mas não são nada frente à fome, à doença e ao desespero que meus pais enfrentam, sem contar que outra *akcja* poderia acontecer a qualquer minuto para tirá-los dali. Afasto essas dúvidas da minha cabeça. Quando se está tentando boiar em águas profundas, se aceita qualquer galhinho — e tenta-se não notar que o galho nada mais é do que um fiapo de junco, praticamente inútil em uma correnteza forte.

CAPÍTULO 10

Alguns dias depois que Krysia me contou sobre Pankiewicz, estou em um canto da antessala, colocando os papéis no armário de arquivo. O novo sistema de arquivamento que criei funcionou bem, mas tenho de arquivar os papéis pelo menos uma vez por semana para não deixar acumular. Paro para secar minha testa. É metade de julho e está muito quente, apesar de ainda não ser nem dez da manhã e de as duas janelas estarem abertas.

De repente, o Comandante passa pela porta da frente e entra na antessala. Malgorzata o segue.

— Em meu gabinete, por favor — diz ele, ao passar, sem olhar para mim.

Hesito, surpresa. Tivemos nossa reunião diária há quase duas horas e ele nunca me havia chamado pela segunda vez tão imediatamente, muito menos chamado Malgorzata para se juntar a nós. Algo está errado. Sinto um calafrio. *As credenciais*, penso de repente, meu estômago afundando. Alguém deu pela falta das credenciais. Talvez Malgorzata lhe tenha dito que eu agi de modo estranho no dia em que sumiram, ou que fui vista em frente ao gabinete do coronel Krich por uma das outras secretárias. Sentindo-me tonta, me apoio na beira do arquivo.

— Anna? — Dou um salto e me viro. Coronel Diedrichson entra na antessala e me olha da porta do gabinete, esperando.

— Sim, já estou indo — respondo.

Torcendo para que minhas mãos não tremam, pego o caderno de cima do arquivo. Coronel Diedrichson me acompanha e entramos no gabinete.

— Sentem-se — diz o Comandante.

Pelo canto de meu olho, examino seu rosto, procurando algum sinal de irritação ou acusação, mas ele não está olhando para mim e sua expressão é ilegível. Coronel Diedrichson senta-se com uma postura rígida na cadeira, e sobra para mim o lugar no sofá ao lado de Malgorzata, que se sentara na ponta mais próxima ao Comandante. Quando sento, minha mente fica em turbilhão, tentando criar uma resposta caso seja indagada sobre os passes, sobre um motivo para ter estado perto do gabinete de Krich naquela manhã. O Comandante pigarreia.

— Teremos uma visita oficial de Berlim — anuncia ele.

Então não tem nada a ver com as credenciais. Sinto uma onda de alívio.

— Senhor? — Coronel Diedrichson soa surpreso. É a primeira vez que ouço qualquer emoção em sua voz. — Uma delegação? — Eu também estou surpresa. Embora me lembre de ter ouvido Ludwig mencionar uma visita de delegação durante o jantar, não havia ouvido mais nada sobre isso desde que chegara.

— Sim, foi decidido somente ontem. Três membros de altíssimo escalão da liderança da SS. Eles chegam na quinta-feira. — O Comandante pega uma pilha de papéis em sua mesa e distribui uma porção para cada um de nós. — Isso é daqui a somente três dias e há muita coisa para fazer. O governador se encontrará com a delegação, é claro, mas tudo será arranjado por este gabinete. Coronel Diedrichson cuidará do itinerário e da logística. Anna, você deve ajudá-lo para que tudo corra bem aqui no gabinete. — Embora ainda não saiba exatamente do que ele precisará, assinto. — Malgorzata, por favor, certifique-se de que o gabinete esteja em perfeitas condições.

— Sim, *Herr Kommandant*! — responde Malgorzata, levantando o queixo como se lhe houvessem pedido para guardar segredos de Estado.

— Bom. É só isso por enquanto. — Coronel Diedrichson se levanta e anda em direção à porta, Malgorzata e eu vamos atrás. — Anna, espere um momento, por favor. — O Comandante gesticula para que fique ao lado de sua mesa, mas não diz nada até que os outros tenham saído.

— Sim, *Herr Kommandant*? — Agora mais próximo, posso ver que seu rosto está pálido, com os olhos vermelhos.

— Não preciso lhe dizer o quanto essa visita é importante para mim, para todos nós do governo geral. — Assinto, me perguntando por que ele está me dizendo isso. — Tudo deve ocorrer perfeitamente. Estou contando com você para me ajudar a fazer isso acontecer.

— Eu? — Não consigo não demonstrar surpresa.

— Sim. Você é muito capaz e tem bom olho para detalhes. Certifique-se de que o coronel Diedrichson e os outros não se esqueçam de nada. Se você achar que há algo errado ou faltando, me avise imediatamente. Entendeu?

— Sim, *Herr Kommandant*.

— Ótimo. — Ele abaixa a cabeça, levando as mãos às têmporas.

— Você está bem?

— É somente uma dor de cabeça — responde ele, sem olhar para cima. — Sempre as tive, embora tenham ficado mais severas recentemente por causa de todo o estresse.

— Talvez uma aspirina resolva? — Ofereço, mas ele balança a cabeça.

— Essas dores de cabeça só vão embora com algo mais forte. Tenho remédio que meu médico receitou.

— Muito bem. Precisa de mais alguma coisa?

— Agora não — responde ele. Ele levanta a cabeça ligeiramente para olhar para mim. — Obrigado, Anna. Sinto-me muito melhor sabendo que você está aqui. — Não respondo, mas me viro e volto com pressa para a antessala.

Os dias seguintes são cheio de atividades. A notícia da visita se espalha rapidamente pelo castelo, e logo todos os gabinetes estão ocupados com os preparativos. A equipe de limpeza do Wawel trabalha dia e noite para fazer o mármore brilhar e as infinitas janelas ficarem imaculadas. As bandeiras nazistas são retiradas dos corredores, passadas e recolocadas. Malgorzata, aparentemente sem confiar que mais ninguém possa limpar nosso gabinete bem o suficiente, faz a maior parte do trabalho sozinha. Observo enquanto ela passa um dia e meio de joelhos, esfregando o chão.

Meu papel é limitado. No dia após nossa reunião, ajudo o coronel Diedrichson a datilografar a versão final do itinerário, que, ele me conta, é confidencial por razões de segurança. A delegação, um grupo de três altos oficiais nazistas e seus adidos militares, ficará aqui por uma noite, e visitará os campos de trabalho de Plaszow e Auschwitz, e o gueto. Estremeço ao ler a última parte. Na realidade, sei que o gueto é grande, a chance de que a delegação veja meus pais é pequena, mas ainda assim... Forço o pensamento a ir embora, e continuo a trabalhar. Na sexta-feira, o Comandante me convida a acompanhar uma revisão do itinerário com ele e o coronel. Quando cada detalhe é revisado, ele declara que estamos prontos.

Naquela noite, meu estômago se revira pensando na visita.

— Gostaria que houvesse alguma maneira pela qual eu pudesse ficar doente amanhã — confidencio a Krysia, naquela noite, depois do jantar, limpando a mesa. — Não fico nervosa assim desde meu primeiro dia de trabalho.

— Você se sairá bem. — Krysia me reconforta, ainda sentada à mesa. Ela está tentando dar colheradas de ervilha a Lukasz. — Você trabalha com nazistas todos os dias.

Balanço a cabeça.

— Estes são diferentes. — São SS de Berlim, acho. Certamente alguma coisa me denunciará.

Passando-me um prato, ela continua.

— De qualquer maneira, se eles são como outros homens que acreditam na própria importância, a chance de eles a notarem é mínima.

Olhando para Krysia, percebo um sorrisinho em seu rosto.

— Krysia! — exclamo, surpresa.

Não consigo não rir. Sua observação fora engraçada e verdadeira ao mesmo tempo. Com a possível exceção do Comandante, homens de altos cargos, sejam nazistas ou professores, parecem olhar através de jovens como eu como se fôssemos invisíveis. De repente, estamos as duas rindo alto. Não é só pelo comentário dela, mas pelo absurdo da situação toda e pelos meses de ansiedade guardada. Lukasz nos fita impressionado. Ele nunca havia visto uma de nós, muito menos as duas, tendo um acesso como esse. Ele logo se junta a nós, gargalhando alto e batendo a colher na mesa. Ervilhas voam para todos os lados. A cena com ele nos faz rir ainda mais. À noite, na cama, percebo que minha garganta está arranhada de tanto rir. Não estava acostumada a fazer esse tipo de barulho.

No dia seguinte, chego ao trabalho meia hora antes. O Comandante, o coronel Diedrichson e Malgorzata já estão lá, correndo com os preparativos de última hora, como se a delegação estivesse marcada para chegar imediatamente, e não à tarde. Não almoçamos. Mesmo o Comandante, geralmente impassível, entra e sai do gabinete, passando pela antessala e pela recepção várias vezes. Ao menos desta vez, parece nem me notar. Exatamente às 12h45 minutos, o telefone na recepção toca e Malgorzata se joga por cima da mesa para atendê-lo.

— *Herr Kommandant*, eles chegaram! — exclama ela.

— Mais cedo... — Vejo-o sussurrar, como se fosse um mau sinal. — Às suas mesas, por favor, senhoritas. — Ele apruma o casaco. — Coronel, venha comigo. — Quando os homens saem do gabinete, olho para Malgorzata. Ela está sentada perfeitamente alinhada em sua cadeira, alisando os cabelos, rosto enrubescido por toda a excitação. Nunca a desprezei mais do que nesse momento.

Volto à antessala e fecho a porta. Sento-me atrás de minha mesa e assumo o que considero ser uma posição profissional, com prancheta e caneta na mão. Alguns minutos depois, escuto passos pesados e vozes graves no corredor, seguidos do som da porta da frente do gabinete se abrindo. As vozes estão mais altas agora. *Respire*, penso. *Aja naturalmente.* A porta para a antessala se abre e o Comandante entra. Ele está acompanhado de sete homens. Embora mantenha a cabeça abaixada, percebo que os três homens logo atrás dele com uniformes cheios de condecorações são a delegação oficial. Os outros três homens mais novos que os acompanham claramente são os adidos.

Nenhum dos homens é tão alto ou imponente quanto o Comandante. *Krysia estava certa*, penso, quando passam por mim sem olhar em minha direção. *Talvez se eu não tiver de interagir com eles, consiga lidar com isto, afinal.*

O último do grupo é o coronel Diedrichson. Quando chega à porta do gabinete, ele se vira para mim.

— Anna, traga oito cafés. Rápido.

Encolho-me por dentro. Não havia pensado que teria de servir bebidas. Por um momento, considero pedir a Malgorzata que o faça, mas sei que o Comandante preferiria que fosse eu.

— Sim, coronel — respondo, me levantando e me dirigindo à pequena cozinha no corredor.

Alguns minutos depois, volto pela recepção equilibrando uma bandeja com uma jarra de café quente e xícaras. Malgorzata abre a porta para a antessala sem que eu precise pedir, e percebo, quando ela me segue, que pretende entrar no gabinete também.

— Obrigada, Malgorzata — sussurro, firmemente, quando ela abre a porta do gabinete para mim. Ela volta, derrotada.

Tinha a esperança de poder colocar a bandeja na mesa de centro e sair, mas claramente, como a delegação está espalhada pela sala, terei de servi-los. Vou primeiro até o outro lado do gabinete, onde o Comandante e dois altos oficiais estão reunidos em volta da mesa de conferência, olhando um grande mapa. Mantendo os olhos baixos, ponho a bandeja na mesa e começo a servir os cafés. Assim que começo a encher a última xícara, minhas mãos tremem involuntariamente. Derramo um pouco de café quente em minha mão e dou um pulo, deixando a xícara cair de volta na bandeja com um ruído alto. Um dos oficiais me lança um olhar de flagrante.

— Anna — diz, calmamente, o Comandante. — Espero detectar irritação em sua voz, mas não é o caso. Nossos olhos se encontram. Ele me olha intensamente, com expressão de preocupação e, acredito, mais alguma coisa que não sei descrever. Minha respiração para. — Obrigado. — Eu aceno com a cabeça, meus olhos ainda fixos nos dele.

— Comandante Richwalder... — diz uma voz masculina.

Minha cabeça se volta para a direita. Por um momento quase esqueci onde estávamos, e que havia outras pessoas na sala. Os homens à mesa param de trabalhar e nos observam. O oficial que pegou em flagrante nossa troca de olhares se volta ligeiramente em direção ao Comandante, surpreso. Percebi que ele não está acostumado a ouvir alguém da posição do Comandante falar com seus subordinados de maneira gentil, e que ele está ainda mais surpreso com a maneira como o Comandante me olha.

— Obrigado, Anna — repete o Comandante. — É só isso. — Ele pigarreia e rearranja os papéis na mesa antes de falar com os homens. — Agora, se puderem, por favor, abrir no gráfico da página três...

Tomando cuidado para não derramar de novo, levo a bandeja à mesa dele, onde o terceiro membro da delegação está sentado, falando ao telefone. Ele não olha para cima. A fotografia do Comandante com a mulher de cabelos escuros fora retirada do canto da mesa, percebo ao servir o café. Rapidamente passo as outras xícaras a Diedrichson e aos adidos sentados em volta da mesa de café perto da porta. São homens mais jovens, e quando me abaixo sobre a mesa de centro, sinto seus olhares sobre mim, me observando. Com meu rosto enrubescido, logo me endireito e fujo à antessala.

Volto tremendo à minha mesa. Minha cabeça lateja. *Vai acabar logo*, falo comigo mesma. A visita da delegação está marcada para durar pouco, e eles não voltarão mais. Vinte minutos depois, as vozes dentro do gabinete ficam mais altas e a porta se abre. O Comandante, guiando o grupo novamente, não me olha nem fala comigo ao passar, e por um momento me pergunto se ele está irritado por eu ter derramado o café. Mas, assim que chega à porta, ele se vira em minha direção.

— Telefono mais tarde — diz ele.

Assinto. Ele me havia dito ontem que não devo ir embora no horário de sempre esta noite, mas que devo esperar caso a delegação precise de algo. Ele prometera me avisar assim que a delegação se recolher, para que eu possa ir para casa.

Quando ouço a porta da frente da recepção se fechar, solto a respiração. Eles se foram. Alguns minutos depois, pego a bandeja e entro novamente no gabinete para recolher as xícaras de café. Poderia ter deixado para a equipe de limpeza do Wawel recolher, ou até mesmo Malgorzata, mas quero ver se a delegação deixou algum papel para trás. A mesa do Comandante e a mesa de centro estão tão limpas quanto estavam antes de eles chegarem, exceto pelas xícaras vazias. Quando chego perto da mesa da sala de conferências, paro. Ali, estendido como estivera quando servi o café, está o mapa que os homens estavam estudando. *Fácil*, digo comigo mesma, quando me aproximo da mesa. É só um mapa. Eles não o teriam deixado para trás se fosse importante.

Olho por cima do meu ombro para me certificar de que Malgorzata não me seguira. A porta do gabinete está fechada. Lentamente, me aproximo do mapa, com a bandeja em uma mão e a xícara na outra, para manter a aparência de estar limpando caso alguém entre.

Olho para baixo. É um mapa de Cracóvia, com legendas em alemão. Vários prédios estão marcados em vermelho: o castelo de Wawel, os gabinetes administrativos na rua Pomorskie, Kazimierz, o gueto. Setas vermelhas apontam de Kazimierz ao gueto. *Provavelmente todos os lugares que vão visitar*, penso enquanto recolho mais xícaras. Então, quando estendo o braço para pegar a última xícara, paro novamente. As setas, me dou conta, não estão apontando para o gueto, elas estão passando pelo gueto para Plaszow, o campo de trabalho. E, por cima do gueto, a lápis há um grande X. Congelo, os cabelos da nuca em pé. O gueto fora riscado. *O que isso significa? Outra* akcja*? Todos os residentes do gueto serão deportados para Plaszow? Pare*, penso comigo, quando meu estômago começa a se contorcer. *Não fique imaginando coisas sobre as quais você não sabe nada*. Faço uma nota mental para contar a Alek quando o vir novamente na terça-feira.

Devolvo a bandeja e as xícaras para a cozinha, e então volto à minha mesa. O resto do dia passa sem maiores eventos. Exceto por uma só ida ao toalete, continuo colada em minha cadeira, caso o Comandante ligue. Às cinco horas, Malgorzata põe a cabeça na porta.

— Posso ficar, se você quiser —oferece ela.

Balanço a cabeça. Eu sei que ela gostaria de ficar mais tempo na esperança de que eu compartilhasse alguns detalhes sobre a delegação. Na verdade, não me agrada ficar no gabinete vazio sozinha, mas a ideia de sua presença bisbilhoteira me parece mais do que consigo aguentar.

— Não, obrigada. Realmente não há mais nada a fazer.

Quando ela sai, ouço as outras secretárias saindo pelo corredor. Passo cerca de uma hora terminando o arquivamento que começara no início da semana e atualizando a lista de endereços do Comandante. O gabinete está completamente silencioso, exceto pelo leve tique-taque do relógio em minha mesa. Quando termino o trabalho, olho para cima. São apenas 6h45 da noite. A delegação provavelmente está só começando o primeiro prato no Wierzynek, o elegante restaurante polonês que recomendara a Diedrichson.

Talvez eu ainda tenha de esperar ali por muitas horas. Abro minha bolsa e pego meu próprio jantar, um cozido frio que sobrara da noite anterior e uma fatia grossa de pão. Olhando em volta da sala silenciosa e vazia, suspiro, imaginando Krysia e Lukasz se sentando para jantar sem mim. Pergunto-me se ele fará birra porque não estou lá.

Outra hora se passa. O Comandante ainda não ligou. Penso que talvez tenha se esquecido de mim. Finalmente, quando não aguento mais, saio da mesa e corro para o banheiro. Assim que volto para a recepção, ouço tocar o telefone da antessala. *Pode ser o Comandante,* penso, correndo para atender.

"*Tak?*" — digo arfando, me esquecendo de atender em alemão.

Não é ele, mas sim coronel Diedrichson.

— Ele está aí? — pergunta ele, impacientemente.

— Quem?

— O Comandante, ora. — Ele parece irritado. — Ele disse que precisava passar no gabinete e me pediu para acompanhar a delegação de volta ao hotel.

— Acho que ele não... — Começo a dizer, e olho para o gabinete. Uma luz amarela escapa por baixo da porta fechada. — Ah sim, ele está aqui. Deve ter entrado quando havia saído por um minuto. Quer falar com ele?

— Não, queria ter certeza de que voltou bem — responde ele, com um tom de voz estranho. — O carro dele estará esperando lá embaixo quando ele estiver pronto.

— Eu o avisarei assim que o vir.

Desligo o telefone e olho para a porta do gabinete. *Devo bater para saber se ele precisa de algo?* Começo a me dirigir à porta, mas hesito. *Espere alguns minutos,* acho, e volto.

No caminho de volta à minha mesa, vejo meu reflexo na janela e aliso meus cabelos desgrenhados. Volto ao meu lugar atrás da mesa, fitando a porta, inquieta. Não é uma característica do Comandante ficar no gabinete à noite. Por que ele voltou? Dez minutos se passam, e depois vinte. Nenhum som sai do gabinete. Penso que talvez ele tenha caído no sono.

Finalmente, vou até a porta e bato levemente. Não há resposta. Abro alguns centímetros da porta. O Comandante está debruçado sobre o mapa com as costas para mim, olhando para baixo, com a cabeça inclinada em direção ao ombro direito.

— *Herr Kommandant*? — Ele não parece ter me ouvido. — Precisa de algo? — pergunto, depois de vários segundos de silêncio.

Vacilante, ele se vira da mesa de conferência para a enorme janela de vidro atrás de sua mesa. Ele bebeu, percebo. Minha suspeita se confirma quando atravesso a sala e me toma um cheiro de conhaque e suor. Fico surpresa; até então, o Comandante sempre parecera extremamente controlado. Nunca o havia visto sequer tocar a garrafa de vidro com um líquido castanho que fica à beira de sua mesa.

— *Herr Kommandant* — repito. Ele não responde. Gesticulo em direção de uma pasta que nunca havia visto que ele segura na mão direita. — É para mim? — Ele balança a cabeça de forma irregular, largando a pasta na primeira gaveta de sua mesa, que está aberta. Tomo nota mentalmente para me lembrar de olhar lá da próxima vez em que ele estiver fora. — Tem alguma tarefa que quer que eu faça pela manhã quando estiver com a delegação? — Quando me aproximo, percebo uma leve sombra cinza em sua mandíbula. Ele está mal cuidado e tem um olhar perturbado que nunca havia visto antes.

Ele olha pela janela mais uma vez, para o céu do crepúsculo sobre o rio.

— Eu vi Auschwitz hoje — diz ele, abruptamente.

Auschwitz. Essa palavra me dá calafrios. Ouvimos boatos sobre o campo desde antes do gueto, quase desde o início da guerra. Muitas das histórias vinham de judeus camponeses que foram forçados a migrar para Cracóvia. Era um campo de trabalho, alguns disseram no início, para prisioneiros políticos. Durante meus últimos meses no gueto, no entanto, as histórias tinham ficado mais macabras. Segundo o boato, o campo era cheio de judeus, mas não estavam exatamente trabalhando, e sim morrendo em quantidades tremendas. Não ouvira mais nada desde que fui morar com Krysia. Ninguém que trabalha no Wawel jamais falou sobre isso até o anúncio da visita da delegação. *Auschwitz*. Entendo agora por que o Comandante estivera bebendo.

Não tenho certeza do que dizer.

— Ah sim? — Tento fazer meu tom soar convidativo, esperando que ele diga mais alguma coisa, talvez algo útil que possa levar a Alek. Mas ele não diz nada por vários minutos.

— Sim. — Ele continua, por fim. — Eu nunca havia pensado... — Ele não termina a frase.

Eu entendo. O Comandante se considera um cavalheiro, um homem da música, da arte e da cultura. Em seu modo de pensar distorcido, o serviço ao Reich é algo nobre e patriótico, e a questão judaica é uma perversidade a ser tolerada à distância. Ele se isolara no Wawel, reinando sobre seu domínio do alto de uma fortaleza, erguendo uma barreira entre ele e a matança. De sua perspectiva, o gueto é somente um bairro onde os judeus são forçados a viver. Plaszow é um campo de trabalho. Tenho certeza de que justificara seu tempo em Sachsenhausen também, vendo o local como uma prisão e seus residentes como criminosos que mereceram sua situação. Ele não vira, não quisera ver a fome, a doença e a matança de civis inocentes. Até agora. Hoje ele fora forçado a ir a Auschwitz, e a realidade daquilo que viu é tão terrível que lhe desmontara, levando-o à bebida. Isso me assusta mais do que qualquer coisa desde o início da guerra.

— Terrível, imagino.

Gostaria de poder olhar em sua mente e saber o que ele viu hoje. Embora talvez preferisse, não posso enfiar minha cabeça na areia como uma avestruz, como havia feito no gueto. Preciso saber o máximo possível, pelo bem de minha família e da resistência. Mas o Comandante parece não estar disposto a falar mais.

— *Herr Kommandant* — digo, novamente, depois de ele contemplar a parede por mais vários minutos. Ele me olha confuso, como se houvesse esquecido, ou não tivesse certeza de por que estou ali. — Você parece cansado — arrisco. Ele acena ligeiramente com a cabeça, apoiando-se no espaldar de sua cadeira com um braço. — Deixe-me ajudá-lo a ir até o carro. — Vou até o sofá onde está seu casaco militar e o levo até ele. Ele estica os braços e eu o ajudo a se vestir, como faria com Lukasz. Consigo sentir o calor de sua pele pelo tecido. — Venha — digo, guiando-o pelo braço para fora do escritório.

No corredor, ele se apruma um pouco e conseguimos descer as escadas e sair. Ao final da rampa, Stanislaw, o motorista do Comandante, espera perto do sedã decorado com uma suástica na lateral.

— *Dobry wieczor.* — Ele nos cumprimenta com sua voz grave quando nos aproximamos da porta de trás aberta.

O Comandante se abaixa desajeitadamente para entrar no carro, sua cabeça passando a centímetros do teto. Sem pensar, ponho minha mão gentilmente em sua nuca e o guio para dentro do carro. Ele cai ao se sentar, seu peso puxando meu braço esticado. Perco o equilíbrio e tropeço para dentro do carro, pousando desajeitadamente meio em cima dele. Logo me aprumo em uma posição sentada, com o rosto enrubescido.

— Bem, preciso ir — digo, mas, antes que possa sair do carro, Stanislaw fecha a porta por trás de mim. — Espere... — protesto. Olho para o Comandante para que me ajude, mas seus olhos estão fechados, a cabeça caída para trás. — Está certo, acho que terei de ajudá-lo a chegar em casa também. — Ele responde com um ronco.

Enquanto fazemos o caminho curto do Wawel até o apartamento do Comandante logo depois do Planty, olho em volta da parte de dentro do carro. Estive em pouquíssimos automóveis na minha vida, e certamente nenhum tão refinado quanto aquele. Alisando o macio estofado de couro, olho pela janela. As ruas estão movimentadas com pessoas e seus afazeres ou voltando para casa. Elas param e observam quando passamos no grande e escuro sedã com a suástica na lateral. Percebo o medo em seus olhos.

Alguns minutos depois, o carro para em frente a um elegante prédio de tijolos. Stanislaw e eu ajudamos o Comandante ainda tonto a ficar em pé. O porteiro destranca o portão e nos dá passagem. Nós o conduzimos por um lance de escada de mármore e Stanislaw destranca a porta do apartamento. Lá dentro, o Comandante consegue caminhar sozinho até o sofá, onde se senta com a cabeça caída para frente.

Stanislaw se retira da sala e fecha a porta rapidamente, me deixando parada no meio do apartamento. Ocupando um andar inteiro do prédio, este é, em todos os aspectos, um apartamento de homem: grande e impessoal, com somente alguns móveis pesados de carvalho e apenas um sofá revestido de veludo castanho-avermelhado. O ar tem cheiro forte de fumaça de charuto e conhaque, como se não abrissem as janelas há anos. Cortinas pesadas e escuras escondem o que imagino que deva ser uma vista espetacular da silhueta da cidade.

Apoio-me em um pé depois no outro, esperando o Comandante falar, mas ele não diz nada.

— *Herr Kommandant,* está tarde — digo, por fim. — Se não houver mais nada...

— Anna, espere — balbucia ele, levantando um pouco a cabeça. — Não vá. — Ele faz um gesto pedindo para eu me aproximar.

Relutantemente, vou até o sofá. — Sim, precisa de algo?

Ele hesita.

— Nada. Quer dizer, não quero... — Ele engasga. — Quer dizer, se você puder ficar mais um pouco.

Ele não quer ficar sozinho, percebo com surpresa. Sento-me na outra ponta do sofá.

— Posso ficar alguns minutos — digo.

— Obrigado. — Ele se aproxima e, antes que eu possa reagir, pega minha mão esquerda.

— Você está bem? — pergunta ele, virando minha mão, deixando a palma para baixo. — Sua mão... bem, você a queimou com o café, não?

Por um momento, fico surpresa demais para responder.

— É a outra — respondo, finalmente, recolhendo o braço esquerdo.

— Deixe-me ver. — Ele insiste, com a voz mais clara agora.

Levanto minha mão direita lentamente e ele a pega, segurando-a com suas duas mãos muito maiores, avaliando-a. Na correria do dia, havia quase me esquecido da queimadura, mas a área logo em cima do meu polegar está vermelha e bolhas começam a se formar.

— Espere aqui — instrui ele.

Começo a protestar, mas ele desaparece na cozinha, me deixando sozinha na enorme sala. *Preciso sair daqui,* penso inquieta, lutando contra a vontade de fugir enquanto ele não volta. Forçando calma, olho em volta mais uma vez. A sala não tem quase nada de pessoal, exceto por uma fotografia emoldurada no batente da lareira.

Apesar de meu desconforto, não seguro a curiosidade. Vou até a fotografia. É o retrato de uma mulher, a mesma mulher que está no porta-retratos na mesa do Comandante. Ela é muito bonita, com longos cabelos negros, sobrancelhas arqueadas e pele imaculada.

— Aqui — diz ele, quando volta à sala. Viro as costas para a foto e me volto a ele. Ele está carregando um pano úmido, um pequeno pote e um curativo. — Sente-se. — Relutantemente, deixo que ele me conduza ao sofá, onde ele limpa e passa pomada em minha mão. — Pronto — diz ele, um momento depois. Sua mão continua a segurar a minha. Nossos olhares se encontram.

— Obrigada — digo, retirando a mão.

— Imagine. — Ele se apruma, mas não tira os olhos de mim. — Não posso ter uma assistente com a mão machucada, não é?

— Acho que não. — Forço-me a desviar o olhar, e então me levanto e vou até a fotografia na lareira novamente. — Que bela foto — comento, levantando o porta-retratos gentilmente.

— Margot — responde ele, do sofá, sua voz agora praticamente um sussurro.

— Sua esposa, *Herr Kommandant*? — arrisco.

— Ela era. — Repentinamente, ele está ao meu lado.

Ele pega a foto de minhas mãos e a observa atentamente, como se seu olhar pudesse dar vida à imagem. *O que houve com ela?*, me pergunto. Olho para ele, esperando que ele fale mais, mas ele continua fitando a fotografia silenciosamente, como se tivesse se esquecido de que eu estou ali. Sentindo que essa é minha oportunidade de ir embora, caminho rapidamente até a porta e a abro.

— Está tarde, então já vou embora. — Ainda olhando para a fotografia, ele não responde. — Boa noite — digo, e saio do apartamento, descendo as escadas.

Na entrada do prédio, Stanislaw me espera ao lado do carro. Entro e, sem perguntas ou comentários, ele fecha a porta e pega a rua longa e tortuosa até a casa de Krysia. Ele sabe o caminho, me dou conta, por ter levado o Comandante para o jantar. Encosto a cabeça no vidro frio da janela, vendo o rosto do Comandante em minha mente. Havia um desespero latente nele hoje que eu nunca vira, especialmente quando estávamos a sós em seu apartamento. Ele não quis que eu fosse embora, talvez porque estivesse embriagado. Ou talvez ele apenas não quisesse ficar sozinho.

De repente, me lembro de acordar naquela última manhã no apartamento dos Bau e de descobrir que Jacob e meus pais haviam sumido. Foi a única vez na vida em que fiquei totalmente sozinha e isso me deixou aterrorizada. Algumas pessoas conseguem viver bem sozinhas, eu sei, como Krysia antes de Lukasz e eu chegarmos. Ainda assim, deve ser péssimo para o Comandante passar as noites naquele apartamento vazio e enorme, assombrado pela memória de sua esposa Margot. Ouvira boatos no Wawel de que ele fora casado, mas ele nunca havia falado sobre ela antes. Esta noite, no entanto, foi como se tivesse visto um fantasma. Talvez fosse só o álcool. Ou talvez ele tenha visto algo em Auschwitz que despertou lembranças difíceis.

Auschwitz. Um calafrio me assalta de repente. Preciso contar a Alek em nosso próximo encontro sobre a visita do Comandante e sobre o mapa que vi à mesa. Poderia ser importante, imagino, visualizando seus olhos fundos e assombrados mentalmente. Estremeço com frio enquanto passamos pelas árvores e pelas casas, deixando os últimos traços enevoados de pôr do sol para trás.

Krysia e Lukasz estão dormindo quando chego em casa, então subo as escadas com cuidado e tiro a roupa silenciosamente. Apesar da minha confusão quanto aos eventos da noite, estou exausta de toda a preparação para a visita oficial e meus olhos ficam pesados assim que subo na cama. Imediatamente começo a sonhar que estou em um trem que corre rápido pelas montanhas. Jacob, tenho certeza, está no trem, só preciso encontrá-lo. Abro caminho pelos vagões lotados, procurando. Finalmente, vejo as costas de um homem que me parece familiar caminhando pelo vagão vários metros à frente. Ele tem a constituição delgada de Jacob e a mesma cor de cabelo. Ando mais rápido e começo a correr, tentando alcançá-lo. Finalmente, fico a poucos passos dele. Estendo a mão para tocar seu ombro e exclamo:

—Jacob! — Ele se vira e eu congelo. O rosto não é o de meu marido; é o do Comandante . — Ah! — exclamo, em voz alta, sentando na cama, arfando. Minha mente dá pulos. Por meses, tive sonhos em que corria atrás de Jacob. Fazia sentido; sentia falta do meu marido. Mas agora isto? Não consigo entender. *Pare*, falo comigo mesma, por fim. *Foi apenas um sonho. Você está sob muito estresse no trabalho, está confusa por causa de uma conversa bi-*

zarra com o Comandante. Essa é a única razão para ter sonhado isso. Volto a me deitar e puxo o edredom, incerta. Um pensamento perturbador começa a tomar minha mente: talvez o sonho signifique algo mais. *Não.* Balanço a cabeça na escuridão. *Não significa, não pode significar nada.* Forço-me a pensar coisas boas sobre Jacob até conseguir dormir de novo.

O Comandante não está no gabinete quando chego na manhã seguinte. O itinerário indicava que ele encontraria a delegação no hotel e os levaria ao gueto e a Plaszow antes de eles partirem para Berlim ao meio-dia. Sem querer ser vista longe de minha mesa de novo, não desço para o almoço. Exatamente às 12h15, a porta da antessala se abre e o Comandante entra.

— Anna, entre, por favor — diz ele, seco, ao passar.

Sigo-o até seu gabinete. Ele vai até a mesa e pega a pilha de papéis que deixara para ele. Fico a alguns metros de distância e observo seu rosto, especulando se ele dirá alguma coisa sobre a noite anterior. Mas, se ele sente alguma vergonha por causa de sua embriaguez, não dá sinal algum. Talvez ele não lembre. Exceto pelas olheiras leves sob seus olhos, ele parece totalmente normal. Ele tira os olhos dos papéis.

— Vou a Berlim amanhã.

— Berlim amanhã? — repito, sem poder esconder minha surpresa.

— Sim. Algumas questões surgiram a partir da visita da delegação e por isso terei de acompanhar a situação pessoalmente.

Ele me passa várias folhas de papel.

— Meu itinerário de viagem.

Ele atravessa a sala, fazendo um gesto para que eu o acompanhe. Sento no sofá e olho para cima, esperando que ele comece a andar de um lado para o outro, como costuma fazer. Para minha surpresa, ele se senta na cadeira ao meu lado. O aroma fresco de cipreste de sua loção de barbear toma meus sentidos, fazendo meu estômago pular.

— Como você pode ver, o coronel Diedrichson tomou as providências da viagem. — Ele continua. Mal consigo ouvi-lo de tanto que meus ouvidos apitam. A partida inesperada do Comandante e o aroma masculino de loção, juntos, me deixam tonta. — Ficarei fora por dez dias — conclui ele, alguns minutos depois, tirando os olhos dos papéis e olhando para mim.

Pisco, percebendo que não ouvi a maior parte do que ele dissera. — Anna, você está bem? Parece um pouco pálida.

— É seguro viajar neste momento? — pergunto. As palavras que saem de minha boca me surpreendem, como se fossem de outra pessoa.

— Relativamente — responde ele. — Eu preciso ir de qualquer forma. Fui convocado para uma reunião importante, e não seria bom parecer preocupado com minha segurança pessoal. — Assinto, ainda sem conseguir desviar os olhos. — Certo. Acho que é só isso, por ora.

Aproveitando a deixa, me levanto. Minha perna direita está dormente e tropeço ligeiramente. O Comandante estende a mão e segura meu braço para me levantar.

— Cuidado — diz ele, delicadamente, ainda segurando meu braço. Nossos olhares se encontram.

— D-desculpe — digo, me aprumando. — É que... — Hesito, incerta do que dizer. Sinto o calor de sua mão pela manga de meu vestido.

— Você tem trabalhado muito ultimamente. — Ele termina a frase para mim. — Você trabalhou muitas horas com a visita da delegação.

— Sim, deve ser isso — respondo, grata pelo álibi.

— Vou precisar de sua ajuda com os preparativos para a viagem hoje. Mas você deveria tirar um dia de folga quando eu viajar.

— Obrigada, *Herr Kommandant.*

Encaminho-me rapidamente em direção à porta. Sinto o olhar dele por trás de mim ao sair para a antessala. Sentada em minha mesa novamente, verifico, com as mãos trêmulas, a pilha de papéis que ele me dera. Nas últimas semanas, tive a sensação persistente de que o que Krysia notara na noite do jantar era verdade: o Comandante Richwalder se sente atraído por mim. Mas não é só o comportamento dele que me preocupa. Por que eu lhe perguntara se seria seguro viajar? *É bom para Anna demonstrar preocupação,* digo a mim mesma, embora saiba que a pergunta não havia sido tão calculada quanto eu quero imaginar que foi. Meu sonho na noite anterior tampouco fora calculado. Afundo em minha cadeira, alterada. Talvez a ausência do Comandante seja uma coisa boa.

O resto do dia se passa rapidamente. Passa de cinco horas e ele continua em seu gabinete com a porta fechada. Mais 45 minutos se passam. Sinto uma onda de exaustão. O Comandante estava certo; estive trabalhando muito. Tenho a sensação de que não vejo Lukasz e Krysia há meses. Alguns minutos depois, a porta do gabinete se abre e ele sai carregando duas maletas. Levanto-me.

Ele põe as maletas no chão.

— Bem, já estou indo.

Vendo as malas, a realidade bate à porta: o Comandante está indo embora.

— Faça boa viagem — digo, engolindo em seco.

— Obrigado. Não hesite em me mandar um telegrama se houver algo urgente. Ou se precisar de qualquer coisa. — Assinto.

Ele se aproxima até ficar a alguns centímetros de distância e me pergunto se ele vai me tocar de alguma maneira. Fitamos um ao outro em silêncio, ninguém diz uma palavra. *O que é isto?* Penso. *O que está acontecendo entre nós? É tudo o que aconteceu nos últimos dias,* digo a mim mesma. A pressão da visita da delegação. O fato de que ele está indo viajar.

— Bem... — continua ele, depois de vários segundos de silêncio.

— Cuide-se — digo, com sinceridade.

Sinto-me imediatamente envergonhada por desejar que um nazista fique seguro, alguém que eu na realidade deveria querer ver morto.

O Comandante assente, pegando as maletas de volta. Ele pigarreia com veemência. —Adeus, Anna. — Ele se demora por um momento e então sai.

CAPÍTULO 11

Cinco dias após a partida do Comandante para Berlim, estou em seu gabinete organizando em sua mesa os papéis que chegaram durante sua ausência.

A sua volta está marcada para dali a três dias, mas imagino que poderá ser adiada por causa do tempo. Os telegramas me disseram que chuvas pesadas ainda continuam a oeste, tornando os trilhos de trem intransitáveis e desacelerando as linhas de fornecimento militares. Munição, comida e remédios estavam com atraso, impedindo a evolução do exército alemão. Ao ler isso, me vi secretamente comemorando as chuvas que amaldiçoara somente algumas semanas antes.

A ausência do Comandante me permitiu mais uma incursão ao gabinete de Krich. Mas, quando entreguei a leva de credenciais no café da praça do mercado na terça anterior, Alek me pediu para não pegar mais nada e me disse para esperar novas instruções. É claro que vou obedecer; fico aliviada por não ter mais de fazer essas incursões secretas e desgastantes. Sinto-me um pouco perdida, no entanto — a missão me dera um propósito e até um pouco de aventura. Agora, com minha tarefa para a resistência concluída e o Comandante ainda fora, os dias parecem não ter graça. Luto para manter a disposição a fim de que ninguém no trabalho note a diferença.

Enquanto arrumo as pilhas de papel em sua mesa, meus olhos se demoram na fotografia emoldurada do casal que reaparecera em sua mesa depois da partida da delegação para Berlim. Na fotografia, ambos estão usando roupas leves de verão e parecem estar de férias na praia. A expressão do Comandante é brincalhona, como nunca vira. Os cabelos de sua esposa estão presos por um lenço e ela sorri para ele, enamorada. Seus olhos são escuros e a pele é surpreendentemente morena para uma alemã. Pergunto-me novamente o que houve com ela. Pego a fotografia para tirar o pó, procurando nos olhos da mulher uma pista que me dissesse algo sobre ela e sobre ele.

— *Dzien dobry*, Anna. — Uma voz conhecida e grave diz por trás de mim. Dou um pulo e me viro. A fotografia cai de minhas mãos, batendo no carpete e quicando antes de parar no chão levemente.

— B-b-bom dia, *Herr Kommandant* — gaguejo, tentando desajeitadamente pegar a fotografia e colocá-la de volta na mesa. Ajeitando-me, viro. — Estava organizando os papéis para sua volta.

Se ele percebe que estou desnorteada, não demonstra.

— Sim, bem, estou de volta.

Ele parece, de certa forma, diferente, observo quando lhe dou passagem até a mesa. Seus cabelos parecem mais grisalhos, as linhas em seus olhos mais pronunciadas. É como se ele tivesse envelhecido durante os poucos dias que esteve fora. *Talvez seja apenas exaustão da viagem*, penso, notando sua barba ligeiramente por fazer.

— Pensávamos que não voltaria até sexta-feira — arrisco, quando ele se senta.

— Decidi voltar mais cedo. Há muito trabalho para fazer por causa das minhas reuniões. Muitos trens foram cancelados por causa das enchentes, então a sede arranjou um voo para mim.

— Um avião?

Olho para ele, impressionada. Embora saiba, por causa dos jornais e de filmes, que as pessoas viajam de avião, viagens comerciais não existem na Polônia. Os únicos aviões que já vi são os bombardeiros nazistas que ocasionalmente cruzam o céu.

— Sim — responde ele. — É uma experiência e tanto.

— Imagino — respondo. — De qualquer maneira, é bom tê-lo de volta. — As palavras saem involuntariamente. Perco a respiração.

Os olhos do Comandante encontram os meus.

— É bom estar aqui — diz ele, lentamente. — Senti falta... quer dizer, Berlim é um lugar muito cansativo, com toda a política e tudo o mais. Cracóvia é mais tranquila.

— É claro. — Entreolhamo-nos por vários segundos, nenhum dos dois dizendo nada. — Quer passar a agenda agora? — pergunto, finalmente, desesperada para quebrar o silêncio desconfortável.

Ele olha para o relógio de carrilhão, que marca três e meia.

— Preciso de um tempo para me situar primeiro. — Noto que ele morde seu lábio inferior, parecendo estar preocupado com alguma coisa. — Você se importa de ficar até um pouco mais tarde? Podemos ver os papéis às cinco.

— Sem problemas.

Retorno rapidamente à antessala. Uma vez que me sento à mesa, percebo minhas mãos tremendo. O retorno do Comandante, mais cedo e não anunciado, me pegara de surpresa. Posso ouvir minha voz: *é bom tê-lo de volta*. Por que havia dito isso? Porque é o que Anna diria. Mas a frase não fora ensaiada; a expressão era genuína. Passo a hora e meia seguinte tentando me recompor, mas, tentando me distrair com o trabalho, não paro de pensar nos olhos dele, mais azuis do que nunca.

Quando os sinos da torre da catedral de Wawel tocam cinco vezes e ouço Malgorzata sair da recepção, junto outra pilha de correspondência e outros papéis acumulados durante a ausência do Comandante que ainda não tinha tido a oportunidade de colocar em sua mesa. Quando atravesso a antessala, ouço pelas janelas abertas os saltos dos sapatos raspando e o rumor da conversa das outras secretárias descendo a rampa do castelo.

A porta do gabinete está aberta. Bato de leve e empurro a porta. O fonógrafo toca baixinho uma sonata de Mozart, que preenche a sala. Esperava que o Comandante estivesse organizando os papéis que deixei para ele, mas ele está sentado em sua cadeira, que fora puxada para perto da janela, olhando para fora, em direção a Podgorze. Muitas vezes já me perguntara o que ele vê quando contempla a paisagem pela janela: será que ele ouve os apelos dos judeus no gueto, logo depois do rio? Ou será que está longe, absorto em memórias de sua esposa e outras coisas distantes?

Depois de ficar ali parada por vários segundos sem ele ter percebido, pigarreio. O Comandante se vira. Ele me olha sem expressão, como se houvesse se esquecido de quem eu sou ou por que estou ali.

— Quer passar a agenda? — Ofereço.

Sua expressão confusa se dissipa.

— Ah, sim, claro. Entre.

Sento-me no sofá. Ele se aproxima e pega a cadeira ao meu lado. Começo a resumir verbalmente o conteúdo das correspondências mais importantes que chegaram em sua ausência: convites, recortes de jornal e relatórios.

— As minutas da reunião na rua Pomorskie da terça-feira passada que... — Paro e levanto os olhos. O Comandante me observa atentamente. — Há algo errado, *Herr Kommandant*?

Ele balança a cabeça.

— Não, por favor, continue.

Olho de volta para o papel, mas perco o lugar onde havia parado. Atordoada, sinto o calor subindo pelo pescoço. Pigarreio.

— Perguntaram se você comparecerá ao banquete dos diretores na próxima sexta-feira à noite — digo. — Mas isso conflita com um convite para jantar que já foi aceito, do prefeito Baran e de sua esposa. — Levanto os olhos, esperando ele dizer que vai comparecer, mas ele ainda está me fitando, como se não escutasse o que eu digo. — *Herr Kommandant...*

Ele pisca rapidamente.

— O que foi?

— O conflito de horários entre o banquete dos diretores e o convite do prefeito Baran... Preciso saber a qual dos dois comparecerá.

— Ah. — Ele parece confuso, como se a pergunta fosse muito difícil. — O que você acha que devo fazer?

Fiquei surpresa por ele me pedir opinião.

— Bem — digo, cuidadosamente —, acho que o banquete dos diretores é mais importante politicamente. Ainda que tenha aceitado o convite do prefeito Baran primeiro. Mandaria um pedido de desculpas e talvez flores para a sra. Baran.

— Excelente — diz ele, como se eu tivesse dito algo extremamente inteligente. — Farei isso.

— Resolverei tudo. — Ele ainda me observa. De repente, a sala parece ter ficado insuportavelmente quente. — Mais alguma coisa? — pergunto, ansiosa para sair.

Ele balança a cabeça.

— Não, é só por hoje. Obrigado, Anna.

O Comandante se vira em direção à janela mais uma vez. Reúno os papéis que colocara na mesa de centro e me levanto para sair. Então, a agulha do fonógrafo pula, com um clique, e a música muda. É uma peça longa e pesarosa que reconheço como uma das favoritas de meu pai. Ele a colocava sempre que estava triste. Vez ou outra o ouvia cantarolando-a no gueto. Agora, ouvindo-a de novo, os acordes de violoncelo parecem tocar minha alma. Um nó se forma em minha garganta.

— Wagner — digo, em voz alta, sem me controlar.

Ele levanta os olhos.

— Você gosta de compositores alemães? — Sua voz soa tão surpresa quanto naquela noite no jantar de Krysia, quando citei Goethe para ele em alemão.

— Sim. — Sinto o calor me subir à face.

Ele se levanta e fica a alguns centímetros de mim.

— Anna, espere. — Ele pousa a mão em meu antebraço e me arrepio. — Eu... — O Comandante para, ajusta sua gola com a mão livre. — Você gostaria de assistir a uma sinfonia comigo na sexta-feira à noite? A orquestra tocará Wagner, e tenho ingressos.

Hesito, chocada. O Comandante acaba de me convidar para sair.

— É muito gentil de sua parte — digo, tentando ganhar tempo para decidir o que responder.

— Então aceite o convite — pressiona ele.

Eu titubeio. Não posso sair com ele. Sou uma mulher casada. Mas Anna não é. Desesperadamente, procuro um pretexto, uma razão para não comparecer.

— Se sexta-feira não for conveniente, podemos ir em outra ocasião — acrescenta ele, como se lesse meus pensamentos.

Ele é meu chefe, me dou conta. Recusar está fora de questão. Engulo em seco.

— Obrigada, *Herr Kommandant.* Será um prazer.

— Então está combinado. Sexta-feira à noite. Eu a buscarei na casa de sua tia às sete horas.

Assinto com a cabeça e saio rapidamente para a antessala, sentindo seus olhos atrás de mim.

Consigo manter a calma no longo caminho até a casa, mas, uma vez que cruzo o portão da frente, perco toda a compostura. Subo a escada até a sala, arfando; o rosto vermelho. Krysia está sentada na varanda que dá para o jardim.

— Esta situação com o Comandante está fora de controle! — exclamo.

Ela põe o livro no colo.

— O que houve?

Percebendo que Lukasz já está dormindo, baixo a voz.

— Ele me convidou para sair.

Krysia aponta para a cadeira a seu lado.

— Conte-me o que aconteceu. — Ela não parece estar surpresa.

Afundando na cadeira, começo com a volta do Comandante de Berlim algumas horas antes.

— E então ele disse que tinha ingressos para a Filarmônica.

— O que não é provável, já que esteve fora do país na semana passada — observa Krysia.

— Exatamente! E se os ingressos tivessem chegado ao gabinete enquanto ele estava em Berlim, eu os haveria visto.

Ela concorda, entendendo o que isso significa: ele não tinha esses ingressos "por acaso", ele os compraria especificamente para nosso encontro.

— Georg Richwalder é o vice do governador. — Krysia me lembra. — Um homem poderoso, sem contar, atraente. Anna Lipowski deveria se sentir lisonjeada.

Isso me desestabiliza. Krysia tem razão; eu sei pela conversa das outras secretárias que, se eu realmente fosse uma jovem solteira polonesa, receberia muito bem a atenção do Comandante.

— Mas sou casada! — exclamo, meus olhos se enchendo de lágrimas.

— Eu sei. — Krysia dá um tapinha carinhoso em minha mão. — Você está em uma posição complicada.

— E sou judia. — Era a primeira vez em vários meses que proferia essa palavra, e ela soa estranha em minha boca.

— Talvez essa seja uma maneira de ajudar os judeus. — Levanto os olhos para Krysia, confusa. — Você precisa entender o cenário maior. Aproximar-se do Comandante pode ser útil para a resistência. Você pode conseguir ser ainda mais útil.

Respiro profundamente. Não pensara dessa maneira.

— Mas Jacob...

— Jacob entenderia — responde ela, firmemente.

Ela está certa, é claro. Jacob me ama, mas é muito dedicado à resistência. Se sair com um oficial nazista ajudaria o movimento, ele me perdoaria. Não consigo não me perguntar se eu entenderia também se fosse o contrário.

— Eu sei. É só que... — Paro envergonhada pelo egoísmo de meus pensamentos.

— Você sente falta de Jacob. — Krysia termina a frase para mim.

Noto, pela emoção em sua voz, que ela entende. Krysia sente falta de Marcin da maneira que sinto falta de Jacob. A diferença é que eu verei Jacob novamente — sei que verei, não posso me permitir pensar outra coisa. Temos a promessa de um futuro juntos. Krysia e Marcin, não.

— Sinto muito — digo. — Eu sei que você sente falta de Marcin, também.

— Tudo bem. — Um olhar distante surge em seu rosto. — Sinto falta das pequenas coisas. De como ele me trazia água e aspirina quando ficávamos até tarde na rua, e chá na manhã seguinte, sem eu precisar pedir. A maneira pela qual dizia meu nome — *Kreesha* — como se tivesse um i longo. Acima de tudo, sinto falta de ter alguém no meio da noite para, quando acordo, contar o que sonhei. Ele nunca se importava. Às vezes abro os olhos na escuridão e acho que ele ainda está aqui.

Fico sem saber o que dizer. Seus olhos estão imóveis e me pergunto se ela vai começar a chorar.

— Você o amava muito. — Arrisco, por fim.

Ela se volta para mim e sorri.

— Ainda amo. Não passa. Ele é meu melhor amigo. — Ela não fala nada por vários minutos e percebo que está absorta em pensamentos. — Foi um longo dia — diz Krysia, finalmente. — Você precisa de um banho.

Subo as escadas, muito cansada. Quando a banheira se enche, limpo o vapor do espelho. A moça que vejo está cansada e precisa de cuidados — seus olhos têm olheiras e os lábios fazem uma curva para baixo. O rosto no espelho sugere uma experiência que nunca vira nele antes.

— Quem é você? — pergunto em voz alta. Certamente não é Emma Bau, antes Gershmann, filha do padeiro ortodoxo e de sua esposa. Emma é outra pessoa. Lembro-me dela vagamente, como um amigo de infância quase esquecido. — Por que ele gosta de mim? — pergunto-me ao entrar no banho.

Cresci acreditando que minha aparência fosse perfeitamente comum, não horrorosa mas também nada muito especial. Jacob e meu pai diziam que eu era linda, mas sempre vira o elogio como algo bonito que os homens que me amam diriam. Eu era menos chamativa do que as dezenas de secretárias que iam trabalhar em Wawel todo dia muito arrumadas, com saias justas e muita maquiagem, e certamente nem chegava perto da beleza da esposa do Comandante. *Talvez seja porque falo alemão e ele sente falta de casa*, pensei, embora a explicação não soe plausível. Há uma intensidade na maneira pela qual ele me olha, certa fascinação no jeito que me ouve falar que me diz que há algo a mais.

De molho na água, penso em Krysia. Embora conversemos sempre, ela raramente fala sobre si. Até hoje à noite. É como se, por alguns minutos, seu exterior perfeito ganhasse uma pequena fissura, e eu conseguisse vislumbrar o amor e a dor lá dentro. Reflito sobre o que ela disse sobre Marcin. *Melhores amigos*. Pergunto-me se posso dizer o mesmo sobre Jacob e eu. Amo meu marido profundamente, e, apesar de meus medos, sei que ele sente o mesmo. Mas, quando ele foi embora, nos conhecíamos há apenas um ano. Ainda era tudo novo, ainda havia muito para aprender um sobre o outro. Deve ser preciso uma vida inteira para ficar como Krysia e Marcin, decido, com uma sensação de alívio enquanto me seco e deito na cama.

Durante o resto da semana, vejo pouco o Comandante. Ele se ocupa de reuniões após seu retorno de Berlim e fico inundada com a infinidade de tarefas que ele me pede para cumprir. Na sexta-feira à tarde, saio do trabalho algumas horas antes do normal e volto correndo para a casa de Krysia para me preparar para nosso encontro. Com Lukasz assistindo, Krysia faz um penteado em meu cabelo, um coque alinhado, e me ajuda a aplicar pó de arroz e batom. Ponho o vestido rosa claro de mangas curtas de Krysia que ela mandara ajustar para mim especialmente para a ocasião.

— Está linda — comenta ela, quando me ponho em frente ao espelho no *closet* de seu quarto.

— Muito obrigada.

Mudo de posição um pouco, ainda impressionada com minha transformação. A última vez que me arrumara foi para o jantar, algumas semanas depois de sair do gueto. Ainda estava pálida e magra. Agora, os meses de boa alimentação na casa de Krysia haviam restaurado as curvas de meus seios e quadris, e corado minhas bochechas. *Se pelo menos estivesse me arrumando para uma ocasião realmente feliz*, penso, e o receio quanto ao meu encontro, momentaneamente esquecido, retorna.

Quando o relógio do corredor toca sete vezes, a campainha toca. Krysia pega Lukasz e desce a escada.

— Espere aqui.

Demoro-me mais alguns minutos em frente ao espelho, estudando meu reflexo. Havia usado mangas curtas somente algumas vezes na vida, e não estou acostumada a ver meus braços pálidos e cotovelos angulosos expostos. Avalio minhas mãos. Uma hora antes, Krysia me mostrara como lixar e polir as unhas. Agora estão arredondadas e lisas, mãos refinadas de alguém a quem não reconheço.

Lá embaixo, ouço os passos de Krysia descendo a escada e o clique da porta da frente. Não consigo discernir as amenidades que ela troca com o Comandante, somente os tons de voz: o dele, grave e cortês; o dela, suave e acolhedor. Levanto o frasco ornamentado de perfume de água de rosas que

Krysia me emprestara e aperto uma vez, delicadamente. Uma borrifada fresca acaricia meu pescoço e o aroma delicado e floral se espalha. Ponho o frasco de volta na penteadeira. Permitindo-me uma última olhadela no espelho, desço a escada.

— Boa noite, *Herr Kommandant* — digo, quando ele aparece no patamar abaixo.

Ele se volta e vejo seus olhos se iluminarem quando percebe minha aparência renovada. *Você está muito bonita,* espero que ele diga em sua voz mais suave. Mas ele permanece em silêncio, com uma expressão perdida no rosto, e percebo que está impressionado, sem palavras.

— Bem, vocês precisam ir — intervém Krysia, depois de um momento desconfortável de silêncio. —Aqui, leve isto. — Ela me entrega um casaco leve de seda cinza que nunca havia visto antes. — Pode ficar friozinho mais tarde.

— Obrigada.

Dou-lhe um beijo na bochecha e sigo o Comandante. Lá fora, Stanislaw espera ao lado da porta aberta do carro. Ele inclina a cabeça educadamente quando nos aproximamos e estende a mão para me ajudar a sentar no banco de trás, como se não fosse nada fora do comum levar alguém de sua equipe para a orquestra em uma noite de sexta-feira.

O Comandante senta-se no banco de trás, entrando pela outra porta, deixando um bom espaço entre nós. Ficamos sentados, imóveis, olhando para frente em silêncio enquanto Stanislaw manobra o carro até a estrada principal.

— Então correu tudo bem na viagem a Berlim? — pergunto, afinal. Tento manter o tom leve, mas espero que ele mencione algo significativo.

— Foi tudo muito bem. — Ele pausa por um momento, e se volta para mim. — Anna, tenho de ser sincero com você. Os motivos da minha viagem não foram totalmente profissionais.

— Ah? — Tento manter a voz sem inflexão, sem curiosidade ou surpresa.

— Sim, foi relacionada à minha esposa, Margot. A mulher das fotos. — Levanto a cabeça e nossos olhares se encontram. — Bem, mês passado fez dois anos que ela morreu. — Detecto um ligeiro embargo em sua voz quando ele profere a última palavra.

Hesito, me perguntando por que ele está me dizendo isso, querendo desesperadamente que ele diga mais.

— Sinto muito.

Ele abaixa os olhos, retirando um fiapo de seu uniforme.

— Tive de organizar suas coisas.

Aceno com a cabeça.

— Deve ter sido muito difícil.

— E foi — responde ele, com candura na voz. — Vinha adiando isso faz tempo por essa exata razão. Porque não queria aceitar... — Ele pausa, olhando para os campos verdejantes pela janela. Repentinamente, o carro passa por uma saliência na estrada, nos empurrando inesperadamente. Dou uma guinada em direção ao Comandante, com o solavanco, e ele levanta as mãos para me amparar. Nossos rostos ficam a apenas centímetros de distância, seu hálito quente em minha bochecha. Nenhum dos dois se move por vários segundos. — Você está bem? — pergunta ele, delicadamente.

— Sim, obrigada. — Seguro o encosto do banco da frente e me ajeito, enrubescida. — Você estava dizendo...

— Somente que já era hora de concluir as coisas relacionadas ao patrimônio de minha esposa. Hora de seguir em frente. — Ele pigarreia. — Fui às reuniões, também, é claro. De uma perspectiva oficial, a viagem foi um sucesso.

— Bom saber — respondo. Noto pelo seu tom de voz que ele não dirá mais nada sobre Margot.

Olho para frente e nenhum de nós fala nada por vários minutos. Quando nos aproximamos do centro da cidade, ele pega seu relógio de bolso.

— Estamos um pouco adiantados — comenta ele. — Não havia percebido até olhar para os ingressos, logo antes de buscá-la, que o concerto só começa às oito. Podemos ir à praça do mercado beber alguma coisa em um dos cafés, ou dar uma volta pelo Planty.

Eu assumira que o concerto começava às sete e meia e que poderíamos nos sentar diretamente sem precisar conversar.

— Uma caminhada seria agradável — respondo.

A ideia de me sentar com ele em um café, tendo de olhar em seus olhos, me assusta. Eu sei, também, que será mais fácil manter a compostura se não beber nada.

— Muito bem. — Ele se inclina e diz algo a Stanislaw, que para o carro à beira do Planty. O Comandante sai do carro e dá a volta para me ajudar a sair. Sua mão parece grande e morna ao tocar minhas costas, conduzindo-me para a calçada. — Para que lado? — pergunta ele.

Aponto para a esquerda com a cabeça. Na realidade, o caminho para a direita é mais agradável, serpenteando pelos prédios de pedra da universidade. Mas não ouso escolhê-lo, em parte por medo de encontrar alguém que conheço, em parte porque está muito ligado às minhas memórias de Jacob e não suporto a ideia de estar ali com outro homem.

Enquanto caminhamos, inspiro profundamente. O ar da noite está morno e denso com o aroma adocicado de madressilvas. Contemplo os bordos que ladeiam o passeio, formando um denso dossel de folhas. Raios esmaecidos de luz do sol do fim do dia passam por entre os galhos. Com o canto do olho, fito o Comandante. Ele também está contemplando as árvores, cantarolando consigo mesmo. Nunca o havia visto tão relaxado.

Ele me olha.

— Está muito agradável aqui, não é?

— Sim — respondo, rapidamente, esperando que ele não tenha notado que estivera olhando para ele. Olho para frente novamente, sentindo minhas bochechas corarem.

— Sinto muita falta de ficar ao ar livre — diz ele, esticando os braços por cima de sua cabeça. — Quando Margot e eu nos casamos, fazíamos longas viagens para a Bavária. Fazíamos trilhas de vários dias, dormíamos sob as estrelas. Mas isso foi antes... — Sua voz some. Olho de volta para ele. A expressão relaxada sumira de seu rosto, substituída pela austeridade usual. Sinto um impulso de dizer algo, qualquer coisa, para alegrá-lo novamente.

— Também gosto de fazer trilhas — arrisco.

Ele me olha, surpreso.

— Gosta?

— Sim. — Na verdade, havia saído pouco da cidade quando mais nova. — Nossos pais nos levavam nas férias à região dos lagos — minto. — Fazíamos caminhadas maravilhosas.

— Talvez... — diz o Comandante.

De repente, ele olha para adiante no passeio, onde um casal de meia-idade está sentando em um dos bancos do parque, com um cachorro grande sentado no chão em frente a eles. Sem dizer nada, ele começa a andar rápido em direção ao casal. Confusa, eu vou atrás dele. Notando que ele se aproxima, o homem põe o braço em volta da esposa e sussurra algo em seu ouvido. Uma expressão de terror assoma em seu rosto. Eles devem ficar assustados, imagino, ao ver este homem enorme com uniforme nazista se aproximando.

— Que belo animal! — exclama o Comandante, ao se aproximar do casal. Ele aponta para o cachorro. — Posso? — O homem, parecendo confuso, assente, e o Comandante fica de joelhos. O casal e eu o observamos fazendo carinho no cachorro, que parece ser um pastor com pelo rajado preto e marrom. — Tinha um cachorro exatamente como este quando era menino — diz ele, sem levantar os olhos enquanto afaga a cabeça do cachorro. Nunca ouvira tanta animação em sua voz antes. — Seu nome era Max. Ele era um cão incrível.

Logo um sino toca à distância.

— *Herr Kommandant* — digo, gentilmente. — São quinze para as oito. Temos de ir para a orquestra.

— Sim, é verdade — diz ele, rapidamente.

Ele faz um último afago no cão e se levanta, tirando a poeira dos joelhos. Damos boa-noite ao casal espantado e rumamos à Filarmônica. Dezenas de pessoas se aglomeram na calçada de fora da grande sala de concerto, fumando e conversando. Vários homens usam uniformes nazistas e estão acompanhados de polonesas mais novas, percebo com desconforto. O exército ocupante e suas mulheres locais. Detesto ser parte de tal clichê, ainda que seja apenas uma farsa, no meu caso. Ainda segurando minha mão sob seu braço, o Comandante me conduz escada acima. Vários homens de uniforme o cumprimentam quando passamos.

Lá dentro, pisco várias vezes para acostumar os olhos. Embora tenha passado pela Filarmônica várias vezes na vida, nunca havia pisado lá dentro, e estou completamente despreparada para a grandiosidade. O *lobby* é enorme, com piso de mármore, colunas e um lustre de cristal do tamanho de um carro pequeno. Sua beleza só é maculada pelas duas bandeiras vermelhas com suásticas penduradas nas vigas. Tão logo entramos, um sino toca, o que sei, porque Krysia me avisara, que é o sinal para que nos sentemos. Rumamos diretamente para um lance de escadas à direita do saguão e um lanterninha nos conduz a um camarote privado bem ao lado do palco. Antes de sair, ele pede desculpas por não terem programas impressos, o que, segundo ele, é resultado da falta de papel causada pela guerra. Ele nos diz que a orquestra tocará Wagner e Mozart. Outro alto oficial e uma mulher grande que não reconheço já estão sentados no camarote. Eles nos cumprimentam com a cabeça quando entramos.

A orquestra começa a afinar os instrumentos. Menos músicos do que imaginara estão no palco, que parece estranhamente vazio. Quando o maestro chega e a música começa, me lembro de Krysia dizer uma vez que a orquestra sofrera a perda de seus muitos membros judeus, que haviam fugido ou sido presos. Seus olhos marejaram ao falar de Viktor Lisznoff, um violoncelista que ela conhecia há décadas, que agora está no campo de trabalho de Plaszow perto de Cracóvia, forçado a trabalhar de dia e a tocar com os outros músicos aprisionados para entreter os oficiais do campo à noite.

Quando a orquestra começa a tocar, a música alcança um crescendo, e me vejo entrando em um tipo de transe contemplativo, meditativo, que só a música clássica é capaz de provocar. Penso em meu pai, que nunca tivera a chance de ir à orquestra. Ele teria amado estar aqui, ouvir a música que tocava repetidamente em seu fonógrafo velho e riscado ao vivo. Ele deveria estar aqui, não eu. Uma vez, Jacob falara em levar meu pai para um concerto. *Jacob*. Não pensarei nele aqui, não enquanto estou com outro homem.

Pego-me observando o Comandante, estudando seu rosto com o canto do olho. *Você deveria odiá-lo*, tento me lembrar disso, ao que parece, pela milésima vez. *Ele é um nazista e a causa de todo o seu sofrimento*. Mas não o odeio, percebi, não consigo. Se não é ódio, o que é então? Gratidão, admiração, atração? Não consigo engolir nenhuma das palavras que passam pela minha cabeça. *Sou indiferente*, digo a mim mesma, finalmente, *só estou fazendo um trabalho que me pediram*. A conclusão fica presa desconfortavelmente em minha garganta.

No intervalo, nos levantamos e nos juntamos às pessoas no lobby. O Comandante desaparece momentaneamente e retorna com duas taças de champanhe. Debaixo do lustre de cristal, bebericando o líquido fresco e borbulhante, e admirando o infinito desfile de belos vestidos e belas joias, parece inconcebível que estejamos no meio de uma guerra. Quase me esqueço de ficar nervosa.

— Está gostando do concerto? — pergunta a ele.

— Sim — respondo, honestamente. Embora tenha crescido ouvindo música clássica, nunca ouvira uma orquestra ao vivo antes e estava impressionada com a complexidade das peças que ouvimos.

— O programa é bom — diz o Comandante, terminando seu champanhe. — Eu acho, no entanto, que o segundo movimento estava um pouco lento.

Não ouço mais o Comandante, que continua falando. Do outro lado do saguão, percebo uma jovem de cabelos cacheados e longos nos observando, franzindo a testa, como se tentasse identificar de onde me conhece. Ela deve ter me confundido com outra pessoa. Ninguém que conheço, com a exceção de Krysia ou dos pais de Jacob, frequentaria a orquestra. Mas a mulher continua a nos encarar, sua expressão cada vez mais confusa. Ela é Eliana Szef, uma estudante rica gentia que conheci na universidade. Posso ver sua mente maquinando enquanto ela me encara: *É realmente Emma Gershmann*, ela pensa, *e se for, o que uma garota judia está fazendo aqui na ópera?* Sei que sua confusão logo dará lugar ao reconhecimento, ela está a alguns segundos de se dar conta de minha identidade.

— *Herr Kommandant*, preciso ir ao toalete — digo, quando Eliana começa a atravessar o salão em minha direção.

— Eu a esperarei. — E logo o sino toca, nos chamando de volta aos assentos.

— Não, pode entrar. — O Comandante levanta as sobrancelhas. Com o nervosismo, minha voz assume um tom surpreendentemente autoritário. — Não aceito que você perca o primeiro movimento por minha causa. — Toco seu braço. — Logo estarei de volta.

Deixo-o à porta do teatro e me esgueiro pelo meio das pessoas, somente alguns passos à frente de Eliana. Apertando o passo o máximo possível pela escadaria de mármore, o mais rápido que minha saia longa permite, chego ao toalete feminino e olho apressadamente no espelho. Meu rosto amadurecera nestes anos que se passaram desde que vira Eliana pela última vez, e meu cabelo está mais claro agora, por causa das atividades no quintal na casa de Krysia sob o sol do verão. Ainda assim, é possível que tenha me reconhecido. Entro rapidamente em uma das cabines assim que a porta do toalete começa a se abrir. Pela fenda da porta, vislumbro cachos escuros. Eliana e eu ficamos paradas em lados opostos da porta. Claramente, ela me vira entrar no toalete e me seguira; ela não vai sair tão cedo.

Espero vários minutos, a fim de que ela saia. Finalmente, percebo que não tenho outra escolha senão sair. *O Comandante achará estranho se eu demorar mais.* Respiro fundo e abro a porta. Eliana se vira para mim com um sorriso terno.

— Emma... — Ela estanca, ante minha expressão vazia, de falta de reconhecimento. — Você não é... Desculpe — diz ela. — Devo tê-la confundido com outra pessoa.

Assinto, com receio de que minha voz me denuncie. Passando em volta dela com minha cabeça levantada, saio do toalete.

Corro escada acima. Antes de entrar no camarote, paro e enxugo o suor frio de minha testa com o lenço. Sento-me mais uma vez ao lado do Comandante em nosso camarote, tentando não tremer.

Eliana Szef. Era só o que me faltava! Por meses havia conseguido desviar de todas as pessoas do passado. Escondida no banheiro, tive de lutar contra o impulso de confrontá-la. Ela sabia que eu fora demitida da biblioteca e forçada a me mudar para o gueto? Ela se importaria? Repentinamente, me assalta um ódio dela e de tudo o que ela representa, de todos os poloneses que trabalharam e sobreviveram e foram para a orquestra enquanto os judeus que conheciam há anos se escondiam ou viviam como animais no gueto. Odeio essas pessoas ainda mais do que os nazistas. *Eliana.* Afundo minhas unhas nas palmas das mãos com força. Deveria ter arrancado os cachos viçosos de seu escalpo com as próprias mãos.

Tento me acalmar. *Respire*, penso, segurando os braços da cadeira. De repente, sinto algo quente em minha mão direita. Congelo. O Comandante, percebendo minha agitação, colocara sua mão sobre a minha. Fico paralisada, meu coração batendo forte. Vários minutos se passam e ele não tira a mão. Ambos continuamos a olhar para a orquestra. *O que está acontecendo aqui?*, me pergunto. Claramente, ele se sente atraído por mim. Talvez seja algo mais. *Mas*, penso comigo, *seja o que for que ele sente, ele não sente por você. Ele tem sentimentos por Anna, e ela não existe.*

Uma hora depois, a apresentação termina e seguimos a multidão até o saguão.

— Você gostaria de ir a algum lugar para um jantar leve? — pergunta o Comandante, me ajudando a colocar o casaco que Krysia me dera.

Eu deveria aceitar, eu sei, pois talvez ele diga algo útil para a resistência depois de algumas taças de vinho. Mas os eventos da noite me deixaram exausta e não acho que consigo manter a conversa por uma refeição inteira.

— É muito gentil, *Herr Kommandant*, mas devo recusar. Está ficando tarde e Lukasz me acordará ao amanhecer.

Seu rosto se anuvia.

— Entendo.

Saímos e encontramos Stanislaw esperando com o carro. Ambos falamos pouco no caminho de casa. Sentada em silêncio ao lado do Comandante, percebo que parte de mim gostara da noite e lamentava estar chegando ao fim.

Quando o carro para perto da casa, vejo uma só luz acesa no segundo andar. Krysia deve estar me esperando acordada.

— Obrigada, mais uma vez — digo, e me viro para sair do carro, esperando escapar rapidamente.

— Anna, espere. — Relutantemente, me volto para ele. — Quase me esqueci... — Observo, confusa, o Comandante procurar algo no bolso de seu casaco. Ele tira uma pequena bolsinha de tecido e dela retira uma caixa retangular, que coloca no assento do carro entre nós. — Trouxe isto de Berlim para você.

— *Herr Kommandant*... — digo, surpresa. Ele empurra a caixa em minha direção. Lentamente, alcanço a caixa e a abro. Dentro dela está um delicado colar de prata com uma pedra azul-clara. Eu o retiro gentilmente. É a joia mais magnífica em que já toquei.

— Um pequeno gesto de apreço por todo o seu trabalho enquanto estive fora. — Ele não olha em meus olhos enquanto diz isso e não consigo não pensar que a explicação é uma mentira, que ele certamente não trouxera um presente para Malgorzata ou coronel Diedrichson. — Permita-me colocá-lo. — Ele pega o colar em minhas mãos. Viro-me ligeiramente e levanto meu cabelo. Enquanto ele lida com o fecho, sinto o calor de seu hálito e o ligeiro toque de seus dedos em minha nuca.

— Obrigada — digo, me virando novamente quando o fecho está seguro. Toco a pedra, que fica por cima do crucifixo que já estava usando. Juntos, parecem uma pesada forca em volta de meu pescoço. — É belíssimo, refinado até demais.

— De forma alguma, é você que o torna belo... — Ele para, aparentemente envergonhando-se da efusividade das próprias palavras. Assinto, incapaz de agradecer-lhe novamente por causa do nó em minha garganta. Rapidamente, me viro e começo a sair do carro. — Espere — diz ele, pulando para fora do carro. Ele dá a volta até o meu lado e abre a porta. — Pronto, permita-me. — Ele estende o braço e, relutantemente, pego sua mão para que ele me ajude a sair do carro. Quando me ajeito para sair, estamos a centímetros de distância, meu nariz praticamente encostando em seu casaco de lã.

Dou um passo atrás, envergonhada.

— Obrigada mais uma vez.

— O prazer é meu — responde ele, com sinceridade na voz. Ele se abaixa em minha direção. Entro em pânico. O que ele está fazendo? Será que tentará me dar um beijo de boa noite? Antes que eu possa reagir, ele levanta meu braço e aponta para o punho de meu casaco. A tira do fecho do punho se soltara e estava pendurada na manga. — Aqui. — Ele prende de novo a tira, abotoando-a. Ele hesita, ainda segurando meu braço. Sinto seu hálito em minha testa. Nenhum dos dois fala nada.

— Boa noite — digo, um minuto depois, retirando o braço. — Até segunda-feira. — Caminho até a porta antes que ele possa se oferecer para me levar até lá.

Dentro de casa, fecho a porta e me encosto nela, com o coração ainda acelerado. Notas de Chopin descem do segundo andar. Tentando me recompor, subo as escadas. Krysia está sentada na sala ouvindo discos no fonógrafo e lendo com uma grande taça de vinho tinto ao seu lado.

— Como foi?

— Ótimo.

Percebendo o sarcasmo em minha voz, ela levanta os olhos.

— Você está bem? Seu rosto está vermelho... — Não respondo. Seu olhar desce e se fixa no colar. — O que é isso?!

— Exatamente! — exclamo.

— Ele lhe deu de presente?

— Sim, da viagem a Berlim.

Seus olhos se arregalam.

— Isso está ficando mais sério.

— E isso não é o pior. — Afundando ao seu lado no sofá, conto que encontrei Eliana Szef.

— Deve ter sido muito estressante — diz ela, com empatia. — Mas estou mais preocupada com isto. — Ela levanta a pedra pendurada em meu pescoço. — É topázio, uma pedra muito cara. O que ele disse quando lhe deu?

— Somente que era por apreço ao meu trabalho.

Ela balança a cabeça.

— Ele disse mais alguma coisa importante?

— Disse que sua esposa morrera há dois anos e que esteve em Berlim concluindo a organização do patrimônio dela. — Um olhar estranho surge no rosto de Krysia.

— O que foi?

— Nada, nada mesmo — responde ela.

Não me convenço. Percebo por sua expressão que ela não quer dizer algo, mas não a pressiono.

— E você? — pergunta Krysia.

Inclino a cabeça, confusa.

— Não entendi.

— Como se sente ao receber toda essa atenção do Comandante?

— Eu odeio isso, é claro — respondo, rápido demais. — Quero dizer, sou casada com Jacob. — Krysia não diz nada e mudo de posição, inquieta. — Acho que parte de mim fica lisonjeada...

— Naturalmente. O Comandante é um belo homem, e poderoso, também. — Ela estende o braço e segura minha mão. — Não quero ser indiscreta. É só que, bem, você e ele têm certa química. Percebi na noite em que se conheceram no jantar, pela maneira com que conversavam um com o outro.

— Mas... — Começo a protestar.

Minha mente volta àquela noite, e a como parecia, por vezes, que o Comandante e eu éramos as únicas pessoas no recinto.

Krysia levanta a mão.

— Tudo bem, querida. Eu sei que você ama meu sobrinho. Resolvi mencionar isso só para lhe dizer que tudo bem. Às vezes as pessoas têm essa química sem querer, e até mesmo gostam de mais de uma pessoa. Mas é melhor reconhecer e tomar cuidado. — Assinto, tentando absorver tudo o que ela disse, incapaz de falar. — De qualquer maneira — continua ela —, recebi uma mensagem de Alek hoje.

— Ah é? — Rapidamente me esqueço da noite na orquestra e de nossa conversa incômoda. — O que era?

— Ele precisa vê-la novamente. Encontre-o no mesmo local e horário de sempre.

Assinto, com a mente em parafuso. É bom receber mensagem de Alek. Mas é raro que ele me procure, especialmente agora que não estou mais roubando credenciais para a resistência. O que será que ele quer? Tenho a sensação de que desta vez será algo mais difícil do que uns papéis. Apalpo o pingente em meu pescoço, trocando olhares preocupados com Krysia e imaginando até onde essa farsa terá de ir.

CAPÍTULO 12

Na terça-feira seguinte ao meu encontro com o Comandante, saio do trabalho e vou diretamente à praça do mercado. É início de agosto e o clima está quente e abafado, como ocorre em Cracóvia por apenas alguns dias todo verão. O pavimento parece derreter sob o sol do final da tarde. Moscas se aglomeram em torno de sacos de lixo deixados na rua para a coleta. Faço uma careta por causa do cheiro e tento não respirar fundo ao passar.

Depois de verificar que não estou sendo seguida, atravesso a praça para chegar ao café onde normalmente nos encontramos. Alek está sentado sob um dos guarda-sóis amarelos que cobrem as mesas. Fico surpresa por ele estar sozinho.

— Marek tinha de resolver algumas coisas — diz ele, quando me sento.

Faço que sim com a cabeça, embora sua explicação pareça estranha; raramente vira um sem o outro. Pergunto-me se as coisas estão mais perigosas para eles agora, e se sentem que é mais seguro não ficar no mesmo lugar ao mesmo tempo.

— Então, como você está? — pergunta Alek.

Percebo que seu rosto está bronzeado e a pele em volta de seu nariz está descascando, indicando que talvez tenha passado mais tempo sob o sol desde nosso último encontro.

Embora não duvide da sinceridade de sua pergunta, não tenho certeza sobre como responder. Como estou como Emma? Sentindo falta de meus pais e meu marido e me preocupando com eles. Como estou como Anna? Mantendo as aparências enquanto trabalho em uma sede nazista para o Comandante e tentando ignorar a atração mútua que cresce entre nós? A resposta, em qualquer caso, acredito, é "cansada, triste e preocupada". Mas, como judia, estou melhor do que a maioria, e sei que não devo reclamar.

— Bem — respondo, enfim.

Alek sorri gentilmente, sem se enganar com minha resposta.

— Ouvi dizer que sua mãe está melhor. — Krysia me dissera alguns dias antes que a febre baixara e ela agora conseguia se levantar. *Não graças a você,* não consigo deixar de pensar. — Talvez em algumas semanas ou meses possamos ajudar seus pais — acrescenta ele.

— Talvez — respondo, sem emoção.

Antes, a promessa em suas palavras teria me enchido de alegria, mas estou assustada demais para ficar esperançosa. Em algumas semanas, a situação no gueto poderia mudar completamente. Quem sabe o que seria ou não seria possível então?

— Como tem sido no trabalho?

— Tudo bem. Na realidade, fiquei feliz por você ter me chamado. — Conto-lhe, então, sobre a viagem do Comandante a Berlim e algumas reuniões que estavam na agenda que poderiam ser significativas.

— Mais alguma coisa? — pergunta ele, quando termino de falar. Balanço a cabeça. — Obrigado pelas informações. Já sabíamos de muita coisa, mas ainda assim, são de grande ajuda.

— Claro — respondo, aliviada por ter finalmente oferecido algo marginalmente útil.

— Emma, não posso demorar, então vou direto ao ponto. Chamei-a aqui por uma razão. Existe algo que temos de lhe pedir que faça. — Ele ousou me chamar pelo nome verdadeiro em público. O pedido deve ser sério.

— Claro, qualquer coisa. — Não tenho certeza do que mais poderia oferecer.

Ele levanta a mão.

— Não diga isso até que ouça o que tenho a dizer. Emma, por vários meses agora, tivemos motivos para acreditar por outras fontes que existem grandes planos dos nazistas envolvendo os judeus do gueto de Cracóvia. Tentamos conseguir informações específicas sobre onde, quando, como. Mas todos os nossos contatos, mesmo nossas melhores fontes, voltaram de mãos vazias. Se descobrirmos o que vai acontecer, talvez consigamos impedir ou ao menos provocar atrasos. Precisamos de informação urgentemente. — Assinto, engolindo em seco. Se as melhores fontes não conseguiram informações, por que Alek acha que eu conseguirei? Ele continua. — Se realmente houver algo acontecendo, se estiverem prestes a colocar algum plano em prática, certamente Richwalder saberá.

— Mas ele não... — Começo a dizer que o Comandante não se envolve com as questões dos judeus, mas paro. O mapa que vira durante e visita da delegação claramente indica outra coisa.

— Eu sei que o bom Comandante não costuma sujar suas mãos com as questões dos judeus — responde Alek, com desgosto. Aquiesço. Sei muito bem da hipocrisia do papel do Comandante, supervisionando a escravização de judeus a distância, sem se aproximar o suficiente para reconhecer as atrocidades diárias que acontecem. — Mas se algo de grande porte for acontecer, não será feito sem o selo de aprovação de seu chefe. Você é nossa única esperança de descobrir o que está sendo preparado.

— O que você quer que eu faça?

— Você notou alguma coisa diferente no gabinete de Richwalder?

Balanço a cabeça.

— Nada. Tenho acesso a quase tudo no gabinete. Ele nem mesmo tem um cofre. — As únicas coisas que chegaram que não vi são os telegramas confidenciais, mas não chegaram muitos ultimamente.

Alek passa a mão em seu cavanhaque.

— Então é o que havia pensado. Ele deve guardar documentos em casa.

— Ele tem, de fato, um escritório em casa — concordo. Alek me olha de modo estranho, como se tentasse imaginar como eu poderia saber disso. — Às vezes o Comandante me pede para organizar uma maleta de documentos para levar para casa à noite — explico, rapidamente.

Alek fica silencioso por vários segundos.

— Emma, há uma coisa que você pode fazer.

Outra coisa, sinto vontade de dizer; já estou ajudando.

— Sim?

— Mal consigo lhe pedir isso...

— Farei qualquer coisa para ajudar. — Mas, tão logo disse isso, me encho de medo.

— Eu sei. Mas desta vez, é diferente de qualquer coisa que você, ou qualquer um de nós, já fizera antes. — Ele me olha diretamente nos olhos. — Você terá de encontrar um meio de entrar no escritório do Comandante na casa dele.

— Consigo fazer isso — respondo, rapidamente.

— Espere — primeiro me ouça com cuidado. — Nunca havia visto Alek falar tão seriamente antes. — Este não é um caso de simplesmente entrar em uma sala no Wawel e pegar algumas credenciais e depois sair. — *Como se fosse simples*, penso, me lembrando da primeira missão até o gabinete de Krich. Penso se Alek tem a mínima ideia do quão difícil fora. Ele continua. — Você terá de entrar no escritório de Richwalder e procurar. Não sabemos nem exatamente o quê. Correspondência, memorandos, instruções, possivelmente. Qualquer coisa relacionada aos planos futuros para os judeus. Não será fácil — avisa ele, novamente. — Richwalder é um homem notoriamente reservado, e esses não são os tipos de documentos que ele deixaria em qualquer lugar. Estou falando de abrir gavetas, arquivos, esse tipo de coisa. Você tem de ser extremamente cuidadosa. — Assinto. Ambos sabemos o que acontecerá comigo e muitos outros se for pega.

— Consigo fazer isso — repito. Há uma autoconfiança em minha voz que não reconheço. — Ele... confia em mim.

— Sim, nós sabemos — diz Alek. — Por isso pedimos para você.

Ocorre-me então que talvez eu não seja a única espiã da resistência em Wawel. Pode ser que haja outra pessoa, talvez até alguém me observando. *É claro*, rio internamente. Estamos em guerra. Não se pode confiar em ninguém.

De repente, me sinto sobrecarregada por tudo o que está acontecendo.

— Preciso ir — digo, me levantando.

Alek se levanta e pega minha mão.

— Eu sei que não será fácil para você.

Fácil. Fácil é um conceito válido para outra vida.

— Tudo bem — respondo, embora nada pudesse estar mais longe da verdade. Baixo os olhos em sua direção. — Só uma pergunta: Jacob sabe disso?

Ele balança a cabeça.

— Somente que você está trabalhando para o Comandante. Ele está zangado o suficiente por causa disso, já que não queria que você se envolvesse, para começar. Eu não contei a ele sobre essa última tarefa.

— Ótimo. Promete que não falará nada?

— Juro. Seu marido jamais saberá. — Olhando em seus olhos atentos, solenes, sei que posso confiar que ele não dirá nada. — Ele já está preocupado demais.

— Obrigada. — Retiro minha mão e começo a me virar.

— Emma, uma última coisa. — Volto a olhar para ele. — Estamos correndo contra o tempo. Se encontrar algo, qualquer coisa que ache que pode ser importante, não espere nossos encontros de terça-feira. Mande mensagem por Krysia e daremos um jeito de pegar a informação com você.

— Entendido.

Viro-me mais uma vez, sentindo o olhar de Alek ainda me seguindo enquanto caminho. Depois de vários metros, atravessando a praça, passando pela arcada do mercado, uma voz explode por trás de mim.

— Anna! — Congelo, morrendo de medo de alguém ter me reconhecido. Então me dou conta de que usaram meu pseudônimo; é alguém que conhece Anna, e não Emma. Volto-me e descubro que a voz estridente e nasal é de Malgorzata.

— Olá — respondo, tentando sorrir. Tentando cortar qualquer pergunta que ela pudesse fazer, aponto para sua sacola. — Fazendo compras após o trabalho?

Mas Malgorzata não desvia do assunto facilmente.

— Quem era aquele? — pergunta ela, e percebo pelo gesto que ela faz com a cabeça que me vira com Alek.

— Não sei do que está falan... — começo a dizer.

— Não precisa ficar tímida comigo, Anna — interrompe Malgorzata. — Eu a vi tomando café com aquele rapaz bonito.

— Ah, ele. — Faço um gesto com as mãos, tentando soar casual.

— Não se preocupe. — Ela pisca, baixando a voz em um tom conspiratório. — Não direi uma palavra ao Comandante. — Mas sei que é exatamente o que ela faria, se ele lhe desse a mínima chance.

— É Stefan. — Invento, rapidamente. Ele é um velho amigo de minha tia Krysia.

— Ah.

Noto pelo tom desapontado em sua voz que ela aceita minha explicação e que gostaria que houvesse algo mais na história.

— Bem, a viagem para casa é longa — digo. — Preciso ir. *Dobry wieczor,* Malgorzata.

— *Dobry wieczor,* Anna.

Sabendo que Malgorzata me observará enquanto saio, tento andar normalmente pela praça. Viro a esquina na rua Anna, me sentindo mal, como se fosse ficar doente. *Malgorzata me vira com Alek.* Ainda bem que ela é estúpida o suficiente para acreditar em minha história. Mas poderia não ter sido Malgorzata. *Poderia ter sido um dos oficiais do Wawel,* penso, me encostando na parede de um prédio. Ou pior, o próprio Comandante. Ficamos muito mal acostumados com esses encontros. Minha identidade, nossos planos, poderiam ir por água abaixo em um segundo. *Isso não pode acontecer,* digo comigo mesma. Não agora, quando temos tanto a perder.

Tinha a intenção de voltar diretamente para casa depois de meu encontro com Alek, mas, em vez disso, me vejo rumando ao sul, do centro da cidade em direção ao rio. O caminho do ancoradouro está coalhado de gente em busca de lazer nesta noite morna de agosto: jovens casais, passeando como Jacob e eu costumávamos fazer; crianças correndo em frente às mães perseguindo passarinhos. Passo por eles, mal enxergando qualquer coisa, minha mente tomada pelo pedido que Alek acabara de me fazer. *Entre no escritório pessoal do Comandante para descobrir o que vai acontecer com os judeus.* Não era simplesmente uma questão de entrar em um escritório e pegar uns papéis. Teria de ir ao apartamento dele diversas vezes, conhecer os detalhes do escritório e de sua escrivaninha, e descobrir o que ele guarda lá.

Diferentemente de minhas missões ao gabinete de Krich para pegar credenciais em branco, desta vez Alek não pôde me dar chaves ou códigos secretos para ter acesso quando o Comandante não estiver em casa, e arrombar a porta está fora de questão. Não, eu teria de ir deliberadamente ao apartamento dele, encontrar algum pretexto para passar um tempo ali com ele. Não seria difícil; eu sei que ele gosta de minha companhia e me convidaria para uma visita se eu desse um mínimo sinal de que aceitaria. Talvez se jantarmos e bebermos vinho, e então quando ele estiver dormindo...

Paro de caminhar. *Passar a noite no apartamento do Comandante, talvez mesmo dormir com ele... Foi isso que Alek me pediu para fazer?* Visualizo sua expressão séria enquanto ele descrevia o que teria de fazer para pegar as credenciais. Não foi à toa que ele me pediu para não concordar tão rapidamente em cumprir essa missão. Ele quer que eu ganhe a intimidade de outro homem e traia meu marido. De repente, não consigo respirar. Não há possibilidade de eu ser infiel a Jacob. É impossível.

Jacob. Seu rosto doce aparece em minha mente. Ele nunca saberá, Alek prometera. Eu não havia entendido o significado verdadeiro dessas palavras na hora, mas agora seu impacto me atinge como uma pedra. Trair meu marido, mentir para ele. Se isso de alguma maneira acontecesse, eu teria de guardar o segredo para sempre. E se ele, de algum modo, descobrisse... Sinto um calafrio.

— Não! — digo, em voz alta. Pedestres passando à minha volta param no meio do passeio, se virando para olhar para mim. — Não — repito, sussurrando. Caminho até um banco à beira do rio, ainda pensando em Jacob. O que ele faria se a situação fosse contrária? Jacob acredita nessa causa, me dou conta, talvez até mais do que em nós dois. Do contrário, estaria aqui comigo e não se escondendo com a resistência. E eu não teria de encarar este dilema.

Já chega, penso. Não adianta se desesperar por causa de como poderia ter sido. *E esta decisão não é de Jacob. Ele nem mesmo queria que você se envolvesse com a resistência*, penso comigo. Mas é tarde demais para isso agora. De qualquer maneira, isto não diz respeito a Jacob, eu sei, nem mesmo a Jacob e eu. Só diz respeito a mim. Estou aqui, sozinha, e a decisão é minha. Ou era. De repente, me arrependo de ter aceitado a tarefa tão prontamente. Alek me dera o direito de escolher e eu poderia ter dito não. Mas havia algo em sua expressão e em seu tom de voz que eu não havia visto ou ouvido antes, um tipo de desespero calado que me dizia que eu era a única que tinha a mínima chance de se aproximar desse homem o suficiente para fazer o que precisava ser feito.

Mas este não é qualquer homem, penso comigo. O Comandante é um nazista. De repente, visualizo a Gestapo executando a esposa do rabino, a mãe de Lukasz, grávida, à porta de sua casa no gueto. Vejo Lukasz se inclinar sobre ela enquanto ela morre estendida no chão, com a cabeça coroada de sangue. Os nazistas a mataram e mataram muitos outros. E o Comandante é um deles. E, agora, demonstrar afeto por ele? Meu estômago revira-se.

Enquanto esses pensamentos assustadores passam pela minha cabeça, no entanto, penso novamente que me aproximar dele não seria difícil. Desde que o Comandante retornou de Berlim, é impossível ignorar o fato de que ele se sente atraído por mim. Às vezes me pergunto se vai além de atração física e ele realmente sente algo por mim, apesar de eu ser uma de suas subordinadas e, em seus olhos, uma polonesa classe média. Até agora, o mantivera deliberadamente a certa distância. Ele é educado, mesmo sendo nazista, e sei que ele não faria nada impróprio sem consentimento. Levaria tempo, é claro, para que ele acreditasse que a atração é mútua e real. Mas, com a dose certa de incentivo...

Pare! Uma voz em minha cabeça grita. Isso é uma loucura. A magnitude do que estou contemplando me toma de assalto. *Não tenho como fazer isso.* Inclino-me por sobre a água.

— Quem é você? — pergunto ao meu reflexo. A imagem não responde, mas pergunta de volta: — O que é mais importante? — *Minha família*, penso sem hesitação. *Meu marido e meus pais.* A resposta não havia mudado.

Uma sirene irrompe do outro lado do rio, me arrancando dos meus pensamentos. Levanto os olhos; o local onde parei é exatamente paralelo a onde está o gueto, a vários quarteirões das margens do rio. *Meus pais.* A cada dia que passa que eles continuam no gueto, sua situação fica pior, suas chances mais remotas. A cada dia ficam mais doentes e mais fracos e sob maior risco de deportação ou algo pior. A cada dia, pessoas como eles morrem ou são executadas pelos nazistas. É por isso que Alek me pediu para cumprir essa missão. Ele precisa que eu consiga essas informações para que o movimento tente salvar meus pais e os outros judeus do gueto. Aproximar-nos dos assassinos para que possamos dar fim à matança. *Eu consigo fazer isso; eu posso ajudar.*

Mesmo me sentindo mais decidida, minhas dúvidas persistem. Como poderei convencer o Comandante de que realmente gosto dele? Conseguirei realmente ir até o fim e ganhar a intimidade de um homem como ele? *Talvez não seja necessário chegar a esse extremo,* digo a mim mesma. Talvez eu consiga encontrar as informações sem deixar que as coisas cheguem nesse ponto. É uma mentira em que desesperadamente quero acreditar. Mas, acreditando ou não, não faz diferença. Estou convencida: se existe qualquer chance de que minhas ações possam ajudar minha família, preciso tentar. Jacob nunca precisará saber. Talvez, especulo, algo que eu descubra possa realmente trazê-lo de volta para mim mais rapidamente. Levantando o queixo, me viro e começo a longa caminhada até em casa.

CAPÍTULO 13

Na manhã seguinte, subo a rampa do castelo de Wawel cheia de motivação recém-conquistada. “Estamos correndo contra o tempo”, disse Alek. Seja como for, de nada serve adiar a aproximação do Comandante. É como arrancar um curativo dolorido, comparo; melhor fazê-lo de uma vez. A única questão é como. Quando chego em minha mesa, reviso sua agenda. Ele tem reuniões nos escritórios da rua Pomorskie o dia todo. Geralmente, nos dias em que o Comandante tem reuniões à tarde, fora do gabinete, ele volta direto para sua residência e não para o gabinete, e nos manda enviar trabalho para lá à noite. Quando passo pela recepção mais tarde naquela manhã, escuto o coronel Diedrichson pedir a Malgorzata que arranje um mensageiro para enviar documentos para o Comandante ao final do dia.

— Coronel, eu posso levar os documentos no caminho de casa — intervenho. Diedrichson olha em minha direção com uma sobrancelha levantada. — O Comandante gostaria de rever algumas questões esta manhã, mas não tivemos a oportunidade, por causa de suas reuniões — continuo, calmamente. — Questões que pedem sua atenção pessoalmente.

— Não sei... — hesita Diedrichson.

Ele é um nazista típico, desconfiado de qualquer coisa que não esteja de acordo com as regras.

— Eu tenho de ir naquela direção resolver algumas coisas, de qualquer maneira — persisto.

A expressão relutante continua em seu rosto.

Bem nesse momento, então, o telefone na mesa de Malgorzata toca.

— *Jawohl* — diz ela, e seus olhos se levantam. — Coronel, é para você.

Pegando o fone, Diedrichson me lança um olhar e dá de ombros.

— Por mim, tudo bem. Os arquivos são pesados, no entanto. Peça a Stanislaw que a leve. — Respiro, aliviada. E, então, meu estômago fica novamente tenso. Acabo de me comprometer a ir até o apartamento do Comandante. A tarefa mais difícil da minha vida está começando.

Às cinco horas daquela tarde, saio do trabalho levando os arquivos para ele. Stanislaw me leva até o prédio e abre a porta da frente para mim. Subo os degraus cuidadosamente, tentando não derrubar os arquivos. Paro em frente à porta do Comandante e hesito. *Não consigo fazer isto*, penso, em pânico. *Vou deixá-los ao pé da porta e ir embora.* Dou um passo à frente e uma tábua no chão emite um rangido alto.

— Olá? — diz ele, de dentro do apartamento. Meu coração afunda quando ouço seus passos pesados se arrastando até a porta. Agora é tarde demais para fugir. Respiro profundamente, me inclino e pego os arquivos de volta. Assim que fico novamente de pé, a porta se abre. — Anna! — O Comandante, com a barba por fazer, fica de queixo caído e olhos arregalados.

— O mensageiro já havia saído — minto, sabendo que ele está surpreso demais para duvidar disso. —O coronel Diedrichson me disse que você precisaria destes papéis. — Mexo os arquivos ligeiramente.

— Entre, entre — repete ele, dando um passo atrás, sem muito equilíbrio. Ele está sem casaco e com as mangas dobradas. Vários botões de sua camisa estão abertos, revelando um tufo de pelos grisalhos. Nunca o havia visto com vestes tão informais. Colocando os arquivos na ponta da mesa que ele indicara, fico em pé, desconfortavelmente, no centro da sala pouco iluminada. O baú de viagem do Comandante está no canto do piso de madeira, aberto e ainda sem ter sido desfeito após a viagem para Berlim. A temperatura está muito alta, e o odor de conhaque e suor paira pesadamente no ar.

— Seja bem-vinda. — Ele abre os braços com tanta veemência que o líquido no copo que ele segura balança perigosamente. Ele andou bebendo. Sinto uma onda de preocupação; não o vira assim desde antes de sua viagem a Berlim, e me pergunto o que teria desencadeado isso novamente. — Entre, sente-se. — Relutantemente, vou até o sofá e me sento na beira. — Gostaria de beber algo? — pergunta ele.

Luto contra o impulso de me virar e fugir.

— Por favor — digo. Talvez se ele beber o suficiente para desmaiar, eu possa vasculhar o apartamento sem ter de me aproximar dele. — Obrigada. — Aceito o copo da bebida cor de âmbar que ele me oferece e dou um pequeno gole. O líquido queima em minha garganta como fogo. É mais forte do que qualquer coisa que já provara.

O Comandante termina sua bebida com uma golada. Ele vai até a janela e abre as cortinas pesadas. A janela não está lavada, o vidro está coberto por uma camada cinza.

— Você sente falta do mar, Anna?

Sou pega de surpresa pela pergunta.

— Eu nunca... — Paro no meio da frase.

Quase disse que nunca vira o mar. Anna é de Gdansk, uma cidade costeira. Naquele momento, quase havia me esquecido de quem eu deveria ser.

— Nunca o quê? — Ele me olha.

— N-nunca vi esse clima seco no fim do verão — improviso, tentando não entrar em pânico.

— Hum — murmura o Comandante, concordando, inebriado demais para notar minha escorregadela. — O clima é muito mais ameno na costa — acrescenta ele.

De repente, sinto que minha vida é um balão apoiado em uma agulha; qualquer movimento errado poderia estourá-lo.

Bebo outro gole, grata pela sensação que agora queima até o estômago. Ele olha pela janela de novo. Hesito, em dúvida quanto ao que fazer. *Aproxime-se de Richwalder,* Alek dissera. Mas como? Eu nada sei sobre flertar com um homem, muito menos seduzir. Quando conheci Jacob, era diferente, fizemos a corte como jovens... *Pare,* ordeno a mim mesma, sabendo que, se me permitir pensar em meu marido nem que seja por um só momento, não conseguirei fazer isto. Mas é tarde demais. De repente, o rosto de Jacob fica marcado em minha mente e eu sei que preciso sair dali.

Levanto-me rapidamente.

— Bem, está ficando tarde. Preciso ir. — Hesito, novamente, dividida entre querer escapar para a segurança da casa de Krysia e desejar que ele me impeça de ir embora para que eu possa continuar a missão. — Obrigada novamente pela bebida. — O Comandante me segue enquanto me dirijo à porta.

— Anna. — De repente, ele está na minha frente, parado entre mim e a porta. Estende a mão e eu congelo, observando-o como se estivesse em câmera lenta, lutando contra o impulso de pular para trás. Ele toca minha testa, afastando um cacho de cabelo que caíra de trás de minha orelha. A ponta de seus dedos toca o meu rosto. — Boa noite — sussurra ele, sem sair do lugar.

— Boa noite — digo, virando de costas para ele, meu rosto queimando.

Estendo a mão, desviando dele, e giro a maçaneta fria de latão. Saio pela abertura estreita, dando um passo.

— Anna — ele me chama de novo pela porta semiaberta. Mal consigo ouvi-lo com o sangue latejando em meus ouvidos. Em um momento que sei que questionarei para o resto da vida, me viro. Os lábios do Comandante desabam sobre mim como uma onda.

Não sei como fomos parar de volta dentro do apartamento, e nem me lembro de tirar meu casaco. De repente, minha memória e meus sentidos se esvaem — é como se não conseguisse enxergar para além das explosões em minha mente, e nem ouvir além do zunido em meus ouvidos. Somente sabor e cheiro e toque restam, o salgado de sua orelha em minha língua, a aspereza de sua barba por fazer em meu colo. Esqueço-me de meu papel: *Anna deveria ser virgem*, uma voz longínqua em minha cabeça me avisa, tentadora e tímida. Em vez disso, os sons que saem de mim, a maneira como aperto seus ombros e suas costas são os gestos de uma mulher que já conhecera o desejo. Mas certamente não sou Emma, tampouco, pois, quando o Comandante me carrega para seu quarto, com os lábios ainda grudados nos meus, estou seminua e beijando-o com uma urgência que não denuncia o fato de que aquilo, originalmente, era para ser um artifício. Mais tarde, diria a mim mesma que essa paixão fora parte do papel, da missão de me aproximar dele. Mas naquele momento, quando ele me põe na cama, com minha saia levantada e amassada sob meu corpo, me perco em seu cheiro masculino e nas mãos fortes que me tomam para si.

Estou deitada e trêmula em meio aos lençóis encharcados de suor, algumas horas depois. Meus membros latejam com uma dor que me diz que ficarei marcada, por culpa minha tanto quanto dele. O Comandante ronca, com um braço por trás de sua cabeça e o outro pesadamente envolvendo meu tronco. Anteriormente, quando sua respiração se acalmara em um nível que o permitia falar novamente, ele se desculpara.

— Desculpe — disse ele, acariciando meu rosto.

Sabia que ele se referia à intensidade da coisa toda, que ele sentia que o que ele pensava ser minha primeira vez deveria ter sido gentil e romântica. Uni meus lábios de maneira a forjar um sorriso e assenti, com medo do que poderia sair de minha boca se tentasse falar. Tomando meu silêncio como contentamento, ele logo caíra no sono.

Agora, deitada e acordada a seu lado, a realidade do que aconteceu começa a me assaltar. *Eu dormi com outro homem. Um nazista.* Tentei ir embora, digo a mim mesma, mas, enquanto pensava, sabia que ir embora tinha sido parte da sedução, da conquista. Não, minha traição foi calculada. *Aqui não. Não pense sobre isso aqui.* Mas era tarde demais; sou tomada pelo pânico e não consigo mais ficar ali parada. Cuidadosamente, para não acordar o Comandante, me desvencilho de seu braço pesado, me visto com pressa e corro para fora do apartamento.

À porta do prédio, hesito, preocupada por talvez Stanislaw ter me esperado com o carro. Não consigo pensar em encarar ninguém. Mas é claro que ele fora embora. Horas se passaram desde minha chegada, e percebo, pela posição da lua, que é quase meia-noite. As ruas estão desertas, os habitantes temendo o que aconteceria se fossem vistos desobedecendo ao toque de recolher. Normalmente eu também temeria, mas estou preocupada demais em chegar em casa e fugir de tudo o que aconteceu. Começo a caminhar em direção à estrada que me levará à casa de Krysia. Perco-me em um turbilhão de pensamentos. Nunca havia esperado que isso acontecesse tão rápido. Achei que levaria dias, talvez até semanas de preparação. Mas em não mais do que um instante, estávamos nos braços um do outro... *Pare*, ordeno a mim mesma mais uma vez. *Não pense nisso.* Começo a andar mais rápido, respirando fundo a cada passo largo. *Você conseguiu. A parte mais difícil está feita. Você sobreviveu.* Uma estranha sensação de calma me toma.

De repente, uma imagem passa em minha mente: o rosto do Comandante em cima de mim na escuridão, seu peso em cima do meu. Como se estivesse vendo um filme, me vejo abraçando-o, meus movimentos coordenados com os dele. Paro, enojada com a lembrança. Sinto uma onda de náusea. Agachando-me atrás de um arbusto alto, consigo abafar o som involuntário enquanto vomito o conhaque e o que mais sobrara em meu estômago. Mesmo na rua deserta no meio da noite, sei que devo evitar chamar atenção. Assim que meu estômago se acalma, me levanto, limpando a boca e respirando fundo. A rua está vazia, com a exceção de uma ratazana que sai pelo bueiro e me olha com desdém. *Eu tive de fazer isso*, explico em silêncio. *Eu tive de agir como se realmente gostasse dele e estivesse gostando de tudo.* A ratazana se vira para o outro lado e corre para longe, sem se convencer. Ajeito meu cabelo e começo a longa caminhada até em casa.

Quando já havia andado quatrocentos metros, paro novamente. *Os documentos*, penso. Deixara o apartamento do Comandante com tanta pressa que me esquecera de procurar os documentos e as informações que Alek me pedira. *Não há problema*, uma voz calma dizia em minha mente. *Não é uma boa ideia vasculhar o apartamento dele em sua primeira visita. Você tem de primeiro aprender como são seus hábitos para ter certeza de que ele não acordará.* Primeira visita. Sinto um calafrio. Isso significa que haverá outras. Meu estômago agourento se revira mais uma vez.

Levo mais de uma hora para caminhar de volta à casa de Krysia. Quando chego ao portão da frente, a casa está escura. Krysia e Lukasz estão dormindo há muito tempo. Pergunto-me se Krysia ficara preocupada comigo por não ter voltado para casa. Embora tenha mencionado para Krysia naquela manhã que talvez tivesse de trabalhar até tarde, não tinha podido contar a ela sobre minha nova "missão". É possível, me dou conta, que ela soubesse, de qualquer maneira. Ela parecia ter muitas informações que não vinham de mim sobre a resistência. De qualquer maneira, dou graças por ela não estar acordada. Não conseguiria lidar com perguntas agora.

Lá em cima, caio na cama, exaurida. Meu corpo está dolorido dos pés à cabeça. Mais do que tudo, quero mergulhar em uma banheira de água quente para esfregar minha sujeira e minha vergonha, mas não ouso fazê-lo agora para não acordar os outros. Em vez disso, entro debaixo das cobertas. Embora esteja exausta, fico acordada, imaginando o temido momento em que terei de encarar o Comandante no trabalho, olhar em seus olhos, ambos sabendo o que acontecera. E agir como se quisesse que aconteça de novo. *Talvez...* Tento imaginar a agenda que fica em minha mesa, aquela que tem todos os seus compromissos. *Amanhã é 12 de agosto. O Comandante ficará em Pomorskie o dia inteiro em reunião,* me dou conta. Não terei de encará-lo. Sinto uma onda de alívio e respiro.

De repente, prendo a respiração. Doze de agosto é meu aniversário de casamento com Jacob. Como poderia me esquecer? Há um ano, estávamos debaixo do dossel de casamento na sala de seus pais. Depois da cerimônia e de um pequeno almoço, havíamos viajado de trem para Zakopane, uma cidadezinha a sessenta quilômetros ao sul de Cracóvia, entre as montanhas Tatra, na fronteira entre a Polônia e a Tchecoslováquia, em lua de mel. Por três dias, ficamos em uma pequena hospedaria ao pé das montanhas, fazendo longas caminhadas ao ar livre e passeando pela cidade. Eu comprara um suéter para Jacob, tricotado pelos camponeses da montanha e ainda com um leve cheiro de carneiro, e ele me presenteara com um colar de pedras de âmbar redondas.

Lembro-me agora de dormirmos juntos naquelas primeiras noites. Eu sabia pouco sobre sexo, mas a delicadeza do toque de Jacob me fez pensar que talvez eu fosse sua primeira. Ele fora gentil e paciente com minha falta de experiência, me apresentando a essa alegria estranha e nova que deixava meu rosto constantemente radiante.

No último dia de nossa lua de mel, pegamos um teleférico até a montanha. Em direção à fronteira com a Tchecoslováquia, contemplei picos nevados e tortuosos, me admirando das amplas vistas que antes só vira em pinturas. Jacob apertou minha mão. "Voltaremos no inverno e eu a ensinarei a esquiar", prometera ele.

É difícil acreditar que isso foi há apenas um ano. Parece que foi em outra vida. Pergunto-me como seria nosso aniversário se ele ainda estivesse aqui:

outra viagem a Zakopane, talvez, ou mesmo um piquenique perto do rio. Suspiro. Ele passou mais tempo longe do que casado comigo. Ainda o amo tanto quanto o amava no dia em que nos casamos, mas às vezes sinto dificuldade de ver seu rosto claramente. *E agora traí nosso casamento e dormi com outro homem,* penso, com lágrimas escorrendo de meu rosto. *Foi por Jacob que você o fez,* tento acreditar, *por ele e pela causa em que ele acredita.* O pensamento não me conforta. Viro-me e choro até dormir.

Na manhã seguinte, desperto e saio para o trabalho mais cedo, deixando um bilhete para Krysia, a fim de que não se preocupe. Não consigo encará-la ainda. Ao andar até a parada de ônibus, meus pensamentos se voltam para o Comandante. Andando para casa na noite anterior, com a humilhação ainda fresca em minha pele, não conseguira imaginar ir ao trabalho e vê-lo de novo. Mas na luz calma da manhã, sei que não tenho escolha. Espero chegar primeiro no gabinete para não ser forçada a passar por Malgorzata — tenho certeza de que ela perceberia minha vergonha imediatamente. Por sorte, meu plano funciona, e o gabinete está vazio. Confiro a agenda do Comandante e fico aliviada ao ver que ele passará o dia fora do gabinete em reuniões. Embora esteja exausta demais para fazer muita coisa, consigo sentar à minha mesa sem interrupções até a hora de voltar para casa.

Quando chego na casa de Krysia naquela noite, o quintal está vazio e silencioso. Fico surpresa; geralmente, nas noites de verão, Krysia e Lukasz ficam brincando do lado de fora, me esperando chegar em casa. Imagino por um momento se a ausência deles fora algum tipo de retaliação por eu ter voltado tarde na noite anterior e saído cedo naquele dia.

Abro a porta da frente.

— Olá? — Não há resposta. *Algo está acontecendo,* penso, correndo escada acima. Na sala, encontro Krysia com Lukasz no colo, embrulhado em um cobertor, andando de um lado para o outro.

— Ele está doente — informa Krysia, com os olhos arregalados.

— Deixe-me ver. — Tento pegá-lo no colo, mas ela se afasta.

— Não vá ficar doente e precisar faltar ao trabalho — responde ela, friamente.

— Krysia, por favor — insisto, finalmente tirando a criança de seus braços.

O rosto de Lukasz está pálido e seus olhos semicerrados estão lacrimejantes. Sua testa arde, com os cachos louros grudados. Mas a parte mais alarmante é o choro. Lukasz, geralmente tão silencioso e complacente, chora desesperadamente agora, e percebo pelos seus olhos inchados e vermelhos que passara o dia chorando.

— Ele vomitou várias vezes, não consegue segurar nada — diz Krysia, por sobre meu ombro.

Seu descontrole me assusta, acima de tudo. Seu cabelo, geralmente impecável, está solto e desgrenhado, e seu vestido está sujo. Nunca havia visto medo em seus olhos.

— Talvez um banho frio? — sugiro, mas Krysia balança a cabeça impacientemente.

— Ele já tomou dois.

— Bem, outro, então.

Começo a tirar o cobertor e as roupas da criança, sem saber o que mais fazer. Krysia sobe as escadas silenciosamente, e, um momento depois, ouço a torneira aberta.

Ao carregar Lukasz pela cozinha em direção à escada, vislumbro algo vermelho. Paro. Um buquê de rosas vermelhas, ainda embrulhado no papel, está em cima da mesa. Sei de quem vieram sem precisar perguntar.

— Tentei todos os meus remédios caseiros — diz Krysia, alguns minutos depois, enquanto seguro a criança na banheira e deixo a água escorrer em sua cabeça. Ele parou de chorar e está quieto agora, mas sua temperatura não baixa.

— Crianças ficam doentes. É normal — respondo, sem convicção.

Na verdade, Lukasz nunca havia ficado doente durante o tempo que estivera conosco. Acabo sentindo que essa doença súbita depois de meu episódio com o Comandante não é coincidência. Certamente estou sendo punida por meus pecados.

O problema, é claro, não é só que Lukasz esteja doente — é que não podemos levá-lo ao médico. Meninos judeus são circuncidados, e poloneses, não. Um médico que atendesse a criança imediatamente saberia de sua identidade. Não há médico judeu para atendê-lo e nenhum médico polonês em quem confiar que não nos denunciaria por abrigar a criança. Parece-me uma pena que, com todos os contatos clandestinos de Krysia, e tanta gente que ela conhece, não haja um médico confiável entre eles. Mesmo Pankiewicz, o farmacêutico do gueto, não pode mais nos ajudar. Krysia mencionara há algumas semanas que ele fora deportado do gueto para um dos campos como punição por cuidar dos judeus.

Finalmente, quando os dedos da criança já estão enrugados como passas e a água está passando de fria a gelada, retiro Lukasz da banheira e o envolvo em toalhas limpas. Enquanto o seco, ele parece cair em um sono cansado, seus olhos dançando por trás das pálpebras. Com o que uma criança dessa idade sonha? Seguro-o contra meu peito. Em outra vida, ele não teria nada além de experiências seguras e ternas para preencher seus sonhos. Em vez disso, Lukasz tem visões aterrorizantes de sua mãe sendo executada e seu pai levado à força, de ser escondido e levado pela floresta para ficar com desconhecidos. Não importa o quão caloroso e seguro seja o mundo que Krysia e eu tentamos lhe oferecer, nada pode apagar as experiências assustadoras que ele tivera em sua vida ainda tão curta.

Vestimos Lukasz com pijamas limpos e o colocamos para dormir.

— Vamos nos revezar para ficar com ele — diz Krysia, e eu concordo, embora na realidade nenhuma de nós consiga deixar a criança primeiro. Então, nós duas ficamos sentadas, Krysia na pequena cadeira ao lado de seu berço e eu em uma almofada no chão, observando-o e tocando sua testa de tempos em tempos.

— As flores vieram do Comandante. — Krysia sussurra quando finalmente os olhos de Lukasz param de se mover e sua respiração se estabiliza.

— Eu sei — respondo, sem inflexão.

— Você está bem? — Dou de ombros, sem conseguir falar. — Vai ficar tudo bem, querida. Prometo.

Nenhuma das duas fala mais nada. Quando me dou conta, alguns minutos depois, Krysia está cochilando em sua cadeira, com a cabeça apoiada na parede e a boca semiaberta. *Então a grande dama de Cracóvia ronca,* não consigo não pensar. Antes eu ficaria surpresa com isso, mas agora eu sei que nada é o que parece ser.

Sento-me na almofada no chão e observo os dois dormindo, essas pessoas que se tornaram minha família. Acho que nem eu nem Krysia havíamos percebido antes desta noite o quanto Lukasz se tornara importante para nós. Antes, cuidar dele fora uma tarefa, uma maneira de ajudar a resistência e desafiar os nazistas. Agora ele é família, o filho que um dia espero ter com Jacob e o neto que Krysia sabe que nunca terá.

Pela primeira vez, paro para pensar no que vai acontecer depois da guerra: será que o rabino, por algum milagre, sobreviverá aos campos e voltará para recuperar seu filho? Se isso não acontecer, Lukasz ficará com Krysia ou comigo? Pensar em uma resposta significa tentar imaginar como será minha vida depois da guerra. Em meus sonhos, sempre me vejo reunida com Jacob e minha família. Não consigo lidar com outra possibilidade. Mas o pano de fundo é opaco e obscuro. Não tenho ideia de onde estaremos. Duvido de que poderei ficar em Cracóvia. O bairro judeu fora arrasado e nunca será recuperado. Na realidade, a julgar pelos comentários que ouço ocasionalmente na rua, e por como os poloneses parecem continuar a viver sem comoção, Cracóvia parece mais aliviada de se livrar dos judeus do que eu gostaria de admitir. É pouco provável que Jacob e eu retornaríamos a um grande apartamento no centro da cidade e a nossos empregos na universidade. E o resto do mundo seria muito melhor? Ouvira falar de reinos mágicos antes: Nova York, Londres, mesmo Jerusalém. Não consigo imaginar esses lugares de contos de fada que nunca vi. Esses pensamentos me consomem e acabo caindo no sono também.

Acordo, dolorida e enrijecida, no chão, assim que raia o dia. Krysia ainda dorme na cadeira, e me levanto e coloco uma mantinha em seus ombros. Olho para o berço. Lukasz está acordado, mas sem chorar: segura seus pezinhos e conversa baixinho consigo mesmo.

— Lukaszku — digo, suavemente.

Ele estende os bracinhos como se fosse uma manhã qualquer e se dependura em meu pescoço. Encosto os lábios em sua testa e noto que a temperatura baixou.

— Obrigada — sussurro, com os olhos marejados. Deus, ao que parece, não escolhera me punir desta maneira. — Obrigada.

Lukasz levanta os olhos para mim e sorri, talvez o primeiro sorriso verdadeiro que via em seu rosto desde que viera ficar conosco.

— *Na* — diz ele. — *Na*.

— Anna? — pergunto, enfatizando a segunda sílaba.

— *Na* — repete ele, esticando a mãozinha para tocar meu nariz. Está tentando dizer meu nome. Não importa que esse não seja meu nome verdadeiro. Lukasz está saudável e mais feliz do que jamais o vira. O susto na noite anterior me fez perceber o quão precioso ele é e como, nesta realidade, mesmo o pouco que temos pode ser tomado em um instante. Pé ante pé, para não acordar Krysia, carrego a criança até o andar de baixo para o café da manhã.

CAPÍTULO 14

Naquela manhã, estou relutante sobre ir para o trabalho.

— Deveria ficar em casa — digo, pelo que parece ser a centésima vez. — Lukasz ficará decepcionado se for embora.

Krysia balança a cabeça.

— Você tem de ir trabalhar.

Seus olhos se voltam para o buquê de rosas, agora dentro de um vaso de cerâmica, e percebo que sua preocupação é que, se eu faltar o trabalho, isso possa deixar o Comandante desconfiado.

— Tudo bem. — Finalmente desisto. Mas me demoro à porta, carregando meu casaco e a cesta, sem querer sair.

— Ele está bem — me assegura ela, se inclinando para afagar os cabelos de Lukasz.

Vendo seus olhos radiantes e suas bochechas rosadas, sei que ela está certa. Parece que ele nunca estivera doente. Ainda assim, a lembrança de sua doença na noite anterior me assombra; a possibilidade de perdê-lo. Luto contra o impulso de pegá-lo no colo e dar-lhe beijos de despedida, sem querer chamar atenção ao fato de que estou de saída.

Finalmente, me viro e desço as escadas.

— Voltarei para casa no horário — digo ao sair.

— Não se preocupe — diz Krysia, atrás de mim. — Ficaremos bem.

Assim que saio pela porta, corro para a parada de ônibus. Um ônibus aparece rapidamente e vinte minutos depois, estou ao pé do Wawel. Ainda assim, chego atrasada por causa de minha enrolação; Malgorzata já está no gabinete, com uma expressão triunfante, quando chego. Mal coloco minhas coisas à mesa, coronel Diedrichson sai do gabinete e entra na antessala.

— O Comandante a está chamando — diz ele.

Ele está me olhando de forma estranha? Talvez ele saiba de algo. Mas não há tempo de me preocupar com isso. Pegando meu bloco de notas e ajeitando o cabelo, tomo coragem e entro no gabinete para encontrá-lo pela primeira vez desde a nossa noite juntos.

O Comandante está andando de um lado para o outro atrás de sua mesa, lendo um relatório. Limpo as mãos na saia, respirando fundo.

— B-bom dia, *Herr Kommandant* — digo, tentando, sem sucesso, não deixar minha voz tremer.

Ele estanca e levanta a cabeça. Uma expressão passa por seu rosto e eu não a identifico. Raiva, ou talvez alívio?

— Está atrasada — responde ele, mas sua voz não soa acusatória.

Vou até ele.

— Desculpe — arrisco. — Eu...

Ele levanta a mão.

— Não é preciso se desculpar. É só que não é comum você fazer isso. Fiquei preocupado que... — Ele gagueja e desvia o olhar.

Hesito. Embora ele não tenha terminado a frase, entendo o que está tentando dizer. Ele está com medo de que eu não queira ir trabalhar por causa do que aconteceu entre nós. O Comandante está nervoso também, percebo, surpresa.

— Não é isso, *Herr Kommandant* — digo, rapidamente. Estou de pé perto da mesa agora, seu rosto alguns centímetros acima. Sinto o aroma de sua loção e luto com todas as forças para bloquear as lembranças de duas noites atrás. — É que Lukasz ficou doente. — Arrependo-me dessas palavras imediatamente. Falei demais. Ele põe seu relatório sobre a mesa e pega minha mão.

— Ele está bem? É algo sério? — A expressão em seu rosto é de preocupação genuína.

Engulo em seco; é difícil falar enquanto seus dedos mornos apertam os meus.

— Sim, obrigada, ele está bem agora. Foi uma dessas febres que as crianças têm.

— Você deveria ter me chamado. Poderia ter pedido ao meu médico pessoal para que o atendesse.

Que é exatamente o porquê de não ter dito nada.

— É muito bondoso de sua parte — respondo, rezando para que ele não insista para o médico atender Lukasz assim mesmo. — Mas não é necessário. Está tudo bem agora. — Retiro minha mão e aponto para a mesa de centro. — Podemos passar a agenda do dia? — Ele assente, me seguindo até o sofá e se sentando na poltrona ao lado. Recapitulo a agenda e toda a correspondência que chegara em sua ausência no dia anterior. Quando terminamos, levanto os olhos. Ele me olha atentamente. — Se for só isso... — digo, baixando os olhos.

— Sim, obrigado — diz ele. Levanto-me e corro para a porta. — Não, Anna, espere um momento, por favor. — Volto-me para ele. Ele não diz nada por vários segundos e percebo pelo movimento de seu pomo de adão que ele está lutando para encontrar as palavras certas. Eu sei que ele está tentando me convidar para sair de novo. — Tem mais uma coisa... — Ele hesita. — Estava querendo saber se você está livre hoje à noite. Pensei que poderíamos jantar juntos.

Eu nunca estou livre. Se estivesse livre, não estaria aqui.

— Adoraria, *Herr Kommandant*, mas com Lukasz ainda se recuperando, realmente acho que deveria ficar em casa esta noite.

Não é mentira, mas também recuso sabendo que não seria adequado aceitar um convite de última hora tão prontamente. Ele assente. Seu rosto está sem expressão, como se escondesse decepção ou surpresa.

— Entendo. Talvez sábado à noite, então.

Faço uma pausa. Parte de mim quer dizer não, relegar o episódio de duas noites atrás a algo que acontecera uma vez apenas, um erro, enquanto ainda posso. Mas isso não ajudaria a resistência e meus pais.

— Seria ótimo, *Herr Kommandant* — respondo, por fim. — Desde que Lukasz continue bem.

— Muito bem. Mandarei um mensageiro à casa de Krysia no sábado à tarde para confirmar

Viro-me e volto à antessala, preocupada e dividida. Parte de mim gostaria que o Comandante visse nossa noite como algo pontual e não me procurasse mais. Na realidade, no entanto, eu sabia que não seria assim — as flores e o jeito como ainda me olhava diziam outra coisa. E, embora eu não goste de admitir, fiquei aliviada por ele querer me ver normalmente. *Não é porque você se importa com o que ele pensa de você*, minto a mim mesma sentada atrás de minha mesa. *Você simplesmente precisa voltar lá para procurar os documentos.*

O fato de que verei o Comandante novamente significa que terei de dizer algo a Krysia. Minha intenção é falar com ela assim que chego em casa à noite, mas a encontro brincando com Lukasz no quintal, e essa cena é tão alegre que não consigo falar sobre o assunto. Mais tarde, depois de comer e colocar Lukasz para dormir, acompanho Krysia até a sala. Ela se senta e pega o suéter azul que está tricotando para Lukasz.

— Parece estar quase terminado — digo.

Krysia levanta o suéter, fitando-o.

— Acho que vou acrescentar um capuz — diz ela.

Ainda de pé, me mexo desconfortavelmente.

— Então, o Comandante me convidou novamente para sair amanhã à noite.

Krysia me olha sem expressão no rosto.

— Entendo.

Baixo os olhos, observando a parte de cima de meus sapatos.

— Queria avisá-la, sabe, para explicar...

Krysia interrompe.

— Você não me deve explicação alguma.

— Obrigada — respondo, desconfortavelmente. — Mas é importante para mim que você saiba. Alek me pediu para... quer dizer, ele acha que é importante para o movimento.

— E o que você acha? — pergunta ela.

— Acho que não tenho escolha — digo, afundando no sofá a seu lado.

— Há sempre uma escolha, Emma — responde Krysia. — Precisamos assumir a responsabilidade por nossas ações. É a única maneira de evitar que nos tornemos vítimas e de manter nossa dignidade.

Dignidade. Que ironia. Abrira mão disso duas noites atrás no apartamento do Comandante. Mas Krysia está certa quanto a assumir a responsabilidade. Mordo o lábio.

— Então escolho vê-lo de novo. Por meus pais e pela resistência.

Krysia põe a mão em meu ombro.

— Eu sei que não é uma decisão fácil.

— Você acha que é a certa?

— Essa é uma pergunta que só você pode responder. — Suspiro e me inclino para beijá-la na bochecha. — Boa noite, querida — diz Krysia.

Lá em cima, dou uma olhada em Lukasz antes de ir ao banheiro. Enquanto lavo o rosto, penso no que Krysia disse. Estou escolhendo fazer isso, estar com o Comandante para ajudar a resistência. Ainda assim, não me sinto corajosa, e sim, suja. Não é meramente o ato com o qual traí meu casamento que me enoja; é o fato inegável de que parte de mim realmente gostara. E mesmo isso não seria tão ruim, percebo, enquanto jogo água no rosto, se fosse apenas uma reação física. Isso eu poderia atribuir à solidão e ao fato de que não via meu marido há quase um ano. Não, o problema era essa tal química de que Krysia falara — parte de mim gosta do Comandante, gosta de falar com ele e de estar perto dele. Isso é o que torna a situação tão insuportável.

No dia seguinte, o mensageiro chega com um bilhete escrito à mão me convidando para jantar no Wierzynek às sete horas naquela noite. Lendo o bilhete, hesito. Gostaria de recusar, de adiar estar com ele pelo menos por mais um dia. Mas não há desculpa: Lukasz está melhor e preciso tentar conseguir informações o quanto antes. Mando uma mensagem de volta confirmando presença.

Às 18h45, Stanislaw chega para me buscar de carro. Ele explica que o Comandante estava às voltas com trabalho e havia se atrasado, e, portanto, me encontraria diretamente no restaurante. Sozinha no banco de trás do enorme carro, olho pela janela. Quando nos aproximamos da cidade, fico pensando em como será essa noite. Desde nossa primeira noite juntos, apenas o vira uma vez em seu gabinete. Preocupo-me agora de a conversa acabar sendo desconfortável e muito formal.

Um momento depois, o carro para em frente a um edifício grandioso perto da praça do mercado. O Comandante me espera na entrada do restaurante.

— Gostaria de ter podido encontrá-la em casa. — Ele pede desculpas enquanto me conduz para dentro. O maître pega meu casaco e nos leva para o andar de cima, para uma mesa reservada em um mezanino com vista para o salão principal. — Tomei a liberdade de fazer o pedido — diz ele, quando nos sentamos. Assinto, aliviada por não ter de me preocupar em escolher os itens corretos, ainda por cima. — Lukasz está melhor? — pergunta ele.

— Sim, obrigada.

Um garçom se aproxima e serve duas taças de vinho tinto, antes de sair novamente. O Comandante levanta a taça.

— À saúde.

— À saúde — repito, levantando a taça e dando um pequeno gole. — O vinho está delicioso.

Ele esvazia seu copo.

— Italiano. Já foi lá?

— Para a Itália? — Balanço a cabeça, negando.

— Lindo país.

Dois garçons aparecem com pratos cobertos por redomas de prata, que colocam em nossa frente e descobrem ao mesmo tempo, revelando o primeiro prato: uma terrine de salmão defumado. Depois que os dois se retiram, o Comandante começa a contar um episódio de uma viagem para esquiar que fizera nos alpes italianos com alguns amigos quando era jovem. Ele fala rapidamente, pausando apenas para engolir pequenas garfadas de salmão e beber de sua taça de vinho, que um dos garçons enchera antes de sair.

Alguns minutos depois, os garçons reaparecem, retirando os pratos e substituindo-os por outros dois com redomas ainda maiores. O prato principal é algum tipo de ave assada, com um sabor de carne de caça que não aprecio. Mal toco no prato, aliviada por ter comido algo na casa de Krysia antes de sair. Se o Comandante percebe meu desgosto, não dá nenhum sinal, mas sim devora o próprio jantar com gosto.

— E já voltou à Itália depois disso? — pergunto, quando os garçons que encheram nossas taças saem de novo.

— Não aos alpes italianos — responde ele. — Estive em outras partes da Itália, é claro. Roma, Florença, Veneza. — Surpreende-me a maneira pela qual os nomes desses lugares, que parecem tão exóticos para mim, saem de sua boca com tanta facilidade. Ele continua. — E para os alpes franceses e suíços. Mas não voltei a Turim desde meus dias de universidade.

Inclino a cabeça.

— Estou tentando imaginá-lo como estudante.

— Faz muito, muito tempo. Ele admite, rindo.

— O que você estudou?

— História — responde ele, limpando a boca com o guardanapo. — Queria ser professor. É claro que isso foi antes... — Ele desvia o olhar e toma um gole de vinho.

— Antes do quê? O que houve?

— Antes de eu não ter mais escolha. — Ele pausa. — Eu era o filho do meio de três irmãos. Meu irmão mais velho, Peter, assumiria o negócio de navegação da família. Quando a guerra começou, ele e eu entramos juntos para a marinha. — Percebo que ele fala da Grande Guerra. — Ele foi morto na Batalha de Jutland.

— Sinto muito — digo, estendendo a mão através da mesa e tocando seu antebraço.

Ele pigarreia

— Obrigado. Ele foi um homem corajoso, era um exemplo para mim. De qualquer maneira, quando Peter se foi, recaiu sobre mim a responsabilidade de aprender a conduzir os negócios da família, para que pudesse assumi-los quando meu pai morresse. Nunca tive a chance de terminar os estudos.

Encosto de novo em meu assento, sem saber o que dizer. Comemos em silêncio por vários minutos.

— Gostou do faisão? — pergunta ele, quando o garçom volta para recolher as coisas.

— Delicioso — minto, esperando que ele não tenha notado meu prato quase intocado.

Ele se dirige ao garçom.

— Dois cafés, um preto com conhaque e um com creme e açúcar — diz ele.

Surpreende-me que o Comandante saiba como gosto do café, já que nunca bebo em sua frente no gabinete. Ele deve se lembrar do jantar de Krysia, há quase cinco meses. Parece que fora há um milhão de anos. Um momento depois, o garçom volta com nossos cafés e um carrinho de sobremesas com uma variedade estonteante de doces. Salivando, escolho uma fatia de torta alemã de chocolate, e ele pede um pedaço de strudel de maçã.

— Está bom? — pergunto, depois de ele dar uma mordida.

— Nada mau — responde ele, engolindo. — Não tão bom quanto o da minha irmã, no entanto. Ela é casada com um austríaco. Eles moram perto de Salzburg.

— Vocês são próximos?

Ele assente.

— Bastante, mas não a vejo desde antes da guerra.

— Talvez em breve... — Começo e paro, sem saber como terminar. Havia começado a dizer que talvez em breve a guerra terminasse e ele pudesse vê-la novamente. Mas falar do fim da guerra parece estranho, de alguma maneira.

— Eu sei o que você queria dizer — responde o Comandante, mexendo seu café. Uma migalha de strudel fica presa em seu rosto, bem perto da cova em seu queixo. Tenho de lutar contra a vontade de estender a mão e limpá-lo. — Você estava pensando sobre o fim da guerra. Tudo bem, Anna. Não é desleal desejar que a luta termine. Todos nós queremos a mesma coisa. Nem sei o que isso significa mais, mesmo se ganharmos. — Fico chocada. É a primeira vez que ouço qualquer alemão falar sobre uma vitória nazista como qualquer outra coisa além de uma conclusão certeira. Ele continua. — O plano do Führer é muito bom de forma abstrata, mas o que significa, de verdade? Teremos de continuar ocupando a Polônia e o resto da Europa indefinidamente?

Hesito, me perguntando se ele espera que eu responda. De repente, me lembro dos dias antes da guerra, de quando Jacob e eu debatíamos questões políticas. Aquelas conversas eram diferentes; não havia resposta certa ou errada. Aqui, tudo o que digo é um potencial campo minado.

— N-não sei. — É o que consigo responder.

— Você não precisa responder. Não sou tolo, Anna. Eu sei o que os poloneses acham de nós. Somos a força ocupadora. — *Ocupadores não,* penso. *Assassinos.* Ele continua. — Eles nos odeiam, acham que somos monstros. Eu entendo.

— Eu sou polonesa — arrisco. — E eu não...

— Você não me odeia? — Ele sorri timidamente. — Eu sei. Essa é a parte que não entendo. — Ele pausa, dando mais uma mordida em seu doce. — Não, o problema da guerra é que nada é certo.

— E quanto aos judeus? — Deixo escapar. A pergunta parece sair de minha boca involuntariamente, como se tivesse sido colocada ali por outra pessoa.

O Comandante me encara com o garfo no ar.

— Não entendo. O que você quer dizer?

Hesito, querendo que o chão se abra e me engula. Não deveria jamais ter perguntado isso, mas é tarde demais.

— Quando você fala dos planos em longo prazo do Führer... — Olho para minha xícara de café. — Isso me fez pensar nos judeus do gueto. O que será feito deles?

— Você conhece muitos judeus, Anna? — pergunta ele, secamente.

Balanço a cabeça rapidamente.

— Só os que encontrava na cidade antes da guerra. Ninguém pessoalmente.

Ele piagarreia.

— A questão judaica será resolvida. Você não tem de se preocupar com isso. — Ele levanta os olhos e faz um sinal para que o garçom traga a conta.

Meu coração está aos pulos. Por que perguntara isso? Será que ele agora desconfia de algo? Enquanto ele paga a conta, observo seu rosto. Mas, se ele desconfia que algo esteja errado, não dá nenhum sinal. Um minuto depois, o maître reaparece com meu casaco. Descemos e nos dirigimos ao carro. Lá dentro, o Comandante me interpela.

— Imagino que você precise voltar para ver Lukasz.

Ele está me perguntando se quero ir até a casa dele, percebo. Não preciso ir — ele me dera o pretexto perfeito. Mas voltar atrás agora seria desfazer tudo o que já fizera. Balanço a cabeça.

— Está tudo bem — respondo. — Krysia está com Lukasz. Não preciso correr de volta para casa.

Ele sorri levemente e se inclina para falar com Stanislaw em voz baixa.

Nenhum de nós fala qualquer coisa até chegarmos ao apartamento.

— Quer beber algo? — pergunta ele, tirando meu casaco e colocando-o em uma cadeira.

— Não, obrigada.

Ficamos os dois parados no centro da sala, olhando um para o outro. Não há mais necessidade de um ato inesperado para que fiquemos juntos. Respirando fundo, dou um passo à frente.

— Anna — diz ele, com os braços abertos.

Dou mais um passo e ele me abraça. Sem dizer nada, caminhamos até seu quarto. Primeiro, seu toque é tentador, mas então nossos lábios se encontram e é como se houvéssemos estado juntos mil vezes. O sexo (me recuso a ver como fazer amor) é menos animalesco agora, com paixão, mais lento e terno. Em certo ponto, saio do transe hipnótico e tenho um momento de consciência. De repente, é como se estivesse pairando acima de nós, perto do teto, olhando para nossos corpos embaixo. Estou debaixo do Comandante, nossos rostos contorcidos. *Volte para dentro,* penso, ao olhar para baixo, com ódio de mim mesma.

Então, terminamos. Alguns minutos depois, ele dorme. Observando sua respiração estável e seus olhos fechados, não consigo não pensar em Jacob. Ficávamos acordados por horas depois de fazer amor, abraçados, conversando. *Você deveria ficar aliviada por ele estar dormindo,* digo a mim mesma. É hora de fazer tudo isso valer a pena.

Lenta e cuidadosamente, saio da cama e caminho pé ante pé para o outro lado do apartamento na escuridão. Tateando pela parede, encontro a porta do escritório. Giro a maçaneta e abro a porta lentamente, para não fazer barulho. Dentro do quarto escuro, não consigo enxergar nada e não ouso acender a luz. *É inútil.* A única maneira de fazer isto é esperar e olhar sob a luz da manhã, antes de o Comandante acordar. Mas não consigo me forçar a passar a noite, não agora. Preciso estar em casa quando Lukasz acordar. Voltando para o quarto, me visto silenciosamente e saio do apartamento na ponta dos pés. Lá embaixo, Stanislaw ainda está esperando perto do carro. Não tenho coragem de olhar em seus olhos quando entro no banco de trás. Se ele acha que algo inadequado acontecera, no entanto, não dá nenhum sinal; fecha a porta do carro quando entro e me leva para casa.

A situação com o Comandante cai em um padrão depois desse dia. Ele me convida para sair várias vezes toda semana. Acho que ele me veria todos os dias se pudesse, mas as demandas do trabalho o impedem de tentar. Aceito a maioria de seus convites, geralmente para jantar, ou, ocasionalmente, para ir ao cinema ou ao teatro. A noite sempre termina no apartamento dele. Algumas vezes, fico até de manhãzinha, me esgueirando ao escritório para procurar documentos, mas não ouso mexer em mais do que alguns papéis a cada vez por medo de acordá-lo. Até agora, não achei nada importante. A situação continua assim por várias semanas. Vez por outra, Krysia pergunta, disfarçadamente, se preciso encontrar Alek, e sempre digo que não. Eu sei que as coisas estão mais perigosas para ele e para os outros membros da resistência agora, e que eles não podem arriscar se encontrar a não ser que eu tenha algo importante a relatar.

Em uma manhã de sexta-feira, no início de novembro, estou sentada à minha mesa na antessala abrindo a correspondência. No fim da pilha está um envelope pequeno de linho cor de baunilha com um cartãozinho. Não reconheço a caligrafia, mas percebo que é feminina. "Georg", começa a mensagem, "estou ansiosa pelo evento de sábado. Carinhosamente, Agnieszka." Congelo, deixando o cartãozinho cair na mesa. *Quem é Agnieszka?*, me pergunto. *E aonde o Comandante a levará?* Abrindo sua agenda, vejo que não há nada marcado para sábado à noite. *Talvez seja um equívoco,* pensei. Mas ele não me havia convidado para sair naquela noite, como seria o caso normalmente...

Logo a porta da antessala se abre e Malgorzata entra, carregando uma pilha de pastas.

— Isto aqui é para... — Ela começa a dizer, colocando as pastas na beira da mesa. Então, notando a expressão em meu rosto, ela para. — Está tudo bem, Anna? — pergunta ela. — Você está pálida.

— Sim, claro que sim — respondo, tentando colocar o cartão sob a pilha de correspondência.

A última coisa de que preciso é que Malgorzata pense que me importo com a vida pessoal do Comandante.

Mas é tarde demais. Ela olha para baixo e pega o cartão.

— Ah, a baronesa Kwiatkowska.

— Agnieszka Kwiatkowska? — repito.

Os Kwiatkowska são uma conhecida família de Cracóvia com ascendência aristocrática.

— Sim, ouvi falar que a baronesa tem segundas intenções com o Comandante — diz Malgorzata, deixando o cartão cair de volta na mesa e piscando. — Ah, não fique triste, Anna. É claro que ele sairia com uma mulher rica e culta como Agnieszka Kwiatkowska. Você não achou mesmo que ele fosse ficar com uma empregada subordinada, não é?

— Não, é claro que não — digo, mas Malgorzata já saía, gargalhando cruelmente por sobre os ombros.

Fico sentada por vários minutos, encarando o cartão. Finalmente, coloco-o de volta no envelope e devolvo à pilha de correspondência, que vai para a mesa do Comandante. Ainda assim, a ideia daquilo me incomoda a manhã inteira: ele vai sair com outra mulher. *Bem, por que não sairia?*, me pergunto, irritada, enquanto faço o arquivamento dos papéis naquela tarde. Ele é um excelente partido, solteiro, bonito e poderoso. Ele estar dormindo com uma pessoa de sua equipe mal faz diferença. Sinto-me estúpida por ter pensado que poderia haver algo diferente nele.

Assim que me sento no ônibus para Chelmska, minha mente se volta para o Comandante novamente. Então ele tem um encontro com outra mulher. Não deveria fazer diferença alguma. *Você só está com ele porque precisa estar*, digo comigo mesma. É uma missão para a resistência. Não é como se fosse Jacob que estivesse me traindo. *Não, sou eu que o estou traindo*, penso, encostando a cabeça na janela de vidro fria. Traio Jacob, o Comandante me trai. É patético. Assim que saio do ônibus para a casa de Krysia, começa a chover — gotas frias e grossas que encharcam meu casaco e minhas meias. O clima péssimo combina com meu humor.

Abro o portão da frente da casa e paro. Alguma coisa está errada. Luzes estão acesas por toda a parte, mas as cortinas do segundo andar, que geralmente ficam totalmente abertas, estão bem fechadas. Corro pelo caminho até a entrada, pensando se Lukasz estaria doente de novo.

— Olá? — chamo ao abrir a porta da frente. Subo as escadas para o segundo andar. — Olá?

— Surpresa! — exclama um coro de vozes, me assustando. Krysia, Lukasz e o Comandante saem da cozinha. Elzbieta está um pouco atrás, segurando um bolo com velas acesas. — Feliz aniversário! — exclamam eles.

Pisco várias vezes, tentando processar o que está acontecendo. Amanhã é meu aniversário, me lembro, meu aniversário real e de Anna também. A resistência lhe dera o mesmo aniversário que eu para minimizar qualquer confusão. Quase havia me esquecido, mas sei que Krysia não esquecera. Mas o Comandante está aqui também. Uma celebração de aniversário com a criança judia que estamos escondendo, a tia de meu marido que nos está abrigando, e o nazista de quem ela nos está protegendo, que, por acaso, é meu amante. A ironia é de fato enorme.

— Obrigada — digo, por fim. De repente, me dou conta de meu cabelo desgrenhado e das meias cobertas de lama.

Elzbieta dá um passo à frente com o bolo.

— Está surpresa? — pergunta ela.

— Sim — respondo, soprando as velas. Esse é um dos maiores eufemismos da minha vida.

— Feliz aniversário, Anna — diz o Comandante, dando um passo na minha direção.

Não respondo e nem olho em seus olhos. Por um momento, assim que o vira, senti uma onda de ternura. Agora me lembro de seu encontro com a baronesa e sua presença me parece hipócrita. *É claro que ele está aqui esta noite,* penso. Amanhã, em meu aniversário de fato, ele estará com outra pessoa.

Lukasz quebra o silêncio desconfortável.

— Bo! — diz ele, alegremente, se aproximando do bolo com os dedinhos em riste.

— Não, querido — diz Krysia, gentilmente, pegando suas mãos. — Temos de jantar primeiro.

— O jantar está pronto — diz Elzbieta. — Por que você não se senta?

— Venha, Lukasz. — O Comandante estende sua mão.

A criança hesita, levantando os olhos para o homem gigante de uniforme. Então ele coloca sua mãozinha na mão do Comandante. Estremeço. É tudo parte do plano, eu sei, que ele se afeiçoe a Lukasz. Significa que nosso disfarce está funcionando. Ainda assim, sinto um desconforto ao ver o filho do rabino segurando a mão de um nazista.

— Desculpe — sussurra Krysia, enquanto nos dirigimos para a sala de jantar. — Ele descobriu que era seu aniversário e me procurou. Não tive escolha a não ser convidá-lo.

Ela não tinha como saber por que eu estava chateada realmente. Por que se dar ao esforço, fingir que gosta de mim o suficiente para celebrar meu aniversário? A esta hora, amanhã, ele estará em um encontro com a baronesa.

— Feliz aniversário, Anna — diz o Comandante, mais uma vez, quando nos sentamos.

Não respondo e viro o rosto ligeiramente para o outro lado. Pelo canto do olho, posso ver a expressão confusa em seu rosto. Ele não sabe que eu sei da baronesa. Fico calada durante o jantar, deixando que Krysia dê conta da conversa.

Depois do jantar, Elzbieta serve café e bolo de aniversário, que é um bolo de baunilha com cobertura de limão.

— Está delicioso — digo, ciente de que, nestes tempos, a farinha de trigo e o açúcar custam caro, mesmo para Krysia. Ela se levanta e volta à mesa com duas caixas embrulhadas em papel.

— Obrigada — digo, tocada. Não esperava nada. Desembrulho os presentes. Um é um cachecol rosa claro que Krysia tricotara para mim em segredo. O outro é algo feito de palitos que Lukasz montou. — Amei! — exclamo, dando a volta na mesa para abraçá-lo e beijá-lo. Ele dá risadinhas, se contorcendo para desviar dos beijos.

— É tarde. Melhor ir colocar este jovem na cama — diz Krysia, se levantando e pegando Lukasz no colo. — Dê boa noite, querido.

Lukasz levanta a mão.

— *Salom* — diz ele.

— O que é isso? — pergunta o Comandante.

— *Sabá salom* — repete Lukasz.

Congelo. Lukasz está tentando dizer *shabbat shalom*, o cumprimento em hebraico do Sabá.

O Comandante se vira para mim.

— O que ele está tentando dizer?

— Nada — respondo, rapidamente, lançando um olhar de aviso a Krysia. — Ele está balbuciando qualquer coisa porque está cansado.

Krysia carrega a criança para fora da sala imediatamente, deixando-nos, o Comandante e eu, a sós. *Onde Lukasz aprendera isso?*, me pergunto freneticamente. Nunca falara hebraico perto dele. Deve se lembrar de seus pais dizendo isso. Provavelmente, o Comandante não reconheceria as palavras... Observo seu rosto, mas ele não parece ter notado nada suspeito.

— Preciso de ar — digo, me levantando. Saio para a sacada da sala. Ele me segue. A chuva parou, deixando um belo e nítido céu de outono salpicado de milhões de estrelas.

— Anna. — O Comandante fica ao meu lado. — Isto é para você. — Ele tira de seu bolso uma caixinha embrulhada, do mesmo tamanho da que me dera na noite em que fomos à orquestra.

— Não posso aceitá-lo. — Minha voz está fria. A expressão magoada retorna a seu rosto. — Não há motivo para dar presentes para pessoas simples de sua equipe.

— Não estou entendendo — diz ele. — Você está com raiva por eu estar aqui?

— É só que talvez você pudesse gastar melhor seu tempo com outra pessoa. Alguém à sua altura.

— Outra pessoa? — pergunta ele, confuso. — Do que você está falando, afinal?

Respiro fundo.

— Você deveria dá-lo à baronesa Kwiatkowska — digo, apontando para a caixa. — Tenho certeza de que ela apreciaria muito.

Ele me encara, ainda sem entender. Eu continuo:

— Eu sei de seu encontro amanhã à noite.

— A baronesa! — exclama ele. — É isso o que a está incomodando?

Espero que ele negue tudo, mas não é o que acontece.

— Anna, me escute. A baronesa é uma prima da esposa do governador Frank. Ele me pediu para que a leve para esse evento como um favor pessoal a ele. Eu teria lhe contado sobre isso, mas não achei que fosse importante. Eu sabia que a veria esta noite, e você nunca aceita me encontrar mais de uma vez por fim de semana, de qualquer forma.

Eu não respondo. A explicação do Comandante faz sentido, mas ainda me sinto magoada. Um encontro é um encontro.

— Obrigada por comparecer — digo, firmemente, fazendo sinal de que é hora de ele ir embora.

Ele põe a caixa de volta em seu bolso, derrotado.

— Boa noite, Anna. Feliz aniversário.

Eu não olho para trás quando ele volta para dentro de casa. Posso ouvir seus passos na escada e a porta se fechando lá embaixo. Quando ouço Stanislaw dando a partida no carro, estremeço. Pergunto-me se eu havia deixado o ego arruinar minha missão e terminar tudo com o Comandante.

CAPÍTULO 15

— Ouvi o Comandante sair — diz Krysia, chegando na sacada alguns minutos depois. — O que aconteceu?

Respiro fundo.

— Eu o mandei embora.

— Não estou entendendo...

— Recusei-me a aceitar seu presente e ele foi embora. — Explico resumidamente para Krysia como havia encontrado o bilhete da baronesa no trabalho naquele dia, terminando com a explicação do Comandante quando o confrontei alguns minutos antes. — Eu sei que não deveria me importar se ele se encontrasse com outra pessoa — termino, em voz baixa. — Quer dizer, o que temos não é real.

— Mas você se importa.

Desvio os olhos, contemplando a escuridão.

— Sim.

— Você se sente desrespeitada, de certa forma — sugere ela.

— Exatamente! — respondo, imediatamente. É mais fácil aceitar sua explicação do que a outra: que estou magoada porque sinto alguma coisa por ele. — Mas agora o deixei tão irritado que ele não vai querer mais me encontrar. Não poderei entrar em seu apartamento de novo para conseguir as informações para Alek.

Krysia balança a cabeça, se aproximando de mim.

— Duvido. — Ela levanta seu xale e cobre os ombros. — Se é que vale de alguma coisa, querida, minha opinião é que Richwalder legitimamente gosta de você. Vejo isso na maneira com que a olha. Não acho que ele desistirá de você tão facilmente.

Mudo de posição desconfortavelmente.

— Acho que, no fim das contas, é bom para a missão que ele sinta alguma coisa por mim.

— Acho que sim — responde Krysia, sem inflexão. — Bem, estou exausta. Vou me recolher. Espero que tenha gostado da surpresa.

De repente me lembro do jantar. Ela havia tentado, realmente tentado, tornar meu aniversário uma ocasião especial, apesar das circunstâncias.

— Foi muito agradável — digo, abraçando-a. — Muito obrigada por tudo.

Quando Krysia volta para dentro de casa, levanto os olhos para o céu negro e cheio de estrelas. Em nossa lua de mel, Jacob me havia ensinado a localizar algumas das constelações mais básicas. *Orion*, penso agora, procurando na escuridão lá em cima. Jacob costumava dizer que, quando se sentia perdido, ele procurava três estrelas contíguas que formam o cinturão de Orion para se sentir centrado. Mas não consigo encontrá-lo. Talvez seja a época errada do ano. Desistindo, me lembro de que, quando criança, costumava fazer pedidos à estrela da tarde. Olhando para o céu, rezo para que Jacob esteja bem e que esteja pensando em mim também.

Durmo sem sonhar nessa noite, e, na manhã seguinte, acordo cedo. As lembranças da noite anterior me tomam de assalto, com a imagem da partida abrupta do Comandante. *O que foi que eu fiz?*, me pergunto. Viro-me, colocando o cobertor sobre as orelhas. Pelo menos é sábado e não terei de encará-lo no trabalho. *Vou dormir mais um pouco*, decido. Mas, alguns segundos depois de fechar de novo os olhos, ouço minha porta se abrir e vozes baixinhas no corredor.

— Diga "feliz aniversário" — sussurra Krysia.

— Vessário! — exclama Lukasz, correndo para dentro e tentando, sem sucesso, pular em minha cama. Sento-me e o ponho no colo.

— Obrigada, meu bem. — Dou-lhe um beijinho na bochecha, olhando para Krysia.

— Desculpe entrar de repente, mas ele estava esperando para fazer isso há uma hora — diz ela.

— Eu deveria me levantar, de qualquer maneira. Temos de lavar roupa e...

Krysia levanta a mão.

— É seu aniversário. Nada de trabalho.

Sei que não adianta discutir com Krysia quando ela usa esse tom de voz. Em vez de lavar roupa, então, depois de tomar banho e me vestir, nós três saímos com uma cesta de piquenique e vamos ao parque. O chão está coberto de folhas recém-caídas e, depois de comermos, ensino Lukasz a fazer uma pilha de folhas e pular em cima.

Quando chegamos em casa, é fim de tarde e já está quase escuro. Enquanto dou banho em Lukasz, meu humor se deteriora novamente. O tal baile começa às sete horas. Imagino a baronesa se arrumando para a noite com o Comandante, e ele indo buscá-la. Eu deveria estar a seu lado esta noite. Percebo que não consigo me segurar. Certa ou errada, estou com ciúmes.

— Você gostaria de jogar cartas? — pergunta Krysia, depois que eu coloco Lukasz para dormir e desço. Ela colocara dois pratos de comida requentada que sobrara de minha festa de aniversário.

Balanço a cabeça.

— Não, me desculpe. E não estou com fome, tampouco. Acho que vou ler lá em cima.

Vejo a preocupação marcada no rosto de Krysia.

— Querida, sei que está chateada. São tempos confusos, e às vezes é difícil lidar com as coisas...

— Não quero falar sobre isso — intervenho. — Por favor.

Ela sorri gentilmente.

— Boa noite. Durma bem.

É cedo demais para dormir, então tomo um banho e lavo meus cabelos, e depois me deito na cama com um livro. É *Orgulho e preconceito*, um dos primeiros livros que Jacob me dera, mas é claro que minha cópia ainda estava no apartamento dos Bau. Seguro o livro sob meu nariz, respirando profundamente. O cheiro de guardado me lembra dos meus dias de trabalho na biblioteca e de Jacob. *É de meu marido que sinto saudade,* digo a mim mesma. Só dele. Ficar longe dele por tanto tempo foi o que me deixou tão irracionalmente chateada com o Comandante. Abro o livro e começo a ler. Minutos depois, meus olhos ficam pesados e começo a pegar no sono.

De repente, acordo com um barulho do lado de fora da janela. Sento-me, colocando o livro no criado-mudo. Por quanto tempo será que dormi? O barulho se repete. É o som de algo duro batendo com força nas portas de vidro.

— O que será isso? — Falo comigo mesma em voz alta, pulando da cama.

Abro as portas e, saindo na sacada, olho para baixo. O quintal está totalmente escuro.

— Anna! — exclama uma voz, sussurrada, porém alta. — Anna! — É o Comandante, me dou conta, incrédula. — Sou eu, Georg. Desça, por favor.

— Um minuto — respondo. Volto para dentro e me visto rapidamente, então desço as escadas pela casa escura. Abro a porta da frente. — O que você está fazendo aqui?

— Disse à baronesa que não estava me sentindo bem e a levei para casa.

— Ah... — Ainda estou confusa. — Que horas são?

— Dez e meia — responde ele.

— Parece ser muito mais tarde — digo, esfregando os olhos. — Devo ter pegado no sono.

— Anna. — Ele pega minha mão. — Perdoe-me se a magoei. Não sinto vontade de estar com mais ninguém. — Estou surpresa demais para me afastar. — Anna, venha para casa comigo. Fique comigo esta noite. Por favor.

Fico em silêncio, com um milhão de pensamentos passando pela minha cabeça. Vestir-me e ir para casa com ele a esta hora não parece uma boa ideia para uma dama. Mas, ao mesmo tempo, parte de mim quer ir. E isso me dará outra chance de procurar os documentos.

— Está bem — digo, finalmente. — Deixe-me pegar meu casaco.

Subo as escadas em silêncio e deixo um bilhete para Krysia na mesa da cozinha, então pego meu casaco e desço novamente para encontrar o Comandante. Quando subo no carro, creio vislumbrar um sorrisinho no rosto de Stanislaw, normalmente inescrutável.

Em sua casa, mal entramos, já estamos nos braços um do outro, tirando nossas roupas. A paixão é igual à de nossa primeira noite juntos, mas desta vez não chegamos ao quarto, ficamos no sofá mesmo, exaustos ao final. Depois que sua respiração volta ao normal, ele me leva para a cama. Desta vez, eu que o assalto, minhas pernas abraçando os dois lados de seus quadris largos. É a primeira vez que assumo essa posição com um homem, e, inicialmente, me sinto estranha e exposta. Quando me acostumo ao ritmo, sinto uma sensação de poder, e, nessa entrega, solto parte da mágoa e reclamo parte do orgulho que havia perdido nos últimos dias.

— Você ficará aqui comigo? — pergunta ele, mais tarde, com uma voz sonolenta. Ele tenta me abraçar por trás, mas me viro de barriga para cima. A posição abraçada me lembra demais de Jacob.

— Ficar aqui até de manhã? — Hesito.

Sempre saíra da casa do Comandante tarde da noite ou antes do amanhecer, antes de ele acordar. Mas, talvez, se eu ficar esta noite, tenha mais tempo para procurar os documentos. Concordo.

— Hum — murmura ele, antes de cair no sono.

Minhas pálpebras ficam pesadas. Primeiro, luto contra o sono, com medo de só acordar de manhã, tarde demais para procurar os papéis. Preciso encontrar algo logo, sei disso. Tenho vindo à casa do Comandante há mais de dois meses e nesse tempo os planos nazistas para os judeus se desenvolvem, planos sobre os quais não conseguira ainda descobrir nada. Visualizo seu escritório, tentando identificar o que me está escapando. Não há nenhum papel importante solto, e não há cofre. Talvez, me dou conta repentinamente, haja algum tipo de compartimento secreto em uma das gavetas. Finalmente, quando não consigo mais lutar, fecho os olhos e durmo um sono intranquilo. Sonho que estou no parque com Lukasz e estamos brincando de esconde-esconde. Lukasz corre para trás de um arbusto. De repente, um homem de baixa estatura usando um casaco preto e um chapéu aparece ao meu lado. É o rabino.

— Onde está meu filho? — pergunta ele.

— Ele se foi — minto. *Se foi, foi, foi...* Minhas palavras ecoam por entre as árvores.

Abro os olhos de uma vez. Ao meu lado, o Comandante está virado para o outro lado e ronca. Embora o quarto esteja escuro por causa das cortinas pesadas, consigo enxergar que o relógio no criado-mudo marca 5h15. O Comandante acorda cedo. Não há muito tempo. Saio da cama e caminho na ponta dos pés até a sala. A porta do escritório range alto quando a abro. Congelo, tentando ouvir qualquer som de movimento vindo do quarto. Não ouço nada, então entro no escritório e fecho a porta. Lá dentro, abro um pouco as cortinas para deixar um pouco da luz cinza-clara da manhã iluminar o quarto. Rapidamente, passo os olhos pela escrivaninha, mas não vejo nada importante. Lentamente, abro a primeira gaveta. Passo a mão por sob os papéis mais ao fundo, mas também não acho nada. Fecho a gaveta e me ajoelho para abrir a do meio. No fundo, sob meu dedo indicador direito, tateio uma fenda na madeira. Retiro os papéis. A gaveta tem um tipo de fundo falso. Com a unha na fenda da madeira, tento levantar o fundo.

— Anna... — chama o Comandante.

Dou um pulo para trás, tentando fechar a gaveta, mas ela fica presa. Freneticamente, empurro novamente, mais forte, desta vez. A gaveta finalmente cede, com barulho alto. Encolhendo-me, rapidamente chego perto da porta do escritório. Penso no som da voz dele, tentando entender onde ele está. Espero que esteja na cama ainda, rezo. Abro a porta do escritório ligeiramente e olho a sala escura, mas não o vejo. Respirando fundo, me preparo para abrir a porta e voltar para a cama. De repente, ouço um passo na sala. O Comandante está do outro lado da porta.

Preciso sair do escritório, penso, desesperada. Noto que há uma porta do outro lado. Às pressas, corro na ponta dos pés até lá. Como suspeitava, ela se conecta à cozinha. Pego um copo no armário sobre a pia.

— Anna — chama ele de novo, desta vez sua voz está mais perto.

Com o coração acelerado, saio da cozinha para a sala, ainda segurando o copo. A sala está escura, iluminada somente por um suave raio de luz da manhã entrando pela janela.

— Sim, Georg? — digo, me esforçando para manter a voz estável.

— Ah, aí está você. — A voz do Comandante está rouca, seu rosto carregado de sono. — Pensei que talvez tivesse ido para casa...

Percebo que ele não estava querendo saber onde estou exatamente, mas sim ter certeza de que não havia ido embora. Parte de mim se sente quase tocada por sua preocupação.

— Não, claro que não — respondo, suavemente. — Disse que ficaria até de manhã. Estava só pegando um copo d'água. Por que você não volta para a cama e eu levo um para você também? — Ele assente, quase infantil em sua sonolência.

Quando ele se vira e se arrasta de volta para o quarto, olho mais uma vez em direção ao escritório. Preciso voltar lá, mas é claro que fazê-lo agora está fora de questão. É arriscado demais. *Pode não ser nada,* penso comigo, enquanto encho dois copos de água. O compartimento secreto pode estar vazio, ou os documentos podem não ter nada a ver com os judeus. Mas ainda assim... Meu coração se acelera ao lembrar a sensação do fundo solto sob meus dedos. Algo me diz que ali pode estar exatamente o que Alek e os outros estão procurando. Forçando-me a me acalmar e respirar normalmente, levo os copos d'água de volta para a cama com o Comandante.

No quarto, ele está esparramado de bruços, um braço sobre meu travesseiro.

— Hum —murmura ele, quando deslizo ao seu lado, se virando e me abraçando.

Presa agora em seu calor, me vejo observando seu rosto. Está relaxado e em paz, quase juvenil. Não há sinal da intensidade ou da dor que ele veste como uma máscara durante o dia.

Pego no sono e volto a sonhar com o rabino no parque. Desta vez, ele está segurando um bebê. Por um momento, me pergunto se é Lukasz quando menorzinho.

— Onde está meu filho? — pergunta o rabino.

Eu não respondo. O bebê em seus braços não é Lukasz, me dou conta, mas sim o feto que morrera quando sua esposa fora executada.

— Onde ele está? — E nesse momento, um barulho de galhos e folhas vem de um arbusto próximo. Lukasz aparece, dando risadinhas.

— *Tata!* — exclama ele, correndo para o rabino.

O rabino pega Lukasz com seu braço livre, abraçando seus dois filhos alegremente. Mas quando ele se volta em minha direção, há um olhar de recriminação em seu rosto. Sem dizer nada, ele começa a andar para a outra direção, carregando as crianças. Um grito profundo sai de dentro de mim.

— Não, não — grito, enquanto eles desaparecem na neblina. — Não, não — digo, novamente. De repente, abro os olhos. Ainda estou na cama do Comandante. Ele está acordado agora, deitado de lado, me observando.

— Você está bem? — pergunta ele, com uma expressão preocupada.

— Só estava sonhando — respondo, com a esperança de não ter falado dormindo.

Ele afasta um cacho de cabelo que caíra em meu rosto.

— Com o quê?

— Lukasz — respondo, sinceramente. — Preocupo-me com ele, às vezes. Ele passou por muita coisa. Perder os pais, se mudar...

— Você gosta muito dele.

Assinto.

— Às vezes, sinto que ele é mais meu filho do que meu irmãozinho. Por causa da diferença de idade.

O Comandante se deita de costas, com as mãos por trás da cabeça. Não consigo não olhar para seu torso nu. Embora, pelos meus cálculos, ele deva estar com quase cinquenta anos, ele tem a boa forma de um homem com a metade de sua idade. Seu peito é musculoso e a barriga está muito longe de ser uma pança.

— Sempre me arrependi de não ter tido filhos — diz ele.

— Talvez ainda possa ter — sugiro. — Não é tarde demais.

— Talvez — concorda ele. — Você quer ter filhos um dia, Anna?

— É claro — respondo, rapidamente. *Mas não com você*, penso. *Quero ter filhos com meu marido.*

Ele coloca seu braço em volta de mim novamente, me trazendo para perto. Descanso a cabeça em seu ombro.

— Obrigado por ficar. É bom acordar com você aqui.

— Bem, tendo concorrência... Aposto que a baronesa teria ficado. — A intenção das palavras é de fazer uma brincadeira, mas elas soam como ciúme, insegurança.

Ele se vira de novo para mim, seu rosto a alguns centímetros do meu.

— Desculpe por isso — diz ele. — Eu nunca quis magoá-la. Não há mais ninguém. — Seus olhos estão muito abertos e demonstram sinceridade. — Quando Margot morreu, achei que nunca mais fosse sentir nada, nunca mais, por alguém. E não senti mesmo, até conhecer você. Pela primeira vez em dois anos, me sinto feliz ao acordar de manhã, e é por sua causa. Você é a única pessoa em quem posso confiar. Eu amo você, Anna.

Fico chocada. Não sei o que dizer.

— Eu também — digo, finalmente, engolindo em seco.

— Oh, Anna — diz ele, me puxando para perto e me beijando. Vários minutos depois, nos soltamos novamente. — Posso fazer café para nós dois — oferece ele, se sentando. — Tenho um pouco de pão e queijo para o café da manhã, ou posso mandar buscar algo.

Balanço a cabeça.

— Desculpe, mas realmente preciso voltar para casa. Está tarde. Tenho coisas a fazer para Krysia e Lukasz sente minha falta.

— Eu entendo — responde ele, com ternura no olhar. — Stanislaw a levará para casa.

Visto-me rapidamente e lhe dou um beijo de despedida. Lá fora, entro aliviada no carro do Comandante. Havia considerado recusar sua oferta e pegar o ônibus, mas sinto vergonha demais de meu cabelo desgrenhado e de estar usando as mesmas roupas do dia anterior.

Alguns minutos depois, entro pela porta da frente da casa de Krysia. Ela está na cozinha, tentando dar cereal para Lukasz enquanto ele brinca no cadeirão.

— Bom dia — diz ela, sem julgamentos.

— Perdão por ter saído sem avisá-la — digo. — Foi... inesperado.

— Não há problema. Vi seu bilhete. Você fez as pazes com Richwalder, presumo.

— Sim.

— Que bom. — *Eu disse que ele não ficaria bravo,* quase a ouço pensar. — Quer comer alguma coisa?

Balanço a cabeça.

— Não, obrigada. Preciso me vestir.

Ela observa meu rosto cuidadosamente.

— Foi tudo bem?

— Mais ou menos... — Krysia me lança um olhar questionador e hesito, pensando no que dizer ou não dizer. — Depois que ele dormiu, consegui sair e encontrei uma gaveta com um fundo falso. Talvez não seja nada — acrescento, rapidamente, sem querer lhe dar falsas esperanças. — O Comandante acordou antes que eu pudesse ver o que estava dentro.

Um olhar de preocupação perpassou o rosto de Krysia.

— Você teve sorte de não ter sido pega. Vai tentar de novo?

Deixo-me cair na cadeira ao lado de Krysia.

— Sim, o quanto antes.

— Ótimo. — Ela para de dar comida a Lukasz para colocar suco em um copo extra que está em cima da mesa. — Sei que qualquer informação que você puder conseguir será bem-vinda para Alek — acrescenta ela, me entregando o copo.

— Você falou com ele?

Krysia balança a cabeça.

— Não diretamente, só por intermediários. — Ela se vira e me olha diretamente. — Emma, escute. Não quero deixá-la preocupada, mas você precisa saber para se proteger: a resistência está com alguns problemas agora.

Minha mão, ainda segurando o copo, fica parada no ar.

— O que houve? Jacob está bem?

— Ele está bem, assim como Alek e os outros que você conhece — responde ela, rapidamente. Aliviada, ponho o copo na mesa, me forçando a engolir o suco que ficara preso na garganta. Krysia continua. — Mas um grupo de guerrilheiros da resistência foi pego pelos nazistas em uma estação de trem ao sul de Cracóvia algumas noites atrás. Alek e os outros agora acreditam que há algum vazamento na resistência.

— Um informante?

— Sim. Não havia outra maneira de os nazistas descobrirem a localização do grupo e a hora exata em que se encontraram. Seja quem for que passou a informação, tem conhecimento interno das operações da resistência. O que significa que ele ou ela provavelmente sabe de tudo.

— Tudo — repito, engolindo em seco.

Minha identidade verdadeira, o trabalho que estou fazendo. Todos nós — não somente eu mas também Krysia, Lukasz, Jacob, meus pais — estamos em perigo.

— Estou lhe contando isso para que você tome cuidado, mais ainda do que o normal. Você precisa ficar atenta o tempo todo. — Ela pega Lukasz de seu cadeirão e o coloca no chão. Ele corre para mim e eu o pego e ponho no meu colo. Enquanto ele balbucia, passo meus dedos por seu emaranhado de cachos louros, pensando sobre o que Krysia dissera. *Um vazamento*. Visualizo mentalmente os rostos dos membros da resistência que conheço. Parece inconcebível que qualquer um deles pudesse ser um traidor. Krysia se levanta e começa a recolher os pratos da mesa. — Talvez seja melhor você adiar essa procura pelos documentos por ora, já que as coisas estão mais perigosas.

— Talvez — respondo, sem querer preocupá-la.

A verdade, eu sei, é exatamente o contrário. Se há um informante na resistência, é só uma questão de tempo até que minha identidade seja revelada ao Comandante — antes que essa farsa elaboradamente construída imploda sob nossos pés. Minha missão se tornou mais urgente do que nunca. Tenho de encontrar essas informações para a resistência e sumir antes que seja tarde demais.

CAPÍTULO 16

O aviso de Krysia ecoa em minha cabeça enquanto me dirijo ao gabinete no dia seguinte. *Tome cuidado.* Mas o tempo urge. A resistência precisa de qualquer informação que o Comandante possa ter. E se minha identidade está para ser revelada por um informante, não tenho muito tempo. Quando poderei entrar no escritório dele de novo? Nosso encontro depois de ele ter deixado a baronesa na noite anterior fora improvisado e não temos outros encontros marcados. Enquanto trabalho, tento fervorosamente pensar em um plano para entrar em seu apartamento mais uma vez.

O Comandante passa o dia fora em reuniões e não o vejo até quase cinco horas, quando ele me chama em seu escritório.

— Aqui — diz ele, com um tom de voz profissional, me entregando uma grande pilha de papéis e arquivos sem levantar os olhos.

Não há sinal da intimidade que compartilhamos na noite anterior. Por um momento me preocupo que ele tenha descoberto ou que suspeite de algo. Mas então, me lembrando do sentimento genuíno em seus olhos enquanto me abraçava na noite anterior, sei que as coisas não devem ter mudado tão rápido. Percebo que ele deve estar simplesmente preocupado com o trabalho.

Demoro, sem jeito, ao lado da mesa enquanto ele trabalha, esperando que ele diga algo sobre a noite anterior ou talvez sugira que nos encontremos novamente.

— Por agora, é só — diz ele, um momento depois, como se tivesse se esquecido de que estou ali.

Ele não vai me convidar para sair, percebo, desapontada. Começo a andar até a porta e paro. Não há tempo. Tenho de ser ousada. Respirando fundo, me viro de frente para a mesa.

— *Herr Kommandant*... — arrisco, delicadamente.

Ele levanta os olhos.

— Sim, Anna, o que é? — pergunta ele. Sua voz é gentil, mas detecto uma nota de impaciência.

— Sobre ontem à noite... — Aproximo-me da mesa, baixando a voz ainda mais.

— Sim? — Um olhar surpreso perpassa seu rosto. Raramente falamos de nosso envolvimento no trabalho e certamente eu nunca havia iniciado o assunto. Pergunto-me se ele suspeitará de algo se eu falar demais. Decido ir em frente.

— Ontem foi muito agradável — digo.

Ele sorri.

— Concordo. Fico muito feliz por você finalmente ter ficado até de manhã. — Ele estende a mão e toca meu antebraço. Sinto uma corrente de eletricidade me percorrer.

Continuo.

— Eu sei que isso deve ser ousado de minha parte, mas a orquestra tocará um programa com Bach esta noite e eu pensei que... — Deixo minha voz sumir, baixando os olhos.

— Eu adoraria levá-la à sinfonia, Anna — responde ele, com sinceridade na voz. — Fico lisonjeado por você ter sugerido, mas tenho um jantar oficial esta noite e preciso ir a Varsóvia amanhã de manhã cedo para um dia inteiro de reuniões. Talvez no final de semana?

— É claro. — Tento manter minha voz estável. Quão tola fui por não verificar sua agenda! —Entendo.

— Pensarei em você o tempo todo — promete ele, levando minha mão aos seus lábios. Faço um gesto de assentimento com a cabeça e levo a pilha de papéis para a antessala.

Quando saio do castelo naquela noite, minha mente se enche de pensamentos. Minha tentativa de voltar ao apartamento do Comandante falha. Será que fui muito ousada? Será que ele suspeitou de algo? Não, ele realmente ficara feliz por eu tê-lo convidado. Alguma outra coisa me incomoda, no entanto. É uma sensação de rejeição, me dou conta, surpresa.

Estou de fato um pouco magoada porque ele não aceitou meu convite. *Não seja ridícula,* ralho comigo mesma quando subo no ônibus para a casa de Krysia. Seu convite fora simplesmente parte da missão. Mas, mesmo dizendo isso a mim mesma, continuo balançada por meus sentimentos. *É como o caso da baronesa novamente,* penso, lembrando meu ciúme de uns dias atrás. Por que estou deixando que ele me afete dessa maneira? *Você tem de tirar isso da cabeça.* De qualquer maneira, ele tinha uma boa razão para recusar: o jantar e a viagem a Varsóvia.

Minha cabeça se ilumina. O Comandante vai a Varsóvia amanhã. Ele passará o dia fora da cidade. Talvez eu consiga entrar em seu apartamento enquanto ele está fora e procurar pela informação à luz do dia. Seria a oportunidade perfeita. Meu coração fica em polvorosa. Preciso de uma desculpa para entrar no apartamento. Considero me oferecer para levar documentos novamente, como fiz da primeira vez em que ficamos juntos, mas não haverá real necessidade de fazê-lo enquanto o Comandante estiver fora. Não, se vou entrar no apartamento, terá de ser sem mais ninguém saber. *A chave,* lembro repentinamente. Há uma chave extra do seu apartamento em algum lugar no gabinete. Já vira Diedrichson dá-la a um dos mensageiros para entregar coisas no apartamento durante o dia. Se eu conseguir pegar a chave, consigo entrar no apartamento.

Saio do ônibus e começo a andar pela rua até a casa de Krysia, ainda formulando meu plano. Preciso chegar cedo ao trabalho, pegar a chave antes de Malgorzata chegar e ir até o apartamento na hora do almoço. Diedrichson estará com o Comandante em Varsóvia, então ele não notará a ausência da chave. No portão da frente, faço uma pausa, sentindo o peso do que estou prestes a fazer recair sobre mim. Isso leva a missão a outro nível, não é mais uma questão de me esgueirar à noite, mas de invadir o apartamento. Se eu for pega, ou mesmo vista... Sinto um calafrio. Não há outra escolha possível.

* * *

Na manhã seguinte, chego ao trabalho às 7h45. Calculei minha chegada para que esteja precisamente cedo o suficiente para estar lá antes de Malgorzata, mas não tão antes de meu horário habitual que pudesse despertar suspeitas nos guardas do portão. Os corredores estão praticamente vazios, exceto por alguns oficiais que parecem não me notar. Destranco a porta da frente da recepção, e depois a da antessala. Paro em minha mesa para deixar a bolsa, pegando alguns papéis para que pareça que tenho uma razão para estar no gabinete do Comandante, caso Malgorzata chegue e me veja. Tenho a esperança de que não demore muito a achar a chave. Entro no gabinete e ando rapidamente até a mesa. Abro a primeira gaveta e procuro a chave entre as organizadas fileiras de canetas e outros objetos de escritório. *Não está aqui*, penso, entrando em pânico. Procuro no fundo da gaveta. De repente, meus dedos sentem uma pequena peça de metal frio. Suspirando de alívio, retiro a chave.

Um rangido vem do lado de fora. Dou um pulo. *Malgorzata*, penso, reconhecendo seus passos pesados e laboriosos na antessala. Fecho a gaveta rapidamente e coloco a chave na pilha de papéis assim que a porta do gabinete se abre.

— Ah, Anna, é você — diz Malgorzata, soando decepcionada.

— Quem você estava esperando que fosse?

Ela não responde.

— Quis começar cedo hoje a resolver as coisas, já que o Comandante está fora — continuo, recitando o álibi que ensaiara. — Há muita correspondência por organizar e preciso sair na hora do almoço para resolver algumas coisas.

— Ah, está bem — responde ela, com naturalidade. — Por que não deixa que eu a ajude?

Ela dá um passo à frente e aponta para a pilha de papéis que estou carregando.

— N-não, obrigada — gaguejo, trazendo os papéis mais para perto. Visualizo-a tentando tirar os papéis das minhas mãos, as duas olhando para a chave que caíra no chão. — O Comandante me pediu para organizar estas cartas pessoalmente. — Observo seu rosto anuviar-se quando ouve a mentira. Imediatamente, sinto uma pontada de culpa. Malgorzata já sabe que ela está em segundo lugar, bem distante de mim aos olhos do Comandante, que ele não confia nela como confia em mim. Lembrá-la esse fato é cruel de minha parte, mas não tive escolha. — Seria ótimo se você pudesse pegar parte do arquivamento hoje, no entanto — ofereço, rapidamente.

— Certamente. — Ela sorri, aprumando-se. Quando se vira e sai do gabinete, penso, não pela primeira vez, que ela de fato só quer se sentir útil.

Ao meio-dia, pego minha sacola e saio da antessala para a recepção.

— Estou saindo para resolver minhas coisas — digo, animadamente.

Malgorzata assente.

— Ficarei aqui; almoço depois que você chegar, para o caso de o Comandante ou o coronel Diedrichson telefonarem de Varsóvia.

— Uma ideia excelente.

Sabia que essa seria a sugestão de Malgorzata. Embora ninguém a tenha incumbido disso, Malgorzata considera seu dever certificar-se de que sempre há alguém para atender ao telefone quando o Comandante está fora. Suspeito que ela secretamente fantasie com ele fazendo uma ligação sobre algo urgente enquanto estou fora e que esse será seu momento de brilhar, talvez levando-a a me substituir. Seu zelo, nesse caso, acaba sendo de grande ajuda, já que sei que ela não poderá vigiar o telefone e me seguir ao mesmo tempo.

— Voltarei logo — digo.

Andando o mais rápido que consigo sem atrair atenção, saio do castelo para a praça do mercado, parando na barraca de frutas para comprar laranjas, um subterfúgio para minha saída. Então, verificando cuidadosamente que não estou sendo seguida, faço a volta para o prédio do Comandante e entro pela porta da frente. Lá dentro, o prédio está deserto. Subo as escadas rapidamente até o segundo andar. Minhas mãos tremem tanto que mal consigo colocar a chave na fechadura. Faço uma pausa. Entrar escondida no apartamento do Comandante é a coisa mais perigosa que já fiz. *Talvez esta seja a chave errada,* penso, esperançosamente, e eu não consiga entrar. Mas a chave se vira facilmente na fechadura. Giro a maçaneta e entro.

Fecho a porta, com o coração aos pulos. Passo a vista pela sala e meus olhos se concentram na porta que dá para o quarto. Estou quase esperando que a porta se abra e que ele entre na sala, e eu tenha de explicar o que estou fazendo ali. Mas o apartamento continua silencioso. Olho para a mesa de centro, coberta de jornais e copos sujos. *Ele precisa de uma boa arrumadeira,* penso, não pela primeira vez. Mas tenho certeza de que ele não confia em ninguém o suficiente para que deixe entrar aqui. *Talvez eu possa ajudá-lo...* Balanço a cabeça. Não há tempo para esses pensamentos ridículos. *São meus nervos,* decido. Respirando fundo, me dirijo rapidamente até o escritório. Vou até a mesa e puxo a gaveta, mas desta vez ela não se abre. Está trancada. Meu estômago se revira. Por que ele a trancaria agora? Talvez seja uma armadilha. Quase espero que a Gestapo entre derrubando a porta do escritório. *Saia daí,* uma voz diz em minha cabeça. *Desista agora e saia, antes que seja tarde demais.*

Então penso em meus pais no gueto do outro lado do rio. Preciso salvá-los. Essa é a razão pela qual fiz o que fiz, porque me maculei e fiz uma farsa de meu casamento. Uma onda de fadiga me assalta repentinamente.

Não, preciso abrir a gaveta. Mas como? Considero quebrá-la, mas está fora de questão. Ainda que eu conseguisse fazer isso, o Comandante saberia que alguém estivera ali. Passo os olhos pela escrivaninha, procurando algo para abrir a fechadura. Uma coisa brilhante me salta aos olhos. É um clipe de papel. Pego o clipe de metal e o desdobro, e coloco a ponta na fechadura, que gira em falso. Tento de novo. Nada.

Estou agora arfando e sinto o suor escorrendo pelo meu pescoço. Isso é impossível. *Deveria ir embora,* penso de novo. Então balanço a cabeça. Eu consigo fazer isto. Giro de novo o clipe de papel na fechadura. Ele prende em algo e a fechadura gira. Prendendo a respiração, puxo a gaveta e ela se abre imediatamente. Ponho a mão no fundo, por baixo dos papéis, me perguntando por um segundo se eu imaginara o fundo falso. Mas a fenda ainda está lá. *Calma, fique firme,* penso enquanto tiro os papéis e puxo a lâmina de madeira. Respiro profundamente. Como suspeitara, a gaveta tinha um fundo falso e no compartimento por baixo dele encontro papéis com um cabeçalho que nunca havia visto antes. *Diretoria de Operações Especiais,* diz o topo da primeira folha em alemão. Está datado de dois de novembro, somente alguns dias atrás. Tiro os papéis da gaveta e passo os olhos rapidamente. Algumas palavras técnicas me escapam à compreensão, mas a palavra *Juden* está em todo lugar. Era isto que Alek estava procurando.

Continuo a ler, me esquecendo de minha situação e da necessidade de sair do apartamento. O gueto será liquidado, segundo os documentos, e os judeus serão removidos. Meu estômago se revira. Os papéis falam de uma mudança de política: diferentemente dos judeus que haviam sido removidos do gueto até agora, os que sairão dali para frente não serão levados ao campo de trabalho de Plaszow, mas diretamente para Auschwitz ou Belzec. As fundações estão sendo feitas para as novas casernas onde os judeus serão colocados nesses campos, segundo o relatório, e as casernas ficarão prontas no início de janeiro.

Paro de ler e levanto os olhos com as mãos trêmulas. Meus pais serão mandados para os campos. *Não pense nisso agora,* digo a mim mesma, sabendo que se eu pensar, não conseguirei fazer nada. Releio o texto, tentando memorizar as passagens principais para contar a Alek. Logo me dou conta de que há detalhes demais para me lembrar. Datas, nomes de lugares e números podem não querer dizer nada para mim, mas poderiam ser importantes para a resistência. Originalmente, havia planejado simplesmente ler os papéis e relatar o que vira para Alek. É o que ele me pedira para fazer. Mas olhando para os papéis novamente, percebo que não será suficiente. Terei de levá-los comigo.

Ou pelo menos uma cópia. Levantando os papéis, vejo que foram escritos em papel-carbono. Lambo meu dedo e começo pelo canto da primeira página. A página de trás, uma cópia fina, se separa da principal. *Ousarei levá-la?* A chance de o Comandante perceber que a cópia de carbono está faltando é mínima, mas se me pegarem com esses documentos, isso custará minha vida, sem contar que colocaria todos em minha volta em grave perigo. Ainda assim, a oportunidade é boa demais para ser desperdiçada. O documento em si tem muito mais valor para Alek do que minha memória. Sem escrúpulos, separo a cópia de cada uma das páginas. Devolvo o documento original para o compartimento secreto e fecho a gaveta. Levanto os olhos para o relógio na parede. Já saíra do gabinete há quase uma hora. Malgorzata suspeitará de algo se eu não voltar rapidamente. Dobro a cópia de carbono duas vezes rapidamente e coloco no decote de minha blusa. Então fecho a gaveta.

Passando os olhos mais uma vez em volta para ter certeza de que deixei a cadeira e a mesa exatamente como foram encontradas, saio do escritório e volto correndo para a sala. *Consegui*, penso, com uma onda de alívio me tomando enquanto saio do apartamento e fecho a porta.

— *Dzien dobry*, Miss Anna — diz uma voz masculina, por trás de mim.

Congelo, aterrorizada. *Fui pega*. Acabou tudo. Viro-me lentamente e encontro Stanislaw, o motorista do Comandante, segurando um saco de compras.

Tento respirar.

— *Dzien dobry*, Stanislaw — digo. — Você não ia levar...

Ele balança a cabeça.

— Deve nevar ao norte, então *Herr Kommandant* preferiu pegar o trem para Varsóvia. Ele decidiu ainda hoje de manhã.

— Ah. — Sabia que Stanislaw às vezes vinha ao apartamento resolver coisas durante o dia quando o Comandante estava no gabinete e não precisava ser levado a algum lugar. Mas, com o Comandante viajando, não me havia ocorrido que ele poderia estar aqui hoje. Um silêncio desconfortável paira entre nós. — E-eu vim apenas deixar alguns documentos de que o Comandante precisará quando retornar à noite — digo, por fim.

Ele assente.

— É claro — diz ele, sem inflexão.

Seu rosto não tem expressão alguma e não consigo identificar se ele acredita em mim ou não. De repente, seus olhos se fixam na minha barriga. Olho para baixo. As cópias de carbono dos documentos estão saindo da minha blusa.

— Ah... — Ponho a mão na blusa. Stanislaw vira os papéis que eu pegara na gaveta. Desesperada, tento pensar em uma explicação. Se ao menos estivesse chovendo, eu poderia dizer que pegara documentos para levar ao gabinete e não queria molhá-los. Por fim, desisto. — Preciso destes documentos — digo, derrotada. Não consigo pensar em mais nada.

Stanislaw me fita por vários segundos, sem falar nada. Pergunto-me se ele está decidindo o que fazer. Então, um pequeno sorriso aparece em seus lábios.

— É claro — diz ele, novamente.

Ele estende a mão e empurra os papéis de volta para dentro da blusa para que não fiquem aparecendo. Então, sem dizer mais nada, ele passa por mim e entra no apartamento com as compras.

Fico olhando a cena, surpresa demais para me mexer. Ele está me deixando passar, noto, incrédula. Não me havia ocorrido que o motorista do Comandante pudesse simpatizar com ideais antinazistas. Ele é polonês, penso, mas ainda assim... Não ousando ficar ali mais tempo, me certifico mais uma vez de que os papéis estão escondidos, e então me viro e volto rapidamente para o gabinete.

CAPÍTULO 17

Naquela noite, depois do trabalho, volto correndo para a casa de Krysia. Ela está sentada no sofá da sala, tricotando, com Lukasz dormindo profundamente em seu colo.

— Preciso ver Alek imediatamente — falo, baixinho.

Não mostro os documentos a Krysia e ela não me pergunta sobre eles. É melhor que ela saiba o mínimo possível.

Krysia assente.

— Tentarei fazer contato amanhã cedo.

Na manhã seguinte, durante o café da manhã, ela me pede para cuidar de Lukasz. Ela volta vários minutos depois, usando um de seus vestidos de domingo.

— Você vai à igreja? — pergunto, surpresa.

— Às vezes consigo fazer contato por lá.

Depois de ela sair, penso na ironia que é a resistência judaica usar a igreja como meio de comunicação. Acho que faz sentido, afinal. É um dos poucos lugares na cidade onde não há nazistas.

Várias horas depois, Krysia volta para casa com uma expressão séria e abatida no rosto.

— Eles se foram — diz ela, arfando, ao entrar na cozinha e desabar em uma cadeira.

— Se foram? — Desesperada, me ajoelho em sua frente. — O que você quer dizer?

— Fui à igreja encontrar meu contato, mas ele não apareceu na hora de sempre. Esperei o máximo que pude, mas não o vi e nenhum dos outros. Então fui... a um lugar secundário onde sei que geralmente consigo fazer contato. — Percebi pela primeira vez que as finas botas de couro de Krysia estavam sujas de lama e me perguntei onde seria esse lugar secundário. — Vi um amigo que me disse que houve uma busca na sede da resistência. Ninguém estava lá na hora — acrescenta ela, rapidamente, vendo minha expressão. — E ninguém foi preso. A Gestapo não achou papéis nem nada importante. — Faço um gesto com a cabeça para que prossiga, aliviada. Alek é cuidadoso demais para deixar algo acontecer, penso, me lembrando da noite no gueto em que ele me dera o bilhete de Jacob e insistira em queimá-lo depois. Krysia continua. — Mas Alek mudou a sede para um lugar ainda mais escondido e mandou cessar toda comunicação temporariamente. A resistência ficou muda.

— Muda?

— Sim — responde Krysia. — Sem fazer contato de dentro para fora ou de fora para dentro até que eles tenham certeza de que é seguro. — Ela se inclina e solta os cadarços das botas.

Tento processar o que Krysia dissera. Sem mais contato com Alek ou Marta, minhas únicas ligações com Jacob.

— Mas tenho informações importantes — insisto. — Tem de haver um jeito.

— Tentei todos os canais de que dispunha para fazer contato. Sinto muito, mas é impossível.

Krysia fica de pé e segue para a cozinha, mas então para e se volta para mim. A expressão em seu rosto é distante e posso ver seu cérebro trabalhando.

— O que foi?

Ela balança a cabeça.

— Nada. É muito perigoso.

— O que é perigoso? — Levanto-me e vou até ela. — Krysia, se você tem alguma ideia, me diga. — Pego sua mão e a aperto. — Por favor.

Ela hesita.

— Provavelmente não daria em nada. Mas antes da invasão e no início da guerra, Alek e os outros costumavam frequentar um bar na rua Mikolajska chamado Corcel Negro. — Faço um gesto de reconhecimento com a cabeça. Já passara na frente dele várias vezes, mas nunca entrei. Krysia continua. — O dono, Francisek Koch, tinha alguma simpatia pela causa. Não sei se ele sabe de alguma coisa. Mas eu não posso ir até lá. Atrairia muita atenção.

— É verdade — concordo.

Uma senhora idosa ir à igreja é uma coisa, mas entrar em um bar cheio de jovens é outra totalmente diferente. Eu, por outro lado, poderia ir. Abro a boca para dizer isso a Krysia, mas fecho novamente.

— O que é? — pergunta ela, estudando meu rosto.

— Nada — respondo. Não adianta contar-lhe minha ideia; ela simplesmente me proibiria de ir. — Entendo. É muito perigoso.

Krysia estuda meu rosto, sem se convencer.

— Por que eu acho que você vai até o Corcel Negro esta noite?

— Eu não... — digo, mas ela levanta a mão.

— Deixe para lá, nem precisa tentar negar. Eu não quero que minta para mim e talvez seja melhor que eu não saiba. Acho arriscado demais, mas a decisão é sua. — Ela aperta os lábios, sorrindo ligeiramente. — Você conquistou esse direito. — Ela se vira e sai da sala lentamente, com os ombros caídos.

Naquela noite, depois de colocarmos Lukasz para dormir, desço para a entrada da casa. Krysia me segue, observando em silêncio enquanto ponho o casaco.

— Não volto tarde — prometo, colocando os papéis no bolso do casaco.

— Aqui. — Krysia põe a mão no bolso e tira várias moedas e notas. — Leve isto. Pan Koch se animará mais a dizer algo se você deixar uma boa gorjeta.

Pego o dinheiro relutantemente.

— Obrigada.

Lá fora está muito frio para novembro e agora a neve começara a cair. Desço a rua em direção à cidade. Mais adiante, vejo um ônibus e hesito. Se algum dos vizinhos me visse, poderia me perguntar por que estou indo à cidade a esta hora. Mas não tenho muito tempo e isso me poupará quase uma hora de caminhada. Corro para o ônibus e entro. Está quase vazio, mas me sento ao fundo, inclinada, com a gola do casaco levantada protegendo meu pescoço.

Quinze minutos depois, saio do ônibus duas paradas antes da praça do mercado. Está nevando mais forte agora e as ruas estão escorregadias no caminho para Mikolajska, uma ruazinha tortuosa perto da praça do mercado. O Corcel Negro é um dos muitos bares de Cracóvia localizado em um porão de tijolo. Paro no topo das escadas, hesitando, ouvindo a música e as vozes lá embaixo. Nunca havia vindo neste ou em qualquer outro bar na cidade, exceto por uma vez em que tive de buscar meu pai em um café pequenino em Kazimierz onde ele jogava bridge com alguns homens do bairro. Respirando fundo, desço as escadas e abro uma porta pesada ao final. Dentro do bar, o ar está denso com o cheiro de fumaça de cigarro e cerveja. Está mais vazio do que esperava, julgando pelo barulho que ouvia de fora. Alguns homens mais velhos reunidos em um canto do ambiente levantam os olhos e me olham com curiosidade. Eu não retorno os olhares e me dirijo rapidamente ao balcão. — Um café, por favor — digo, ao homem grande barbado que está atendendo enquanto me sento em uma das banquetas. Ele parece ter por volta de trinta anos e me pergunto se tem idade para ser o dono.

Ele põe a bebida quente no balcão.

— Mais alguma coisa?

Respiro fundo.

— Pan Koch está aqui?

Ele me olha desconfiadamente.

— Quem quer saber?

Hesito.

— Meu nome é Anna Lipowski —digo, calmamente. — Sou a sobrinha de Krysia Smok.

Uma expressão de reconhecimento perpassa seu rosto. Ele se aproxima.

— Sou Koch. O que você quer?

— Estou procurando Alek e os outros. A resistência.

Sua expressão fica séria e ele dá um passo atrás.

— Certamente não faço ideia do que você está falando.

— Por favor, é muito importante que eu os encontre. — Ponho a mão no bolso. — Se for uma questão de dinheiro...

— Não! — explode ele. E então baixa a voz. — Não é seguro. Aqueles homens ali são informantes. Se eles virem ou ouvirem algo, acabaremos os dois na prisão.

Sinto um calafrio.

— Krysia não me disse que...

— Ela não sabia. — Seus olhos estão anuviados. — Esses cretinos só começaram a vir aqui há umas poucas semanas.

— Então você conhece Alek?

— Não de nome. Mas acho que sei de quem está falando. Alto, cabelos claros, cavanhaque? — Assinto. — Ele e os outros vinham aqui e se reuniam às vezes no porão mais de baixo. Não os vejo há muito tempo. Ouvi dizer que talvez tenham desistido por causa das prisões recentes, fugido para a floresta e para outros países.

Meu coração gela.

— Obrigada. — Começo a me levantar.

— Espere — diz ele. — Termine seu café. Aja normalmente. Você não quer que esses homens desconfiem de nada, certo?

Aquiesço e me sento novamente. Koch se vira e anda até o fundo do bar, onde começa a secar copos. Observo-o de costas, processando o que ele dissera. Ele não sabe onde Alek e os outros estão. Talvez tenham mesmo desaparecido, penso. Jacob nunca desistiria, nunca me deixaria. Mas as dúvidas enchem minha cabeça. E se a causa o levasse a outro país? E se outra garota roubara seu coração? *Não*, me censuro. *Não posso pensar essas coisas*, não aqui. Preciso me concentrar em voltar para a casa de Krysia com segurança.

Termino o café e ponho algumas moedas no balcão. Considero deixar todo o dinheiro que Krysia me dera como gorjeta, mas desisto; Pan Koch me dissera tudo o que sabia. Ele me olha e faz um gesto com a cabeça quando me levanto e saio em direção à porta. Lá em cima, paro na entrada, fechando mais o casaco e enrolando bem o cachecol. Saio na rua. A neve ainda está forte e o vento aumentou. É a primeira nevasca da estação. Quando começo a caminhar em direção à praça do mercado, ouço passos atrás de mim. Congelo. Um dos homens do bar deve ter me seguido. Talvez os informantes tenham ouvido minha conversa com Koch. Não adianta fugir, decido, me virando. À minha frente está um homem mais velho e careca.

— Com licença — diz ele, rapidamente, piscando por detrás dos óculos. Sua voz é áspera. — Não quis assustá-la.

— O que você quer? — pergunto.

— Não pude deixar de ouvir sua conversa com Pan Koch. — Sua respiração é visível no ar gelado da noite.

Hesito. Ele é um dos informantes que Koch mencionara? Não o reconheço de dentro do Corcel Negro.

— E-eu estava somente... — começo a explicar, mas ele levanta a mão.

— Guarde suas explicações. Não há tempo. Koch não tem o que você está procurando, mas eu tenho. Acompanhe-me. Rápido.

Ele começa a caminhar na direção oposta à rua Mikolajska. Poderia ser uma armadilha me levando diretamente para a Gestapo. *Confie nele*, uma voz no fundo de minha mente me diz. Não tenho outra escolha. Sigo-o pela rua. Ele não diz nada ao cruzarmos a parte sudeste da cidade. Estamos indo em direção ao rio, percebo alguns minutos depois. Os prédios aqui estão decadentes; são prédios industriais. Então a rua dá lugar a um caminho tortuoso e coberto de neve que desce até a beira d'água.

— Cuidado por onde anda — diz ele, enquanto descemos. Ao final do caminho, à beira do rio, está uma pequena cabana que não é visível da rua principal. O homem me leva até a porta da frente. — Espere aqui — comanda ele, desaparecendo lá dentro. Fico parada sozinha no escuro e no frio olhando para o rio e para a rua alternadamente. Um momento depois, a porta se abre novamente e o homem me pega pelo braço. — Entre, rápido

Ele me leva para dentro da cabana e fecha a porta. Pisco, tentando ajustar a vista à pouca luz. É um ambiente minúsculo, gelado e sem móveis, com exceção de uma mesa e de uma só cadeira. Uma luva esgarçada de couro marrom está em cima da mesa.

— O que você está fazendo aqui? — pergunta uma voz familiar.

Eu me viro.

— Marek! — exclamo.

Ele está quase irreconhecível com um casaco grosso e touca de esqui cobrindo parte de seu rosto. Ele me olha com o rosto fechado.

— Você não deveria ter vindo aqui. Não é seguro.

— Preciso falar com você. É importante. — Hesito, sem saber o quanto posso dizer na frente do desconhecido.

— Obrigado, Avi — diz Marek, ao homem careca.

— Obrigada — repito.

O homem assente e sai da cabana. Marek vai até a janela, abre a cortina e olha para fora.

— Você acha que fomos seguidos?

Marek balança a cabeça.

— Avi é bom demais para deixar isso acontecer. — Ele deixa a cortina se fechar de volta. — Agora, o que você quer?

Olho em volta do ambiente pequeno e úmido procurando qualquer sinal dos outros.

— Onde está Alek? — pergunto, com os dentes rangendo de frio.

— Ele não está na cidade. Está perigoso demais para ele agora. Qual é a emergência?

Havia imaginado que falaria somente com Alek. Eu sei, no entanto, que Marek é um de seus aliados mais próximos. Posso confiar nele.

— Isto. — Entrego-lhe o papel.

Ele o toma, observando a primeira página.

— Meu alemão não é bom. Diga-me o que está escrito.

Respiro fundo.

— Diz que os nazistas vão liquidar o gueto e mandar os judeus ou para Auschwitz ou Belzec em vez do campo de trabalho de Plaszow.

Marek não parece surpreso.

— Sim, nada de novo. Já sabíamos. — Olho para ele, surpresa. A resistência já sabia da liquidação do gueto desde antes. Percebo mais uma vez que sei muito pouco sobre o que está fazendo esse grupo por quem arrisco minha vida diariamente. Ele continua. — A questão é quando.

— Janeiro — respondo.

Ele arregala os olhos.

— O quê?

— Eles vão começar a remover os judeus quando as novas casernas estiverem prontas em Birkenau no início de janeiro.

Uma expressão de surpresa perpassa seu rosto.

— Janeiro! — Ele toma os papéis de minhas mãos.

— Sim. Está tudo aí. — Não consigo segurar certa satisfação. — O memorando tem menos de três semanas.

— Era disso que eu precisava saber. Será muito antes do que pensávamos. — Ele dobra os papéis e os coloca em seu casaco. — Preciso levar isto para Alek. — Ele abre a porta da cabana e eu o acompanho até o lado de fora. *Talvez ele me leve até os outros,* penso. Certamente conquistei o direito de ir com ele depois de conseguir essas informações. Mas ele aponta para o caminho de onde Avi e eu viemos. — Se você voltar por ali, poderá pegar a estrada para a casa de Krysia — diz ele.

Abro a boca para falar. Quero perguntar-lhe sobre os outros, se ele tem notícia de Jacob. Como poderei encontrá-lo e os outros se precisar?

— Você não deve vir aqui de novo — diz ele, lendo minha mente.

Então ele se vira e começa a andar na outra direção. Contemplando-o enquanto caminha pela escuridão, me dou conta de que ele nem mesmo agradecera.

Olho para a cabana mais uma vez. Será que fora um esconderijo da resistência por muito tempo? De repente, me lembro da luva marrom em cima da mesa. Um lampejo de esperança me toma de assalto. Jacob tinha luvas como aquelas. Talvez ele tenha estado aqui recentemente... Estremeço ao pensar nele naquele ambiente gelado, sem aquecimento. De qualquer maneira, se estivesse tão perto, ele certamente teria dado um jeito de me ver, afinal.

Chega, digo a mim mesma. Fiz o que tinha de fazer, entreguei os papéis. Preciso voltar para casa. Deve ser quase dez horas, o horário do toque de recolher da cidade, e Krysia deve estar preocupada. Começo a subir pelo barranco do rio, tentando não escorregar. Penso em Marek. Sua expressão fora tão estranha ao receber a informação. Ele estava quase sorrindo. Então me lembro da conversa que escutara no apartamento da rua Josefinska depois do jantar de Sabá no gueto. Marek é um dos líderes mais linha dura da resistência, ele quer atacar os nazistas duramente e sempre que possível. Essa informação sobre a aniquilação do gueto provavelmente é um ponto a favor de sua posição. Agora eles tentarão fazer algo, percebo; meu estômago está embrulhado. De repente, me toma uma sensação estranha de que, ao mesmo tempo em que dera informações úteis para a resistência, também colocara Jacob em perigo.

No topo da colina, paro, observando a rua deserta. Saio rapidamente pelo centro da cidade em direção à casa de Krysia. Uma sirene toca ao longe, sinalizando o toque de recolher. Aperto o passo, com as solas dos sapatos cantando contra o pavimento molhado e escorregadio. *Cuidado por onde anda*, penso, com os pés começando a escorregar.

Sigo em frente, de cabeça baixa, tentando me proteger do vento. Quando viro a esquina na rua Starowislna, dou de frente com uma parede. Meus pés escorregam para frente e para os lados, e paro desajeitadamente de costas em uma poça suja de neve derretida.

Olhando para cima, percebo rapidamente que não bati em uma parede, mas sim em um homem vindo da outra direção. Tento imediatamente levantar, mas, antes que possa me ajeitar, ele passa suas mãos por debaixo dos meus braços e me levanta. Fico surpresa demais para resistir. Piscando, para tirar a neve dos olhos, sinto a mão do desconhecido em minha testa, como uma mãe que verifica se o filho tem febre. Seu casaco exala um aroma condimentado que me parece, de alguma maneira, familiar.

— *Dzienkuje...* — Agora enxergando de novo, me viro para o desconhecido, mas ele seguira em frente, e vejo a parte de trás de seu casaco diminuindo bem à frente na rua.

Que estranho, penso, olhando para o lugar de onde viera com o canto do olho. A rua está vazia. Mas não há tempo para especular. Limpando o resto de neve do casaco, sigo em frente.

De repente, uma sirene alta corta o silêncio. Cinquenta metros à frente, no cruzamento, um carro da Gestapo para.

Volto para a esquina, me espremendo contra a parede de tijolos e desejando ficar invisível. A distância, ouço portas de carro batendo e o som das botas pesadas contra o pavimento. O brilho de uma lanterna toca a parede de tijolos ao meu lado. Meu coração bate rápido e minha testa fica molhada de suor.

Os nazistas ficam em silêncio, procurando e escutando pelo que parece uma eternidade. Finalmente, um deles diz alguma coisa em voz baixa e eu os escuto entrar no carro novamente. Alguém dá a partida e eu me encolho, esperando o carro passar ao lado e revelar, com os faróis, uma mulher patética coberta de neve tentando em vão desaparecer em uma parede de tijolo. Prendo a respiração e conto mil, dois mil, três mil...

Os pneus cantam, o carro faz a ré e sai na outra direção.

Quando o som do motor desaparece, desabo contra a parede, tremendo. Se aquele homem não tivesse me derrubado, certamente eu teria caído exatamente no caminho da Gestapo. Se fosse pega desobedecendo ao toque de recolher, poderia ser presa ou pior. Inspiro profundamente, pensando em minha sorte com o tal desconhecido, e começo a caminhar de novo.

A umidade da neve começa a encharcar minha roupa. Retiro as luvas molhadas e ponho as mãos nos bolsos do casaco. No fundo do bolso direito, meus dedos tocam algo desconhecido e duro. Pego o objeto e paro de novo. Retiro uma pedra marrom e lisa que não estava ali uma hora antes.

Um gritinho escapa de meus lábios. É uma peça de âmbar! Ali eu soube que a colisão não fora acidente e que o homem não era um desconhecido. Foi Jacob que esbarrou em mim. Ele deixou a pedrinha como um sinal de que tinha sido ele. Sinto um arrepio. Agora eu sei que Jacob não está longe, salvando o mundo com outra garota. Ele está perto, cuidando de mim. Ao esbarrar comigo e me derrubar, ele me impedira de ser encontrada pelos nazistas. Ele estava me amando a distância, da única maneira que podia.

De repente, o frio passa e me sinto aquecida, o ar em minha volta cheio de eletricidade. Nesse momento, nada mais importa — Jacob está vivo e ainda me ama. Ponho minha mão de volta no bolso, com a pedra fria segura ali dentro, e corro de volta para casa.

CAPÍTULO 18

A mancha marrom na tigela de Lukasz não quer sair. Mergulho-a novamente na água quente cheia de sabão e esfrego mais forte com um pano. Se fosse qualquer outra louça, a deixaria de molho de um dia pro outro, mas esta é a tigela com os coelhinhos, a única de que Lukasz parece gostar. A esperança de ver o desenho ao fundo o motiva a terminar de comer o cereal no café da manhã. Sem ela, ele às vezes se recusa a comer. Tem de estar limpa e seca pela manhã.

Ponho a tigela na água mais uma vez e me apoio na bancada. São quase dez horas de sábado. Lukasz já dormira há muito tempo e Krysia, que geralmente ajuda com as tarefas da casa, pediu para ir se deitar por causa de uma dor de cabeça, me deixando com a louça. Não me importo; é mais fácil ficar acordada sabendo que não preciso acordar cedo para ir para o trabalho na manhã seguinte, e a noite me permite ter alguns raros momentos de silêncio. Ainda assim, a tensão de minha situação, de ter de manter o disfarce, está me desgastando — estou simplesmente exausta.

Faz mais de duas semanas que entreguei os papéis a Marek. Não tive mais notícias da resistência. Ponho a mão no bolso para tocar a pedra de âmbar que encontrara na noite em que fui até a cabana. Algumas vezes desde então, tive a sensação de ser vigiada enquanto caminhava pela rua. Viro-me rapidamente toda vez, tentando ver Jacob, ou algum sinal de que está por perto. Mas nunca vejo nada e me pergunto se estou imaginando coisas.

Se pelo menos tivesse mais informações para a resistência, alguma desculpa para ir à cabana novamente, penso, sonhando. Continuo a ir ao apartamento do Comandante quando ele me convida, e a procurar documentos quando ele está dormindo, mas não encontro nada de novo. Nos últimos dias, tive menos chances de procurar porque o tenho visto menos. A guerra não está indo muito bem para os alemães, eu sei, não só pelos telegramas oficiais que passam pela minha mesa mas também por causa dos sussurros e rostos fechados dos oficiais nazistas nos corredores do Wawel. Como resultado, o Comandante tem trabalhado mais tempo e frequentemente tem reuniões que varam a noite. As poucas vezes que passamos a noite juntos, ele dormira pouco, acordando antes do amanhecer. Escuto-o andando de um lado para o outro e mexendo fervorosamente nos papéis em seu escritório enquanto fico acordada na cama. Mesmo quando ele consegue dormir, seu sono é intranquilo, e não ouso tentar procurar documentos por medo de ele acordar.

Cada dia que não consigo procurar novas informações, minha frustração aumenta. *Talvez eu deva tentar entrar em contato com Alek e conversar com ele sobre terminar a missão*, penso em frente à pia da cozinha. Não adianta muito continuar neste jogo se ele não dá novos resultados. Ainda assim, não tentei entrar em contato com Alek para fazer a sugestão. Digo a mim mesma que é necessário continuar, caso fique sabendo de algo novo. Na verdade, não tenho certeza se quero parar de encontrar o Comandante. Fico ansiosa por nossos encontros e seu carinho se tornara um conforto para mim. Parei de dizer a mim mesma que minha atração por ele é puramente física. A verdade é que também gosto de sua companhia, um fato que ficou mais aparente desde que nossas noites juntos se tornaram mais esporádicas.

De qualquer maneira, mesmo que quisesse me desvencilhar, como poderia terminar essa situação? Não se "termina" simplesmente com um oficial nazista de alto escalão, especialmente o Comandante, e percebo por seu olhar amoroso que ele não vê nosso relacionamento terminando. Concordamos em mantê-lo em segredo por enquanto, já que não seria adequado ele ser visto com sua assistente, e essa informação seria uma arma para seus inimigos. Mas, em privado, ele sempre fala de um futuro juntos.

— Depois da guerra nos casaremos — prometera-me ele mais de uma vez — e você voltará comigo para a Alemanha. Você, Krysia e seu irmão irão morar comigo em minha propriedade em Hamburgo.

Eu não respondo quando ele fala em casamento, mas, por dentro, me contorço. Qualquer outra jovem que se envolvesse com seu chefe provavelmente acharia reconfortante ouvir uma promessa de casamento. Mas eu já sou casada e vejo a coisa como ridícula, ou mesmo assustadora. Como eu escaparia do Comandante e voltaria para Jacob no final? Se os alemães forem derrotados, isso não seria um problema. Mas se os nazistas vencerem... Bem, não posso me permitir pensar nesse cenário.

Os vidros na janela se sacodem, fazendo um barulho alto. É início de dezembro e o frio está glacial. Conseguimos manter a casa de Krysia aquecida com lenha e carvão que armazenamos desde o último outono. Mas me preocupo constantemente com Jacob e meus pais, que certamente não gozam do mesmo conforto. Sinto falta deles mais do que nunca.

O chanucá começa amanhã à noite, eu sei, por causa do calendário hebraico que minha infância instalara permanentemente em minha cabeça. Se ao menos pudéssemos estar todos juntos para celebrar a data... Mais cedo, naquela noite, observara Lukasz brincando com seus bloquinhos no chão, pensando que ele nem mesmo sabe nada sobre chanucá. Senti muita vontade de colocá-lo no colo e contar-lhe as histórias dos guerreiros corajosos que salvaram o templo, e do milagre da luz que durou por oito noites, como seu pai certamente teria feito. Mas, embora eu sinta que estou em falta com Lukasz por não cumprir as tradições de nossa religião, não ouso fazê-lo. Ele tem três anos e meio agora, em nossa estimativa, e está ficando mais falante a cada dia que passa. Se ele repetisse a história do chanucá para um vizinho, ficaríamos todos em perigo. Pela mesma razão, não lhe daremos mesada de chanucá, moedinhas ou presentinhos tal qual eu recebia nesse feriado quando criança. Nem mesmo farei um dreidel, um pião de madeira, ou o ensinarei as brincadeiras de chanucá. Em vez disso, Lukasz ganhará presentes algumas semanas depois, no Natal, a festa que fingimos celebrar para manter as aparências. Mas esta noite, Krysia, em uma tácita concessão à nossa religião, fez latkes, bolinhos de batata com molho de maçã e creme azedo que se come tradicionalmente nessa data judaica. O sabor me trouxe imagens de minha mãe e lágrimas aos olhos. Jurei que um dia contaria a Lukasz sobre tudo isso, por que comemos bolinhos e quem foram nossos corajosos guerreiros.

Na entrada da casa, as tábuas do piso rangem. *Deve ser Krysia indo ao banheiro*, penso, deixando a água correr pelo ralo e secando a tigela limpa de Lukasz. Depois, seco as mãos em uma toalha. De repente, ouço passos atrás de mim na entrada da cozinha, mais pesados do que os de uma mulher. Alguém está em casa. Fico paralisada perto da pia, com minha mão segurando o cabo de uma panela no escorredor. Levanto o braço, mas, antes que possa levantar a panela contra o intruso, ele encosta em mim por trás e segura meus dois braços.

— *Shabat shalom*, srta. Emma.

Meu coração dá um pulo.

— Jacob! — exclamo, derrubando a panela na pia. Dou a volta. Estou na cozinha com meu marido. Por um segundo, me pergunto se estou sozinha. Jogo meus braços em volta dele, esperando abraçar o ar, mas ele está ali, real, sólido e a salvo. — Ah, Jacob! — exclamo, quando ele me abraça. Seguro-o com a maior força possível, beijando-o seguidamente na testa e nas bochechas.

Um momento depois, ele dá um pequeno passo atrás e nos olhamos um ao outro, silenciosamente. Minha mente fica em polvorosa. Jacob está aqui. Ele veio até mim. Sonhei tantas vezes com este momento que é difícil acreditar que seja real.

— Emma — diz ele, pegando meu rosto com as mãos e trazendo meus lábios para os seus.

— Nem acredito que você está aqui — digo, quando finalmente nos soltamos. Observo seu rosto. Sua pele está mais grossa e bronzeada agora, quase como um garoto que passara pela adolescência à idade adulta, embora, é claro, isso tenha acontecido há anos. Toco sua bochecha, agora áspera e vivida por causa do tempo passado do lado de fora. — Faz tanto tempo.

— Eu sei. Desculpe... — ele começa a dizer, mas toco seus lábios com meu dedo.

— Não — digo, balançando a cabeça. — Está tudo bem. Contanto que você esteja bem.

— Estou agora que estou aqui com você — responde ele, solenemente. — Mas...

— Shh — sussurro, pressionando meus lábios aos dele.

Em silêncio, o levo para o quarto. Fechando a porta, beijo-o de novo. Nossos lábios não se separam enquanto tiro seu casaco desgastado e sua camisa e o levo para cama. Nossos corpos se encaixam como se o ano passado tivesse sido um pesadelo e nunca tivéssemos nos separado.

— Deveria ter-lhe oferecido algo para beber — digo, algum tempo depois, enquanto descansamos na cama.

Jacob balança a cabeça.

— Não estou com sede — responde ele, me procurando de novo.

Por um momento, hesito. No calor de nosso amor, havia me esquecido do Comandante e de tudo o que acontecera desde que vira Jacob pela última vez. Agora me lembro de minha traição e minha vergonha me assalta em ondas. Enquanto Jacob se move por cima de mim, seu torso pálido e magro, uma imagem do Comandante, largo e musculoso, passa pela minha cabeça. *Não,* penso, tentando bloquear a imagem. *Não aqui, neste momento precioso com meu marido.*

Fechando os olhos, me forço a concentrar nos movimentos de Jacob, em seu toque. Mas, quando me sobe o calor, o rosto do Comandante aparece em minha mente mais uma vez. De repente, um pensamento terrível passa pela minha cabeça: e se Jacob perceber? Já havia um tempo que eu percebi que sou diferente na cama com o Comandante e com Jacob. Meus ritmos mudaram em reação aos do Comandante e me vejo agindo com mais confiança e força. Em pânico agora, me pergunto se estou agindo como deveria agir com Jacob. Tento me lembrar de como me comportara antes, quando estávamos juntos, antes de ele ir embora.

Jacob geme por cima de mim, me tirando de meus pensamentos. Abro meus olhos enquanto ele desaba ao meu lado, tomado por seu momento de paixão. Uma onda de alívio toma conta de mim. Ele não notou nada diferente.

— Hum — murmura ele, com os braços me segurando firme e os olhos fechados.

Sua respiração fica longa e estável. Eu não durmo, mas fico deitada de lado com os olhos abertos, sorvendo sua presença. Há tanta coisa de que me havia esquecido: seu calor, seu hálito, como nossos corpos se encaixavam como peças de quebra-cabeça. Ambos fizemos longas jornadas desde nosso último encontro, eu pelo gueto e pelo trabalho no Wawel, Jacob sabe lá Deus por onde.

Algumas horas depois, ele acorda, e, pelo resto da noite, ficamos deitados juntos, conversando sem parar como fazíamos quando recém-casados. Ele me diz que estivera na floresta, viajando entre Varsóvia, Lodz, Lublin e outras grandes cidades polonesas, tentando coordenar os esforços de vários grupos da resistência.

— Existem grupos não judeus também — diz ele, — mas os esforços para coordenar poloneses e judeus foram, quase todos, infrutíferos. Chega de falar de meu trabalho, por enquanto. — Ele afaga meus cabelos. — Conte o que aconteceu desde que fui embora.

Hesito, sem saber o quanto revelar.

— Bem, tentei ficar com meus pais, como você dissera. — Começo, lentamente, com a cabeça em seu peito. Ser cautelosa com Jacob é uma sensação estranha. — Mas eles não estavam lá.

— E depois você foi para o gueto. — Percebo pelo som de sua voz que ele sabe o que passamos lá, e que meu sofrimento lhe doía.

— Não era tão ruim quando estava lá — minto. — Alek e os outros foram ótimos comigo.

— Ouvi dizer que você conheceu Marta. — Ouço seu sorriso no escuro e uma onda de ciúme me assalta.

— Sim. — Pauso, desconfortavelmente. Embora Marta seja minha amiga, não quero sua presença no quarto conosco.

— Ela é uma menina e tanto.

Fico aliviada por ouvi-lo falar dela como uma criança.

— Havia muitos amigos no gueto — digo.

Jacob encosta seus lábios em minha testa.

— Ainda assim, não deve ter sido fácil.

— Meus pais...

— Eu sei que eles ainda estão lá. Nós tentamos, mas é muito difícil tirar os mais velhos.

Considero pedir a ele para ajudá-los de alguma maneira, mas ele fala como Alek, e eu sei que prolongar o assunto é inútil.

— Ouvi falar de pessoas escapando pela fronteira com a Tchecoslováquia — digo, em vez disso.

— É arriscado. A passagem pela montanha é difícil e o risco é igual, uma vez que se chega lá. Os eslovacos podem ser tão brutais com os judeus a ponto de fazer os poloneses parecerem bondosos.

— Os poloneses são bondosos — respondo, rapidamente. — Veja Krysia.

— Alguns são como Krysia, alguns são indiferentes, alguns são tão ruins quanto os nazistas. A maioria faz o que tem de fazer para sobreviver.

— Imagino. — Mesmo depois de tudo o que passamos, tenho dificuldade de aceitar que os não judeus que conhecera toda a minha vida se viraram contra nós tão facilmente.

Dormimos novamente, acordando tarde na manhã seguinte e fazendo amor novamente antes de levantar. Krysia deixara um bilhete dizendo que ela e Lukasz tinham ido ao mercado na cidade. Ela também deixara um almoço para dois.

— Então Krysia sabia que você viria? — pergunto, colocando o pão, as frutas e o queijo em pratos.

Jacob abre os armários, pega dois copos e os enche de água.

— Ela sabia que tinha uma chance de eu vir.

Levamos a comida para a sala e nos sentamos no chão em frente à lareira.

— Quanto tempo você tem? — pergunto, cortando uma fatia de maçã e dando a ele.

— Tenho de ir embora assim que o sol baixar — responde ele, entre mordidas. Silenciosamente, amaldiçoo o fato de que os dias estão curtos e ao fim da tarde já estará escuro.

Comemos em silêncio por vários minutos. Minha mente dá nó com todas as coisas que quero lhe perguntar.

— Jacob... — digo, colocando a faca no prato. — Como você pode estar aqui?

Ele para de comer e olha para mim.

— Como assim?

Bebo um gole de água.

— Por um ano, era perigoso demais me visitar. No gueto, mesmo lá, você não pôde fazê-lo. Mas agora?

— Tenho viajado entre outras cidades, principalmente — responde ele. — Vim para Cracóvia apenas recentemente.

— Então, algumas semanas atrás, na rua Starowislna, a pedra de âmbar... Foi você, não foi?

Ele assente.

— Estava na cabana com Marek logo antes de você chegar. Eu não ousei aparecer com Avi ali, mas a segui quando você saiu para ter certeza de que estava bem.

— E quando viu o carro da Gestapo, me derrubou para me impedir de virar a esquina e ser vista? — Ele assente. — Obrigada — digo. — Mas ainda assim, você me deixou uma pedra, em vez de me deixar vê-lo.

— Era perigoso demais — diz ele.

— Mas agora você está aqui — insisto. — Então minha pergunta é, o que mudou?

— Nada. Ainda é perigoso. Mas eu vim agora por que as coisas... — Ele desvia seu olhar do meu. — Pode ser que as coisas mudem em breve...

— O que você quer dizer? Não... — respondo a própria pergunta, e me dou conta da situação.

Desde que eu dera a informação a Marek sobre os planos dos nazistas para os judeus, sentia que Alek e os outros estavam planejando algum tipo de ação de grande porte contra os nazistas. Não soube quando e nem o que, mas meu instinto me disse que era sério. Jacob veio me visitar, percebo, por causa disso. Seja o que for que estão planejando, ele está com medo de que seja nosso último encontro.

— Não! — exclamo, novamente, pondo meu prato de lado e me lançando em seus braços.

— Shhh. — Ele me conforta, me abraçando forte e afagando meus cabelos. Minutos depois, as lágrimas dão uma trégua. — Emma... — Ele me ajeita e me vira em seu colo, me ninando como um bebê. — O chanucá começa esta noite. Você se lembra da história dos macabeus? — Assinto. — O que as quatro letras do dreidel significam?

— *Nes gadol vaya sham* — recito, em hebraico.

— Certo, e o que isso significa?

— Um grande milagre aconteceu aqui.

— Exatamente! Um grande milagre aconteceu em Israel quando os macabeus recuperaram o templo e a gotinha de azeite queimou por várias noites. Um grande milagre. Esta é a temporada dos milagres. Algo vai acontecer para nós também. Tem de acontecer.

Levanto os olhos. Os olhos de Jacob estão iluminados, como se duas chamas ardessem por trás deles. Foi por esse olhar que me apaixonei quando nos conhecemos, mas agora ele brilha mil vezes mais. Pela primeira vez, entendo: Jacob acredita. Ele acredita em Alek e na resistência, acredita que esta seja a única maneira de libertar não só os judeus, mas toda a Polônia dos nazistas. A luta fez dele um guerreiro.

— Você é tão corajoso — digo, enxugando os olhos.

— Somos os macabeus, Emma. Você e eu; Alek e Marta; e todos os outros. — Começo a protestar, envergonhada por ter sido mencionada junto com os outros, mas ele continua. — Sim, você também é corajosa. Eu sei de tudo o que você fez para ajudar a resistência trabalhando para Richwalder. — Contorço-me por dentro; ele não sabe, não poderia saber tudo. Jacob continua. — E sei que salvou e escondeu o filho do rabino. Você também é uma guerreira.

— E Krysia, também — acrescento.

— Especialmente Krysia.

Como se fosse uma deixa, ouço a porta da frente se abrir lá embaixo. Lukasz balbucia algo para Krysia enquanto eles sobem as escadas. Percebo por suas palavras que visitaram o lago dos patos no caminho de casa, apesar do frio. Jacob me solta e nos levantamos.

No topo da escada, Krysia fica paralisada. Ao ver Jacob, seus olhos se enchem de lágrimas. Então, ela olha para Lukasz, hesitante.

— Lukasz, este é meu primo, Michal.

Lukasz, com o rosto vermelho do frio, levanta os olhos para Jacob, fitando-o enquanto Jacob beija o rosto de Krysia três vezes. Tanto Krysia quanto Jacob lutam para serem comedidos e não demonstrarem muita emoção na frente da criança.

— Olá, Lukasz. — Jacob se ajoelha e afaga o queixo da criança, brincalhão, mas em seus olhos detecto reverência — ele sabe quem Lukasz é e por que veio morar conosco.

— Você sabia? — pergunto a Krysia, por sobre suas cabeças.

Ela assente.

— Não queria desapontá-la caso não desse certo.

— Entendo. — Baixo os olhos. Jacob está falando com Lukasz em hebraico. Lembro-me de Lukasz tentando falar hebraico na frente do Comandante. — Não! — exclamo. Os três se viram para mim. Eu também fico surpresa com a rispidez de minha voz. — Desculpe, Jac... Michal — gaguejo, me corrigindo. — É que... — Hesito.

Não tenho como explicar minha preocupação a Jacob, não sem contar a ele que o Comandante esteve ali. De repente, uma onda de cansaço me toma de assalto. É coisa demais. Por meses, lutei para manter a verdade sobre minha identidade escondida do Comandante, todo esse tempo sonhando em estar com Jacob. Não havia me atentado ao fato de que, quando visse meu marido novamente, teria de mentir para ele também. Jacob se levanta e vai até mim.

— Tudo bem — diz ele, pondo a mão em minha nuca e me trazendo para seu peito. — Eu entendo.

Não deveríamos demonstrar afeto dessa maneira na frente da criança, eu sei disso, mas, neste momento, não me importo. Envolta na segurança e no calor de seus braços mais uma vez, sinto uma súbita vontade de confessar tudo sobre o Comandante. Ele perdoaria, Krysia dissera uma vez. Ele entenderia. Com o canto do olho, percebo que Krysia está me fitando com os olhos apreensivos. Ela sabe exatamente o que estou pensando. *Não diga nada*, seu olhar implora. Não o magoe com o peso de sua traição somente para aliviar a você mesma. Não agora, que ele tem de voltar para a escuridão e para o frio a fim de poder lutar.

Ela está certa, é claro. Haverá tempo depois para se confessar e para o perdão, mas hoje não é esse dia. Afasto-me de Jacob.

— Lukasz, venha, você está imundo da caminhada — digo. — Você precisa de um banho.

Relutantemente, Lukasz deixa que o tire da presença daquele desconhecido. Detesto deixar Jacob por um momento que seja durante essa preciosa visita, mas ele e Krysia já eram parentes muito antes de minha chegada em sua vida. Eles quereriam conversar em privado, e eu queria oferecer a Krysia a mesma gentileza que ela me oferecera. Jacob pisca para mim por cima do ombro de Krysia enquanto levo Lukasz para cima.

Enquanto encho a banheira, minha mente acelera. Jacob está aqui. A realidade ainda não fazia total sentido, muito menos o fato de que, dali a pouco, ele teria de ir embora novamente. Quando fecho a torneira e ensaboo os cachos louros de Lukasz, ouço Jacob e Krysia conversarem em voz baixa, com tom urgente, lá embaixo. Krysia claramente tem alguma ideia dos planos da resistência, e percebo pela expressão exasperada de sua voz que ela não é a favor. Tento ouvir melhor, preocupada demais para me sentir culpada por espionar, mas não consigo entender nada.

Depois de secar Lukasz e colocá-lo para dormir, volto à sala. Krysia e Jacob interrompem a conversa quando entro, e me pergunto o que será tão secreto e terrível que eu não possa saber. Eu também faço um trabalho importante para a resistência, mas às vezes me sinto totalmente de fora.

Minha sensação de ressentimento é interrompida quando olho pela janela. São apenas três e meia da tarde, mas o céu já está começando a escurecer. Krysia segue meu olhar e percebe a hora.

— Acho que vou tomar um banho também — diz ela, abruptamente. — Preparei uma cesta para você, Jacob. Comida e roupas de frio. Está em cima da mesa. — Com Lukasz fora da sala, não há porque se segurar. Ela abraça Jacob calorosamente. — Boa sorte, meu querido. Fique com Deus. — Quando ela se solta e sai da sala rapidamente, o rosto de Jacob brilha sob as lágrimas de Krysia.

Jacob e eu ficamos parados no meio da sala tão desconfortavelmente quanto da primeira vez que nos vimos.

— Foi maravilhoso para ela receber você aqui — diz ele.

— Fico feliz em saber. Preocupo-me que nossa presença pese demais para ela.

— De forma alguma. — Olhamo-nos em silêncio. Pisco várias vezes, me recusando a chorar na frente dele. Ele me envolve com seus braços, seu queixo apoiado no topo da minha cabeça. — Eu virei buscá-la, Emma. Seja lá o que acontecer. Estaremos juntos novamente em breve.

— Estou sempre com você — respondo.

Ele assente e me beija apaixonadamente. Quando seus lábios se afastam, mantenho os olhos fechados, tentando segurar aquele momento para sempre. Mas quando abro os olhos, ele já está descendo as escadas, suas botas batendo pesadamente nos degraus lá embaixo. Ouço a porta se abrindo e então se fechando com um ruído ligeiro. Corro para a porta da frente e olho para a rua, mas não vejo seu rastro.

Retorno ao local onde nos abraçamos pela última vez, inspirando fundo, tentando captar qualquer aroma que ele possa ter deixado. O ar em minha volta fica gelado. Por algumas horas, eu fora Emma novamente. Agora Jacob se foi e sou apenas Anna, a amante do Comandante.

Vários minutos depois, Krysia desce as escadas vestida com um robe; o cabelo úmido. Ela se aproxima do local onde estou ainda de pé, parada.

— Ele já saiu?

Antes que eu possa responder, alguém bate à porta.

— Jacob! — exclamo, correndo para as escadas. Talvez ele tenha esquecido algo, ou mesmo decidido não partir esta noite.

— Emma, espere! — Krysia me interpela. — Jacob não faria...

Mas é tarde demais; já estou descendo a escada e cruzando o hall. Pego a maçaneta e abro a porta.

— Pensei que você... — Congelo sem terminar a frase. Ali, de pé, em frente à porta, estão dois policiais da Gestapo.

CAPÍTULO 19

Encaro os oficiais da Gestapo sem conseguir dizer nada. Entro em pânico. *Será que viram Jacob?* Ele não conseguiria ir muito longe em tão pouco tempo. Talvez seja por isso que estão aqui. Respiro fundo.

— B-boa noite — digo, por sobre o nó que se forma em minha garganta.

— Estava esperando alguém? — O mais velho dos dois pergunta.

Hesito, tentando pensar em uma resposta.

— Nosso jardineiro, Ryszard, que viria trazer algumas ferramentas — diz Krysia, por trás de mim. Ela desce até a metade da escada, ainda de camisola e robe. Passa por mim, abrindo mais a porta e estendendo a mão. — Sou Krysia Smok. — O homem mais velho, magro e alto, de óculos, pega sua mão.

— Sou tenente Hoffman e este é o sargento Braun. — Ele aponta para o homem mais novo, que é baixo e robusto.

Krysia o cumprimenta e se vira para o sargento Braun, que apenas acena com a cabeça.

— Gostariam de entrar? — Sua voz é calma e educada, como se estivesse convidando um de seus amigos da sociedade para um chá. Fechando a porta, lanço um olhar confuso para Krysia. — Subam — diz ela. — Aqui está mais quente. — De repente percebo que Krysia quer que os policiais saiam da rua para que não vejam Jacob. *Ela é que deveria estar trabalhando para os nazistas sob falsa identidade*, penso, enquanto acompanho Krysia e os homens até o andar de cima; *ela é muito melhor atriz.*

Krysia os convida a entrar na sala.

— Faça um chá, querida, por favor? — Ela me pede.

Hesito, sem querer deixá-la sozinha com eles, mas sua voz está calma e firme. Na cozinha, encho o bule e os pensamentos correm soltos. *Por que a Gestapo está aqui agora? O que eles querem?* Alguns minutos depois, levo a bandeja de chá até a sala, forçando minhas mãos a não tremerem. Coloco a bandeja na mesa de centro perto do sofá. Enquanto sirvo o chá, furtivamente analiso os policiais. Tenente Hoffman está perto da lareira, examinando a fotografia de Marcin. Lembro-me da noite em que cheguei aqui e de minha tristeza pela insistência de Krysia em esconder as fotografias de Jacob. Agora sinto gratidão por sua cautela. Meus olhos correm pela sala, procurando algum sinal da visita de Jacob alguns minutos mais cedo, mas não há nada. O sargento Braun olha pela janela para as árvores de Las Wolski. Lanço um olhar nervoso para Krysia. Será possível que ele possa ver Jacob fugindo no escuro?

— Senhores, por favor, venham tomar um chá — Ela os chama. Devagar, quase relutantemente, os homens se aproximam e se sentam nas cadeiras à nossa frente. — Terão de me perdoar por usar nossos pratos do dia a dia — diz Krysia, dando uma xícara de chá para cada um. — E não estar vestida adequadamente para recebê-los. Não estamos acostumadas a receber convidados tão distintos sem aviso prévio. — Ela reforça as últimas palavras, sutilmente criticando a Gestapo pela intrusão.

— Pedimos desculpas pelo incômodo — diz Hoffman, soando como um estudante que levara uma bronca. — É que nós...

— Que bobagem! — intervém Braun, em um tom ríspido que me lembra o general Ludwig, nosso convidado desagradável da noite em que conheci o Comandante. — A Gestapo não costuma marcar compromissos, senhora.

— É claro — diz Krysia, calmamente. Ela está falando bem devagar, tentando ganhar tempo. — Nossa casa estará sempre aberta a vocês. O que os traz aqui nesta noite gelada? Como podemos ajudá-los?

Hoffman toma a palavra.

— Recebemos notícias de fugitivos nesta área. — Eu sei que ele quer dizer guerrilheiros da resistência, mas é claro que os nazistas não se refeririam de tal maneira a eles. — Operando a partir da floresta nas colinas.

— Las Wolski? — pergunta Krysia. Sua voz soa tão surpresa que quase me convence.

Ele aquiesce.

— A senhora viu alguma coisa?

— Nada — responde ela, com convicção. — É claro que não andamos pela floresta nesta época do ano.

— Claro — responde Braun. Há uma nota de sarcasmo em sua voz. Ele encara Krysia diretamente. — Teve notícias de seu sobrinho recentemente?

Inspiro profundamente, chocada com a pergunta. Há um momento de silêncio completo e torço para que o policial não tenha notado minha reação.

— Tenho vários sobrinhos, senhor — responde Krysia, com um leve tremor na voz. — A quem se refere?

— Seu sobrinho por parte de seu marido. Só tem um: Jacob Bau.

Meu sangue congela. *Eles sabem de Jacob.*

— Ah, quer dizer o sobrinho de Marcin, Jacob. — Krysia pronuncia o nome de seu marido como se não o ouvisse há anos.

— Sim. — O tom de Braun é impaciente.

— Ele fez alguma coisa? — pergunta ela.

Braun hesita. Ele está surpreso, acredito, com a ousadia de sua pergunta.

— Ele arrumava confusão antes da guerra, publicava mentiras sobre o Reich. E não fora visto desde o início. Gostaríamos de falar com ele.

— Esse menino estava sempre se metendo em confusão — responde Krysia, tentando soar despreocupada.

— Não estamos falando de confusão — responde Braun, com uma careta. — Estamos falando de traição.

— Sim, é claro. — A expressão de Krysia fica séria, como se ela só agora tivesse entendido a gravidade da situação. — Entendo. Mas não vejo Jacob há anos. Desde antes da guerra. Mesmo assim, só o encontrei algumas poucas vezes na cidade. — Admiro-me de como Krysia consegue mentir tão facilmente. — Não tive muito contato com esse lado da família desde a morte de Marcin, sabe. — Sua voz está calma e o tom é informal. — E não recebo muitos visitantes desde que me mudei para cá. — Ela direciona essa última frase a Hoffman.

— Isso me surpreende, Pani Smok. — O homem mais velho responde rapidamente. — A senhora é uma anfitriã e tanto, mesmo com visitas inesperadas. E tem uma bela casa.

Krysia inclina a cabeça ligeiramente para a esquerda, tirando os cabelos dos olhos.

— O senhor é muito gentil.

Ela está flertando, percebo, para ganhar tempo e desviar a Gestapo do rastro de Jacob. Parece estar funcionando com Hoffman.

O mais novo, no entanto, não foi fisgado.

— Vi que há uma cabana no quintal — intervém Braun. — O que há dentro dela?

Krysia se volta para ele.

— Nada — responde ela, rapidamente. — Está vazia há tanto tempo que nem me lembro quando foi a última vez que a usamos.

Braun observa a expressão de Krysia.

— Você não se importará se dermos uma olhada lá, então?

Krysia hesita. Do canto do olho, detecto um brevíssimo sinal de pânico. Imagino o dilema em sua mente. *Será que Jacob já foi?*, ela está pensando, ou será que está escondido?

— A tranca é muito velha e, infelizmente, não temos mais a chave — diz ela, por fim, olhando para o oficial mais novo.

— Se for assim tão velha quanto você diz, deve ser fácil arrombá-la — contesta ele.

Claramente, ele não vai desistir.

Vejo uma linha fina de suor se formando sobre o lábio superior de Krysia.

— Muito bem — responde ela, por fim. — Dê-me um momento para me vestir e eu os levarei até lá.

Krysia sai da sala e sobe as escadas lentamente, tentando ganhar o máximo de tempo possível. Fico sentada sem me mexer, morrendo de medo das perguntas que os oficiais poderiam me fazer. Mas eles não dizem nada. Em vez disso, eles andam pela sala de novo, levantando e examinando fotografias e outros objetos. Braun vai até o piano e dedilha as teclas desajeitadamente, o que me leva a crer que nunca tocara. Sentada sem poder fazer nada enquanto eles vasculham nossa vida, me sinto mais violada do que jamais me sentira com o Comandante.

O Comandante. Por um momento, considero mencionar que trabalho para ele; talvez a menção a um oficial de alto escalão os convença a nos deixar em paz. Mas se os oficiais decidirem verificar minha história com ele, talvez expliquem por que foram até a casa de Krysia, para começar, o que ressaltaria minha conexão com Jacob. Não posso correr esse risco.

Alguns minutos depois, Krysia reaparece usando o vestido que usara antes, quando Jacob estava aqui. Quando ela passa por mim, consigo sentir uma leve sugestão do cheiro dele, que ainda ficara no vestido. *Corra para longe,* Jacob, eu rezo. *Cuide-se.*

— Prontos? — pergunta ela aos oficiais animadamente, como se fôssemos fazer um piquenique.

Descemos as escadas e Krysia abre a porta da frente. Antes de prosseguirmos, no entanto, outro homem uniformizado se aproxima da entrada da casa.

— Você recebeu ordens de ficar no carro — adverte Braun.

— Tudo bem — intervém Hoffman. — O que é, Klopp?

— A sede enviou um rádio, senhor. Pediram nossa atenção com urgência, precisamos voltar.

Braun hesita, olhando em direção à cabana no quintal.

— Não vai demorar mais do que um minuto...

— Desculpe, senhor, mas a mensagem ordenava que voltássemos imediatamente.

Hoffman se vira para Krysia.

— Parece que a porta de sua casinha ficará intacta hoje. Obrigado pela cooperação. — Os homens desaparecem no escuro da noite.

Krysia fecha a porta. Lá fora, um motor de carro dá a partida e depois desaparece na distância. Respiro fundo.

— Essa foi por pouco.

Krysia não responde, mas desaba no primeiro degrau da escada, levando as mãos ao peito. Seu rosto perde a cor. Ajoelho-me ao seu lado.

— Krysia, o que houve? Você está bem?

— Sim — diz ela, sua voz quase sumindo.

Krysia é geralmente tão forte e capaz que me esqueço que ela tem quase setenta anos. Pergunto-me se o impacto da visita da Gestapo é demais para ela.

— Vamos lá para cima. — Ponho meu braço em volta dela e gentilmente a ajudo a se levantar. Juntas, subimos as escadas até a cozinha e eu a conduzo até uma cadeira. Posso ouvir Lukasz chorando no andar de cima.

— Espere aqui — digo a Krysia.

Lá em cima, encontro Lukasz de pé no berço, com o rosto vermelho e molhado. Levanto-o e o abraço em meu colo.

— Muito bem, querido — sussurro, grata por ele não ter chorado antes. Levo-o até o andar de baixo para Krysia, que está sentada onde eu a deixara, imóvel. — Aqui. — Ponho Lukasz em seu colo. Ela o segura firme e o nina, se balançando levemente. — Vou fazer um chá.

Krysia balança a cabeça.

— Chá, não — diz ela, ainda balançando. — Vodka.

Lembro-me da garrafa que vira guardada no fundo da geladeira. Tiro a garrafa e sirvo dois copos com gelo. Então, sirvo um copinho de leite para Lukasz. Junto-me a Krysia à mesa com as bebidas. Quando Krysia pega o copo, Lukasz desce do colo dela e pega o copo de leite em minha mão.

— Se sentindo melhor? — pergunto a Krysia, observando-a. A cor parece ter voltado um pouco ao seu rosto.

— Sim. Desculpe — responde ela. — Às vezes eu sinto... um aperto no peito quando as coisas estão muito tensas.

Uma onda de pânico me assalta.

— Krysia, pode ser seu coração. Você precisa ir ao médico.

Ela balança a cabeça.

— O que um médico poderia fazer por mim, mesmo que conseguíssemos achar um? Não, vou ficar bem.

Começo a insistir, mas sei que será em vão.

— Bem, pelo menos já passou.

— Por enquanto, pelo menos — responde ela, secamente. — Tenho a impressão de que eles voltarão.

— Tivemos sorte de eles terem sido chamados de volta à sede.

Krysia me olha, com um leve sorriso surgindo nos cantos de seus lábios.

— E por que você acha que a sorte tem alguma coisa a ver com isso?

Dou-me conta, então, de que Krysia não estivera simplesmente enrolando lá em cima. Lembrei-me de um rádio que vira uma vez, enfiado no fundo de seu armário.

— O que você... Como você...

— Digamos apenas que os homens vão provavelmente chegar à conclusão de que a mensagem da sede fora algum tipo de mal-entendido.

Minha mente entra em parafuso. Não consigo imaginar as conexões que Krysia deve ter para conseguir forjar essa ligação. Sinto vontade de perguntar, mas quanto menos eu souber, melhor.

— Você ficou com receio de que Jacob pudesse estar escondido na cabana?

Ela balança a cabeça.

— De forma alguma. Eu sabia que Jacob já estava longe. Mas lá tem coisas... Bem, digamos que preciso avisar à resistência imediatamente. Aquela cabana precisa estar vazia quando a Gestapo voltar.

— Você parece ter certeza de que eles voltarão.

— Certamente. Eu acho que até consegui enganar Hoffman...

Interrompo.

— Sim, você flertou de forma muito convincente.

Ela consegue dar risada.

— Pensei que estivesse enferrujada, mas acho que é uma dessas coisas que a gente nunca esquece. De qualquer maneira, por mais que Hoffman possa ter se distraído, Braun ainda estava desconfiado. E ele é muito tenaz.

— Assinto, sabendo do que ela está falando. — Pelo menos Lukasz ficou quietinho lá em cima. — Ao ouvir seu nome, a criança levantou os olhos e sorriu. — Talvez não tenhamos a mesma sorte da próxima vez.

Inclino-me para trás, sentindo a realidade do que aconteceu pesando sobre mim. A Gestapo estivera em casa procurando Jacob. Temos sorte de não estar na prisão neste momento. *Fique calma,* digo a mim mesma. *É sua vez de ser forte por Krysia.* Bebo um pequeno gole de vodka, tentando não fazer careta.

— Considerei dizer a eles que trabalho para o Comandante para que nos deixassem em paz.

— Foi melhor não ter dito — diz Krysia. — Não queremos que chamem atenção dele para qualquer conexão entre você e Jacob, ainda que seja simplesmente porque você é minha parente de alguma maneira.

— Pensei a mesma coisa.

Ela pausa e bebe uma golada de vodka.

— Não sei o que devemos fazer quanto à criança.

— Fazer? — pergunto, alarmada. — O que você quer dizer?

— Se a Gestapo volta aqui e vê Lukasz, certamente teremos de responder muitas perguntas.

— Mas conseguimos mantê-lo quieto esta noite...

— Anna, não é tão simples. Você acha que foi uma coincidência a Gestapo ter vindo aqui perguntar sobre Jacob momentos após ele ir embora? Não — diz ela, respondendo a própria pergunta. — Acho que alguém disse a eles que ele estivera aqui.

— Um informante? — digo, assustada.

— Sim. Talvez um dos meus vizinhos simpatizantes dos nazistas que o vira chegar, talvez algum traidor na resistência. Preocupei-me com isso desde que soubemos dos vazamentos anteriores. Pode ser alguém que sabe ou que suspeita que você e Lukasz não são quem dizem ser. Pode não ser seguro para ele ficar conosco por muito tempo.

— Não! — exclamo, pegando a criança no colo. — Ele acabou de se acostumar conosco. Não podemos tirá-lo do conforto de novo.

— Talvez não tenhamos escolha, Anna. Nossa prioridade tem de ser a segurança dele, mantê-lo vivo.

Levanto-me, ainda carregando Lukasz. — Mas...

— Eu sei que você se afeiçoou a ele. Nós duas nos afeiçoamos. Mas ele não é nosso filho. Ele pode não ficar conosco para sempre. Você entende isso, não é?

Não respondo, e afundo o rosto entre os cachos de Lukasz.

— Para onde ele iria? — pergunto, por fim.

Krysia pausa.

— Não sei — admite ela. — Não consigo imaginar que haja nenhum lugar mais seguro para ele agora. Então vou esperar para dizer alguma coisa para a resistência. Mas você tem de aceitar que isso pode acontecer.

— Talvez eu possa... — Começo a sugerir que eu poderia falar com o Comandante e pedir para que ele fale com a Gestapo para nos deixar em paz. Mas paro. Ele não está do nosso lado nisso. Pedir ajuda a ele só chamaria sua atenção ao fato de que Krysia tem conexões com a resistência. — Deixe para lá.

— Aqui. — Krysia põe seu copo de vodka na mesa e se levanta, sem equilíbrio. Percebo que ela ainda não se recuperou totalmente de nosso encontro com a Gestapo. Ela estende os braços. — Vou colocá-lo para dormir.

— Não. — Afasto-me dela, sem querer soltá-lo. Mesmo sabendo que é irracional, sinto medo de soltá-lo e ela o tirar de mim para sempre.

— Anna, por favor. — Ela tenta tirá-lo gentilmente de meus braços, mas eu me afasto mais, ainda o segurando firme. Nisso, o pé de Krysia bate no copo de leite que ainda estava no chão. O líquido derrama-se em todas as direções. Vejo Krysia cair para trás, como se fosse em câmera lenta. — Ah! — grita ela, caindo de costas no chão de madeira.

Corro para seu lado, ainda segurando a criança.

— Krysia, você está bem?

Ela não responde e percebo que está assustada.

— Estou bem — diz ela, embora eu saiba que seu orgulho, pelo menos, deve estar ferido. Estendo a mão para ajudá-la a se levantar, mas ela ignora, se levantando sozinha.

— Desculpe — digo, envergonhada. Krysia tem sido nossa protetora e eu a trato como se fosse o inimigo.

— Estamos em uma guerra — diz ela, tirando Lukasz de mim. — Ninguém é mais o mesmo.

De repente, me lembro de minha conversa com Jacob, da sensação de que ele viera porque algo terrível está prestes a acontecer. Algo pode machucar Jacob, impedi-lo de voltar para mim de novo. Meu estômago se contorce.

— Preciso ver Alek. — Fico surpresa com a voz fria e decidida que sai de dentro de mim.

Krysia me encara, surpresa.

— Pode ser que seja impossível. Você sabe que a resistência ficou muda.

— Eu sei que existem maneiras — respondo, insistentemente. — Vou sair e descobrir sozinha, se eu tiver de fazer isso.

Ela hesita.

— Está bem. Vou tentar avisar que você se encontrará com ele esta terça.

Tento dizer que não há tempo, que preciso vê-lo agora. Mas paro; existem limites mesmo para o que Krysia é capaz de fazer.

— Obrigada. Somente Alek — acrescento. — Preciso falar com ele pessoalmente.

— Anna, eu sei que você está preocupada — diz Krysia. — Mas você não tem como deter a resistência. Eles vão fazer o que tiverem de fazer.

Não respondo. Krysia é como Marta, ambas tratam a liderança da resistência com muita deferência. Há um ano, eu talvez fizesse o mesmo. Mas vi coisas demais nos últimos poucos meses para simplesmente ficar parada assistindo. Atacar os nazistas é suicídio. Preciso tentar detê-los.

O tempo parece passar mais devagar nos dias que se seguem. Na terça depois do trabalho, corro para a praça do mercado e entro no café onde encontrara Alek e os outros antes. Lá dentro está quase vazio, exceto por um casal fumando em uma mesa no canto. Alek não está lá e me pergunto se cheguei cedo ou se ele simplesmente não virá. Tentando ficar calma, me sento a uma mesa desocupada e peço um chá.

Um tempo depois, Alek aparece. Ele está corado pelo frio e me dá um beijo no rosto.

— Quanto tempo — diz ele, fazendo um gesto para a garçonete e pedindo café. Ele se senta.

— Sim. Você recebeu aquilo que enviei por Marek?

Ele assente.

— Foi muito útil. Exatamente o que estávamos procurando. — Ele não fala nada até depois de a garçonete servir o café e sair. — Você tem mais alguma coisa para mim? — pergunta ele, ansiosamente.

Hesito. Eu sei que a urgência da mensagem o deixaria pensando que eu conseguira alguma informação adicional para ele. Detestava enganá-lo, mas fora o único jeito.

— Não, me desculpe, mas não.

Alek parece confuso.

— Então por que me chamou? Há algo de errado? Alguém descobriu quem você é?

Balanço a cabeça.

— Ninguém descobriu. Mas há algo errado... Alek, isso é uma loucura! Um olhar de entendimento perpassa seu rosto. Ele bate a mão na mesa com tanta força que os pratos batem. O casal da mesa do outro lado olha para nós.

— Eu sabia que não deveria ter deixado que Jacob a visse — sussurra ele, cruelmente. Fico chocada. Nunca vira Alek tão irritado antes.

— Ele não me disse nada. Eu adivinhei.

— Adivinhou o quê? — pergunta ele.

Fraquejo.

— Q-que vocês estão prestes a fazer algo perigoso.

— Perigoso? Emma, toda essa guerra foi perigosa. Mandá-la para trabalhar com o Comandante foi perigoso. Esconder Lukasz é perigoso. Mandar nossos guerreiros para as florestas é perigoso. E por todos esses perigos, esses riscos, nosso povo continua sofrendo e morrendo.

Seus olhos queimam de raiva, não direcionada a mim, mas ao mal contra o qual a resistência está lutando. Reconheço essa expressão como a mesma que vira nos olhos de Jacob três dias antes. Eles estão juntos em sua determinação de fazer seja o que for que têm planejado.

— Mas... — Começo a protestar.

Alek levanta a mão.

— Isto não é da sua conta.

— Não é da minha conta? — Agora sou eu que levanto a voz. A mulher da outra mesa olha novamente, levantando as sobrancelhas em nossa direção. — Não é da minha conta? — repito, baixando a voz. — Alek, arrisquei minha vida por este movimento. Abandonei meus pais, manchei meu casamento. É mais do que da minha conta. — Olho-o diretamente nos olhos. — É meu direito.

Encaramo-nos sem dizer nada por vários minutos.

— Você se fortaleceu bastante nestes últimos meses — diz ele, por fim, seu rosto desanuviando-se. Detecto certa surpresa em sua voz. — Muito bem, o que você quer saber?

— Por que agora?

Ele baixa a voz.

— Nosso povo está em grave perigo, Emma.

— O gueto...

— Não estou falando do gueto. Estou falando dos campos! — Pisco, sem compreender. — Você ouviu falar de Auschwitz, certo?

— Sim, é um campo de trabalho. — Ainda consigo visualizar o olhar horrorizado do Comandante no dia em que ele visitara Auschwitz com a delegação.

— Isso é o que os nazistas disseram à população, o que eles gostariam que as pessoas acreditassem. É um campo de execução, Emma. Os nazistas começaram a matar nosso povo por asfixia, com gás, e queimam os corpos em fornos enormes. Milhares de judeus todos os dias. Logo não haverá mais gueto e nem campo de trabalho. Só Auschwitz, Belzec e os outros campos de extermínio. Os nazistas não vão parar até que cada judeu vire fumaça!

— Não... — Viro-me, enojada.

Não pode ser verdade. No entanto, confio em Alek, e a sinceridade de suas palavras torna impossível ignorar o que ele diz. Não percebera até este exato momento que os nazistas não queriam simplesmente nos escravizar, mas também exterminar cada um dos judeus.

— Acreditamos que este é um momento crítico. — Continua ele. — Os alemães estão entrando em seu segundo inverno na Polônia. A guerra não vai bem para o lado deles. Estão ficando desesperados. A informação que você forneceu revela que estão planejando liquidar o gueto de Cracóvia e mandar os judeus para os campos de extermínio muito em breve. Então, é por isso que é essencial que tomemos uma atitude agora.

— Sim — respondo, derrotada. Alek está certo.

Apesar de meu amor por Jacob e de toda a minha preocupação, não há mais nada que eu possa dizer.

— Bom. Emma, tem mais uma coisa. — Olho para ele, preocupada. — É sobre Richwalder. Sei que você já especulou sobre seu passado, sua esposa. — Krysia deve ter dito algo a ele sobre isso. — Pensei por muito tempo que quanto menos você soubesse, melhor seria para trabalhar com ele. Mas agora... — Alek pausa. — Bem, não sei por quanto tempo nossos encontros poderão continuar. É essencial que você saiba de tudo. O nome da esposa de Richwalder era Margot — começa ele.

— Eu sei disso — respondo.

— Mas o que você não sabe é que o nome de solteira dela era Rosenthal. Emma, o pai dela era judeu. — Meu queixo cai. Alek continua. — Quando a primeira guerra começou, Richwalder decidiu que a ascendência de sua esposa, o fato de ser judia por parte de pai, deveria ser mantida em segredo. Mas logo depois disso, Richwalder foi indicado para um cargo de alto escalão no Ministério da Defesa, e o pai de Margot, que fora um proeminente ativista político do Partido Comunista, foi preso e enviado ao campo de Bergen-Belsen. Margot implorou a seu marido que interviesse para salvar seu pai, mas Richwalder sabia que, se fizesse isso, ele exporia a ascendência de sua esposa. Para protegê-la, ou talvez para proteger sua preciosa carreira, ele recusou. Friedrich Rosenthal foi executado por atiradores. No dia seguinte, Richwalder chegou em casa e encontrou sua esposa morta — ela se matara na cama deles com o revólver de Richwalder.

Fico enjoada.

— Ah, não...

— Ela estava grávida de seis meses quando morreu — acrescenta ele. Mal consigo ouvir o que ele diz, de tanto que meus ouvidos latejam. — Agora você entende por que achamos melhor que você não soubesse a verdade. Mas Emma, não importa o que você pense e nem o que aconteça, você precisa continuar fingindo a relação com Richwalder. Muitas vidas dependem disso.

Fico paralisada, sem conseguir dizer nada ou me mexer.

— Desculpe, mas realmente preciso ir — diz Alek. Ele se levanta e joga algumas moedas na mesa.

Levanto os olhos.

— Como, quer dizer, quando, verei qualquer um de vocês de novo?

Ele põe uma mão no meu ombro.

— Tenha fé, Emma. Como disse o grande presidente Lincoln, "E isto também passará". Mal posso esperar pelo dia em que nós possamos nos sentar em um café ao ar livre com os amigos, bebendo uma cerveja e rememorando.

Olho para ele. Suas palavras são corajosas, mas percebo por seu olhar confuso que ele desconfia, no fundo, que tal dia jamais será realidade. Ao mesmo tempo, há uma clareza em seus olhos que me diz que ele não sente medo do que pode acontecer. Levanto meus olhos para ele, admirada de sua coragem.

— Deus o abençoe, Alek — sussurro, apertando sua mão. — E muito obrigada.

Ele se vira sem falar nada e vai embora.

CAPÍTULO 20

— Boa noite — digo a Stanislaw, quando desço do carro em frente ao apartamento do Comandante para o pavimento coberto de neve.

Enquanto ele sai com o carro, paro para olhar em volta. É final de dezembro, e a neve parou de cair. Embora sejam seis da tarde e o sol se tenha posto, o céu parece iluminado. O chão está coberto de um branco contínuo, e é impossível distinguir entre rua e calçada. Paro e pego um bocado de neve, tocando o gelado com a bochecha, aspirando profundamente a umidade. A cidade parece vazia e silenciosa.

Minha conversa com Alek foi há quase três semanas. Primeiro, achei que seria impossível continuar a farsa, sabendo do passado do Comandante, dos planos dos nazistas para os judeus e do fato de que a resistência estava prestes a fazer algo muito perigoso. Lembro-me de como uma vez, quando eu era bem jovem, lera um livro em que a protagonista era capaz de ver o futuro. Comentara com meu pai que devia ser maravilhoso ter esse dom, mas ele balançara a cabeça.

— A imprevisibilidade é a melhor parte da vida — dissera ele. — A surpresa quanto a quem ou o que pode estar na próxima esquina, é isso que faz a gente seguir em frente. É a esperança. A previsão do futuro, sem ter a habilidade de mudar qualquer coisa... — Ele balançou a cabeça veementemente. — Que maldição.

Que maldição, de fato, penso enquanto deixo a neve cair de minhas luvas e entro no hall do prédio do Comandante. Apesar de tudo o que sei agora, de alguma maneira consegui levantar a cabeça e continuar trabalhando para ele — não há outra opção. Olho para ele de maneira diferente agora, no entanto. Minha cabeça não está mais enfiada na areia quanto ao que ele faz e quem ele é. Tenho conseguido esconder meus sentimentos conflitantes por ele no trabalho e, felizmente, não o tenho visto à noite porque ele tem estado muito preocupado com o trabalho.

Até agora. Hoje, mais cedo, ele me ditava uma carta e parou no meio de uma frase, estendeu a mão e tirou o bloco estenográfico de minhas mãos.

Levantei os olhos, surpresa.

— Sim, *Herr Kommandant*?

— Anna, há algo errado? — perguntou ele, com o cenho franzido.

Sim, quis dizer. *Você dirigiu uma prisão para judeus. Você mantém meus pais presos no gueto. Você deixou que o pai de sua esposa fosse assassinado e mataria Jacob também, se tivesse chance. Sua Gestapo horrorosa esteve em minha casa e agora talvez Lukasz tenha de nos deixar. Deixe-me contar tudo o que está errado.* É claro que não ousei dizer nada disso.

— Não, *Herr Kommandant* — respondi, conseguindo manter a voz equilibrada. — Está tudo bem.

Ele colocou sua mão sobre a minha.

— Você parece distraída e isso não é habitual em você.

Quando olhei para sua mão e pensei em todo o mal que já fizera, tive de lutar contra o impulso de afastar a minha de uma só vez.

— Não é nada. Está tudo bem — repeti, rapidamente.

— Tem certeza? — pressionou ele. Ele me olhou intensamente, procurando uma resposta.

— Sim. — Eu pausei, procurando uma explicação. — Deve ser a proximidade do Natal.

— Claro — respondeu ele, sem soar totalmente satisfeito com a minha explicação. Sua mão permaneceu sobre a minha por mais um momento, e depois ele a afastou. — Bem, é só isso por enquanto. — Levantei-me, aliviada por escapar de seu olhar penetrante. Mas, quando me virei para ir embora, ele me segurou pelo braço. — Posso vê-la hoje à noite? — perguntou ele.

Sua pergunta me pegou de surpresa. Ele tem estado tão ocupado com o trabalho que pensei que uma noite comigo seria a última coisa a passar por sua cabeça. Observei seu rosto. O afeto em seus olhos era genuíno e senti uma onda momentânea de carinho por ele. Naquele momento, desejei desesperadamente que não fôssemos quem somos. Teria sido tudo tão mais simples em outro lugar, em outra época. Se eu não fosse casada e se ele não fosse um nazista, talvez tivéssemos alguma chance juntos. Mas, como minha mãe costumava dizer, se desejos fossem cavalos, mendigos cavalgariam.

Hesitei. Passar uma noite com o Comandante era a última coisa que queria fazer. Já foi difícil demais passar o dia todo no gabinete tendo de mascarar meu nojo quando estávamos apenas nós dois. Mas, mesmo tendo dificuldades com esse convite, sabia que não tinha escolha. Outra visita ao apartamento significava que poderia ter outra oportunidade de encontrar algo útil para a resistência, talvez mesmo alguma informação que pudesse convencer Alek a cancelar qualquer missão perigosa que ele estivesse planejando.

— Sim, seria ótimo — digo, por fim, ao Comandante, que ainda me olhava ansiosamente.

Seu rosto se abriu em um grande sorriso.

— Que bom. Podemos fazer um jantar tranquilo, só nós dois... Aqui — disse ele, pegando uma chave em seu bolso e um pouco de dinheiro. — Preciso terminar uns trabalhos esta noite, mas não demorarei. Por que você não sai agora e compra algo para comer no caminho do apartamento? Pode ficar à vontade e até tirar um cochilo se estiver cansada. Chegarei assim que puder.

Assenti e saí do gabinete. Vendo a neve cair em peso pelas janelas do Wawel, pedi a Stanislaw que me levasse ao mercado e depois ao apartamento.

A neve parou agora. Olhando para a rua, banhada em branco, penso em Jacob. Ele sempre amou a neve. Em nosso inverno juntos, nos meses antes de nos casarmos, ele me convencia a ir até a floresta toda vez que nevava. Primeiro, olhava para ele como se fosse louco. Como fui criada como filha única na cidade sem ter muitos amigos, não fizera muito mais do que pegar alguns flocos com a língua. Fazer guerra de bola de neve e montar bonecos de neve eram ideias distantes para mim, e não acreditava que ele realmente queria que eu me deitasse ao seu lado em cima da neve e mexesse os braços e pernas para fazer o desenho de um anjo. Mas ele me convencera, e, quando estava deitada a seu lado gargalhando, a umidade atravessando minhas roupas, olhei para o céu esbranquiçado, respirei o ar puro e me senti verdadeiramente viva pela primeira vez.

Ainda parada na rua, me inclino e pego outro bocado de flocos brancos, levando-os ao rosto, inalando a umidade me lembro de tempos mais felizes. Consigo ver seu rosto claramente. Mas a neve não me traz somente pensamentos felizes sobre Jacob agora. Será que ele está abrigado o suficiente? Nem sei se ele tem um teto. *Ainda vamos brincar na neve de novo algum dia*, juro silenciosamente, levando a neve ao rosto. Sacudo as luvas e vejo os flocos voarem para longe com o vento.

Limpo minhas botas no capacho antes de entrar no prédio com uma pequena cesta de compras na mão. Lá em cima, entro no apartamento e olho em volta. Faz quase um mês que não entro aqui. O apartamento está mais bagunçado do que nunca, com jornais e copos espalhados por todo lado. *Como o Comandante consegue viver assim?* Em todo o resto ele é tão ordenado e preciso. *Provavelmente por que vem aqui tão pouco*, penso, entre trabalhar até tarde no gabinete e as viagens frequentes a Varsóvia. Coloco a cesta na mesa de centro em frente ao sofá e começo a limpar a bagunça para poder servir o jantar.

Enquanto levo os copos para a cozinha, consigo sentir a fotografia de Margot me observando do batente da lareira. Encaro-a em seus olhos negros. A fotografia, eu sei, fora tirada antes de seu pai ser executado. Mas, ainda assim, havia uma tristeza em seus olhos, um agouro do próprio fim trágico. O quanto da terrível verdade sobre quem o Comandante era ou se tornara ela já sabia? Penso, então, na outra fotografia de Margot, naquela que ele deixa em sua mesa no gabinete. Ela parecia tão feliz e apaixonada naquela foto. Observo seu rosto, procurando alguma pista, desejando que ela pudesse me falar sobre como o Comandante era antes. Mas sua expressão permanece impassível, sua voz silenciada pelo tempo. Pobre Margot. Nós duas não somos muito diferentes. Ambas judias, pelo menos em parte. Ambas aprisionadas pelo amor por homens afastados de nós por causa do senso de dever a uma causa. E nós duas vimos nossos relacionamentos serem sequestrados por uma guerra terrível. Espero que minha história tenha um fim diferente.

Volto-me para o escritório do Comandante. Poderia entrar lá agora e dar uma olhada. Talvez tenha algo que eu não vi da última vez, ou alguma coisa nova. Balanço a cabeça. Agora não. É muito arriscado. Não tem como saber quando ele chegará em casa. Não, terei de olhar mais tarde, depois de ele dormir. Sinto um calafrio. Já não dividia a cama com o Comandante por algum tempo, desde antes de saber de seu passado terrível. A última vez foi antes da visita de Jacob. A ideia de estar com o Comandante de novo depois de fazer amor com Jacob me faz sentir como se estivesse traindo os votos de meu casamento novamente. Há uma parte de mim, no entanto, que deseja essa oportunidade de estar em seus braços de novo. Queria poder ignorar essa parte, ou não saber que ela existe. Estremeço e, forçando esses pensamentos a abandonarem minha mente, levo os copos sujos para a cozinha.

O Comandante chega pouco depois, quando estou colocando o jantar na mesa, uma refeição leve de pães, frios e queijo.

— Olá. — Ele se inclina e me dá um beijo distraído. Sua aparência está carregada, e não ouso perguntar o que aconteceu, imaginando o que pode ter acontecido no gabinete depois de eu ir embora que afetara seu humor tão fortemente.

Sem dizer mais nada, ele põe uma maleta no chão, que imagino que esteja cheia de papéis do trabalho, e vai ao banheiro se lavar. *Talvez ele esteja ocupado demais para estar comigo naquela noite*, penso, enquanto sirvo dois copos de conhaque, um grande para ele e um menor para mim. Se esse for o caso, talvez não consiga entrar em seu escritório hoje. Meu coração aperta.

Levo as bebidas para a mesa e me sento. Alguns minutos depois, ele volta à sala, sem o casaco e com as mangas levantadas.

— Venha se sentar — chamo, dando tapinhas no espaço ao meu lado no sofá.

Ele faz que sim com a cabeça, mas não se senta ao meu lado. Em vez disso, ele se dirige à lareira. Por um momento, me pergunto se ele está pensando em Margot, mas ele não parece estar olhando para a foto. Em vez disso, ele olha para o carvão na lareira e sua mente parece estar bem longe.

— O Natal está chegando — diz ele, por fim. Ele parece ter acabado de se dar conta disso, embora eu tenha mencionado o Natal mais cedo no gabinete.

— Só daqui a mais uns dias — respondo.

Poderia ter me esquecido do Natal, inclusive, mas os galhos de pinheiro e os laços vermelhos que Krysia colocou na casa fazendo as vezes de árvore me lembraram. A cidade, geralmente festiva com vitrines decoradas e aroma das comidas de Natal, estava praticamente sem adornos este ano.

— O Natal era uma ocasião tão importante em nossa casa — diz ele. Por um momento, me pergunto se ele está falando de sua relação com Margot, mas ele continua. — Papai nos levava para passear de trenó à meia-noite pela floresta para procurar Weihnachtsmann, que acreditávamos que traria os presentes de Natal. — Ele vem até o sofá e se senta ao meu lado. — Nós nunca o encontrávamos, é claro, mas voltávamos para casa e descobríamos que ele viera enquanto estávamos fora e deixara presentes incríveis. E, na manhã seguinte, a mesa do café sempre estava cheia de bolos. — Ele sorri, com uma expressão quase infantil.

— Parece muito agradável — digo.

Minha mente se acelera, tentando inventar uma história de Natal para minha suposta infância, caso ele pergunte.

— Deveríamos fazer algo especial neste Natal — diz ele, abruptamente. — Ir para algum lugar por uns dias, somente nós dois.

Olho para ele, incrédula. É como se ele tivesse se esquecido da guerra e de seu papel na administração.

— *Herr Kommandant*, com tudo o que está acontecendo, eu não acho que seria possível...

Seu sorriso murcha.

— Não, é claro que não — diz ele, rapidamente. Vejo seus olhos anuviarem-se de novo, arrependida de ter-lhe arrancado esse momento de fuga. — É essa guerra maldita — acrescenta ele. Ele toca meu rosto. — Desculpe, Anna. Você merece algo muito melhor.

Eu mereço mais, mesmo, penso, mas não da maneira que ele pensa. Mereço estar com meu marido.

— De forma alguma — respondo, com o estômago revirado.

— Vou compensar isso algum dia — insiste ele. — As coisas serão diferentes para nós depois da guerra, prometo.

Abro minha boca, mas, antes que possa dizer qualquer coisa, ele me beija com intensidade. Seu abraço é firme e seu beijo pede algo mais. Pega de surpresa, fico momentaneamente paralisada. Depois de tantas semanas, seu toque me parece estranho e familiar ao mesmo tempo. Então me vejo correspondendo, meus beijos tão intensos quanto os dele. Apesar de tudo o que aconteceu e de tudo o que sei sobre ele, sinto ao mesmo tempo o afeto caloroso e o desprezo gelado, o mesmo entusiasmo e o desgosto causados tanto por minha reação quanto pelo toque que a instiga.

As mãos do Comandante descem até meu torso. Seu peso começa a me inclinar, e me deito encostada no braço do sofá. Ele demonstra uma urgência que nunca vira antes. É como se ele estivesse fugindo, tentando se esconder de algo em meus braços. Afasto meus lábios dos dele, segurando seu rosto em minhas mãos.

— O que foi? — sussurro. — O que há de errado? — Mas ele balança a cabeça e começa a me beijar de novo.

De repente, alguém bate com força na porta. O Comandante hesita, com um olhar de preocupação. Ele não está esperando ninguém, eu sei, e ninguém ousaria ir até sua casa sem aviso prévio. Ele se vira para mim, continua a me beijar como se não tivesse ouvido nada. Um momento depois, batem à porta mais uma vez, alto demais para ignorar.

Ele se afasta e se levanta.

— Sim? — pergunta ele, em voz alta, irritado.

— Mensagem urgente, *Herr Kommandant* — diz uma voz masculina fraca, por detrás da porta.

O Comandante se levanta e ajeita sua gola ao andar até a porta. Ele a abre e um soldado jovem está do outro lado, suando e arfando.

— M-minhas desculpas pela intrusão... — gagueja o soldado.

— O que é? — pergunta o Comandante. O mensageiro hesita, olhando para mim por sobre o ombro dele. — Anna é minha assistente pessoal.

Pode falar qualquer coisa na frente dela. — O mensageiro estende o braço, com um pedaço de papel entre seus dedos trêmulos.

— Café Warszawa — diz o mensageiro, temeroso, quando o Comandante pega o papel e o examina. — Houve uma explosão.

Meu estômago afunda. O Warszawa Café, que fora um estabelecimento polonês localizado diretamente do outro lado da rua da ópera, tinha se tornado um bar nazista popular durante a ocupação. Mesmo no início da guerra, aprendemos a não ficar perto da área onde os soldados alemães normalmente estavam em peso e geralmente bêbados. Isso é coisa da resistência, eu sei.

— Que tipo de explosão? — pergunta ele.

— Algum dispositivo de fogo, senhor.

— Uma bomba, você quer dizer?

O soldado confirma.

— Tivemos baixas entre os oficiais, infelizmente.

O pedaço de papel cai de sua mão. Sua expressão é de surpresa. A ideia de que alguém possa ter feito uma ação contra os nazistas parece mais do que ele consegue compreender. O mensageiro e eu olhamos para o Comandante, esperando para ver o que ele vai fazer. Sem uma palavra, ele se retira até o quarto. Olho para o mensageiro com um olhar de interrogação, esperando que ele dê mais detalhes. Ele não diz nada e nem olha para mim, mas fica trocando de apoio entre um pé e outro. Lá fora, sirenes soam ao longe.

O Comandante reaparece do quarto com seu casaco novamente. Ele ajusta o cinto e vejo o brilho prateado de um revólver em sua cintura. Ele passa por mim no caminho até a porta.

— Preciso ir. Stanislaw a levará para casa — diz ele, por cima do ombro, já descendo as escadas.

O mensageiro bate a porta. Corro até a janela que dá para o norte e procuro a silhueta da cidade. Ao longe, no centro da cidade, vejo um clarão vermelho. Chamas se desenrolam pelo céu. Então foi isso que planejaram. *Jacob*, penso. *Alek*. Encosto a cabeça no vidro, visualizando seus rostos. *Meus queridos e tolos rapazes, o que vocês fizeram?*

O mensageiro bate a porta.

Estou só no apartamento do Comandante, certa de que, com tudo o que acontecia, ele não estaria em casa tão cedo. O caminho está livre para ir até seu escritório e vasculhar todos os seus papéis e dizer a Alek tudo o que ele e os outros querem saber. Todos esses meses, tudo o que planejei e fiz, foi para chegar em um momento como este. Só que agora é tarde demais. Rio alto por causa da ironia, minha voz ecoando pelos quartos vazios.

Então, paro abruptamente. O mundo acaba de explodir e as pessoas que mais amo estão certamente no centro do inferno. Preciso fazer algo. Pego meu casaco e corro para fora do apartamento noite adentro.

Paro a alguns metros do prédio. Para onde devo ir? Embora saiba que é muito perigoso, e a última coisa que a resistência gostaria que eu fizesse, começo a correr em direção ao centro da cidade, para a cena da explosão. Primeiro, as pessoas na rua me olham com estranhamento. Mas quando chego à esquina do outro lado da praça do mercado, minha histeria parece totalmente adequada. Sirenes gritam, a polícia da Gestapo berra ordens e poloneses, que, pelos últimos anos de ocupação haviam aprendido a ficar longe de confusão, correm diretamente em direção à cena borbulhante. Sigo a multidão para o leste, pela rua Stolarska.

— Uma bomba — sussurram vozes perto de mim, quando chego mais perto da cena; nazistas foram mortos. Eles soam quase jubilantes. Meu coração dá pulos. O fato de que alguns nazistas morreram é irrelevante para mim. Só consigo pensar em meu amado Jacob e em Alek, tão corajoso e forte. Tenho certeza de que estão entre os que causaram a explosão. Estarão bem? Vivos?

Logo além da praça, a polícia erigiu uma barricada.

— Ninguém entra, senhorita — diz o guarda, quando tento passar.

— Mas eu moro... — Mentindo, aponto para o outro lado da barricada. O guarda balança a cabeça.

—Sem exceções. Dê a volta pelo outro lado.

Viro à esquerda na rua Tomasza, e então à direita na Florianska, que é paralela à rua por onde queria passar. Embora essa rua esteja somente a um quarteirão da explosão, a polícia não fizera barricada nela e está quase vazia. Subo a rua, me mantendo perto dos edifícios, escondida pelas sombras. Quando chego perto da cena da explosão, sinto a fumaça densa cobrir o ar, queimando minha garganta e dificultando a visão. Estilhaços de vidro roçam as solas dos meus sapatos. Alcanço o final da rua, que acaba no Portão de São Floriano. Fora aqui, perto da muralha medieval da cidade, que Lukasz e eu vimos os soldados que o assustaram tanto em nossa primeira ida à cidade depois de irmos morar com Krysia.

Se eu seguir a muralha, e ficar perto dos prédios, talvez consiga chegar à cena da explosão. Começo virando a esquina. De repente, um braço sai de um portão e segura forte em meu ombro.

— Ei! — exclamo, sendo puxada para uma viela escura por uma pessoa desconhecida.

Dois braços me pegam por trás e uma mão tapa minha boca. Por um segundo, imagino que seja a Gestapo. Eles não se preocupariam em manter segredo, percebo, rapidamente, tentando me desvencilhar. Desesperadamente, abro minha boca e consigo morder a mão que a cobria. De repente, me soltam.

— Ai! — exclama uma voz de mulher.

— O que é isso? — Arfando, me viro para a agressora. Seu rosto está coberto por um xale de lã grossa.

— Shhh! — A desconhecida tira o xale e uma fartura de cachos negros aparece.

— Marta! — exclamo. Seu rosto está arranhado e coberto de fuligem, então percebo que ela estivera na cena da explosão.

— Como você...

— Você não deveria ter vindo aqui — adverte ela, como se estivesse falando com uma criança. — É perigoso. A Gestapo está recolhendo qualquer pessoa que não pareça pertencer à cena. Você poderia ter sido presa, ou pior.

— Desculpe, mas eu tive de vir. Estava perdendo a cabeça de tanta preocupação. E Jacob? E Alek?

— Ambos vivos — responde ela, com a voz contida. Ela olha para o outro lado.

Seguro seus ombros.

— O que houve? — pergunto, aumentando o volume da voz.

— Shh! — repete ela, olhando preocupada para a rua.

Baixo a voz, mas não a solto.

— Diga-me o que aconteceu.

Ela hesita e noto que ela está calculando o quanto deve dizer.

— Jacob foi ferido com a explosão...

Meu coração dá um pulo.

— Ferido? Como?

— Durante a explosão. Não sei os detalhes. Ele foi seriamente ferido, mas está vivo. — Sua expressão aparenta preocupação. Suspeitei desde nosso primeiro encontro depois do gueto que Marta gostava de meu marido. Agora, vendo seu rosto tão carregado, tenho certeza.

— Preciso ir até ele — digo. — Diga-me onde ele está.

Ela balança a cabeça.

— Não, Emma, não. Jacob foi levado da cidade. Alek pediu para que ninguém fosse com ele. Não é seguro. Não agora.

Uma raiva descomunal me toma de assalto.

— Mas eu sou a esposa dele! Eu tenho todo o direito de vê-lo!

A expressão de Marta muda e seus lábios se comprimem.

— Esposa? — dispara ela, sarcasticamente.

Eu dou um passo atrás.

— O que você está querendo dizer?

— Eu sei o que você andou fazendo todos esses meses. Sei o que está acontecendo entre você e o Comandante.

— Mas... — Tropeço, chocada.

Como ela poderia saber? Alek contara a ela? Será que ela contou a Jacob para nos afastar e se aproximar dele?

— Jacob não sabe — responde ela, lendo meus pensamentos. — Pensei em contar a ele, pode acreditar. Mas Alek me proibiu. Ele disse que Jacob ficaria magoado demais, e seria uma distração logo quando a resistência mais precisava que ele se mantivesse forte. Eu quis contar para ele. Ele merece saber o tipo de mulher que você é realmente.

Essas palavras me feriram profunda e dolorosamente.

— Marta, você não pode achar que... Bem, eu fiz o que me pediram. O que tive de fazer.

— Talvez. — Ela me olha diretamente nos olhos. Sua voz é seca, fria. — Mas me pergunto de quem você realmente gosta. Se você realmente ama Jacob, no fim das contas.

— Como você pode dizer isso? Eu fiz o que fiz com o Comandante pela resistência, porque era a única coisa a se fazer. Eu amo Jacob! *Somente* ele! — Minha voz soa insistente demais, como se eu estivesse tentando convencê-la, e também a mim mesma. — Você sabe disso.

Ela olha para o outro lado.

— Eu não sei de mais nada. — *Nem eu*, penso. Nenhuma de nós fala qualquer coisa por vários segundos. Então Marta se vira para mim de novo, me segurando pelos ombros e me chacoalhando. — Escute bem — você não pode ir até Jacob agora. A situação é muito séria. Os nazistas estão passando o pente na cidade, procurando os culpados, e têm uma boa ideia de quem são. Haverá repercussão por causa do que aconteceu esta noite. Alek arriscou demais ao me mandar procurá-la para dizer que Jacob está vivo. Então você tem de ficar calma e ir para casa e não dizer nada, nem mesmo para Krysia. E amanhã você vai trabalhar como se nada tivesse acontecido. Está entendendo? — Assinto. Marta se acalma um pouco. — Nós também gostamos de Jacob. — Embora ela use o plural, eu sei que está falando por si. — Vou mandar notícias para você assim que for seguro. Confie em mim. — Ela me abraça rapidamente e desaparece no beco, mais uma vez.

Saio pelo portão e, antes de me certificar de que ninguém me vira, começo a andar pela rua Florianska. Multidões de pessoas continuam a sair para a direção da qual eu acabava de vir. Na esquina da praça do mercado, hesito. *Deveria voltar para o apartamento do Comandante*, penso. Minha cesta ainda está lá e não tirei a mesa do jantar. Mas não consigo encará-lo agora, não depois de ficar sabendo de tanta coisa. Espero que ele esteja preocupado demais para reparar, mas, se ele me perguntar, direi que a notícia da explosão fora tão chocante que fiquei com dor de cabeça e comecei a me sentir mal. É uma desculpa que não chega a ser uma mentira.

Quando saio pela rua em direção à casa de Krysia, penso em Marta. A expressão em seu rosto fora tão dura e cínica. Lembro-me, então, da garota sorridente que eu conheci no gueto no ano anterior, aquela que me acolhera e me levara para o Sabá com Alek e os outros na rua Josefinska. O que aconteceu conosco? *Ela só está com ciúmes*, digo a mim mesma. Ela agiu com base em seus sentimentos por Jacob. Ainda assim, suas palavras ecoam em minha cabeça, repetidamente, como um sino. "... Me pergunto de quem você realmente gosta..." É uma pergunta que, apesar dos meus esforços para evitá-la, me assombrou mil vezes nos últimos meses. Ainda amo Jacob, sem dúvida. Ele é meu marido. Mas, até sua visita recente, passara mais de um ano sem vê-lo. O Comandante... Bem, eu o vejo todos os dias. E tive mais momentos de intimidade com ele nesses meses juntos do que tive com Jacob em nossas curtas semanas vivendo como marido e mulher. Mas eu odeio o Comandante, ou pelo menos deveria odiar. Às vezes, como recentemente, depois de saber sobre Margot, é fácil desprezá-lo. Outras vezes, no entanto, quando estamos na cama no escuro e ele está sem uniforme, ele é simplesmente um homem que me proporciona prazer e conforto. Quase consigo me esquecer de quem ele é, de quem somos ambos. Quase. Nesses momentos, não consigo não especular como seria em outra vida, uma em que ninguém usasse uma suástica ou uma aliança de casamento, qual dos dois eu escolheria.

Já chega, digo a mim mesma. Não há escolha a ser feita. Jacob está machucado e é meu marido. Não podemos estar juntos agora, mas minha lealdade pertence a ele. O Comandante é meu amante, o homem com quem tenho de dormir por aparência. A verdade é tão simples quanto ridícula. Gargalhando com amargura, em voz alta, no ar frio da noite, fecho ainda mais meu casaco e corro para casa.

— Você está bem? O que aconteceu? — Krysia corre para me encontrar quando chego à porta uma hora depois.

— Estou bem — digo, tirando o casaco e as botas.

— Ouvi algo no rádio a respeito de uma bomba no Warszawa.

Não respondo nada e acompanho Krysia até a cozinha. Vou contar a ela, é claro, apesar da advertência de Marta. Krysia é tão parte disto quanto qualquer um de nós e merece saber. Mas me lembro de como Krysia praticamente entrou em colapso depois que a Gestapo veio aqui na noite da visita de Jacob. Preciso contá-la com cuidado. Espero até que estejamos ambas sentadas à mesa da cozinha com a água do chá para ferver antes de falar.

— Houve uma explosão — respondo, finalmente, minha voz quase embargada ao final.

— Da resistência? — pergunta ela. Assinto. — Temi que algo assim fosse acontecer quando Jacob veio nos visitar. — Ela balança a cabeça. — Esses meninos insensatos. Muitos vão pagar por essa bravata.

Fico surpresa com sua reação. É a primeira vez que a escuto questionar a resistência.

— Você acha que eles não deveriam ter feito isso?

Ela serve água fervendo da chaleira em duas xícaras.

— Eu entendo por que fizeram. Mas não acho que tenha sido a tática mais inteligente.

— Eu achei incrivelmente estúpida — digo, secamente. Ela não responde. Espero até que ela solte a chaleira para falar de novo. — Krysia, tem mais uma coisa. — Respiro fundo. — Jacob se feriu na explosão.

O rosto de Krysia fica instantaneamente sem cor e ela segura na borda do balcão. Com medo de que ela desmaiasse, eu dou um pulo e a conduzo a uma cadeira.

— Como? — pergunta ela.

— Marta não disse o que aconteceu.

— É sério?

Hesito.

— Sim — respondo. Não posso mentir para Krysia. — Mas ele está vivo — acrescento, rapidamente.

Krysia inspira profundamente, seu rosto cada vez mais pálido. Ela não é mais uma jovem e Jacob é como um filho para ela. Será que errei ao contar? Será que o desgaste de receber essas notícias passara dos limites?

— Jacob, Jacob — resmunga ela, em voz baixa, esfregando os olhos com os dedos e balançando para frente e para trás. É a primeira vez que a vejo chorando.

— Shhh, está tudo bem — ouço-me dizer. As palavras soam estranhas e falsas. Por dentro, estou gritando. Jacob está gravemente ferido. Eu deveria estar com ele. Olho para Krysia novamente. Jacob quereria que eu me mantivesse forte por ela. — Está tudo bem — repito. Fico a seu lado por vários minutos, com a mão em seu ombro.

Quando o choro se acalma, ela levanta os olhos e pega um lenço.

— O que mais você sabe? — pergunta ela, enxugando os olhos.

Sento-me ao lado dela.

— Eles o levaram para algum lugar fora da cidade. É tudo o que Marta me disse. Eu quis que ela me levasse até ele, mas ela negou por ordem de Alek.

Krysia respira profundamente, mais calma agora.

— Se Alek disse que é muito perigoso, então provavelmente é verdade.

Agora é minha vez de ficar chateada novamente.

— Mas não podemos simplesmente ficar aqui sentadas, Krysia! Não enquanto Jacob estiver machucado.

— Eu sei que você quer tomar uma atitude, Emma. Nós duas queremos. No entanto, pode ser que não haja nada que possa ser feito agora, a não ser rezar para que Jacob fique bem. Mas precisamos de mais informações do que o que Marta lhe disse. A primeira coisa que farei amanhã é tentar descobrir mais alguma coisa.

Na manhã seguinte, saio para o trabalho e encontro a cidade transformada. Como resultado da bomba, os nazistas colocaram Cracóvia em estado de lei marcial. As ruas estão cobertas de Gestapo: tanques em cada grande cruzamento, polícia e soldados nas esquinas, observando os pedestres de perto. Residentes locais, acostumados com a presença dos nazistas há muito tempo, agora andam de cabeça baixa, sem dizer nada. Interpelam-me na rua para pedir identificação e me interrogam sobre meu destino três vezes antes de eu chegar em Wawel.

Por causa dessas inspeções de segurança, não chego ao trabalho até quase 9h20. Os corredores do castelo estão borbulhando com um novo senso de seriedade e urgência. Quando chego ao nosso gabinete, Malgorzata, com um sorriso triunfante, me informa que o Comandante já saíra para reuniões de emergência e que ficaria fora pelo resto do dia.

Entro na antessala. Minha mesa está coberta de pilhas de papel, cada uma com um pequeno bilhete dele em cima. Começo a seguir as instruções de cada uma. Ao final, há um envelope confidencial por baixo dos papéis. Normalmente, o deixaria separado como fora instruída a fazer em meu primeiro dia. Hoje, no entanto, não ligo. São telegramas de Berlim, tenho certeza, e preciso ver o que dizem sobre a bomba. Inconsequentemente, abro o envelope e começo a ler os telegramas. O Café Warszawa estava cheio de nazistas celebrando as festas antecipadamente. Sete morreram e muitos ficaram feridos. Os telegramas de Berlim ordenam represália imediata e rápida, tanto contra os judeus dentro do gueto quanto contra a população polonesa em geral. Meu sangue congela quando leio a última frase e penso em meus pais.

Leio até chegar quase no final da pasta. O último telegrama consiste em uma só frase:

Líder do movimento de resistência Alek Landesberg morto ao resistir à prisão em seu apartamento na noite passada às duas horas.

O papel cai de minhas mãos. O telegrama fora enviado a Berlim naquela manhã. Estava assinado pelo Comandante.

CAPÍTULO 21

Estou fazendo *choulent* para o almoço, a sopa reforçada de carne, batata e feijão que comera em todo almoço e jantar de Sabá da minha vida até o início da guerra. É claro que não ousamos chamá-lo por esse nome agora. Ouvi Krysia dizendo a Lukasz que teremos um "cozido de carne" para o jantar, e senti um aperto por dentro ao pensar que o filho de um grande rabino está crescendo sem saber sobre o prato judaico do Sabá. Fazia mais de um ano que eu não comia *choulent*, e é o único prato que desejo durante os piores dias de inverno.

É meados de fevereiro, quase dois meses desde que a resistência soltara uma bomba no Café Warszawa. "Um ato de grande heroísmo", ouvi um homem dizer baixinho na rua. Não poderia discordar mais. Certo, alguns nazistas morreram. Era mais nada do que uma gota no oceano. E a que custo? Alek, a espinha dorsal da resistência, está morto, executado em seu apartamento no dia seguinte à bomba. Meus olhos ardem quando visualizo seu rosto tal como estava da última vez que nos vimos: resoluto, sem medo do perigo que enfrentaria. Os jornais controlados pelos nazistas pintaram Alek como um criminoso, dizendo que ele fora morto ao tentar fugir. Eu sabia, no entanto, que nada poderia estar mais longe da verdade. Alek morrera como um herói, lutando pela causa da resistência enquanto fora executado. Disso eu tenho certeza.

Quanto a Jacob, a investigação de Krysia não nos trouxe muitas notícias a não ser o que já sabíamos, que ele fora ferido com a explosão e retirado de Cracóvia. Um dos contatos de Krysia achava que ele poderia estar se recuperando nas montanhas. Aparentemente, sua ferida não é de tiro, mas sim de estilhaços da explosão. Mas não temos notícias da gravidade de seu estado, do quanto está realmente ferido. Com Alek morto e uma série de outros guerrilheiros, incluindo Marek, presos, a resistência está desmantelada e é quase impossível conseguir informações. Eu nem mesmo sei o que aconteceu com Marta desde nosso encontro na rua Florianska na noite da explosão. Ela certamente me procuraria ou tentaria mandar notícias de Jacob se pudesse. Pergunto-me se ela o vira. *Jacob*. Seu rosto aparece em minha mente. Penso nele constantemente agora. Alguns pensamentos são alegres: nossos dias no apartamento da rua Grodzka e de nossa última noite juntos lá. Mas vejo outras imagens também: imagino-o deitado em uma cama em uma cabana, sangrando, cheio de curativos e sozinho. Por mais que eu tente, não consigo evitar imaginar essas coisas. *Seja forte*, rezo. *Volte para mim*. Desde que Jacob se escondera, encontrei um jeito de aguentar tudo — o gueto, trabalhar para os nazistas e mesmo estar com o Comandante — porque sabia que Jacob estava por aí em algum lugar e encontraria um jeito de estarmos juntos novamente. Eu não sei como seguirei com a vida se ele não sobreviver.

O ataque teve outras consequências, também: Cracóvia continua sob estado de lei marcial. A Gestapo está em cada esquina e cidadãos comuns continuam a ser submetidos a inspeções frequentes, e também toque de recolher do anoitecer até o amanhecer. Não estou preocupada com os poloneses, no entanto; certamente o pior da fúria e da retaliação dos nazistas foi sentido pelos judeus no gueto. Penso em meus pais enquanto mexo o *choulent*. Ouvi histórias terríveis, sussurradas nas ruas e nos corredores do Wawel, de grupos de judeus escolhidos ao acaso sendo enfileirados contra uma parede e executados.

Malgorzata fora a última a repetir esse boato para mim enquanto passava pela recepção na manhã anterior. Seu rosto expressava tristeza quando ela me contou, sem sinal da pretensão habitual em sua voz. Ocorreu-me pela primeira vez que talvez ela também tivesse parentes secretamente no gueto. Pouco provável, mas talvez ela tivesse amigos judeus antes da guerra. Quis perguntar a ela como ela sabia: se era somente mais um boato típico das secretárias que se espalhava pela sede, aumentado a cada vez que era contado, ou se ela vira um telegrama oficial detalhando o incidente? *Mais provavelmente a primeira opção,* decidi. Embora sejam meticulosos em seus planos, os nazistas raramente registram suas atrocidades em papel. É como se tivessem a consciência de que poderiam um dia não estar mais no poder e serem julgados por seus crimes. É claro que não ousei perguntar a Malgorzata ou parecer interessada demais em suas fofocas, então somente balancei a cabeça e corri para a antessala, nauseada.

Quis perguntar a Krysia sobre o boato. Decidi não fazê-lo, no entanto, pois o peso dos eventos recentes se fazia sentir nela e não quis acrescentar mais preocupação. De qualquer modo, eu sabia o que ela diria: que a história provavelmente era um exagero, que mesmo que fosse verdadeira, havia milhares de pessoas no gueto e que meus pais não estariam entre os selecionados. Essas palavras pouco me confortariam.

A resistência não pensara nas repercussões que pesariam sobre todos os outros? *Parece que eles não se preocuparam com isso,* penso pela centésima vez, enquanto tiro o *choulent* do fogo e desligo o gás. Mais ainda do que pelo meu luto pela perda de Alek ou por minha preocupação desesperada com meu marido, espumo de raiva por esse ato leviano de heroísmo.

No entanto, apesar de tudo o que aconteceu, somos forçadas a seguir em frente. Nossa farsa não se desfez simplesmente porque meu mundo parece ter se desfeito. Todo dia, acordo e vou trabalhar no Wawel como se nada estivesse errado. Ocasionalmente, Malgorzata, ou uma das outras secretárias comenta que estou mais quieta do que o normal, ou pergunta se estou me sentindo bem. No geral, no entanto, consegui manter as aparências.

Levanto a panela pesada do fogão. De repente, meu corpo se enfraquece. Fico com calor e depois com frio. Minha testa fica coberta de suor frio e sinto uma onda de náusea. A panela de *choulent* cai no chão, espalhando comida e estilhaços de porcelana em todas as direções.

— Oh! — Minhas mãos vão à boca. A panela era uma das favoritas de Krysia, um presente de casamento de muitos anos.

Krysia, que estivera esperando na mesa com Lukasz, corre para meu lado passando por cima dos restos de nosso almoço e de sua panela estimada como se não estivessem ali.

— Lamento muito — digo, começando a chorar.

— Está tudo bem — responde ela, com sinceridade.

Balanço a cabeça.

— Não, não, não está. — Choro.

A panela quebrada parece ser a última gota. Lembro-me repentinamente da manhã em que soube da morte de Alek. Havia me forçado a colocar o telegrama de volta na pasta e continuar trabalhando, a não reagir. Mesmo naquela noite, quando contei a Krysia as notícias na segurança de nosso lar, não chorei. De uma hora para a outra, toda a frustração, preocupação e pesar das semanas recentes parecem ter vindo como uma enxurrada, tudo de uma vez. Choro por Alek, que liderara a resistência com tanta coragem e representara uma conexão com Jacob para mim. Pelo marido ferido com quem não posso estar, pelos meus pais e pelos desconhecidos que foram executados no gueto. Choro por Margot e seu pai. Por mim, por Krysia e por Lukasz. Por todos nós.

Krysia me envolve em seus braços.

— Tudo bem, tudo bem — murmura ela, me balançando gentilmente como faria com Lukasz se ele ralasse o joelho. Coloco minha cabeça em seu ombro e me deixo ninar em seu abraço terno.

— Lamento muito — repito, ainda soluçando. Sinto minhas lágrimas encharcando seu vestido, mas não ligo. — É que...

— Eu sei. — Ela me acalma. — Ponha para fora, simplesmente ponha para... — Krysia para de me ninar repentinamente. Ela congela no meio da frase.

Levanto os olhos em meio às lágrimas.

— O que foi?

Ela põe uma das mãos em meu estômago, a outra em minha bochecha.

— Emma... você está grávida?

Desvencilho-me do abraço, enxugando os olhos com a manga. Estou chocada com a pergunta.

— Grávida? — repito, como se a palavra fosse desconhecida. Uma imagem passa pela minha cabeça, da mãe de Lukasz estendida no chão depois de ter levado um tiro, seu braço sem vida protegendo a barriga grande em um gesto inútil. Gravidez significa vida e não fazia sentido trazer uma nova vida a este mundo sombrio. — Não...

— Você tem certeza? — pressiona Krysia. Balanço a cabeça. Gravidez é algo que acontece com mulheres casadas com vidas normais, aquelas pessoas abençoadas e com sorte que podem dormir todas as noites ao lado do marido. Margot estivera grávida. Krysia continua. — Porque você não tem agido como você mesma ultimamente, e está com olheiras profundas. Ouvi você no banheiro... — Vejo os lábios de Krysia se movendo, mas não consigo mais escutar o que ela diz de tanto que meus ouvidos latejam. Por semanas agora, me dou conta, tenho tentado evitar me fazer essa exata pergunta. Não menstruo há mais de três meses. Tentei dizer a mim mesma que o ciclo fora bagunçado por causa da tensão com tudo o que aconteceu, esse fingimento todo e a preocupação e o pesar. Mas há outros sinais também: a náusea e a tontura e a barriga protuberante apesar de nossa nutrição modesta.

Agora, ouvindo Krysia dizer em voz alta, eu sei que é verdade. Faço que sim com a cabeça, sem conseguir falar.

Ela não parece surpresa.

— Por quanto tempo?

— Apenas suspeitei há uns dias — minto, rapidamente, sem querer que Krysia pense que estive escondendo algo dela. — Não tinha certeza até agora.

— Não, quero dizer de quanto tempo você acha que está grávida?

Dou de ombros.

— Eu não sei...

— Um médico poderia nos dizer, se tivesse alguém confiável ainda nesta cidade — lamenta Krysia. — Quando foi seu último ciclo?

Enrubesço, desacostumada a falar sobre essas coisas.

— Três meses atrás, mais ou menos. — Vejo-a fazendo as contas em sua cabeça, tentando descobrir se coincide com a única visita de meu marido. Não coincide. — Eu não sei se é de Jacob — digo, baixinho.

Ela me olha duramente.

— Eu não perguntei.

— Oh, Senhor... — A realidade do que está acontecendo começa a me tomar. *Estou grávida e o pai é provavelmente o Comandante.* Sinto meus joelhos perderem força novamente.

Percebendo minha fraqueza, Krysia me pega pelo braço e me leva a uma cadeira.

— Respire profundamente — instrui ela, colocando um copo d'água na mesa à minha frente. — Beba isto.

Obedeço, tomando goles de água entre os soluços.

— Sinto muito...

— Não diga isso. Não é sua culpa.

Krysia vai até o armário e tira uma vassourinha e uma pá. *Não é minha culpa*, penso, enquanto a vejo limpando a bagunça que eu fiz. Sinto-me estúpida, como se devesse ter previsto isso. Mas como? Eu sabia tão pouco sobre ter filhos. Minha mãe não conversara comigo sobre essas coisas, mesmo antes de meu casamento com Jacob. Em uma comunidade religiosa, uma mulher casada não tentaria evitar uma gravidez, ao menos não abertamente; ela tinha o dever de ter tantos filhos quanto a graça de Deus lhe quisesse dar. Eu ouvira sussurros de outras meninas em meu bairro quanto a fases do mês menos favoráveis para engravidar, mas não entendera do que estavam falando e não ousara perguntar. Eu deveria ter pensado nisso quando essa história com o Comandante começou, me dou conta. Talvez Krysia pudesse ter me ajudado a ter mais cuidado. Mas tudo acontecera tão rápido e estive tão concentrada em conseguir informações para Alek. E agora era tarde demais.

Krysia volta para a mesa alguns minutos depois, com um resto de *choulent* que não caíra no chão que ela conseguiu salvar. Ela põe três pequenas tigelas do cozido na mesa e coloca Lukasz em sua cadeira. Todo alimento é precioso, me dou conta. Mesmo em meio a uma catástrofe, é preciso ter senso de praticidade. Ela pega uma colher de *choulent* e assopra, esfriando a comida antes de dar a Lukasz. Alterna colheradas para ela e para a criança. Como meu jantar apaticamente, tentando não pensar.

Quando a tigela de Krysia fica vazia, ela a afasta e começa a falar.

— Emma, eu também já engravidei. Em Paris. Antes de Marcin.

Levanto os olhos, chocada com sua confissão. Eu não fazia ideia de que Krysia estivera grávida, e certamente não imaginei que ela tivera amantes além de seu marido. Pensei em todas as vezes nesses últimos meses que ela me confortara sobre meu caso com o Comandante, como ela tentara diminuir minha culpa por causa dos sentimentos conflitantes quanto a ele. Ela entende, percebo, porque também tivera um caso quando era mais jovem.

— Quem era ele? — pergunto. Embora o conheça apenas por fotografias, era difícil imaginar Krysia com alguém que não fosse Marcin.

Krysia sorri.

— Seu nome era Claude. Era um escritor, ou queria ser, pelo menos. Ele morava em um quartinho em cima de um café. O senhorio o deixava lavar os pratos da cozinha e varrer o chão porque ele não tinha dinheiro para o aluguel. — Ela pausa e examina os próprios dedos. Vejo uma fina linha de sangue onde um caco de porcelana cortara sua pele fina e pálida. — Nunca imaginei que fosse acontecer. Eu era jovem e despreocupada e estava apaixonada. Nós dois estávamos, ou pelo menos era o que eu pensava. Estava pronta para abandonar minha família para ficar com Claude, mas ele disse que era impossível, que ele não tinha dinheiro para uma família. Que uma criança iria interferir em sua arte. — Enxergo a tristeza nos olhos de Krysia quando ela se lembra de propor sonhos de um futuro juntos a seu amado e então ser rejeitada. — Eu teria tido a criança e a criado sozinha, sem me importar com escândalos. Mas meus pais não aceitaram. A filha de 19 anos de um encarregado de negócios da Embaixada estudaria arte e música na Sorbonne. E não teria uma criança ilegítima. Eles ameaçaram me deserdar completamente. Eu ficaria totalmente sem sustento.

— Oh, Krysia — digo.

Ela fixa seu olhar no infinito, sem piscar.

— Eu poderia ter escolhido tentar me sustentar sozinha com a criança. Eu poderia ter conseguido, de alguma maneira. Mas eu era jovem e tinha medo. Então fiz o que eles queriam. Perguntei se eu poderia me esconder por um tempo, ter a criança e entregar para adoção. Eles recusaram, dizendo que o escândalo seria enorme. — Ela se levanta e vai até a pia, de costas para mim, abrindo a torneira até que a água fria cai em sua mão, limpando a ferida. — Deixei meus pais decidirem por mim, e foi uma decisão pela qual paguei por toda a minha vida. — Krysia fecha a torneira e enrola a mão em uma toalha limpa. Ela se vira para mim novamente. — Você entende o que estou lhe dizendo? — Assinto. O que quer que seja que fizeram com Krysia para interromper sua gravidez deve tê-la deixado estéril. — Ótimo. Uma criança é uma bênção.

Como se fosse uma deixa, Lukasz corre pela sala e puxa a saia de Krysia.

— Mas e se for do Comandante? — pergunto. — Quero dizer, o que Jacob... — A frase fica presa em minha garganta.

Com a mão ainda enrolada na toalha, Krysia levanta Lukasz com um grunhido e se estatela em uma cadeira; ele está ficando grande demais para ela carregá-lo.

— Seu bebê terá uma mãe judia. Ele ou ela será judeu. Uma criança judia, e será filha de Jacob. — Ela levanta a sobrancelha para enfatizar a última frase. — Aconteça o que acontecer. — Entendo então que o segredo será nosso, e que ela nunca contará a ninguém.

— Filho de Jacob — repito.

Será que Jacob ao menos deseja ter filhos? Em alguns momentos antes da guerra, nem eu mesma tinha certeza. Uma vez, antes de nos casarmos, discutindo política, Jacob dissera que a população mundial estava crescendo rápido demais e que ele não tinha certeza se poderia trazer uma criança a este mundo com tantos problemas e injustiças sociais. Suas palavras foram um golpe para mim. Eu sempre quis ter uma família. Eu não reagira e nem discutira, no entanto. Dissera a mim mesma que ele mudaria de ideia depois da graduação, quando estivéssemos casados e ele deixasse suas causas estudantis para trabalhar. Mas isso nunca aconteceu; a guerra começou e ele ficou cada vez mais envolvido com a política. Nunca mais discutimos essa questão. Pergunto-me o que ele diria agora, se a guerra reforçara sua visão de mundo de que este não é um lugar para criar filhos. Ele pode ficar decepcionado com minha gravidez, mesmo que pense que o filho é dele. Então me lembro do dia de sua visita, de como ele se ajoelhara para falar com Lukasz. Talvez ele perceba a importância de levar adiante a fé judaica por meio das crianças.

Não compartilho esses pensamentos com Krysia. Tenho certeza de que ela presume que Jacob quer ter filhos, e que será um bom pai.

— Você tem de afirmar que o filho é de Jacob — acrescenta Krysia, achando que minha hesitação é por causa da paternidade do bebê. — Você pode dizer que ele ou ela nasceu prematuramente, se precisar.

Olho para ela, confusa.

— Não estou entendendo.

— É uma maneira de fazer as datas casarem de forma respeitável. Mulheres que engravidaram acidentalmente antes do casamento fizeram isso desde o início dos tempos.

— Ah — respondo, surpresa, me dando conta de minha ignorância.

Os cantos de seus lábios se levantam levemente.

— Que ironia que um nazista possa ter ajudado a colocar mais uma criança judia no mundo.

— Se o Comandante descobrir... — Paro no meio da frase, estremecendo.

Seu meio sorriso desaparece rapidamente.

— Richwalder não pode tomar conhecimento deste bebê nunca. Temos de encontrar um jeito de tirá-la de Cracóvia antes que a verdade fique evidente.

— Certo — concordo.

Manter as aparências tem sido difícil o suficiente mesmo sem isso. E não há como saber como o Comandante reagiria.

— Vou tentar mais uma vez entrar em contato com quem resta da resistência, Marek ou possivelmente Marta, para avisá-los de que você tem de fugir. — Por dentro, sinto um desconforto. Marek certamente porá a culpa em mim por me ver nesta situação e criar uma inconveniência para a resistência nesses tempos de desespero. E Marta... De alguma maneira, eu sei que ela vai suspeitar de que o bebê é do Comandante e interpretará isso como prova de que não amo Jacob de verdade. Krysia continua. — Felizmente, a barriga ainda não está evidente, mas isso vai durar pouco. Precisamos conseguir umas roupas mais soltas para você, para disfarçar. Porque, mesmo que eu consiga falar com a resistência, suspeito que levaria semanas ou mesmo meses para se planejar uma fuga. Você consegue manter as aparências até lá? — Concordo. — Ótimo. Não será simplesmente uma questão de tirá-la de Cracóvia. Você terá de sair do país. Ir para algum lugar onde Richwalder não terá como encontrá-la quando se der conta de sua ausência. — Estremeço, me vendo escondida na floresta enquanto os nazistas vasculham a zona rural, me caçando como um bicho.

— E Jacob? — pergunto.

— Boa pergunta. Temos de descobrir onde ele está e quando estará saudável o suficiente para viajar, para que vocês dois possam ir juntos. No início da primavera, quando a neve derreter, imagino. Tenho certeza de que você terá de cruzar as montanhas.

— E Lukasz? — Ouvindo seu nome, a criança levanta os olhos. Krysia morde o lábio. Percebo que ela está se lembrando de nossa briga anteriormente sobre o destino de Lukasz.

— Eu não sei. Vou primeiro tentar conseguir mais informações e cruzaremos essa ponte quando chegarmos lá.

— Meus pais...

Krysia hesita. Eu sei que a estou bombardeando com perguntas para as quais ela não tem as respostas, mas não consigo fazer diferente.

— Sinto que, infelizmente, tirá-los do gueto agora seria impossível — responde ela, gentilmente.

Embora eu já saiba a verdade sobre o que ela está dizendo, meu coração fica apertado ao ouvir essas palavras.

— Eu entendo — respondo. — Mas preciso saber se estão bem antes de partir.

Ela não vai, eu sei, fazer promessas que não pode cumprir. E conseguir informações de dentro do gueto, como qualquer outra coisa, ficou mais difícil nas semanas seguintes à explosão no Warszawa.

— Vou tentar descobrir. — Ela se levanta.

— Obrigada. — Estendo o braço e pego sua mão. — Por tudo.

Ela me dá um tapinha carinhoso no ombro.

— Vou limpar tudo. Você pode ir descansar. E tente não se preocupar tanto.

Levanto-me e saio da cozinha até o pé da escada. Atrás de mim, ouço Krysia colocando os pratos na pia, e o som da torneira abrindo. Suas mãos estão lavando um prato, mas seu olhar está fixo na parede à sua frente. Eu sei que ela está perdida nas memórias de Claude e da Paris de sua juventude.

Deve ter sido muito doloroso manter a verdade em segredo de seu amado Marcin por todos esses anos, sem poder dizer a ele por que ela não podia ter filhos, sem poder falar sobre a escolha terrível que fizera. Será que um dia serei como Krysia, sozinha com meus segredos, arrependida das escolhas que fiz para poder sobreviver? Pensar nisso é um fardo pesado demais. Uma onda de náusea me toma de assalto, então subo as escadas com pressa.

CAPÍTULO 22

Não falamos mais sobre minha gravidez depois daquela noite. Algumas semanas depois, encontro uma saia nova e dois suéteres em minha cama. Eles se parecem muito com minhas outras roupas de trabalho, mas os suéteres são um pouco mais longos e largos e a saia tem cintura ajustável. Eles esconderão minha barriga cada vez maior, pelo menos por agora. Pergunto-me onde Krysia os conseguira.

Pelo menos ninguém se perguntara por que estou usando essas roupas enormes, penso enquanto saio de casa para o trabalho usando uma de minhas roupas novas pela primeira vez. Embora seja começo de março, a temperatura continua muito baixa, e o chão ainda está coberto por uma fina camada de gelo e neve. Como se respondendo a uma deixa, uma rajada de vento sopra vinda das colinas. Fecho mais o casaco e cruzo a rua até a esquina. Alguns minutos depois, o ônibus chega, e, ao embarcar, observo sorrateiramente os outros passageiros: será que notam alguma coisa diferente em mim, essas pessoas com quem divido o ônibus todos os dias? *Eles não estão notando nada,* decido enquanto caminho no corredor. Alguns acenam com a cabeça, a maioria mal levanta os olhos. Cada um está preocupado com a própria vida, com a própria sobrevivência. Isso não mudou só porque meu mundo mudou.

Na manhã seguinte à minha conversa com Krysia, Lukasz me acordou com as mãozinhas no meu rosto, me avisando que estava com fome. Lá embaixo, descobri que Krysia saíra. Embora não tenha deixado um bilhete, soube imediatamente que ela saíra para tentar fazer contato com a resistência. Dei a Lukasz seu cereal, eu mesma sentindo náusea demais para comer qualquer coisa. Enquanto terminava de secar a louça do café da manhã, ouvi a porta da frente ranger. Pus a toalha na pia e fui até o topo da escada. Krysia, que estava tirando a neve de suas botas no hall de entrada, olhou para mim.

— Mandei a mensagem — responde ela, a uma pergunta silenciosa. — Agora só temos de esperar.

Esperar, penso agora, enquanto o ônibus se aproxima, com as rodas escorregando ligeiramente por causa do gelo na pista. Por quanto tempo consigo esperar? As palavras de Krysia em nossa conversa na noite em que ela descobrira minha gravidez ecoam em minha cabeça: o Comandante não pode ficar sabendo. Felizmente, só tenho de esconder dele no gabinete. Ele tem estado tão ocupado com trabalho que não faz muito esforço para sair nas últimas semanas. Aceito as desculpas aliviada até demais. Se ele tentasse me tocar agora, certamente descobriria a verdade.

Minha mente se volta para Jacob. Krysia dissera que há uma possibilidade de que eu me encontre com ele para fugir da Polônia juntos. É claro, ela não tem certeza, mas só essa ideia, um sonho já distante, me preenche de afeto. E de perguntas. Para onde iríamos? Como nos sustentaríamos? Neste momento não há muito trabalho disponível para cientistas e bibliotecárias, suspeito, embora tenha adquirido boas habilidades administrativas trabalhando para o Comandante. Permito-me um sorriso mental tímido pela ironia na situação, mas meu divertimento rapidamente se torna nervoso. Mesmo que consigamos escapar e sobreviver, como será nossa vida juntos? Não queria admitir, mas senti certo desconforto entre mim e Jacob durante sua visita. Em algum nível, somos desconhecidos. *Isso melhorará*, digo a mim mesma, *quando ficarmos juntos permanentemente de novo*. Mas parte de mim não está convencida: a guerra e tudo o que vem com ela mudou cada um de nós de tal forma que não podemos esperar que será a mesma coisa ficarmos juntos agora como era antes.

Fico hesitante por outras razões também. Penso em Krysia e Lukasz. Sempre que sonhava com um futuro com Jacob e livre dos nazistas, durante esses muitos meses, imaginava os dois conosco. Krysia dissera que talvez Lukasz não possa ir comigo, e ela não falara de seu futuro ou de ela própria fugir nenhuma vez. A ideia de deixá-los para trás para enfrentar os problemas e as consequências que certamente viriam com meu desaparecimento súbito é inaceitável. Tenho de convencer Krysia de que ela e Lukasz devem ir comigo, me recusar a ir embora se eles não forem. Somos uma família agora.

Família. Sinto um calafrio, pensando em meus pais, com quem não falava há quase um ano. Krysia prometera descobrir como eles estão, mas percebi pelo seu olhar que ela não acreditava que isso seria possível. Como posso fugir da cidade e abandoná-los mais ainda?

O ônibus para de uma vez, me arrancando desses devaneios. Um murmúrio tenso emana dos passageiros. Recentemente, a Gestapo estabelecera vários novos pontos de inspeção de segurança em todas as principais entradas da cidade, incluindo o lugar onde nossa rua encontra a Aleje. Veículos são sujeitos a paradas e buscas aleatórias. Já vi vários carros e charretes sendo parados e cidadãos comuns forçados a sair ao lado da pista e responder perguntas sobre suas identidades e seus destinos. Essa é a primeira vez, no entanto, que presencio ou ouço falar de inspeção em um ônibus. Por um segundo, me pergunto se estão me procurando. Talvez alguém da resistência tenha falado depois de ser preso e fornecido nomes. Sinto um calafrio descer minha espinha. *Não seja tola*, digo a mim mesma, *se a Gestapo quisesse prendê-la, poderia encontrar você facilmente no gabinete do Comandante ou na casa de Krysia. É só uma parada de rotina.*

Dois policiais brutos sobem no ônibus, gritando para que todos desçam. Atropelando-nos, pegamos nossas coisas e obedecemos. Evito fazer contato visual com os homens enquanto passo. Dois outros policiais da Gestapo estão do lado de fora, cada qual com um pastor alemão preso por guias grossas. Fico parada com os outros passageiros em uma esquina no frio congelante enquanto os nazistas inspecionam o ônibus. Não dizemos nada. Passam-se dez minutos, e depois 15. Chegarei tarde ao trabalho. Imagino o Comandante olhando para o relógio e andando de um lado para o outro no gabinete, querendo saber onde estou. Considero por um minuto deixar os outros passageiros para trás e caminhar pelos últimos quarteirões até o Wawel; seria muito mais rápido do que esperar. Mas decido não fazer isso, pois atrairia muita atenção para mim.

Vinte minutos se passam. Finalmente, os policiais saem do ônibus e nos mandam entrar de volta. Eles ficam na porta enquanto entramos pedindo documentos de identificação para vários passageiros, aparentemente escolhidos ao acaso. Tomo coragem ao passar, mas eles não me param. Quando todos já estão sentados novamente, um oficial da Gestapo permanece nos degraus do ônibus em frente à porta ainda aberta.

— *Klopo-wicz,* Henrik! — grita ele.

O ônibus permanece silencioso. O oficial repete o nome, com o rosto cada vez mais vermelho. Pelo canto do olho, vejo o homem do outro lado do corredor levantar a mão lentamente. Seu rosto está sem cor. Não me viro para ele, mas continuo virada para frente.

— *Schnell!* — grita o oficial. O homem se levanta e segue em frente, relutante. Quando chega perto da porta, o oficial o pega pelo braço e o arrasta para fora do ônibus. A porta se fecha. Vejo aquele homem no ônibus todos os dias desde que comecei a trabalhar. Ele parecia comum, um trabalhador de algum tipo. Pergunto-me o que ele terá feito, ou o que acham que ele fez, para que fosse preso. Deve ter sido alguma coisa; não parecia ser uma seleção aleatória. Estremeço quando o ônibus dá um solavanco e volta a se mover.

Cerca de 15 minutos depois, chego à base do castelo de Wawel e corro rampa acima. Malgorzata já está sentada à sua escrivaninha quando chego à recepção. O relógio em sua mesa marca oito e meia. O Comandante estará me esperando.

— *Dzien dobry* — diz Malgorzata, cheia de si. Seu cumprimento é uma bronca: você está atrasada, e eu não.

— *Czesc* — respondo, apressadamente. Ela abre a boca para dizer algo, mas já estou passando pela porta para a antessala.

Fecho a porta com um clique. A antessala está aquecida, com um fogo aconchegante crepitando por baixo da grade da fornalha. Malgorzata deve ter acendido o fogo para mim. Ela tenta, às vezes. Deveria ser mais bondosa com ela. Lembro-me de perguntar à Krysia depois do jantar em que conheci o Comandante como ela conseguia ser tão agradável com aqueles que desprezávamos. "Mantenha seus amigos por perto e seus inimigos ainda mais perto" respondera ela.

Assim que começo a tirar o casaco, a porta da antessala se abre. É Malgorzata.

— Sim? — pergunto, olhando por sobre meu ombro para ela.

— O Comandante foi a uma reunião na Pomorskie — diz ela.

Viro-me para ela.

— Ele disse quando voltará?

Ela balança a cabeça.

— Ele me pediu para lhe dizer que... — Malgorzata para no meio da frase. Seus olhos ficam arregalados.

— O que houve? O que há de errado?

Ela não responde. Sigo seu olhar e congelo. Seus olhos estão encarando minha barriga e ela está boquiaberta. Enquanto tirava meu casaco, meu suéter se levantara, revelando minha barriga redonda.

— Malgorzata... — Começo a dizer, e paro, sem saber como continuar. Ela se vira apressadamente para sair da sala, quase tropeçando no canto de um tapete que se dobrara perto da porta. Quando ela tropeça, a pego pelo braço. — Malgorzata, espere, por favor... — Ela se desvencilha. — Posso explicar — acrescento, embora não faça ideia do que dizer.

Ela não olha para mim.

— Preciso ir. Há muito trabalho para fazer antes de o Comandante voltar.

— Malgorzata. — Tento de novo, mas ela sai, batendo a porta.

Oh, Senhor. Atiro-me na cadeira, sentindo uma onda de enjoo chegar. Malgorzata viu minha barriga. Ela sabe que estou grávida. Considero correr atrás dela, implorar para que não diga nada. Não seria uma boa ideia. Malgorzata procurou me agradar por meses, tentando ser minha aliada porque minha posição é favorável em relação ao Comandante. Agora ela não precisa mais ser gentil. Ela tem toda a informação de que precisa para me desestabilizar. E é só uma questão de tempo, tenho certeza, até que ela conte para ele.

— Fiz contato com o movimento — diz Krysia, alguns dias depois, após colocar Lukasz para dormir. Estamos sentadas na sala organizando as roupas que tinham sido lavadas mais cedo.

Levanto os olhos, surpresa, segurando uma toalha. Minha respiração para.

— Mesmo, com quem?

— Jozef. Ele foi o rapaz que lhe trouxe aqui quando fugiu do gueto.

Assinto, visualizando seu rosto. Nunca havia ouvido seu nome antes.

— Ele disse algo sobre...

Ela me interrompe gentilmente.

— Perguntei de Jacob primeiro. Ele não tinha nenhuma informação além do que já sabíamos. Lamento.

— Ah. — Meu coração fica apertado.

— Mas a boa notícia foi que consegui falar com ele sobre tirá-la de Cracóvia. Ele acha que consegue organizar uma escapada na última semana de março. Você acha que consegue aguentar até lá?

Faço os cálculos na minha cabeça. Três semanas. Mais três semanas fingindo e rezando para que o Comandante não descubra meu segredo. Minha mente volta ao encontro com Malgorzata. *Talvez tenha sido minha imaginação e ela não tenha notado nada,* penso agora. Nós não nos falamos de novo naquele dia e eu passei a evitá-la depois, chegando ao trabalho mais cedo e ficando na mesa até depois de ela ir embora. Não quero encarar outro confronto. Ou talvez ela saiba, mas não dirá nada a ele. Não, percebo de repente o quanto essa ideia é ridícula, voltando à realidade. Vejo o olhar de surpresa em seu rosto, seguido da mesma expressão triunfante de sempre. Ela sabe do meu segredo, e está armando o bote como um gato, só esperando a hora de atacar. Tenho certeza de que ela já teria contado ao Comandante, não fossem as reuniões de trabalho contínuas.

— Emma... — diz Krysia, gentilmente, interrompendo meus pensamentos. — Você está me ouvindo?

Hesito, sem saber o que responder. Eu deveria ter contado a Krysia sobre Malgorzata, mas não contei, em parte porque não quis que ela ficasse mais preocupada, e também porque fiquei com vergonha por ter sido tão descuidada. Não sei o que dizer agora. Sinto-me desconfortável, como se tivesse escondido algo que deveria ter dito há muito tempo.

— Estou ouvindo — respondo, por fim.

— Consegue aguentar três semanas? — repete ela.

Engulo em seco.

— Acho que sim.

— Ótimo. É provavelmente o tempo certo, de qualquer forma. A temperatura deve subir, espera-se, e a gravidez ainda não estará tão avançada. Jozef disse que tentará conseguir alguém para escoltá-la.

Meu coração fica apertado. Alguém para me acompanhar significa que não irei com Jacob. Começo a perguntar a Krysia, mas paro. Ela já disse que não há notícia de Jacob e não quero ser difícil.

— E você e Lukasz? — pergunto, em vez disso. Ela inclina a cabeça, confusa. — Quer dizer, se eu sumir, vão fazer perguntas, especialmente o Comandante.

— Eu pensei nisso, é claro. Se eu ficar para trás, posso arranjar desculpas. Que você foi visitar outro parente ou qualquer coisa assim.

Eu balanço a cabeça. Ele nunca vai acreditar que eu simplesmente saí sem dizer adeus.

— Mas, Krysia, não vai ser seguro ficar aqui quando eu for embora. Quando o Comandante se der conta do que aconteceu, haverá repercussão — persisto. — Não posso deixar vocês dois para trás, para enfrentar isso sozinhos.

— Teremos de correr esse risco. Não podemos desaparecer todos ao mesmo tempo. Seria muito difícil — não dá para fugir pela floresta com uma idosa e uma criança, e nós juntos atrairíamos muita atenção. Procuro desesperadamente uma resposta, mas não consigo achar nada. Krysia está certa. Ela continua. — De qualquer maneira, eu não posso ir embora. Sou uma velha. Esta é minha casa. — Seus olhos estão marejados.

Penso em todas as pessoas mais velhas que foram arrancadas de suas casas pelos nazistas. Eles não tiveram a escolha de ficar, e o comentário dela parece autoindulgente à luz de tudo o que aconteceu. Eu sei, no entanto, que essa não é a razão principal de sua recusa a ir embora. Ela está tentando fazer o que é melhor para todos. Se a resposta fosse irmos todos embora, não tenho dúvidas de que ela faria as malas e ficaria a postos rapidamente, pronta para fugir pela floresta com seu casaco de cashmere e seus sapatos finos.

Aproximo-me da cadeira onde ela está sentada, determinada a tentar novamente. Ajoelho-me ao seu lado e pego sua mão.

— Krysia, venha comigo — imploro. Mas ela balança a cabeça e eu sei que não haverá mais discussão. — E Lukasz? — pergunto. — Ele não pode estar aqui se a Gestapo vier me procurar.

Ela não responde diretamente e percebo que sua mente está maquinando, considerando o que eu acabo de dizer. Não é um dilema simples. A criança deve ser protegida, e é difícil dizer o que seria mais arriscado, mantê-lo aqui e enfrentar interrogatórios quando a Gestapo vier ou levá-lo comigo sob o risco de sermos capturados ao tentar escapar.

— Levar Lukasz a retardaria — diz ela, por fim. — E seria arriscado para você.

— Eu dou conta — insisto.

— Você tem de considerar não só a sua vida agora. Você tem seu filho.

— Mas... — Quero dizer que Lukasz é como um filho também, mas Krysia levanta a mão.

— Não vamos discutir. Não precisamos decidir isso agora.

— Certo — respondo.

Volto ao sofá e pego a toalha que estava dobrando. Um momento depois, levanto os olhos novamente. Krysia está olhando pela janela, contemplando a escuridão, com a pilha de roupas à sua frente intocada.

— O que houve? — pergunto.

Ela se volta para mim e detecto pela primeira vez uma profunda tristeza em seu olhar.

— Depois que Marcin morreu, achei a solidão insuportável. Acabei me acostumando com ela com o tempo, mas é uma dor pesada que nunca me deixou verdadeiramente. Até a noite em que você chegou. — Seus olhos estão marejados agora. — Acabo de me dar conta do quanto gostei disso, de ter você e Lukasz aqui comigo. Do quanto vou sentir falta de vocês quando forem embora.

— Oh, Krysia. — Aproximo-me dela novamente e ponho o braço em volta de seus ombros. Não tinha considerado até aquele momento que a minha partida a afetaria. Quero dizer a ela que as coisas iriam mudar, que sempre seríamos próximas. Mas eu não podia dizer isso. Nós três morando juntos fora um arranjo inesperado, estranho e maravilhoso, advindo da necessidade. E por necessidade logo chegaria ao fim.

* * *

— Ele já a chamou duas vezes — informa-me Malgorzata, triunfante, quando entro na recepção na manhã seguinte. Surpresa, olho rapidamente para o relógio atrás de sua mesa, me perguntando se estou atrasada. Mas o relógio marca 7h45, 15 minutos para o meu horário de entrada. O Comandante chegou mais cedo. Meu estômago trava.

Fique calma, penso comigo ao entrar com pressa na antessala. Ele provavelmente só tem muita papelada para organizar ou alguma reunião mais cedo. Mas, mesmo enquanto penso isso, sei que algo está errado. Ele é tão preciso com horários quanto com todo o resto; ele sempre sai de seu apartamento às oito horas em ponto e entra no gabinete aproximadamente 15 minutos depois, dependendo do tráfego. O Comandante chegar mais cedo é tão impensável quanto ele se atrasar.

Com o coração aos pulos, tiro o casaco e pego meu bloco de notas na mesa. A porta do gabinete está aberta. Bato ligeiramente.

— *Herr Kommandant*? — chamo, pela abertura. Ele não responde. Repito as palavras mais alto desta vez.

— Entre.

Abro a porta mais alguns centímetros para poder passar. Ele está de pé do outro lado do gabinete, olhando pela janela.

— Malgorzata disse que você queria falar comigo. — A porta se fecha atrás de mim.

— Sim, sente-se. — Acomodo-me na ponta do sofá, com a caneta em punho. O Comandante não olha em minha direção, mas continua olhando para o rio.

Respiro fundo, lutando contra o impulso de me virar e correr para fora da sala. Outro minuto de silêncio se passa, e então dois. Finalmente, não consigo mais segurar.

— Há algo de errado, *Herr Kommandant*?

— Errado? — repete ele, baixinho. Ele se vira e começa a se aproximar de mim, com o rosto fechado. Ele respira por entre os dentes. — Tudo está errado. Guerrilheiros soltam bombas em cafés quando querem, matando nossos homens. Estamos perdendo a guerra. — Fico surpresa ao ouvir essa última declaração; é a primeira vez que ouço o Comandante, ou qualquer outro alemão, admitir que a guerra vai mal para o lado deles — até agora, isso fora um boato, algo que os empregados poloneses sussurravam pelos corredores do Wawel ou que se ouvia pela rua. O Comandante continua falando, a apenas alguns passos de mim agora. — E meus inimigos querem pôr a culpa em mim por esses incidentes para que eu seja afastado.

Sinto uma onda de esperança. Talvez ele esteja preocupado com questões políticas apenas.

— São tempos difíceis — arrisco, tentando parecer apoiá-lo.

— Sim. — Ele se senta na cadeira ao meu lado, ainda desviando o olhar. — E tem você.

Sinto um frio no estômago.

— E-eu? — gaguejo. Meu coração bate tão rápido que mal consigo ouvir minha própria voz.

— Sim, Anna. Sim. — Ele se vira para mim. — Tem algo que você queira me dizer?

Sinto o calor me subir ao rosto. Ele sabe de alguma coisa. Mas o quê? No meu desespero por causa da gravidez nos últimos dias, quase me esqueci de que guardo um segredo ainda maior. Agora me pergunto se minha verdadeira identidade fora revelada.

— Não, *Herr Kommandant* — respondo, enfim, baixando os olhos.

— Anna. — Ele levanta meu queixo com os dedos, forçando nossos olhares a se encontrar. — Chame-me de Georg.

Embora ele tivesse me dado permissão já há um tempo para usar seu primeiro nome quando estamos sozinhos no apartamento, é a primeira vez que ele me diz para fazê-lo no gabinete. Seu olhar é carinhoso, percebo, não há sinal de raiva direcionada a mim. Ele não me olharia desse jeito se tivesse descoberto quem eu realmente sou. De repente, naquele momento de tentativa de intimidade, eu sei exatamente o segredo que ele descobrira.

Então ele sabe de minha gravidez, penso, e não parece estar zangado com isso. Ainda não sei bem o que dizer.

— Georg... — Seu nome parece pesado e estranho em minha língua. — Como você descobriu? — Eu sei a resposta, é claro, mas estou tentando ganhar tempo para descobrir o que dizer.

— Malgorzata me disse.

— Ah, é? — Tento soar surpresa.

— Sim, ela veio com a notícia, pensando que eu ficaria zangado por você ser uma mulher solteira e grávida e que eu a mandaria embora. — Levanto os olhos. — Ah, não se preocupe, eu sei que ela deseja seu cargo há muito tempo. É claro, ela não tinha como saber que o filho é meu. — Seu rosto fica sério. — Gostaria de ter ouvido a notícia de você, no entanto.

— Lamento — digo, me mexendo desconfortavelmente.

— Não, Anna, sou eu que tenho de pedir desculpas. — Ele pega minhas mãos com as suas mãos muito maiores. — Estive tão preocupado com essa guerra que nem notei e não lhe dei chance de me contar. De qualquer maneira, pouco importa como eu descobri. Agora eu sei. — Ele pega meu rosto com as mãos e me beija na testa.

— Quer dizer que não está zangado? — pergunto, com genuína surpresa.

— Zangado? — exclama ele, abrindo um largo sorriso. — Anna, não poderia estar mais feliz! Você sabe que eu sempre quis ter filhos. — Assinto. — E com Margot, nunca tive a chance... — Uma imagem me vem à cabeça de Margot deitada no chão, com sangue da ferida que ela mesma se infligira cobrindo sua barriga grávida. Sinto-me nauseada repentinamente. *Concentre-se*, penso, forçando a imagem a sair de minha mente. — Eu gostaria que as coisas tivessem acontecido conosco da maneira tradicional, é claro: casamento, e depois filhos. — Continua ele. — Mas não faz mal.

— Mas o que as pessoas vão pensar? Quer dizer, sua carreira...

Observo o rosto do Comandante enquanto ele leva em consideração pela primeira vez o estigma de ter um bebê com sua assistente solteira, e a munição que isso seria para seus inimigos políticos.

— Sim — diz ele, lentamente. — Precisamos tirá-la de Cracóvia antes que mais alguém perceba. — *Que ironia*, penso; é exatamente o que Krysia dissera ao saber de minha gravidez. Ele se levanta e começa a andar de um lado para o outro, como se estivesse ditando um memorando. — Gostaria de mandá-la para minha casa em Hamburgo — diz ele, pensando em voz alta. — Mas isso é impossível agora. As bombas do inimigo são um perigo real. Eu sei... — Ele para e se volta para mim. — Minha irmã, Hannah, mora no campo, perto de Salzburg. Mandarei você para lá.

Ir para a Áustria é navegar ainda mais fundo em território nazista. Como encontraria Jacob ou meus pais de novo se for parar lá? Ele me observa agora, esperando uma reação.

— *Herr Kommandant,* quer dizer, Georg, é muito gentil de sua parte. — Hesito, procurando uma resposta adequada. — Mas não posso abandonar minha família...

— Não, é claro que não — responde ele. — E não pode viajar sozinha. Krysia e Lukasz irão com você. — Admiro-me de como ele pensa que pode reorganizar a vida de tantas pessoas com apenas algumas palavras, embora, é claro, venha fazendo exatamente isso com os judeus por anos. — O coronel Diedrichson os levaria até Viena e depois o motorista de minha irmã os buscaria. O que acha?

Parece uma sentença de morte. Não posso deixar que ele me mande para longe.

— Georg... — Tento novamente.

Ele se senta na cadeira ao meu lado.

— O que é, Anna? — Detecto impaciência em sua voz.

Respiro fundo.

— E você? — pergunto.

Um olhar de esclarecimento agora toma seu rosto, seguido de um sorriso.

— Você está falando de nós dois?

— Sim — digo, rapidamente, fazendo o jogo. — Detestaria ficar tão longe de você.

— E eu de você — responde ele, tocando meu rosto.

— Talvez eu possa ficar em Cracóvia, porém escondida... — Ele balança a cabeça.

— Desculpe, mas é impossível. A chance de alguém descobrir seria muito grande. E com o rumo que a guerra está tomando... — Ele hesita, desviando o olhar. — Bem, eu não quero que você e o bebê estejam aqui se alguma coisa acontecer na cidade. — Sinto vontade de perguntar o que ele quer dizer: se ele acha que Cracóvia será sitiada e se tornará campo de batalha quando os aliados avançarem. Ele continua. — De qualquer maneira, os médicos são muito melhores na Áustria. Não, é melhor assim. Você vai embora amanhã. — Ele pega meu rosto mais uma vez. — E logo depois da guerra, assim que eu conseguir, irei encontrá-la e nos casaremos. Certo?

Começo a abrir a boca para argumentar, mas fecho-a novamente. O Comandante é como Jacob nesse sentido — não adianta continuar discutindo depois de a decisão ser tomada.

— Ótimo — diz ele, tomando meu silêncio como assentimento. — Então está resolvido. Tomarei as providências. Você parte amanhã de manhã às nove.

Olho para o relógio. Vinte e quatro horas. Preciso sair do gabinete e avisar Krysia imediatamente.

— Georg — digo, me levantando. — Desculpe, mas estou me sentindo exausta. Se não houver nada urgente, se importa se eu for para casa?

Ele se levanta.

— Claro, claro. É a gravidez, certamente. Vá para casa e descanse o resto do dia. Você precisará de força para viajar.

— Obrigada. — Dirijo-me à porta.

— Anna — chama ele. — Tem mais uma coisa.

Relutantemente, volto para onde ele está.

— Sim?

— Você pode me visitar esta noite? — Ele desvia os olhos e passa a mão em meu cabelo. — Quero dizer, faz tanto tempo que não passamos tempo juntos, e agora, com você partindo amanhã, pode ser que passe mais tempo ainda... — Ele me olha de novo. — O que você acha?

Olho para ele, confusa. Com tudo o que aconteceu, ele não pode estar pensando em romance.

— N-não sei — respondo.

— Por favor — insiste ele. — Só por um tempinho.

Pauso, considerando seu pedido. A última coisa que quero é passar a noite com o Comandante. Mas não posso arriscar que ele suspeite de nada, não agora depois de tudo o que acontecera. Percebendo minha hesitação, ele olha rapidamente para a porta para se certificar de que não há ninguém ali, e então me abraça e olha em meus olhos com intensidade. Meu coração bate com força em meu peito, como sempre faz quando estou perto dele. Pergunto-me se ele consegue senti-lo. Ele me beija de repente, com intensidade. Um momento depois, ele me solta. Dou um passo atrás, arrumando o vestido.

— O que você diz? — pergunta ele, como se o beijo magicamente pudesse me convencer.

— Certo — concedo, rapidamente. Qualquer coisa que possa me tirar do gabinete para que eu possa voltar para a casa de Krysia.

— Excelente. Stanislaw vai buscá-la em casa às oito. Quer que ele a leve em casa agora?

Balanço a cabeça.

— Não, obrigada. Tenho de resolver algumas coisas no caminho.

— Muito bem, então até mais tarde. — Ele se vira e começa a andar até a mesa. — Diga a Malgorzata para vir aqui quando estiver saindo, por favor — diz ele, por sobre o ombro.

— Sim, senhor.

Esse pedido é rotineiro, como se fosse qualquer outro dia de trabalho e nossa conversa recente não tivesse acontecido. Mas noto pelo tom do Comandante que hoje seria o último dia de Malgorzata no Wawel, porque ela tentara me trair, e porque ela sabia demais.

Na antessala, ponho meu casaco e o cachecol rapidamente. Pegando minha bolsa, saio para a recepção.

— O Comandante está chamando você — informo Malgorzata, friamente.

Evitando meus olhos, ela pula da cadeira e corre para o gabinete. Percebi que, ao me ver saindo do gabinete com o casaco e a bolsa tão cedo de manhã, ela provavelmente está pensando que fui demitida, e que está sendo chamada para que lhe ofereçam meu cargo. Sinto-me exausta demais para ter pena dela. Tento não correr quando saio do gabinete e da sede nazista pela última vez.

CAPÍTULO 23

— Você parte ao amanhecer — anuncia Krysia, às duas horas daquela tarde.

Quatro horas antes, eu entrara na casa correndo e arfando, com a notícia de que o Comandante descobrira minha gravidez e queria nos mandar a todos para a Áustria.

— Temi que isso pudesse acontecer — disse Krysia, quando terminei de contar a história. — Fique aqui com Lukasz.

Krysia colocara seu casaco e suas botas e saíra pela rua. Alguns minutos depois, ela voltou e, sem dizer onde estava, me disse que eu partiria no dia seguinte.

Agora, subindo as escadas, ela me explica rapidamente o plano.

— Alguém virá aqui para levá-la até Myslenice. — Assinto; conheço a cidadezinha, a trinta quilômetros de Cracóvia. — Você ficará escondida lá até amanhã à noite, quando estiver escuro, e seguirá em um vagão de trem até a fronteira para uma casa segura nas montanhas da Tchecoslováquia. É um plano arriscado e muito pior do que o que faríamos se pudéssemos esperar mais um mês, mas não há outro jeito.

— Desculpe — respondo, seguindo-a até a cozinha e desabando em uma cadeira.

Ela balança a mão.

— Não adianta se preocupar com o que não pode ser diferente. Temos de tirá-la daqui. — Ela leva a chaleira à pia e abre a torneira. — Lukasz está dormindo?

— Sim. E Jacob? Quer dizer, ele vai comigo?

Ela para de encher a chaleira e se vira para mim, com um olhar de pena em seu rosto.

— Emma, me desculpe, mas parece que não. Não se teve mais notícias de seu paradeiro ou de seu estado. Esperava que vocês pudessem ir juntos, mas agora que temos de tirá-la daqui imediatamente, simplesmente não há como. Talvez daqui a alguns meses ele possa se juntar a você — acrescenta ela.

Então vou mesmo sem Jacob. Por um momento, penso em recusar.

— Você tem de ir — diz Krysia, lendo minha mente. Ela põe a chaleira no fogo e se vira para mim de novo. — Eu conheço meu sobrinho, e, acima de tudo, ele quereria que você e seu filho estivessem seguros.

Se isso é verdade, então por que ele não ficara comigo, me pergunto pela milésima vez, *em vez de ir lutar junto à resistência?* Se eu fosse o mais importante, estaríamos juntos. Ele não estaria machucado e eu saberia que o filho que estou esperando é dele. Mas a verdade, eu sei, não é tão simples. Se Jacob não tivesse fugido, eu nunca teria escapado do gueto. Estaríamos os dois em um campo de concentração agora, ou pior. Krysia está certa, é claro; Jacob quereria que eu fizesse o que fosse necessário para sobreviver.

— E o que acontecerá com você e Lukasz? — pergunto, alguns minutos depois, quando ela põe as xícaras de chá na mesa.

Ela balança a cabeça, se sentando.

— Não podemos ir todos juntos. Fazer essa jornada agora, antes do previsto, enquanto a neve na montanha ainda está alta, já é perigoso o suficiente para você. Lukasz não dará conta e ele só a atrasaria. Eu já deixei combinado com a resistência que, quando você for, Lukasz será levado para algum lugar escondido no campo.

— Mas por quê? — Não aguento pensar em Lukasz sendo removido mais uma vez e deixado com pessoas desconhecidas.

— Emma, uma vez que você for embora, a Gestapo certamente virá aqui de novo. Direi a eles que você foi visitar parentes em Gdansk, mas precisamos fazer parecer que Lukasz fora com você. Entende por que tem de ser assim?

Eu não respondo. Tomamos o chá sem falar nada, o silêncio quebrado apenas pelo relógio de carrilhão no corredor. Alguns minutos depois, pigarreia.

— Krysia, tem mais uma coisa. — Hesito. — Meus pais...

— Ah, sim. — Ela ajeita a saia, sem olhar para mim. — Perguntei sobre eles agora quando fui atrás de organizar seu plano de fuga. Eles estão bem, sobrevivendo como podem. É só isso que sei. Queria conseguir mais informações antes de lhe dizer qualquer coisa. — Percebo pela incerteza em sua voz que ela não está revelando tudo o que sabe.

— Preciso vê-los antes de sair.

Ela balança a cabeça com firmeza.

— Lamento, está fora de cogitação.

— Por favor — imploro. — Não posso simplesmente ir embora sem me despedir.

— Emma, seja razoável — responde ela, impacientemente. — É perigoso ir a Podgorze agora. A segurança está mais acirrada do que nunca desde o incidente no Warszawa e colocaram pontos de inspeção em toda parte, especialmente em volta do gueto. Você estaria arriscando sua vida ao ir lá. E mesmo que você fosse até o gueto, o que você faria? Entraria de novo?

Hesito.

— E-eu não sei — admito. — Quero dizer, não, claro que não. Mas talvez eu consiga encontrar uma rachadura na parede como aquela pela qual escapei na noite em que me trouxeram do gueto. Poderia falar com eles pela parede, ou pelo menos mandar notícia.

— É muito perigoso. — Sua voz fica mais suave. — Farei de tudo para que alguém da resistência fique de olho neles depois que você for embora.

Não estou convencida. Não duvido da sinceridade de suas palavras, mas as ouço com a mesma desconfiança que adquirira com relação a todos em quem um dia eu mais acreditara. Ninguém cuidaria dos meus pais, a não ser que fosse eminentemente conveniente ou de seu interesse pessoal fazê-lo. Nossas famílias foram danos colaterais para a resistência. Amaldiçoo-me silenciosamente por confiar neles, por não tentar fazer alguma coisa para tirar meus pais do gueto meses atrás. Mas eu sei que não ganharei essa disputa com Krysia.

— E o Comandante? — pergunto, em vez disso.

— O que tem ele?

— Ele certamente não acreditará que eu tenha simplesmente viajado no mesmo dia em que iria para a Áustria.

— Pode deixar que eu me preocupo com ele — responde ela, apertando os olhos.

— Você não parece ter se surpreendido com a proposta dele — comento.

— Claro que não. Ele está apaixonado por você.

Desvio os olhos.

— Eu sei.

Ela levanta os olhos, surpresa com o meu tom de voz.

— O que houve? O que há de errado?

— Nada. — Eu não sei o que estou sentindo. Pena, talvez, ou arrependimento.

Krysia afaga minha mão.

— Eu entendo. Não é divertido partir o coração de alguém, nem mesmo o de Richwalder.

— Acho que não. — Pigarreio. — Ele pediu para me ver esta noite.

Sua mão fica paralisada sobre a minha.

— Ah, é? O que você disse?

— Eu disse que sim. Tive de dizer — acrescento. Ouço minha voz soar defensiva. — Não tinha uma desculpa para negar.

Ela concorda.

— Certo, é claro. Embora isso complique as coisas um pouco, já que você parte pela manhã.

— Vai dar tudo certo. O Comandante dorme pesado. — Sinto-me enrubescer ao revelar esse detalhe íntimo. — E já fui embora antes de ele acordar várias vezes.

— Ainda assim — diz Krysia. — Temos de ter certeza. — Sem dizer mais nada, ela se levanta e sai da cozinha. Alguns minutos depois, ela volta. — Aqui. — Ela pressiona um pequeno frasco de vidro com um pó branco na palma de minha mão. — Sonífero — diz ela. — Se você colocar um pouco em seu conhaque, isso vai garantir que ele não acorde quando você sair.

Olho para ela, confusa.

— Como você...

— Pankiewicz me deu já faz um tempo, antes de ser levado embora do gueto. É usado normalmente por médicos para sedar pacientes quando necessário. Pedi a ele porque, bem... você nunca sabe quando pode ser necessário.

Penso em todas as vezes que esperei o Comandante dormir para procurar seus documentos.

— Por que você não me deu antes? — pergunto.

— Levei em consideração, mas o pó é extremamente poderoso — responde ela. — Mesmo que você usasse só um pouco, ele acordaria se sentindo muito letárgico, como se tivesse bebido muito na noite anterior. Achei muito arriscado usar regularmente, quando você tinha de continuar voltando lá. Temi que ele suspeitasse de algo. Mas agora...

— Entendo. — Hoje é a última noite em que vou visitar o Comandante. Não há mais nada a perder. Coloco o frasco no bolso de minha saia e me levanto. — Krysia, é seguro, não é? — Agora ela que fica confusa. — Para o bebê, quero dizer, eu ter de ir ficar com o Comandante esta noite... — Minha voz some — eu me sinto envergonhada.

Ela parece entender.

— Ah, sim, claro, você não esteve com ele ainda desde que descobriu que está grávida, certo? — Assinto. — Não se preocupe. Não vai haver problema, ainda está muito no início.

De lá de cima vem o som de Lukasz acordando e balbuciando.

— Vou pegá-lo — digo, de repente ansiosa para fugir dessa conversa.

— Certo. — Ela começa a subir as escadas para o terceiro andar. — Vou pegar roupas quentes para você e para Lukasz.

Krysia e eu passamos o resto do dia preparando minha partida e a de Lukasz na manhã seguinte, fazendo duas malas pequenas cheias de roupas e preparando alimentos para a jornada. Falamos pouco enquanto trabalhamos. Naquela noite, Lukasz se segura em mim com mais força do que nunca quando o coloco para dormir, como se de alguma maneira soubesse que será a última vez.

Alguns minutos depois das oito, ouço o carro parar em frente da casa.

— Está com o sonífero? — pergunta Krysia, me acompanhando até a entrada.

— Sim — respondo, enquanto visto o casaco. — Estarei de volta antes do amanhecer.

— Ótimo. Tenha cuidado esta noite. Estamos muito perto agora. Não deixe que nada dê errado. — Seus lábios finos tocam minha bochecha. — Vemo-nos de manhã, antes de você sair.

Quando o carro para em frente ao prédio do Comandante, fico surpresa ao vê-lo em frente à entrada.

— Você está radiante — diz ele, calorosamente, me pegando pelo braço.

Enquanto me conduz para cima, percebo que está recém-barbeado e perfumado. Lá dentro, o apartamento está transformado: as mesas não estão mais cobertas de coisas e o ar tem um aroma leve de limão. Viro-me para ele, surpresa.

— Você limpou o apartamento?

— Sim — responde ele, me ajudando a tirar o casaco. — Pelo menos mandei limpar, na realidade. Imundície pode não ser tão ruim para um solteiro como eu, mas você não pode criar um filho em um lugar assim. — Começo a responder que a criança não crescerá e nem nascerá ali, mas penso melhor. Ele está tentando me mostrar que será um bom pai.

Quando me dirijo ao sofá, percebo outra mudança: a fotografia de Margot desapareceu da lareira; um vaso com flores frescas está em seu lugar.

— Georg... — Viro-me para ele e gesticulo em direção à lareira.

Ele se aproxima e pega minhas mãos.

— Você é minha vida agora — diz ele. — É hora de deixar o passado para trás.

Procuro em seu rosto qualquer sinal de tristeza ou remorso, mas não encontro. Pela primeira vez desde que o conheci, ele parece totalmente feliz. Uma onda de culpa me toma de repente. Amanhã não estarei mais aqui e a farsa de Anna também não. O que acontecerá com ele então?

— Está com fome? — pergunta ele.

— Um pouco — minto. — Talvez possa comer algo leve. Vou servir as bebidas enquanto você pega a comida.

Ele vai para a cozinha e eu vou até a cristaleira onde ele guarda as bebidas. Tiro dois copos e, olhando por sobre meu ombro, deixo um pouco do pó cair em um deles. Hesito. Krysia não me disse quanto usar. Coloco mais uma pitada, para ter certeza, e sirvo o conhaque nos dois copos.

— Aqui está — diz o Comandante, ao sair da porta da cozinha carregando dois pratos.

Tentando não entrar em pânico, coloco o frasco rapidamente de volta no bolso e me viro para ele.

— Parece delicioso — digo, levando os copos para a mesa de centro perto do sofá.

Ele puxa conversa enquanto comemos, como se fosse qualquer outro dia e eu não fosse deixar o país pela manhã. Observo cuidadosamente enquanto ele bebe seu copo de conhaque, esperando que o sonífero tenha se dissolvido completamente e não fique um resto delator no fundo do copo. Alguns minutos depois, observo seu rosto tentando detectar sinais de que o pó fez efeito, mas seus olhos estão alertas e não há indicação alguma de sonolência. Pergunto-me quanto tempo o sonífero vai demorar para fazer efeito. Quando terminamos a refeição, e depois de tomarmos café, ele começa a me tocar.

— Vamos para o quarto — sugiro. Se o sonífero fizer efeito aqui e ele dormir no sofá, vai ser mais difícil me esgueirar para fora do apartamento.

— Certo — concorda ele.

No quarto, começo a perceber o efeito da droga. Suas pupilas se dilatam e seus beijos ficam lentos; suas mãos, desengonçadas. Alguns minutos depois, ele desaba para o outro lado, com os olhos fechados. *O sonífero é realmente forte,* penso, me afastando. Espero que não tenha dado demais. Olho para o relógio no criado-mudo. Já passa de onze horas. Não percebera que estivemos conversando durante o jantar por tanto tempo.

Encaro o teto, pensando no que fazer. Gostaria de ir embora agora, mas não sei quanto tempo o efeito do sonífero vai durar e tenho medo de ele acordar e descobrir que saí. Não, devo ficar pelo menos por um tempo. Embora eu tenha fingido beber meu conhaque mais do que qualquer coisa, os poucos goles que tomei me deixaram tonta e tenho de me beliscar algumas vezes para não cair no sono.

Deitada na cama, meus pensamentos se voltam para meus pais. Faz muito tempo que não os vejo e tenho de ir embora sem dizer adeus. Minha conversa anterior com Krysia me volta à cabeça. Ela está certa, eu sei; ao ir até o gueto eu arriscaria minha vida e a segurança de todos em minha volta. Seria uma loucura fazer isso, especialmente agora, que estamos tão perto do final. E nada garante que eu conseguiria falar com meus pais. Mas, mesmo pensando em todos os riscos, sei que preciso tentar. Em algumas horas, vou embora de Cracóvia, possivelmente para sempre. Já abandonei meus pais uma vez na noite em que fugi do gueto. Não posso fazer isso de novo.

Olho para o relógio novamente, e depois para o Comandante adormecido. Krysia me dissera que preciso estar de volta em casa às quatro da manhã. O apartamento é perto de Podgorze, mesmo a pé. Há tempo suficiente, me dou conta; tempo de ir ao gueto, se eu ousar. Minha cabeça está feita. Silenciosamente, saio da cama. Ele ronca e se vira. Congelo, morrendo de medo de ele acordar e eu não poder sair, mas ele continua com a respiração estável e os olhos fechados. Visto-me rapidamente e começo a sair.

Mas então me viro e olho para o Comandante. Essa é a última vez que o verei. Caminho pé ante pé de volta para o lado da cama onde ele está dormindo, lutando contra o impulso de voltar para cama ao seu lado e me aninhar nele mais uma vez. Uma onda de tristeza passa por mim. Há tanta coisa que gostaria de dizer a ele: que sinto muito por tê-lo enganado, por não ter podido ser a mulher que ele achava que amava; que eu gostaria que as coisas tivessem sido diferentes entre nós. Mas não há tempo para se arrepender. Inclino-me, encostando o nariz em seu cabelo, e dou um beijo leve em sua testa para me despedir. Ele não se mexe.

Cruzo a sala e pego meu casaco na cadeira onde havia ficado antes. Quando começo a vesti-lo, paro, olhando para a mesa de centro onde ainda estão nossos pratos, com alguns pedaços de carne e queijo; que desperdício. *Vou levar a comida comigo para dar aos meus pais,* decido. Vou até a cozinha na ponta dos pés e pego uma sacola de papel no armário, e então volto à sala de estar e ponho a comida dentro. Saio do apartamento. Lá fora, a rua está deserta e o ar está gelado. Vou em direção à ponte, abraçando as sombras dos edifícios. Todos os meus nervos ficam em alerta; não posso ser descoberta. Logo alcanço a beira do rio e atravesso sorrateiramente a ponte férrea.

As ruas de Podgorze estão silenciosas e escuras. Eu sei, no entanto, que a Gestapo pode estar escondida em qualquer lugar, esperando que alguém apareça. Quando alcanço a muralha do gueto, me encosto nela, tentando me esconder nas sombras estreitas. Olho para a muralha, que parece se estender infinitamente nas duas direções. Sinto um impulso de ir embora. Talvez Krysia estivesse certa.

Fico espremida contra a parede enquanto faço o contorno, apalpando a superfície até que encontro uma pequena fenda na pedra, não maior do que um pão. Olho pelo buraco. A rua lá dentro está deserta também. Este é o lado industrial do gueto, perto da cozinha. É difícil que alguém esteja por ali na calada da noite. Respirando fundo, continuo seguindo pela parede.

Vários metros adiante, onde a muralha se dobra para dentro, há outra fenda na pedra, um pouco maior. Olho pelo buraco, aliviada ao ver prédios de apartamentos, e não galpões. Essa rua não é longe da rua onde meus pais moram, mas está deserta. *É inútil fazer isso*, penso, olhando, nervosa, sobre meu ombro para a rua vazia atrás de mim. Deveria ir embora agora, antes que me encontrem. Mas não posso ir embora, não agora que já cheguei até aqui. Alguns minutos depois, ouço um som arrastado do outro lado da muralha. Passo a cabeça pelo buraco, olhando nas duas direções, mas não vejo nada. *É provavelmente um rato*, penso, tirando a cabeça. Então, ouço de novo o som, cada vez mais perto e mais alto. Olho novamente. Um velho se arrasta pela rua do gueto em minha direção, com a cabeça baixa. Suas costas estão tão arqueadas que ele dá seus passinhos minúsculos quase com o corpo dobrado. Quando ele chega mais perto, começo a chamá-lo para perguntar se ele vira meu pai. Então paro, com a boca aberta. O velho é o meu pai.

— Tata — digo, em voz alta, mas como um sussurro, tirando o xale. Ele olha para cima. Vários minutos se passam antes de seu rosto se acender em reconhecimento. Ele caminha lentamente em minha direção.

— *Shana madela* — diz ele, em iídiche, estendendo uma mão esquálida pelo buraco na parede.

Moça bonita. Os 11 meses que se passaram desde que eu o vira pela última vez o envelheceram tanto a ponto de ficar quase irreconhecível. Seu rosto é uma caveira, mal coberto de pele. Somente alguns tufos de sua barba ainda restam. Seus poucos dentes restantes em seu sorriso outrora cheio parecem protuberantes sob seus lábios murchos.

— Tata, o que... — Muitas perguntas me vêm à mente, e não sei por onde começar.

— Eu caminho à noite às vezes — diz ele, como se isso explicasse tudo.

Lembro, como se fosse em uma vida passada, as dores de fome que nos assaltavam à noite no gueto, dando pontadas no estômago como facas, atrapalhando o sono.

— Aqui — digo, tirando o saco de comida que trouxera do apartamento do Comandante. Passo-o pelo buraco na muralha. — Não é kosher, mas... — Ele pega o saco e o segura com dificuldade, como se não entendesse o que está ali. Algo está muito errado. — Mama? — pergunto, sem querer ouvir a resposta. Minha mãe nunca o deixaria sair sozinho à noite. Ela nunca deixaria seus cabelos ficarem assim desgrenhados, suas roupas sujas, nem mesmo na pior miséria.

— Faz dez dias — diz ele, seus olhos cada vez mais fundos.

— O quê? — pergunto, sem querer entender o significado de suas palavras. Percebo então que a frente de sua camisa fora rasgada no ritual judeu de luto.

— Não...

— Ela se foi — sussurra ele, com dificuldade, lágrimas saindo de seus olhos.

— Não! — exclamo, em voz alta, ignorando o risco de alguém me ouvir. De repente, tenho cinco anos e estou de cama com gripe em nosso apartamento da rua Kazimierz. Minha mãe dormia comigo quando eu ficava doente, esfregava sebo em meu peito, fazia sopa e cantava canções. — Mama...

Meu pai me olha sem poder fazer nada pelo buraco na parede, com uma expressão torturada em seu rosto. Ele nunca soube lidar com choro, nem mesmo quando eu era criança. A noção de que algo estava errado comigo que ele não podia consertar era insuportável para ele. Meu luto, eu sei, é pior para ele do que o próprio.

— Ela adoeceu no outono passado, pegou uma febre terrível.

— Eu sei — respondo, entre soluços. — Tentei conseguir ajuda. — Não consigo contar a ele que a resistência se recusara a ajudar. — Krysia tentou fazer algo.

— Ela mandou Pankiewicz, o farmacêutico. Esse homem foi uma bênção. Ele tentou de tudo, usando seu parco estoque de remédios para tentar curar sua mãe, mas a doença não era igual a nada que ele já vira antes, um mistério completo. Finalmente, a febre passou e ela ficou um pouco melhor, mas ainda estava muito fraca. Ela nunca mais foi a mesma, e o inverno... Bem, há algumas semanas, a febre voltou e foi isso.

Engulo em seco, parando de soluçar.

— Ela estava em paz? No fim, quero dizer...

Meu pai hesita.

— Ela estava em paz — responde ele, cuidadosamente, e noto por sua expressão que ela deve ter sofrido muito. — Ela foi forte e corajosa. Eu estava com ela o tempo todo...

— Eu também deveria ter estado com ela — digo, com a voz embargada.

Ele balança a cabeça.

— Ela entendia. Tudo o que ela queria era saber que você estava em segurança.

Fico inconsolável. Imagino minha mãe na noite em que fui embora, dormindo ao lado de meu pai. Não tive a chance de me despedir, nem mesmo um aceno casual, tal como faria ao sair para a padaria ou para a biblioteca, com planos de vê-la de novo dentro de algumas horas. Não, eu desaparecera no meio da noite e agora ela fez o mesmo.

— Sinto muito por tê-los deixado — digo.

— Não, não foi assim — protesta ele, rapidamente. — Ficamos preocupados, é claro, na manhã em que acordamos e não a vimos lá. Mas logo recebemos notícias de que Jacob e seus amigos tinham de alguma maneira a levado para fora. E que você estava bem. Ficamos aliviados. No final, sua mãe ficou triste por não poder se despedir. Mas ela entendeu o porquê de você ter de ir embora da maneira que foi. Eu também entendo.

Começo a chorar de novo, ignorando onde estou e os perigos em volta. Meu pai me observa sem poder fazer nada do outro lado da muralha, sentindo o peso de seu próprio luto.

— *Yisgadal, v yiskadash shmay rabah* ... — canta meu pai, em hebraico o *kaddish* do luto.

Com a voz embargada, eu o acompanho. É a oração judaica para os mortos que não menciona a morte, mas simplesmente louva a Deus. Quantas vezes meu pai a entoara sozinho nessas noites?

Respiro fundo, lutando para me recompor.

— Temos de dar um jeito de tirá-lo daí — digo, desesperadamente. — Voltarei em uma hora com documentos... — Ele balança a cabeça. Nós dois sabemos que é impossível. Ninguém mais entra ou sai do gueto. Meu pai certamente não passaria por mensageiro ou por gentio, e nunca sobreviveria à jornada pela floresta. Não, não tenho como tirá-lo dali. Mas queria lhe deixar alguma coisa, algo que possa ficar com ele, já que eu não posso.

— Tata, eu vou ter um bebê. — Um olhar confuso perpassa seu rosto. — Jacob veio nos visitar no outono passado — acrescento, rapidamente.

Não lhe digo, é claro, que a criança talvez não seja de meu marido. Naquele momento, isso não importa. Ele sorri ligeiramente.

— *Mazel tov*, querida. — Mas seus olhos estão sofridos.

Eu sei que, em sua cabeça, ele vê o neto que nunca pegará no colo, nunca verá recebendo seu Bar Mitzvá. No entanto, sua família perdurará. Minhas palavras são tanto um golpe quanto um presente.

— Se for uma menina, eu lhe darei o nome de mamãe — acrescento.

— Emmala — diz ele.

Estremeço. Fazia muito tempo que não o ouvia me chamar pelo apelido que me deu. É como uma manta quentinha nos meus ombros. Detecto em seus olhos uma expressão de derrota. É o olhar de um pai tendo de admitir para si tudo o que não pudera dar para uma filha. Sua culpa por não ter conseguido me proteger. De repente, sua expressão muda.

— Espere — diz ele. — Espere aqui mesmo. — Antes que eu possa responder, ele some. — Encosto-me de novo na parede, na sombra, visualizando o rosto de minha mãe na escuridão. Será que Krysia sabia? Será que ela mentira que meus pais estavam bem, sabendo que eu não iria embora se ela dissesse a verdade? Vários momentos se passam. Finalmente, ouço os passos arrastados de meu pai e ele reaparece. — Aqui. — Ele passa a mão pela muralha mais uma vez, colocando três coisas em minha mão. As duas primeiras são meus anéis de casamento e de noivado, que eu tinha colocado há muito tempo sob meu colchão no gueto. A última é um papel, que, ao desdobrar, descubro que é minha certidão de casamento com Jacob.

Hesito, com a mão ainda levantada. Uma certidão de casamento judeu e anéis. Essas coisas antes seriam preciosas para mim. Agora eu vejo o perigo de aceitar carregá-las. Se eu for pega, certamente isso denunciaria minha identidade. Olho para meu pai, então, para o brilho em seus olhos por ter me devolvido essas poucas coisas. Não tenho escolha senão aceitá-las.

— Obrigada. — Embrulho os anéis no papel e ponho tudo no bolso.

Meu pai acena com a cabeça, satisfeito por ter podido me oferecer pelo menos isso.

— E quando você encontrar Jacob, diga àquele garoto que seu pai mandou que ele nunca mais saia do seu lado.

— Prometo.

Ele acena com a cabeça enfaticamente.

— E diga a Jacob que já chega dessa bobagem de política. Ele tem de criar meu neto.

Fico surpresa ao ver um pequeno sorriso no canto dos lábios rachados de meu pai. Mesmo agora, em seu pior momento, ele consegue ter um pouco de bom humor e um pouco de alegria.

— Neto — respondo, desesperadamente, tentando acompanhar seu bom humor. — Sempre soube que você queria um menino.

Ele balança a cabeça, sério agora.

— Eu queria você. Você é tudo para mim.

Luto para conter as lágrimas que começam a me encher os olhos de novo.

— E você para mim — respondo, baixinho. — Mas, Tata, o gueto...

— Sim... — Ele não sorri mais agora. Ele também ouvira os boatos sobre o extermínio. Tendo testemunhado dois terríveis *akcjas*, ele certamente sabe o que esperar, que horrores o aguardam. Ainda assim, seus olhos estão claros e corajosos. — O Senhor é meu pastor — diz ele, simplesmente.

Há um tipo de radiância em seu rosto magro e definhado. Percebo então que estou contemplando os olhos da fé absoluta. Penso em todos os dias passados na minúscula sinagoga Remuh, na rua Szeroka, recitando suas preces. Nas velas acesas e no vinho abençoado. Mesmo no gueto, sei que ele passara essas longas noites recitando para si, repetidamente, o salmo 23. Ainda assim, me pergunto como ele consegue permanecer tão sereno. Talvez ele tenha percorrido o caminho divino por tanto tempo que não tenha necessidade de questionar e temer como os outros. Ou talvez ele tenha perdido tanto que já não haja mais nada a perder. A maior probabilidade é que ele saiba que minha mãe o espera ao final do caminho.

— Vá agora — adverte ele.

— Não vou deixá-lo para trás de novo — protesto. — Não vou.

Ele balança a cabeça.

— Mas é o que você tem de fazer.

Não respondo. Eu sei que ele está certo. Não tenho como soltá-lo, e ficar aqui seria assinar uma sentença de morte para os dois. Ainda assim, me demoro, tentando me apegar à última página de minha infância, um livro que está para se fechar para sempre. Passo a cabeça pelo buraco na parede, arranhando minhas bochechas e a testa nas bordas ásperas. Meu pai tenta se afastar, sem querer passar os germes e as doenças do gueto para mim e para o filho em meu ventre. Mas passo o braço também e o puxo para perto. Consigo tocar ligeiramente os lábios na pele de sua bochecha, fina como papel.

— Eu amo você, *Tata*.

— Que Deus esteja contigo, minha querida.

Pego suas mãos por um segundo a mais antes de ele se afastar e, com grande esforço, dar as costas à muralha. Observo-o indo embora, grata por ele ter saído primeiro, sabendo que eu não conseguiria. Fico parada até que sua silhueta diminui e desaparece na escuridão do gueto. Passo a mão pelo buraco na parede mais uma vez, mas do outro lado há só vazio. Finalmente, não consigo mais aguentar. Dou as costas à muralha do gueto e começo a correr.

CAPÍTULO 24

Uma vez longe do gueto, me dedico a pensar em como voltar para a casa de Krysia com segurança. Considero tentar encontrar um caminho de volta pela floresta, mas ouvira em conversas no Wawel que os nazistas já há um tempo identificaram as florestas em volta de Podgorze como potenciais rotas de fuga da cidade. Desde a bomba no café, a floresta tem sido sitiada por atiradores nazistas que abrem fogo contra qualquer coisa que se mova. Não, me dou conta, terei de arriscar passar pela cidade.

Alcanço o pé da ponte férrea. O barulho dos meus sapatos batendo no metal é terrivelmente alto ao subir os degraus da ponte. Quando chego ao topo, hesito, examinando a extensão da ponte. Parece estar deserta, mas a lua cheia de inverno projeta seu brilho como um holofote. O outro lado parece tão longe quanto outro país e não há onde se esconder, a não ser nas sombras das colunas, que são muito espaçadas. Cubro a cabeça com o xale. Ao começar a atravessar, uma lufada de vento gelado vem em minha direção. Curvo-me, quase me dobrando ao meio, segurando o xale sob meu queixo para não voar. Meus olhos se concentram no chão enquanto tento pisar levemente e evitar as áreas escorregadias e as juntas de metal.

De repente, ouço o som de um veículo à distância mais à frente. Fico sem respiração. Alguém está vindo. Estou quase na metade da ponte, longe demais para voltar. Escondo-me atrás de uma das colunas de aço da ponte. Segundos depois, uma caminhonete nazista com apenas um motorista se aproxima, indo em direção ao gueto. Esgueiro-me na sombra, tentando me apertar contra a coluna e prendendo a respiração. A caminhonete passa por mim, lenta e dolorosamente. *Não pare,* rezo, e ela não para. Um minuto depois, desaparece do outro lado da ponte.

Suspiro com força. Estou segura, pelo menos por agora. Ainda atrás da coluna, ponho a mão no bolso. Meus dedos tocam a certidão de casamento. Passo os dedos pelo papel fino, sentindo a dureza dos meus anéis de casamento e de noivado embrulhados no papel. *Não deveria carregar estas coisas,* penso. Deveria me livrar disso caso alguém me pare. Imagino-me jogando as coisas na água, pela ponte, assistindo aos anéis afundando rapidamente lá embaixo, com o papel boiando atrás. Jacob entenderia, até concordaria. Ele me instruíra a me livrar da certidão na noite antes de ir embora. Mas não consigo me livrar deles, são minha última ligação a ele, a promessa de que estaríamos juntos novamente.

Olho para além da grade da ponte. Mesmo se eu conseguisse fazer isso, não adiantaria de muita coisa. O rio está congelado, incapaz de esconder meus segredos sob suas águas escuras. O papel seria levado pelo vento, os anéis poderiam ser achados. E não ouso me mover para jogá-los por medo de atrair atenção. Não, eu aceitei a oferta de meu pai e agora essas coisas estão comigo.

Continuo parada atrás da coluna por vários minutos mais, com muito medo de sair de novo e arriscar ser vista. *Preciso continuar,* me dou conta, por fim. Krysia logo acordará e se perguntará onde eu estou. Cuidadosamente, tento ouvir alguma coisa, e, não detectando nada, inclino a cabeça e olho nas duas direções. Não há ninguém na ponte. Respirando fundo, saio relutantemente de meu esconderijo. Minhas pernas tremem ao atravessar com passos curtos e rápidos. *Somente mais alguns metros,* penso. Consigo ver o final da ponte, suas sombras avançando como uma promessa. Estou quase lá.

De repente, ouço um ruído alto por trás de mim. Dou um pulo. É o som de um motor, vindo do outro lado da ponte. *A caminhonete,* penso, entrando em pânico. O motorista me viu e estava voltando. Considero me esconder atrás de uma coluna de novo, mas é tarde demais. Ao longe, atrás de mim, ouço o motor desligar. Uma porta se abre.

— Alto lá! — grita uma voz masculina. — Alto lá!

Meu sangue congela. Conheço essa voz; ela pertence ao Comandante.

— Mãos ao alto — ordena ele, seus passos pesados cada vez mais altos ao atravessar a ponte em minha direção. Obedeço, com a mente acelerada. O que ele está fazendo aqui? Ele deveria estar dormindo. O efeito do sonífero passou muito rápido; talvez eu não tenha usado o suficiente. Mas como ele poderia saber que estou aqui? Ele me seguiu até o gueto? Posso ouvi-lo se aproximar agora. Ele para, a alguns passos atrás de mim. — Vire-se — comanda ele, rispidamente.

Ele não percebeu que sou eu. Ele acha que sou apenas uma polonesa que desobedeceu ao toque de recolher. Hesito. Por um momento, considero me revelar para ele. Minha cabeça corre para encontrar alguma desculpa para estar na rua, andando à noite, mas não consigo pensar em nada.

— Vire-se — repete ele, com uma impaciência na voz que me é familiar.

Respirando fundo, me viro para ele, mantendo a cabeça baixa e o rosto coberto. *Não deixe que ele me reconheça,* rezo. Por baixo do xale, consigo ver o Comandante, agora somente a alguns passos de distância. Está com a arma na mão.

— Senhorita, o que está fazendo sozinha à noite? — Seu tom é um pouco mais suave agora que ele se deu conta de que parara uma mulher. — Não sabe que está desrespeitando o toque de recolher? — Balanço a cabeça ligeiramente, sabendo que ele espera uma resposta e que se eu disser alguma coisa, ele reconhecerá minha voz. Ele abaixa a arma um pouco, estendendo a outra mão. — Seus documentos, por favor.

Oh não, penso. Não há como escapar agora.

— Documentos! — ordena ele, ficando impaciente de novo.

Esperando ganhar alguns minutos, ponho a mão no bolso lentamente, fingindo procurar os documentos. Sinto de novo as coisas que meu pai me dera, o metal frio dos meus anéis de noivado e casamento, o certificado de casamento amarrotado. Se eu me recusar a entregar os documentos, serei presa e me revistarão, e essas coisas serão encontradas de qualquer maneira.

Então minha mão encontra minha identidade, aquela cuja dona é Anna Lipowski. Considero se devo me revelar. Talvez possa pensar em uma explicação plausível para estar na ponte no meio da noite, e se eu disser isso ao Comandante com o sorriso e o toque certeiros, ele pode até acreditar em mim e me perdoar.

Levanto a cabeça alguns centímetros, tentando ler sua expressão facial. Ao fazer isso, meu xale se abre um pouco no pescoço. Algo brilha na escuridão. É o colar que ele me dera, com sua pedra azul brilhante reluzindo à luz da lua.

O Comandante se sobressalta.

— Anna! — exclama ele, reconhecendo a joia.

— Sim, *Herr Kommandant* — digo, suavemente, nervosa demais para usar seu primeiro nome. — Sou eu.

Ele abaixa o revólver e tira o xale de meu rosto.

— Por que não me disse que era você? O que está fazendo aqui?

— Posso explicar. — Ele me olha com expectativa. — E-eu... — gaguejo.

— Por que você foi embora? — pergunta ele. — Fiquei muito preocupado quando acordei e vi que não estava lá.

— Desculpe. Eu só queria passar minha última noite na casa de Krysia. — Observo seu rosto, mas não consigo identificar se ele acredita na minha explicação. — Senti falta de Lukasz — acrescentei.

— Você poderia ter me dito, Anna. Eu teria entendido. Stanislaw a teria levado para casa. Você não deveria ficar na rua sozinha à noite. Poderia ter sido presa, ou coisa pior. Anna, isso é muito perigoso!

— Eu sei — respondo. — Lamento.

Ele olha para o outro lado da ponte na escuridão.

— Mas isso não é tudo, certo? — pergunta ele.

Sinto um frio no estômago.

— E-eu não estou entendendo...

— Quero dizer, não é a única razão pela qual você está aqui, certo? — *Ele sabe*, penso, paralisada demais para responder. *Ele sabe de tudo.* Ele olha de volta para mim. — Você estava fugindo.

— Não — respondo, rapidamente. — Quer dizer...

— Tudo bem — diz ele. Eu levanto os olhos, surpresa. — Eu entendo.

— Você entende?

— Sim — diz ele, sem raiva. — Isso tudo deve ser muito assustador para você. Ter um filho, ir embora de Cracóvia. É natural que você entre em pânico.

Sinto uma onda de alívio. Ele não sabe da verdade.

— É muito assustador — digo, concordando com a cabeça. — Estou com muito medo.

— Então você estava fugindo... — Ele olha para o outro lado da ponte, para a escuridão. — Para onde você estava indo?

— Eu não sei. — Observo seu rosto enquanto ele processa o que ouvira, me perguntando se ele acreditará em mim. — Você está com raiva? — pergunto.

— Não — responde ele, rapidamente, pegando minha mão. — Tudo bem. Quando acordei e percebi que você não estava lá, me dei conta do quão assustada você deveria estar. Por isso saí para procurá-la. Queria ver você e dizer que tudo vai dar certo.

— Ah... — Fico em dúvida sobre como responder.

— Anna... — Ele levanta meu queixo gentilmente com os dedos. — Não quero que você sinta medo mais. Vou fazer o que puder para melhorar as coisas para você. Se quiser, deixo meu cargo esta noite, se for preciso, e podemos fugir juntos.

— Georg... — Fico chocada com suas palavras.

— Falo sério. Tudo o que importa para mim é sua felicidade.

Não respondo. Minha mente dá voltas, sobrecarregada com tudo o que estava acontecendo. Em um instante, passei de quase ser descoberta para o Comandante me jurando devoção incondicional. Olho em seus olhos, desconcertada. Esse monstro terrível que é este homem, que matara tantos inocentes, me oferecendo amor absoluto e incondicional. *Não, não é incondicional*, lembro a mim mesma. Minha identidade é uma condição que, caso seja descoberta, mudaria tudo. Na verdade, eu sei que é Anna a quem ele ama, uma mulher que nem mesmo existe. Ou será que é isso mesmo? Foi meu rosto, minha voz, minhas palavras e meu toque que conquistaram seus sentimentos, talvez os mais verdadeiros que eu já conhecera vindos de um homem.

De repente, começo a chorar compulsivamente. O Comandante se aproxima e me envolve em seus braços.

— Oh, Anna — diz ele. — Não se preocupe.

— Desculpe — digo, em meio às lágrimas, com sinceridade.

— Não — diz ele, calmamente, afagando meus cabelos. — Chega de desculpas entre nós. Chega de lágrimas. Vamos seguir com nossa vida juntos, está bem?

Assinto, dando um passo atrás e limpando meus olhos com a mão.

— Certo — digo.

Ponho a mão no bolso e tiro meu lenço. Ao fazer isso, sinto as coisas que meu pai me dera voando para fora. Tento impedir que caiam, mas é tarde demais. Os anéis batem no chão, tinindo alto, e o papel flutua atrás. Sinto um sobressalto.

— Você deixou algo cair — diz ele, começando a se abaixar.

— Não! — Esquecendo a compostura, me atiro no chão, tentando pegar as coisas antes dele.

Mas é tarde demais; o Comandante se levanta, com papel e anéis na mão direita.

— O que são essas coisas? — pergunta ele, segurando os itens e analisando-os sob a luz da lua. Eu não respondo. — Anéis de casamento? — Enquanto ele examina o papel, rezo desesperadamente para que ele não entenda o significado do que está escrito em hebraico, mas as ilustrações nas margens do papel deixam claro o significado. — Uma certidão de casamento judaico? Não estou entendendo.

Por um momento, ele fica mais confuso do que irritado, mas eu sei que é simplesmente porque ele ainda não conseguira juntar as peças. Percebo que ele não entende a conexão ou não quer entender. Talvez haja chance de interferir.

— E-eu... — Começo a pensar em uma história. Considero dizer a ele que Krysia me pedira para penhorar os anéis, que precisamos do dinheiro. Mas a ideia é implausível e não dá conta do documento. — Uma amiga — digo, por fim.

Ele estala a língua, levantando o certificado sob o luar para tentar ler algo.

— Que amigos você tem, Anna. Eu sabia que Krysia tinha simpatia pelos artistas judeus antes da guerra, mas francamente... — Ele congela no meio da frase, se dando conta daquilo que eu temia que ele fosse perceber. — Krysia era casada com um judeu... — Seu braço cai, o papel ainda em seus dedos, pendurado como um pano molhado. — Você é judia?

— Eu posso... — digo, mas ele me interrompe.

— Você é judia, sim ou não?

Respiro fundo.

— Sim.

Ele dá um passo atrás, como se alguém o tivesse dado um soco.

— *Herr Kommandant*... Georg... por favor, me deixe explicar...

— Não há nada a ser explicado. Você é judia. — Ele desvia o olhar, com os olhos enfurecidos. De novo, praticamente o ouço pensar, *de novo, como Margot*. Olho para a arma, que ele segura baixo perto da cintura, apontada para o chão. Poderia tentar pegá-la enquanto ele está distraído, penso por um momento, mas não faço nada. Ele olha para mim de novo. — Eu não entendo como...

Hesito. Sei que não deveria dizer nada, revelar nada para ele, mas parte de mim pensa que talvez se eu explicar tudo ele possa ter alguma empatia.

— Meu nome verdadeiro é Emma — começo. Evito usar meus sobrenomes de solteira ou casada, esperando que ele não faça a conexão com meus pais ou com Jacob, pela segurança deles. — Moro com Krysia sob outro nome desde o início da guerra.

— Então a história de ser professora em Gdansk, de seus pais terem morrido em um incêndio... Tudo invenção? — pergunta ele. Aquiesço em silêncio. — E Lukasz?

— Ele não é meu irmão, mas é sobrinho de Krysia. Do lado católico da família — acrescento, rapidamente, desesperada para manter parte da mentira de modo a proteger Lukasz. Pela expressão do Comandante, noto que ele não acredita em mais nada que digo. — É isso, essa é a história — concluo, embora não seja verdade, é claro. Não disse nada sobre Jacob ou Alek ou a resistência. Ele não diz nada. — E agora? — digo, alguns minutos depois. Olho para ele suplicantemente; meus olhos procuram em seu rosto qualquer sinal de que ele sente alguma coisa por mim.

— Você é judia — repete ele, como se isso contivesse todas as respostas.

— E isso tem de fazer diferença? — pergunto, desesperadamente. Estendo a mão e toco seu braço. — Sou a mesma mulher que você amava há cinco minutos.

Ele afasta o braço bruscamente.

— Não, há cinco minutos você era Anna. Mas ela não existe mais. Tudo o que houve entre nós foi uma mentira.

— Não — protesto. — Meus sentimentos por você eram verdadeiros. São verdadeiros — corrijo-me. Ele olha para mim e percebo que parte dele quer acreditar nisso. Toco minha barriga. — E nosso bebê...

Ele me interrompe.

— A criança é judia também. — Sua voz é gelada, seus olhos são órbitas escuras e vazias. Ele se volta e dá um passo atrás. — Você mentiu para mim, Anna. Quer dizer, Emma. — Ele cospe meu nome verdadeiro amargamente. — Você me traiu. E você violou mais leis do que o Reich poderia contar. — Ele retira seu revólver de novo. — Eu deveria matá-la aqui mesmo em vez de prendê-la e levá-la para um dos campos. Acredite, eu estaria lhe fazendo um favor.

— Então agora você vai me matar? — pergunto, sussurrando. Respiro fundo. — Como... como fez com Margot?

Ele reage como se eu lhe tivesse dado um soco.

— Eu não matei minha esposa. — Sua voz sai rouca, quase embargada. — Ela cometeu suicídio.

— Porque você não quis salvar o pai dela — continuo, agora sem me preocupar em não falar demais, sem me importar se ele vai se perguntar como sei de Margot. Ele não responde. — E daí que você não apertou o gatilho? Você a matou. — Não reconheço a voz que sai de mim agora, impositiva e ousada. — Da mesma forma que matou o pai dela. Da mesma forma que... — Começo a girar de qualquer jeito, apontando os braços na direção do bairro judeu e do gueto. — Você matou todas essas pessoas!

— Não matei!

Ele avança em minha direção, mas me afasto. Com a mão livre, ele pega os meus dois pulsos e me joga contra a coluna de aço da ponte. Seu rosto está a centímetros do meu; sua expressão é selvagem. Ele me chacoalha com força.

— Quem lhe contou sobre Margot? — pergunta ele, com os olhos arregalados.

Alek! Alek Landesberg! Quero gritar. *O herói que você assassinou.* Mas não digo nada; prefiro morrer antes de trair a resistência.

— Não importa — respondo. — É a verdade.

— Não! — grita ele, histericamente. — Não é verdade. Eu fiz isso por nós dois. Você tem de acreditar em mim, Margot! Eu fiz o que fiz para nos salvar.

Levanto os olhos, surpresa. O Comandante está me encarando, mas acha que está falando com a esposa morta. Eu o levei ao extremo, me dou conta. Ele sobreviveu à guerra com base em um mundo de fantasia e ilusão elaboradamente construído para separar suas ações das consequências. Descobrir a verdade sobre mim provocou a derrocada desse mundo e dele próprio.

— Tudo bem — digo, suavemente, entrando no jogo. Talvez se ele pensar que sou Margot, ele me solte e eu ainda consiga escapar. — Eu entendo, meu querido. E eu o perdoo.

Ele não responde e nem se mexe, mas olha por cima de meu ombro para a escuridão, perdido nas memórias. Uma eternidade parece se passar com seu peso me pressionando, como a grade da ponte contra minhas costas.

De repente, o Comandante me solta e dá um passo atrás. Retomo minha posição, tentando voltar a respirar.

— Não matei minha esposa — diz ele, aparentemente se dando conta de com quem está falando. Sua voz soa estranhamente calma. Ele se apoia na coluna da ponte. — Eu amava Margot. Eu nunca a teria machucado. — Agora ele está implorando para que eu entenda. É mais do que isso, no entanto, ele está tentando convencer a si mesmo, também. — Eu amava minha esposa. E também me importava com o pai dela. Mas não tive escolha.

Escolha. Ouço a voz de Krysia, como em um sonho há muito tempo esquecido. *Há sempre uma escolha,* ela dissera depois de eu ter me envolvido com o Comandante. *Precisamos assumir a responsabilidade por nossas ações. É a única maneira de evitar que nos tornemos vítimas e de manter nossa dignidade.* Considero dizer isso a ele. Então, olhando para ele, balanço a cabeça mentalmente. Não adianta. Ele parece derrotado, totalmente irreconhecível como o homem forte e poderoso que eu conhecera. Sua covardia o tornara a vítima. *Não,* concluo, *ele não entenderá.*

— Já fui um homem bom, Anna — diz ele, repentinamente. Seus olhos contemplam a distância, para além do gueto. Seu rosto tem a mesma expressão distante que vira tantas vezes quando ele olhava para fora da janela de seu gabinete, e sei que ele está visualizando os tempos felizes que tivera com Margot antes da guerra. — Acabei mudando com o tempo, tão lentamente que não me dei conta. — É a primeira vez que o vejo admitir fazer algo errado.

— Você ainda é um bom homem — arrisco, me aproximando dele e pegando sua mão. Talvez, agora que ele está vulnerável, eu tenha uma chance de me salvar. — Você ainda pode ser.

Ele balança a cabeça, e afasta a mão da minha.

— É tarde de mais para isso.

— Não é tarde demais. Georg, por favor — imploro, estendendo a mão de novo, tocando seu braço. *Chegue mais perto,* digo a mim mesma. *Perto o suficiente para que ele sinta o cheiro de seu cabelo.* Perto o suficiente para que ele se lembre. — Ainda podemos fugir juntos, nosso filho e eu.

Ele se afasta.

— Nosso filho? — responde ele, amargamente. — Como posso saber se é meu, afinal? — Ele aponta para a certidão de casamento e para os anéis, ainda em sua mão sob o cabo da arma. — Você é casada, Anna. O filho pode ser dele.

Emma é casada, não Anna, penso.

— Não vejo meu marido há mais de três anos — minto. — Desde o início da guerra. Nem mesmo sei se está vivo. — Aproximo-me dele de novo. — O filho é seu, Georg. — Observo seu rosto processando a informação, querendo acreditar.

— Talvez... — Ele parece estar considerando o que eu acabo de dizer.

— Você disse que queria uma família e filhos — continuo, tentando não soar desesperada. — Esta é nossa chance. Podemos fugir e começar de novo. Por favor. — Ele não responde, mas percebo que está levando a ideia em consideração. Observo enquanto ele anda de um lado para o outro, com o rosto contorcido, lidando com uma avalanche de sentimentos conflitantes. Nunca o vira parecer tão incerto antes quanto ao que fazer. — Ninguém precisa saber a verdade — acrescento.

De repente, algo nele parece mudar. Ele me afasta e dá um passo atrás.

— Eu saberia — responde ele, friamente. — Você mentiu para mim, Anna.

Lendo seus olhos implacáveis, percebo que seu coração se fechou para mim agora. Entendo que minha traição e minhas mentiras, muito mais do que minha religião, são insuportáveis para ele. Não há mais nada que eu possa dizer ou fazer. Com as mãos trêmulas de ódio, o Comandante levanta a arma.

Por um momento, considero implorar, suplicar pela minha vida. Então decido não fazê-lo. Se as minhas promessas de uma nova vida com seu filho não amolecera seu coração, implorar não vai ajudar em nada, e fará com que ele me despreze ainda mais. Olho para frente, para o final da ponte, que parece infinitamente longe, longe demais para correr. Então envolvo minha barriga com os braços de forma protetora. *Perdoe-me,* digo mentalmente ao meu filho, pela vida que ele ou ela nunca terá. Fecho os olhos e penso na coragem daqueles a quem amo: meus pais, Krysia, Lukasz, mesmo Alek. E Jacob.

— Não tenha medo. — Ouço-o dizer, e quase consigo senti-lo apertando minha mão.

Ouço um clique quando o Comandante prepara a arma. Abro os olhos, querendo enxergar meu último momento. Ele está na minha frente, com a pistola apontada para o meu coração.

— Adeus, Anna — diz ele, com lágrimas escorrendo pelo rosto. Fecho os olhos novamente.

Ouço um tiro e depois outro. *Devo estar morta,* penso, *porque não sinto nada.*

— Emma! — Ouço meu nome em uma voz familiar na escuridão. Meus olhos se abrem. Não fui atingida, percebo. O Comandante se virou em outra direção, atirando no escuro. Ele está paralisado agora, com o braço levantado no ar como uma marionete, e um meio sorriso contorcido no rosto. A frente de seu uniforme está escura e úmida. Ele cai no chão.

— Georg! — exclamo. Corro até ele, me ajoelhando. Ele atirara em si mesmo ou em mim? Ele segura minha mão. — Não se mexa — ordeno, olhando em volta desesperadamente. — Vou procurar ajuda! — Mas, quando digo isso, sei que é impossível. Se eu chamar a polícia, serei presa. Não posso arriscar minha vida para salvá-lo.

O Comandante balança a cabeça debilmente, tossindo.

— É tarde demais para isso. Fique comigo, Anna — diz ele, ainda usando meu pseudônimo, querendo acreditar na farsa até o fim. — É melhor assim.

— Não diga isso! — Ponho minha mão sob seu pescoço e levanto seu rosto. Ele está pálido. — Você vai ficar bem. Temos de levá-lo a um hospital.

— Não, não quero continuar assim. Se não podemos ficar juntos...

— Mas nós podemos — insisto. Ele está sangrando mais agora, o líquido vermelho escuro jorrando na neve sob ele.

Ele aperta minha mão com firmeza.

— Desculpe. Eu amo você. Nunca conseguiria machucá-la.

— Eu sei — sussurro, embora na verdade não saiba. Ele amava Margot também, mas não tinha sido o suficiente.

— Eu amo você, Anna — repete ele.

— Eu amo você também — digo, pela primeira vez. Percebo agora que, pelo menos para uma parte de mim, é verdade. Tiro seu cabelo de sua testa encharcada de suor.

— Anna — diz ele, novamente. Seus olhos tremulam e logo param.

— Não! — exclamo, inclinando minha cabeça e encostando minha testa na dele.

Fico paralisada ali, esperando sentir sua respiração quente em meu rosto. Encosto os lábios em suas pálpebras, fechando-as com beijos. Seu rosto está calmo, livre de toda intensidade e do tormento, e naquele momento sei que o Comandante se foi.

CAPÍTULO 25

Ajoelho-me, paralisada, ao lado do corpo sem vida do Comandante, em choque.

— Emma. — Ouço alguém chamar por trás de mim. A voz que ouvira chamar meu nome quando os tiros dispararam não fora imaginação. Há mais alguém aqui. Ele não estava sozinho, penso, levantando rapidamente e olhando na direção do som, procurando outro nazista.

— Emma. — A voz chama de novo. Um nazista não saberia meu nome verdadeiro. Viro-me. No meio das sombras, segurando uma arma ainda fumegante, está Marta.

— Marta! — exclamo, me aproximando dela. — N-não estou entendendo... o que você está fazendo aqui?

— Eu a segui — responde ela. — Fui encarregada de buscá-la de manhã cedo para levá-la até onde Jacob está. — *Então ela seria minha escolta*, penso. Ela continua. — Eu sabia que você não iria embora sem os seus pais, e fiquei com medo de que, quando você soubesse de sua mãe... — Sua voz some e ela desvia os olhos.

Olho para ela, incrédula.

— Você sabia?

Ela assente.

— Descobri algumas semanas atrás. Quis avisá-la, mas Marek me impediu.

Maldito seja, penso. Malditos sejam todos.

— Desculpe — acrescenta ela. Eu não respondo. — Eu a segui até o gueto, e depois até aqui. Quando cheguei, eu o vi... — Ela aponta para o corpo sem vida do Comandante. — Ele ia atirar em você. Então atirei nele primeiro.

— Graças! Se você não tivesse vindo... — Estremeço. Minha raiva rapidamente se transforma em gratidão. Se ela não estivesse presente, poderia ser eu morta na ponte. — Oh, Marta, muito obrigada. — Tento abraçá-la, mas ela me afasta.

— Não há tempo para isso! — Ela corre até o Comandante. Ela deve ter me visto com ele depois de ele levar o tiro, me dou conta, seguindo-a. Espero que ela me repreenda por abraçá-lo e por ter chorado sua morte, mas ela não diz nada. Ela apenas se ajoelha em frente ao corpo dele e tira os anéis e o papel de seus dedos já enrijecidos. — Aqui. — Ela estende a mão e me entrega as coisas, que ponho rapidamente de volta no bolso. — As autoridades logo chegarão. Temos de nos livrar do corpo. Rápido, vamos empurrá-lo da ponte.

O corpo do Comandante. Olho para ele. Meu estômago revira-se. A imagem que aparece em minha mente é a dele por cima de mim no escuro, seu torso a centímetros do meu. Lutando contra a vontade de vomitar, desvio os olhos dele e vou até o guarda-corpo da ponte.

— É impossível, o rio está congelado. Vamos deixá-lo aí, Marta. Precisamos sair daqui. Vamos embora! — Olho para onde ela está ajoelhada, sem se mover. — Marta?

Ela balança a cabeça, deitando no chão.

— Não posso. — Corro até ela. Uma mancha vermelha se espalha por seu abdome.

— Oh, Marta, você levou um tiro!

Ela sorri maliciosamente.

— Fui mais rápida do que ele, mas não rápida o suficiente.

Ajoelho-me ao lado dela.

— Está doendo muito?

— Não está tão ruim assim.

Mas eu sei que ela está tentando ser forte. Seu rosto está pálido e o suor cobrindo a testa.

— Vamos até a casa de Krysia. Ela pode tentar conseguir um médico...

Ela balança a cabeça.

— Não tem como. Não consigo andar.

— Eu posso ajudá-la.

Coloco o braço em volta de sua cintura, tentando colocá-la em pé, mas ela afasta minhas mãos, desabando no chão de novo.

— Não adianta — diz ela, arfando. — Você não vai conseguir me carregar. Não, você precisa ir sem mim.

— Vou procurar ajuda — ofereço, olhando em volta.

— Nada de ajuda. Apenas vá. Vou lhe contar qual era a rota planejada para sua fuga.

Olho para ela, incrédula.

— Mas você não pode ficar aqui, a polícia virá em breve e a encontrará.

— Exatamente — responde ela, seu olhar se acendendo. — Se eles me pegarem e virem que fui eu quem o matei, não procurarão mais ninguém. Você poderá escapar.

— Não a deixarei aqui — protesto.

— Você tem de me deixar.

— Não... — Mas, ao dizer isso, sei que nada a fará mudar de ideia. Ouço em sua voz a mesma coragem, a mesma teimosia que testemunhara em Alek e Jacob. Ainda assim, insisto. — Não posso deixá-la aqui assim. Não depois de tudo o que você fez por mim.

— Escute aqui. — Juntando toda sua força, Marta estende a mão e pega na manga do meu casaco. — O principal da resistência é a sobrevivência, a sobrevivência de nosso povo. Sempre foi. Aqueles que puderem têm de seguir em frente. Alek sabia disso e Jacob sabe também. Quem puder seguir em frente, tem de seguir e sem empecilhos sentimentais. Está entendendo?

Respiro fundo.

— Sim.

— Ótimo. — Ela solta minha mão, e estende o braço para o corpo do Comandante, pegando sua arma. — Aqui — diz ela, entregando-a para mim. — Pegue.

Olho para arma que estivera apontada para o meu coração somente alguns minutos antes.

— E-eu não consigo — gaguejo, me encolhendo.

— Apenas fique com ela — insiste Marta. — Talvez você precise para fugir. — Relutantemente, pego a arma de sua mão. O metal frio é pesado e estranho em minha mão. Ela se deita novamente.

Ponho a arma no cós de minha saia.

— Onde está Jacob? — pergunto, me dando conta de que ela pode ser a única pessoa que sabe.

— Ele está em Czernichów.

— Mas... — Encaro-a, incrédula. Czernichów é uma vilazinha logo do outro lado da floresta, a menos de dez quilômetros da casa de Krysia. Todo esse tempo, fui levada a acreditar que Jacob estava se recuperando em um lugar distante nas montanhas, quando na realidade estava por perto.

— Todos pensavam que ele estava nas montanhas, Emma — diz ela, com dificuldade. — Tivemos de fingir. Os vazamentos na resistência se agravaram desde que mataram Alek. E mesmo entre aqueles em quem confiamos, não podíamos arriscar alguém ser capturado e torturado a confessar a localização de Jacob. — Concordo, acenando com a cabeça. Tantos segredos. Ela continua. — Há uma cabana abandonada logo atrás da cocheira perto de Czernichów. Jacob está lá. Talvez esteja escondido no porão. O proprietário da fazenda chama-se Kowalczyk e é uma pessoa de confiança, caso precise de ajuda. Pegue o caminho da floresta a partir da casa de Krysia — continua ela, respirando rapidamente e com dificuldade. — É possível identificar a casa de Kowalczyk pelo telhado azul. — Sirenes soam ao longe. — Saia daqui agora! Vá procurar Jacob. — Ela se balança para frente e para trás em posição fetal, para afastar a dor.

Levanto-me para ir embora. Ela levanta o braço, pegando minha mão.

— Emma, mais uma coisa... quanto a Jacob... — Ela hesita. — Perdoe-me.

Eu entendo que ela está se referindo àquela coisa sobre a qual nós duas nunca falamos, os sentimentos dela pelo meu marido. Ela sempre fora apaixonada por ele, mesmo antes de me conhecer.

— Tudo bem — respondo, apertando sua mão. E com sinceridade. Não tinha como julgá-la. Não se escolhe quem se ama, simplesmente acontece. Ela não tinha como controlar o que sentia por Jacob, assim como eu com o Comandante.

— Vá agora — ordena ela, quando o som da sirene fica mais perto.

— Deus a abençoe, Marta — digo, me inclinando para beijar sua bochecha.

Solto sua mão e começo a correr, atravessando a ponte. Quando chego ao final, olho para trás. Marta está sentada sem se mover perto do corpo, com a arma ainda firme em sua mão e o olhar perdido na distância.

Desço a escada da ponte e fico paralisada. Há um grande sedã preto parado na base da ponte. O carro do Comandante. Então não era ele na caminhonete, afinal. Pelas janelas escuras, consigo ver a careca de Stanislaw. Considero correr de volta pela ponte, mas, antes que possa reagir, a porta do motorista se abre e Stanislaw aparece. Olhamo-nos incertos, sem dizer nada. Um longo momento de silêncio se passa.

— *Dobry wieczor* — diz ele, por fim, me dando boa noite como se fosse totalmente normal nos encontrarmos nestas circunstâncias.

— *Dobry wieczor*, Stanislaw — respondo, com a mente acelerada.

Será que ele ouviu os tiros? Será que está se perguntando o que aconteceu com o Comandante? Mantenho os braços cruzados para esconder as manchas de sangue em meu vestido, rezando para que ele não as veja. De novo, paira um silêncio desconfortável. As sirenes estão cada vez mais perto. É uma questão de minutos antes que ele se dê conta de que a polícia está chegando. Por um momento, considero correr. Então me lembro do dia em que encontrara Stanislaw enquanto pegava os documentos no apartamento do Comandante. Mesmo depois de me pegar no flagra, ele me deixara ir embora sem maiores questionamentos. Talvez ele tenha simpatia à resistência. Mas, por outro lado, ele é, ou era, o motorista do Comandante, e talvez seja apoiador como Malgorzata. Não posso arriscar.

— Por acaso está precisando de uma carona? — pergunta Stanislaw, me tirando de meus pensamentos. Levanto os olhos. Seu rosto está impassível, mas vejo um brilho em seus olhos que me faz pensar que ele sabe do que aconteceu e entende.

Então talvez Stanislaw realmente esteja em nosso lado. Ou talvez seja uma armadilha e ele me levará à Gestapo. Seja como for, preciso chegar à casa de Krysia imediatamente e andar me custará uma hora da qual não disponho. Terei de me arriscar.

— Sim, por favor, Stanislaw. Para a casa de Krysia o mais rápido que puder.

Stanislaw acena com a cabeça, e, mais rápido do que pensei que seria capaz, ele abre a porta de trás do carro. Eu entro e ele bate a porta. As sirenes estão ensurdecedoras agora, a polícia quase atrás de nós perto da ponta. Stanislaw pisa fundo e o carro parte. Ele dirige velozmente pelas ruas, sem parar nos cruzamentos e dobrando esquinas quase em duas rodas. *Ele vai chamar atenção*, me preocupo enquanto seguro o assento em minha frente com firmeza. Ele será parado pela polícia. Mas então me lembro que estamos em um carro de um oficial nazista de alto escalão; ninguém ousará nos parar.

Afundo de volta no banco, de repente sobrecarregada pelo peso de tudo o que aconteceu. O rosto do Comandante aparece de repente em minha mente. *Não faça isso*, penso, mas é tarde demais: logo me vejo de volta na ponte. Vejo-o com sua arma apontada para mim, seu rosto contorcido de dor. Seus olhos expressavam um desespero atroz ao perceber que estava apaixonado por uma judia, que o destino lhe pregara a mesma peça cruel duas vezes. Descobrir a verdade sobre mim fora como perder Margot novamente. Ele simplesmente não tinha como aguentar reviver aquela dor.

Ouço os tiros em minha cabeça e tenho um sobressalto como se fossem reais. Será que ele realmente teria conseguido atirar em mim? Queria acreditar que não, que ele me amava demais para fazer isso. Mas ele também amara Margot, então como eu poderia saber o que teria acontecido se Marta não tivesse aparecido?

Marta. Eu não a devia ter deixado, penso, sentindo a culpa me tomar de assalto. Ela salvou minha vida e eu a abandonei para morrer. Mas ela estava certa: a resistência, tudo o que fizemos, era uma luta pela sobrevivência. Eu tinha de seguir em frente porque tive essa chance.

Minha mente se volta ao presente. Será uma questão de minutos até que a Gestapo se dê conta do que aconteceu com o Comandante e comece a investigar, e certamente descobrirão nosso caso. Preciso sair de Cracóvia o quanto antes. Por um momento, considero ir diretamente para a floresta em direção a Czernizchów e encontrar Jacob, sem parar na casa de Krysia. Mas preciso passar lá mais uma vez, pegar as roupas e a comida que ela empacotara para minha jornada e contar a ela tudo o que aconteceu. Despedir-me dela e de Lukasz.

Olho pela janela do carro. Estamos quase na rotatória no início da rua de Krysia agora. Inclino-me para o banco da frente.

— Stanislaw, pare aqui, por favor. — Ele obedece e olha para trás, confuso. — O motor atrairá muita atenção na rua a esta hora. Deixe-me sair aqui. — Ele concorda, e se vira para sair e me ajudar a sair do carro. — Não, tudo bem — digo. — Posso me virar.

Ele abre a boca para protestar. Percebo que, mesmo depois de tudo o que acontecera esta noite, é isto, não poder cumprir seus deveres mais simples como abrir a porta do carro, que parece incomodá-lo mais. Então sua expressão muda.

— Como quiser — responde ele.

— Obrigada. — Abro a porta do carro, e me viro para ele de novo. — Stanislaw, depois desta noite, haverá questionamentos. Pode não ser seguro para você ficar por aqui.

Ele balança a cabeça, com um olhar determinado nos olhos.

— Não se preocupe, ficarei bem.

Ele daria um bom guerrilheiro da resistência, penso. De repente, me lembro de Alek ter dito algo sobre a resistência ter outros olhos dentro do Wawel. Será que Stanislaw... Abro a boca para perguntar, mas ele estende a mão.

— Boa sorte.

Ele está certo, é claro; algumas coisas é melhor deixar em segredo. Pego sua mão e me inclino até o banco da frente para beijar sua bochecha lisa e cheia.

— Deus o abençoe.

Abro a porta e salto, e então a fecho. Dando passos rápidos e silenciosos, viro a esquina até a rua deserta, e paro, observando, surpresa, a casa de Krysia. Todas as luzes da casa estão acesas, como se nunca tivéssemos ido dormir na noite anterior. Mesmo que Krysia já estivesse acordada, ela deixaria a casa no escuro, já que eu deveria partir em segredo. Há algo de errado. Corro para a casa.

Alguns metros à frente, paro mais uma vez. Um carro militar está estacionado em frente à casa. Alguém está lá, percebo, meu sangue congelando. A Gestapo veio de novo.

Hesito, sem saber o que fazer. Tenho de ajudar Krysia e Lukasz, mas como? Não posso simplesmente entrar na casa no meio da noite com manchas de sangue no vestido; isso suscitará muitas perguntas. Por um momento, considero fugir de novo. *Aqueles que podem sobreviver, devem sobreviver,* Marta dissera. Mas não posso abandonar Krysia e Lukasz. Tenho de fazer alguma coisa. Desesperadamente, me viro e me escondo atrás da sebe ao lado da casa.

Agachada, vou circulando pelo lado de fora até o quintal, como fizera na noite em que Jozef me trouxe até aqui. Olho para a janela da entrada, mas a casa está deserta. Eles devem estar no andar de cima. Dando um passo para trás, levanto o pescoço para ver a janela do segundo andar. Consigo enxergar as cabeças de dois homens por detrás das cortinas da sala, mas não vejo o que estão fazendo e não consigo escutá-los. Escondo-me nos arbustos de novo, tomada por questionamentos. *Por que estão aqui?* Por um momento, me pergunto se eles sabem do Comandante e vieram me procurar. *Impossível,* me dou conta. Seria impossível que eles já tivessem descoberto tudo e chegado aqui antes de mim, considerando a velocidade com que Stanislaw dirigira. Talvez sejam os dois oficiais da Gestapo que vieram antes, cumprindo sua ameaça de voltar com mais perguntas. Olho para a cabana que aquele oficial quisera inspecionar da outra vez, mas a porta permanece fechada. Talvez alguém na resistência tenha vazado meu plano de fuga e eles estejam aqui para me impedir.

Deveria procurar ajuda, penso, e então rio comigo mesma pela estupidez da ideia. Não há mais ajuda. A resistência já era. O único que poderia deter a Gestapo, o Comandante Richwalder, está morto. Lembro-me de Marta segurando a arma na ponte, pronta para morrer lutando. Ela saberia o que fazer.

A arma, lembro. De repente, minha mão a toca, agarrada à cintura. Quase me esquecera da pistola, ainda presa ao cós da saia. Eu a pego, me lembrando de que nunca usara uma arma na vida. Será que conseguiria atirar? O Comandante atirou duas vezes, o que imagino que significa que ainda restam quatro balas. Viro a arma de um lado para o outro em minha mão, contemplando a possibilidade. De repente, ouço um estouro alto vindo do segundo andar. Levanto-me rapidamente. Alguma coisa aconteceu. Preciso entrar. Preparo a arma e começou a circundar a casa com o dedo no gatilho. Logo antes de alcançar a porta, escuto passos. Alguém está descendo. Corro de volta para a lateral da casa, fora do campo de visão.

Pela janela, vejo três policiais da Gestapo no hall. Não são os mesmos que estiveram lá antes. A porta da frente se abre.

— A velha estava mentindo — Escuto um dos homens dizer enquanto eles percorrem o jardim. *Oh, céus*, penso; estavam interrogando Krysia. *Será que viram Lukasz?*

— Não acho que ela sabia de mais nada — responde outro. Sua voz está mais baixa e percebo que estão andando em direção ao portão, para longe de mim.

A primeira voz fala novamente.

— Não importa agora.

Entro em pânico. O que eles fizeram? Luto contra o impulso de sair correndo antes de eles irem embora. Um momento depois, assim que as portas do carro se fecham e eles saem, corro para dentro da casa.

— Krysia — chamo, subindo correndo o primeiro lance de escadas. Não há resposta. — Krysia!

Alcanço o primeiro andar. A casa está completamente revirada. Copos e pratos quebrados cobrem o chão da cozinha. Na sala, as almofadas do sofá foram rasgadas e há penas para todos os lados. Atravesso a sala até a lareira. Uma fotografia com a moldura quebrada está no chão. Inclino-me. É minha fotografia do casamento, aquela que Krysia escondera na noite em que cheguei. A Gestapo deve tê-la encontrado, de alguma maneira. Então meu segredo não morrerá com o Comandante. Depois de mais de um ano de disfarce, foi revelado duas vezes no mesmo dia.

Sinto um cheiro ácido de fumaça. Esse não é o cheiro já costumeiro da queimada de folhas e galhos dos vizinhos que às vezes passa pelas janelas. É mais intenso e vem de dentro da casa. Minha cabeça vira em todas as direções, procurando a origem do fogo. Deve estar lá em cima.

— Krysia! Lukasz! — chamo, desesperadamente, correndo para fora da sala. Subo as escadas até o segundo andar de dois em dois degraus. — Oh, não! — grito.

No topo da escada, Krysia está caída no chão com os olhos fechados. Seus braços estão acima da cabeça e suas pernas estão enroscadas na saia em ângulos antinaturais. Ela não se mexe. Caio ao seu lado, levantando sua cabeça.

— Krysia!

Sacudo-a gentilmente, mas ela não reage. Há uma marca em sua têmpora, como se tivesse batido ao cair no chão ou levado uma pancada. Sua pele está pastosa e fria. Baixo meu rosto até o dela, tentando detectar respiração, sem sucesso. *Não me deixe,* Krysia, imploro silenciosamente. *Não agora, não quando preciso que você me diga o que fazer.* Abro sua boca e encosto meus lábios nos dela, tentando soprar ar em seus pulmões. Um momento depois, paro, ao tentar verificar um pulso em seu pescoço e nada. *Tarde demais,* me dou conta; ela se foi.

— Oh, Krysia — exclamo. Pego seu corpo e a abraço, balançando para frente e para trás como ela fizera ao tentar me confortar.

De repente, ouço um som crepitante atrás de mim. *O fogo,* recordo, olhando em volta. Ponho a cabeça de Krysia de volta no chão gentilmente e me levanto. A fumaça parece vir de várias direções e não consigo encontrar a origem do fogo. Por um momento, considero tentar apagá-lo. Mas, mesmo que eu conseguisse, a fumaça chamará atenção. Tenho de encontrar Lukasz e levá-lo para fora daqui.

Corro para o quarto de Lukasz. A fumaça ali está tão densa que quase não consigo enxergar.

— Lukasz! — chamo, cobrindo a boca e me agachando. Ele não está no berço e nem no chão. — Lukasz! — grito de novo, correndo para o quarto de Krysia e finalmente para o meu.

Mesmo em meio à fumaça, percebo que a Gestapo fizera uma busca detalhada na casa — todos os quartos estão revirados, roupas fora das gavetas, espelhos quebrados. Mas não há sinal de Lukasz. Será que fizeram alguma coisa com ele?

Talvez ele tenha corrido para fora, penso, olhando para baixo pela escada. Então ouço um estalido vindo de cima. O sótão! Lembro-me de Krysia me contando sobre como os parentes de Lukasz o haviam escondido no sótão por vários dias depois da morte de sua mãe. Ele deve ter se assustado quando a Gestapo chegou e se escondido lá.

Corro para o quarto de Krysia e abro a porta do closet. Empurrando as roupas de Krysia, subo a escada.

— Lukasz — chamo, pela abertura. Silêncio. Não consigo enxergar nada no escuro. — Lukasz, é Anna. Está tudo bem, venha comigo.

Ouço barulho de passinhos no escuro, e então uma mãozinha quente toca a minha.

— *Na.* — Escuto ele dizer. Pego seu braço e puxo seu corpinho trêmulo para perto de mim.

— Está tudo bem — digo, abraçando-o e descendo as escadas.

A fumaça está cada vez mais densa. Temos de sair rapidamente. Pego um pano qualquer na gaveta de Krysia e coloco sobre a boca de Lukasz. Quando começamos a sair do quarto, vislumbro algo azul com o canto do olho. É o suéter que Krysia fez para Lukasz. Pego-o para levar conosco.

Enquanto cruzamos o corredor para onde está Krysia, cubro os olhos de Lukasz para que ele não a veja. Ele já vira morte demais. Passo por cima de Krysia e desço a escada, mas viro para trás mais uma vez. *Krysia.* Meu coração fica apertado. Ela fora tudo para nós, nos salvara. Cuidara de nós dois como se fôssemos sua família. *Você se tornou uma mãe,* afinal, penso. Gostaria de poder levá-la conosco. Ela merece um funeral adequado. Um enterro no qual as centenas de pessoas que a amavam e admiravam pudessem se despedir. Mas não há tempo.

— Obrigada — sussurro, olhando para ela uma última vez. Mando-lhe um beijo e corro para fora com Lukasz sob o ar frio da manhã.

CAPÍTULO 26

Lá fora, o dia já quase amanhece e os camponeses de Chelmska estão começando sua jornada. Alimentam o gado e varrem as varandas como se fosse uma manhã qualquer. Alguns olham para cima e acenam enquanto passamos, outros nem nos veem enquanto subimos a rua em direção à floresta. Se eles acham estranho que eu esteja indo em direção à floresta carregando uma criança coberta de fuligem, e não para a parada de ônibus perto da rotatória, como normalmente fazia, não dão nenhum sinal. Eles ainda não viram a fumaça que certamente sairá pelas janelas da casa de Krysia dentro de alguns minutos.

Enquanto subimos a rua que segue floresta adentro, as casas vão ficando esparsas. Adiante, as árvores são densas e sua cobertura e penumbra são uma promessa. Logo a rua terminará, se transformando em um estreito caminho pela mata. Paro e olho para o bairro lá embaixo. Os telhados das casas parecem sonolentos e impassíveis. *Já chega*, penso. Não adianta se prender ao que fica para trás. Olho para o chão sob meus pés. Há uma fina camada de geada que eu não percebera antes. Agora estou consciente de minha situação: o frio, o peso da criança, a distância que temos de percorrer. O fato de que não temos nada.

Assalta-me um senso de urgência. Temos de continuar andando. Passando Lukasz para meu lado esquerdo, começo a andar novamente. Sentindo-me segura com a proteção das árvores e fora do campo de visão dos vizinhos, aperto o passo agora, quase correndo, meu passo desajeitado com o peso de minha barriga e de Lukasz. O caminho se torna cada vez mais tortuoso e íngreme. Minhas pernas começam a doer e meus sapatos ficam carregados da lama úmida da primavera. De repente, meu pé encontra uma pedra e eu tropeço, caindo para frente. Ao cair, seguro Lukasz firmemente, encontrando o chão primeiro e rolando, amortecendo a queda para ele. Sinto uma dor lancinante no ombro.

Fico deitada sem reação por alguns segundos, tentando respirar normalmente.

— Lukasz... — Sento-me e ponho a criança em meu colo. Rapidamente, verifico se ele se machucou, mas ele parece bem, somente um pouco sujo de terra em sua testa já preta de fuligem. — Você está bem?

Ele assente silenciosamente e faz aquela cara que já conheço, de quando está com fome. Meu coração aperta. Ele deveria estar tomando café agora, seguro e quentinho na mesa de Krysia. Queria ter pelo menos leite para dar a ele. Deveria ter me lembrado de pegar a comida que Krysia preparara para o caminho. Imagino uma expressão recriminadora no rosto do rabino. Que tipo de cuidadora eu serei sem Krysia? Serei capaz de cuidar de meu filho quando ele ou ela nascer? Procuro no bolso do casaco e encontro um pedaço velho de chocolate que o Comandante me dera. Tiro o papel e assopro antes de dá-lo a Lukasz.

— Aqui. — Ele pega o quadradinho e o põe na boca com pressa, como se tivesse medo de ele sumir. Um sorriso enorme ilumina seu rosto. Chocolate para o café da manhã!

Ainda tentando recuperar o fôlego, observo seu rosto enquanto ele come. Nem uma hora depois do trauma da Gestapo e do fogo e de deixar a casa de Krysia, seus olhos já estão calmos e alertas. *Então você vem comigo mesmo, no fim das contas*, penso.

— Venha, querido — digo, me levantando. Lembrando-me do suéter azul, tiro-o do meu casaco e o visto em Lukasz. Está apertado, quase pequeno demais para ele. Ele cresceu tanto neste ano em que passou conosco... Apesar de toda a tragédia e a tensão, ele floresceu, passou de bebê a menininho quando ninguém estava olhando. Meu menininho. Não consigo pensar nele de outra maneira, embora ainda me pergunte se algum dia o rabino ou algum outro parente procurará por ele, e reclamará seus direitos. Por agora, no entanto, ele está aqui. Aperto seus dedinhos sólidos nos meus, como se quisesse ter certeza. Ele olha para cima e sorri, como se estivesse me assegurando de que ficaremos bem e seguros.

— Seguros — digo, em voz alta. Então me dou conta de que isso está longe de ser verdade. Estamos a muitos e perigosos quilômetros de qualquer segurança. Não, seguros não, mas estamos livres. Não tenho ideia de para onde estamos indo e nem como, e não sei se conseguiremos. Ainda assim, a palavra tem certo brilho. — Livres. — Não precisarei ser outra pessoa novamente.

— *Lives?* — Lukasz levanta as mãozinhas e tenta repetir a palavra. Olho para ele. Há chocolate em seus dedos. Ponho a mão no bolso procurando um lenço para limpá-los. Minha mão toca alguma coisa. Os anéis e o certificado. Marta os havia me entregado na ponte. Mais uma vez considero me livrar deles, enterrá-los. E então me dou conta de que, para o bem ou para o mal, a farsa acabou. Tiro os anéis do bolso e os coloco nos dedos novamente.

Enquanto caminhamos pela floresta, penso naqueles que deixamos para trás. Krysia e Alek se foram, minha mãe também. Guardarei luto por eles oportunamente, eu sei, cada um à sua maneira. E há o Comandante. Vejo seu rosto em minha frente e de repente paro, perdendo o fôlego.

— Não — digo a mim mesma, em voz alta, mas logo me dou conta de que não adianta.

O rosto que vejo em minha mente não é o do nazista que controlava a cidade do alto do castelo de Wawel, ou que segurara a arma apontada para o meu peito na ponte. Não, ele morreu. Em vez disso, vejo o homem que conheci na casa de Krysia durante o jantar, que roubou meu olhar e não o soltou, que me levou a novos lugares em meu próprio corpo e me abraçou enquanto eu adormecia. O homem que pedira perdão ao morrer na ponte férrea. Percebo, então, que não só ele morria naquele momento. O Comandante deu vida a Anna, e quando ele se foi, ela foi também. *Anna Lipowski*, penso. *A amante do Comandante*. Pergunto-me se sentirei falta dela.

— Já chega — digo, e minhas palavras ecoam na clareira rodeada de árvores onde paramos. Haverá tempo de tentar entender tudo isso mais adiante. Por agora, temos de continuar. Forço Lukasz, que se jogara na terra, a levantar e começar a andar novamente.

Evitando pensar no Comandante, penso nos outros que deixamos para trás. Meu pai. Ele ainda está vivo, ou estava algumas horas atrás. Visualizo o fogo em seus olhos pelo buraco da muralha do gueto. Talvez ele consiga sobreviver, de alguma maneira, seja lá o que for que o espera.

Marta está viva também, digo a mim mesma. Lembro-me dela sentada na ponte, segurando a arma, muito ferida, porém sem medo. Ela salvou minha vida. Gostaria que nossas últimas palavras antes dessa noite não tivessem sido de ressentimento, que ela não pensasse nada de mau sobre mim por eu ter me envolvido com o Comandante. Mas, acima de tudo, gostaria que nossa amizade não tivesse sido maculada por seus sentimentos pelo meu marido. Minha mente retorna ao momento em que ela apareceu na ponte, com a arma na mão. Ela poderia ter me matado e ficado com Jacob, me dou conta, mas não foi o que ela fez. Nossa amizade significava mais para ela do que os sentimentos por ele.

Talvez por milagre, Marta tenha conseguido escapar da ponte antes de que os nazistas chegassem, apesar de suas feridas. Talvez ela e meu pai sobrevivam à guerra, fantasio, e nós possamos nos reunir de alguma maneira: Jacob, meu pai, Marta, Lukasz e eu.

Ponho a mão em minha barriga, pensando no meu filho em gestação, que também será parte dessa eclética família de sobreviventes. Enquanto olho em volta da floresta deserta, uma onda de desespero me assalta: como posso trazer uma criança a este mundo? Mesmo que encontre Jacob e que consigamos escapar, não teremos nada para dar a nosso filho, nem mesmo um lar. Uma brisa fresca passa por mim e olho para os galhos das árvores acima da minha cabeça com os primeiros brotos depois do inverno, e para o céu do início da manhã.

Vai ficar tudo bem, assopra uma voz. A criança será forte. Sei naquele momento que o bebê será um menino e que o chamaremos de Alek.

Uma hora depois, alcançamos a borda da floresta, onde as árvores abruptamente dão lugar aos morros e campinas de Czernichów. Paro, soltando a mão de Lukasz e passando os olhos pela paisagem abaixo. Para a direita, a menos de um quilômetro de distância, encontro o telhado azul da fazenda de Kowalczyk. Estreitando os olhos, consigo enxergar a pequena cabana atrás dela. Imagino Jacob de pé na varanda, seu sorriso se abrindo ao nos ver chegando. Então, rio em voz alta. Passei tanto tempo sonhando acordada, imaginando nossa reunião, que isso se tornou algo automático. Agora nada me impede, no entanto, ainda estou aqui parada, pensando nisso em vez de ir até ele. Respiro fundo e dou um passo à frente.

Fora do abrigo das árvores, o sol brilha e nos aquece agora, mais primavera do que inverno, finalmente. Pássaros sobrevoam os campos em nossa frente, chamando um ao outro alegremente.

— Venha, *kochana* — chamo Lukasz, puxando seu braço delicadamente. *Jacob está esperando*. Juntos, o menino e eu descemos pela colina, suas perninhas pequenas e fortes apertando o passo para me acompanhar. Embora uma jornada longa e difícil nos espere, sem dúvida, a primeira parte dela pelo menos já passou. Saímos da casa de Krysia como chegamos, somente com as roupas do corpo. Mas, desta vez, estamos indo juntos, encontrando o caminho sem que ninguém mais nos conduza.

Publisher
Kaíke Nanne

Gerente editorial
Lívia Rosa

Coordenação de produção
Thalita Aragão Ramalho

Produção editorial
Isis Batista Pinto

Copidesque
Fernanda Silveira

Revisão
Ângela Pedretti
Marcela Isensee
Thamiris Leiroza

Diagramação
Abreu's System

Capa
Raul Fernandes

Este livro foi impresso no Rio de Janeiro, em 2016,
pela Edigráfica, para a HarperCollins Brasil.
A fonte usada no miolo é Arno Pro, corpo 11,5/14,7.
O papel do miolo é Chambril Avena 80g/m^2, e o da capa é cartão 250g/m^2.